Friedrich Zech

Erziehung und Unterricht der Blinden

Friedrich   Zech

Erziehung und Unterricht der Blinden

ISBN/EAN: 9783337362959

Hergestellt in Europa, USA, Kanada, Australien, Japan

Cover: Foto ©Andreas Hilbeck / pixelio.de

Weitere Bücher finden Sie auf **www.hansebooks.com**

Erziehung und Unterricht der Blinden.

Von

Friedrich Zech

Direktor der Prov.-Wilhelm-Augusta-
Blindenanstalt

in

Danzig-Königsthal.

Danzig.

Verlag und Druck von A. W. Kafemann G. m. b. H.

4

1913

Vorwort.

Die vorliegende Schrift will in erster Linie den angehenden Blindenlehrern eine Übersicht ihres reichen Arbeitsgebietes geben. Zu dem Zwecke ist versucht worden, den Blinden in seiner Eigenart zu kennzeichnen und hieraus die Grundsätze für seine Erziehung und seinen Unterricht abzuleiten. Ein Eingehen auf Spezialfragen methodischer Art wurde vermieden, um dem jungen Lehrer die wichtige und interessante Aufgabe: Anwendung der allgemeinen Gesichtspunkte auf die methodische Gestaltung des Bildungsstoffes, nicht zu verkürzen.

Ich hoffe, daß die Schrift den Blindenlehrern auch bei der Vorbereitung auf die Fachprüfungen gute Dienste leisten wird. Für ein weitergehendes Studium gibt die bei den einzelnen Kapiteln angeführte Literatur die nötigen Fingerzeige, desgleichen das im Anhange gegebene Verzeichnis wichtiger Fachschriften und endlich die Zusammenstellung bedeutungsvoller Abhandlungen aus den bisher erschienenen 32 Jahrgängen des „Blindenfreundes".

Über den engeren Kreis der Fachgenossen hinaus dürfte das Werk auch den Landes- und Kommunalbehörden und allen, denen das Wohl der Blinden am Herzen liegt, manchen Aufschluß über ihre Schutzbefohlenen und manche Anregung für eine ersprießliche Tätigkeit auf dem Gebiete der Blindenbildung und der Blindenfürsorge geben.

Der Provinzialverwaltung der Provinz Westpreußen, durch deren tatkräftige Förderung die Herausgabe des

Buches erst möglich wurde, sage ich auch an dieser Stelle
meinen tiefgefühlten Dank.

Danzig-Königsthal, im Februar 1913.

Fr. Zech.

Inhalt.

Abkürzungen:

Bldfrd. – Der „Blindenfreund",

| | | Zeitschrift für Verbesserung des Loses der Blinden. Düren (Rheinland). Jährlich 12 Nummern. |
| Kongr.-Ber. | = | Berichte über die Verhandlungen der Blindenlehrer-Kongresse. |

Bei den Literaturangaben am Schlusse der einzelnen Kapitel sind die bezüglichen Abschnitte des **„Encyklopädischen Handbuchs des Blindenwesens von Alexander Mell, Wien und Leipzig 1899"** nicht ausdrücklich erwähnt. Es wird an dieser Stelle auf das Werk hingewiesen.

Einleitung.

1. Begriff der Blindheit.

In wissenschaftlichem Sinne ist ein Auge blind, wenn in ihm die Sehkraft ganz erloschen ist, d. h. wenn die lichtempfindlichen Schichten des Auges vollkommen zu funktionieren aufgehört haben. Ein solches Auge kann nicht mehr hell und dunkel unterscheiden.

Für das praktische Leben muß aber die Grenze des Begriffs „Blindheit" weiter gesteckt werden. Der Augenarzt Professor Schmidt-Rimpler gibt folgende Definition: „Als blind ist derjenige zu bezeichnen, welcher bei gewöhnlicher Beleuchtung Finger nicht weiter als in ca. ⅓ m Entfernung zählt." Vom Standpunkt der Selbsterhaltung des Individuums bestimmt Fuchs die Blindheit: „Wir nennen denjenigen blind, dessen Sehvermögen in unheilbarer Weise so sehr herabgesetzt ist, daß ihm dadurch jeder Beruf unmöglich gemacht ist, welcher den Gebrauch der Augen verlangt." Der beste praktische Maßstab für die Erblindung ist durch das Orientierungsvermögen gegeben. Man kann annehmen, daß derjenige an der Grenze der Orientierungsfähigkeit steht, welcher die vorgehaltenen Finger ca. 1 m Entfernung nicht mehr zu zählen vermag. Ein solcher Mensch kann sich in der Regel nicht ohne fremde Hilfe in einem unbekannten Raume orientieren. Demnach wäre derjenige als blind zu bezeichnen, welcher nicht imstande ist, bei guter Tagesbeleuchtung sich allein zu führen. Für die Entscheidung darüber, ob ein Kind in eine Blindenanstalt gehört oder nicht, reichen die gegebenen

Erklärungen aber nicht aus. Tatsächlich befinden sich in den Anstalten viele Kinder, die im obigen Sinne nicht blind sind. Hier muß das entscheidende Moment darin gesucht werden, ob das Kind noch imstande ist, die Volksschule zu besuchen. Solche Kinder, deren Sehschärfe so mangelhaft ist, daß sie deshalb an dem Unterricht sehender Kinder nicht mit Erfolg teilnehmen können, müssen die Blindenschule besuchen. Diese Notwendigkeit tritt in der Regel ein, wenn das Kind nur über $\frac{1}{10}$ der normalen Sehschärfe oder darunter verfügt.

Nach dem preußischen Gesetz zur Beschulung blinder und taubstummer Kinder vom 7. August 1911 sind nicht nur die völlig blinden Kinder zum Besuch einer Blindenanstalt verpflichtet, sondern auch solche Kinder, die so schwachsichtig sind, daß sie den blinden Kindern gleichgeachtet werden müssen.

2. Die häufigsten Ursachen der Erblindung.

Die Blindheit kann angeboren oder erworben sein. Die Fälle der ersten Art sind bei weitem seltener als die der zweiten.

Angeborene Blindheit wird bedingt durch Mißbildungen des Auges während der Entwickelung im Mutterleibe. Hierher gehören: Angeborener Star, Fehlen des Augapfels, Fehlen der Iris, angeborene Kurzsichtigkeit mit Netzhautablösung, Mißbildungen des Sehnervs.

Als erworben wird die Blindheit dann bezeichnet, wenn sie aufgetreten ist, nachdem das betreffende Individuum vorher sehfähige Augen gehabt hat. Nachstehend seien einige Ursachen der Erblindung genannt.

Die Erblindung infolge der Pockenkrankheit war früher außerordentlich häufig. Die Pockenblasen greifen oft die Hornhaut an und zerstören sie. In Deutschland hatten im vorigen Jahrhundert 35% aller Blinden ihr Augenlicht durch die Pocken verloren. In neuerer Zeit ist infolge der obligatorischen Impfung die Krankheit und mit ihr die Gefahr der Erblindung durch die Pocken nahezu verschwunden.

Einen großen Anteil an Augenerkrankungen und Erblindungen hat die Augenentzündung der Neugeborenen (Blennorrhoea neonatorum). Die Krankheit äußert sich dadurch, daß in den ersten Lebenstagen das Auge einen eitrigen Schleim absondert, der weit herausspritzt, wenn man die Augenlider des Kindes auseinanderzieht. Die Eiterabsonderung wird hervorgerufen durch Mikroorganismen, die sogenannten Eiterkokken.

Diese können verschiedener Art sein, so kann z. B. der Erreger der Lungenentzündung, der Pneumokokkus, Blennorrhöe hervorrufen. In den meisten, und zwar den schweren Fällen, handelt es sich um den Gonokokkos, jenen Eiterkokkos, welcher sich in den Schleimabsonderungen der Tripperkrankheit findet. Die Übertragung auf das Auge geschieht in der Regel während des Geburtsaktes, indem etwas Eiter aus den mütterlichen Geschlechtswegen an den Augenlidern des Kindes haften bleibt und von da aus in die Lidspalte hineingelangt. Aber auch später kann durch die infizierten Hände der Wöchnerin oder der Pflegerin eine Übertragung auf das kindliche Auge stattfinden. Die Krankheit macht sich gewöhnlich in der Zeit vom zweiten bis fünften Tage nach der Geburt bemerkbar. Es entsteht eine Bindehautentzündung mit starker Eiterabsonderung. Der Eiter ist auch für andere Augen sehr ansteckend. Bei längerem Bestande der Krankheit und nicht entsprechender Behandlung und Pflege wird die Hornhaut angegriffen, mit deren Zerstörung auch das Sehvermögen schwindet. Nach Ablauf der Entzündung ist der Augapfel entweder zu einem grauweißen Gebilde zusammengeschrumpft oder er bildet eine übergroße, bläulich-schwarze Kugel, die sich oft rastlos hin- und herbewegt.

Bei Erwachsenen entsteht Blennorrhöe ebenfalls durch Übertragung des Tripperschleims auf das Auge.

Die durch die Augenentzündung der Neugeborenen hervorgerufenen Erblindungen sind in neuerer Zeit erheblich zurückgegangen, doch ist der Prozentsatz immer noch ein hoher. Nach den Feststellungen des Professors Cohn in Breslau waren im Jahre 1901 von den Insassen der deutschen Blindenanstalten im Durchschnitt 20% infolge von Blennorrhöe erblindet. Es ist dies um so bedauerlicher, als durch geeignete ärztliche Maßnahmen der Ausbruch der

Krankheit sicher vermieden werden kann.

Das Verdienst, den sichern Weg zur Verhütung der Blennorrhöe gewiesen zu haben, gebührt dem Arzt Credé († 1892). Als Leiter der Entbindungsanstalt und Hebammenschule in Leipzig hatte er Gelegenheit, an einer großen Zahl von Neugeborenen sein Verfahren zu erproben. Es besteht darin, daß allen Kindern ohne Ausnahme unmittelbar nach dem ersten Bade ein Tropfen einer zweiprozentigen Höllensteinlösung in jedes Auge eingeträufelt wird. Jede weitere Behandlung ist überflüssig. Das bereits infizierte Auge wird durch diese Einträufelung mit Sicherheit gerettet; das gesunde Auge hat davon keinen Schaden[1].

Das Credésche Verfahren wird in den öffentlichen Entbindungsanstalten durchweg mit absolutem Erfolge angewandt. Auch die Hebammen werden bei ihrer Ausbildung in der Anwendung des Mittels geübt. In den meisten deutschen Staaten ist ihnen das Credéisieren zur Pflicht gemacht. Wenn trotzdem immer noch eine große Zahl von Erblindungen durch Blennorrhöe vorkommt, so liegt dies daran, daß besonders auf dem Lande nicht immer geprüfte Hebammen als Geburtshelferinnen zugezogen werden.

Die Körnerkrankheit oder Trachom wird auch wohl ägyptische Augenentzündung genannt, weil sie angeblich zur Zeit der napoleonischen Kriege am Anfange des 19. Jahrhunderts aus Ägypten nach Europa eingeschleppt worden ist. Tatsächlich ist dies ein Irrtum; die Krankheit war schon seit dem Altertum in Europa bekannt. Wohl aber gewann das Trachom durch die erwähnten Kriege große Ausdehnung, da es sehr ansteckend ist; in der preußischen Armee erkrankten in der Zeit von 1813–1817 an 25000 Mann daran. In Rußland und Ungarn ist die Krankheit sehr häufig; auch im Osten Deutschlands tritt sie epidemisch, besonders in Schulen, auf.

Das Trachom besteht in einer Bindehautentzündung mit Körnerbildung in der Übergangsfalte der Lider zum Augapfel. (Trachom = Rauhigkeit; die Bindehaut wird nämlich rauh durch die eingelagerten Wucherungen.) Später schrumpft die Bindehaut; in der Hornhaut bilden sich neue Gefäße, und es entstehen in ihr Geschwüre und tiefe Zerstörungen.

Jedes Trachom ist heilbar, nur muß der Patient zum Arzt kommen, solange das Leiden sich im ersten Stadium befindet, d. h. auf die Bindehaut beschränkt ist. Er muß aber auch lange genug in der Behandlung bleiben, da das Trachom ein langwieriges Leiden ist.

Nach Magnus („Die Jugendblindheit") beträgt die Zahl der durch die Körnerkrankheit Erblindeten 9,5%.

Zahlreiche Erblindungen treten auch durch äußere Verletzungen ein; es sind 4 bis 10%. Verletzungen der Augen erfolgen entweder bei der Arbeit oder außerhalb derselben durch üble Zufälle, durch Leichtsinn oder Böswilligkeit. Bei Kindern treten Verletzungen vielfach beim Spiel ein. Das berüchtigte Quartett: Messer, Gabel, Schere und Licht spielt dabei eine verhängnisvolle Rolle. Auch durch die Armbrust, durch Zündhütchen, durch Schießpulver und Kalk gehen viele Augen verloren. Die Eltern können nicht dringend genug gewarnt werden, ihre Kinder vor solchen gefährlichen Spielzeugen zu bewahren.

Zu erwähnen ist auch, daß zuweilen eine Erblindung infolge eines Selbstmordversuchs eintritt, weil die Kugel einen oder beide Sehnerven durchtrennt hat.

Viele Augen gehen auch durch die sympathische Entzündung zugrunde. Wenn nämlich ein Auge durch eine schwere Verletzung sich entzündet und vereitert, so muß es in den meisten Fällen entfernt werden, weil sonst auch auf dem andern Auge eine Entzündung auftreten würde, die fast durchweg zur Erblindung führt, eben die sogenannte sympathische. Oft geht schon nach vier Wochen das unverletzte Auge ganz schleichend zugrunde, zuweilen ohne wesentlichen Schmerz. Ist die sympathische Entzündung erst ausgebrochen, dann nützt das Herausnehmen des verletzten Auges meist nichts mehr, und der Kranke verliert beide Augen. Das Publikum muß daher immer wieder belehrt werden, daß bei jeder Verletzung eines Auges das andere stets gefährdet ist und daß nur schnellste sachverständige ärztliche Hilfe Rettung bringen kann.

Die bisher genannten Erblindungsursachen sind sicher vermeidbar. Bei einigen der nun folgenden Erkrankungen kann die Kunst des Arztes zuweilen die Katastrophe abwenden oder wenigstens mildern, bei den andern ist Hilfe meist ausgeschlossen.

Die Skrophulose führt in vielen Fällen zu mehr oder weniger schweren Erkrankungen der Hornhaut. In allen augenärztlichen Kliniken der Großstädte stellen die schwächlichen, bleichen, schlecht genährten skrophulösen Kinder das größte Kontingent. Allgemeine Kräftigung des Körpers durch gute Nahrung, gesunde Wohnung, frische Luft etc. kommt bei solchen Kindern natürlich auch den Augen zugute. Skrophulöse Erkrankungen der Augen führen übrigens nur selten zu völliger Erblindung, meist hinterlassen sie nur mehr oder weniger erhebliche Sehstörungen.

Nach manchen Infektionskrankheiten, z. B. Masern, Scharlach, Typhus und epidemischer Genickstarre, treten zuweilen Augenentzündungen ein, die zur Erblindung führen können. Infolge dieser Erblindungen verschrumpft das Auge entweder ganz, oder die durchsichtige Hornhaut wird durch Geschwüre mit zurückbleibenden Narben so getrübt, daß ein hinreichender Lichteinfall nicht mehr möglich ist.

Die Erblindungen infolge von Syphilis betragen zwar nur ½%. Allein es darf nicht vergessen werden, daß im Gefolge dieser Krankheit, oft erst nach vielen Jahren, Gehirn- und Rückenmarksleiden auftreten, die zur Erblindung führen. Auch unter den weiter unten erwähnten Erblindungen durch Regenbogenhaut- oder Aderhautentzündungen besteht oft ein Zusammenhang mit der Syphilis. Nach Katz läßt sich der Beweis liefern, daß 12% sämtlicher Augenkranken früher syphilitisch waren.

Der grüne Star oder das Glaukom besteht in einer Vermehrung der Flüssigkeitsmenge im Augapfel. Dadurch wird die Spannung, unter der die äußeren Augenhäute stehen, vermehrt, der Augendruck wird erhöht. Die Pupille erweitert sich und nimmt eine grünliche Färbung an. Mit der Erhöhung des Augendrucks entwickelt sich ein Schwund, eine „Aushöhlung" des Sehnervs, die die Ursache der Erblindung wird. Der große Augenarzt Graefe hat die häufige Heilbarkeit des Glaukoms durch die ungefährliche Operation der künstlichen Pupillenbildung nachgewiesen.

Ist das Glaukom angeboren oder tritt es in der ersten Kindheit auf, so dehnen sich infolge der Drucksteigerung im Innern des Auges die noch zarten Hüllen desselben so stark aus, daß das Auge sich unnatürlich vergrößert. So entsteht das Ochsenauge (Buphthalmus). Die Erblindung geschieht wie beim Erwachsenen durch Aushöhlungsschwund des Sehnervs.

Die Regenbogenhautentzündung (Iritis) führt nur dann zur Erblindung, wenn sie in komplizierter Form auftritt. Es entstehen dann Verwachsungen des Randes der Pupille mit der dahinter liegenden Linse, wodurch sich die Pupille verengt, unrund und zackig begrenzt wird. Die komplizierten Formen der Iritis sind meist die Folgen von

Allgemeinerkrankungen, z. B. Syphilis, Tuberkulose, Diabetes.

Die Netzhautablösung (Amotio retinae) ist zwar nicht immer, aber doch vorwiegend die Folge hochgradiger Kurzsichtigkeit. Verliert die Netzhaut durch Erkrankung des Auges ihren natürlichen Zusammenhang mit der Aderhaut, von welcher sie ernährt wird, so geht sie ihrer Funktion verlustig, und das Auge erblindet. Bei dieser Krankheit und auch bei der folgenden liegt die Grundursache häufig in der Blutsverwandtschaft der Eltern. Durch Einschränkung der Verwandtenehen ließen sich die Erblindungsfälle verringern.

Die Pigmentdegeneration (Retinitis pigmentosa), auch getigerte Netzhaut genannt, besteht in der Einwanderung von schwarzen Farbstoffkörnchen in die Netzhaut, wodurch eine langsame Abnahme des Sehvermögens hervorgerufen wird, bis völlige Erblindung eintritt. Die Krankheit tritt meist im jugendlichen Alter auf, kann aber auch schon im Mutterleibe erworben sein. Nach Magnus haben 13¼% aller Jugendblinden ihr Sehvermögen durch die Retinitis pigmentosa verloren. Häufig bestehen gleichzeitig noch andere Gebrechen, z. B. Taubheit.

Die Sehnervenentzündung (Neuritis optica) führt je nach dem Grade, in welcher sie auftritt, zu geringen oder erheblichen Sehstörungen bis zu völliger Erblindung (Sehnervenschwund, Atrophia nervi optici). Die Krankheit kann selbstständig auftreten, oder sie ist die Folge einer Erkrankung des gesamten Organismus (Syphilis, chronische Blei-, Tabak- oder Alkoholvergiftung), oder sie hat endlich ihren Grund in Gehirn- und Rückenmarksleiden. Auch Schädelmißbildungen, z. B. Wasserkopf und Turmschädel, führen oft zu einem Schwund der Sehnerven. Das Auge bleibt äußerlich meist normal, aber die Pupille, die bald abnorm weit, bald abnorm enge sein kann, ist auf Lichteinfall unveränderlich. Die Krankheit ist unheilbar, der Prozentsatz der Erblindungen infolge von Sehnervenschwund ist ein hoher.

Der graue Star (Cataracta) besteht in einer Trübung der Kristallinse. Das Auge erscheint äußerlich normal, die Hornhaut durchsichtig und glänzend, die Pupille rund und beweglich, aber grau gefärbt; der Lichtschein des Auges ist erhalten.

Der graue Star tritt meist im höheren Alter auf. Durch Entfernung der getrübten Linse und Ersatz derselben durch ein starkes Konvexglas kann wieder ein gutes Sehvermögen geschaffen werden.

Der graue Star kann auch angeboren sein. Eine erfolgreiche Operation ist in diesem Falle aber nur dann möglich, wenn sie im ersten oder spätestens im zweiten Lebensjahre ausgeführt wird[2].

Da das Auge in engster Beziehung zum Nervensystem steht, so kann durch Erkrankung desselben, insbesondere des Zentralorgans, auch das Auge in Mitleidenschaft gezogen werden. Tatsächlich werden viele Erblindungen durch organische Erkrankungen des Nervensystems hervorgerufen. Hierher gehören die bereits erwähnte Retinitis pigmentosa und die Entzündungen des Sehnervs. Ferner können Geschwülste des Gehirns, Entzündungen der Hirnhaut, Wucherungen in der Hirnhaut, wie sie häufig infolge von Syphilis entstehen, Gehirnerweichung, Rückenmarksschwindsucht und andere Erkrankungen des Nervensystems zur Erblindung führen.

40 Prozent aller Erblindungen sind als vermeidbar anzusehen. Würde es gelingen, diese vermeidbaren Erblindungen tatsächlich fernzuhalten, so gäbe es nach der Schätzung von Fuchs in Europa etwa 100000 Blinde weniger. Durch Aufklärung des großen Publikums könnte

dieses Ziel wenigstens zum Teil erreicht werden. Insbesondere müßten die Eltern belehrt werden, wie sie ihre Kinder vor der Blindheit bewahren können. Zu diesem Zwecke wird von den Standesämtern der Rheinprovinz ein Flugblatt jedem Vater ausgehändigt, der die Geburt eines Kindes anmeldet. Das Blatt enthält zwei kurze Abhandlungen: 1. Was sollen die Eltern tun, um ihre sehenden Kinder vor der Blindheit zu behüten? 2. Wie sollen die Eltern ihre blinden Kinder in der ersten Jugend zu Hause behandeln und erziehen? Das Beispiel der Rheinprovinz hat auch in anderen deutschen Landesteilen Beachtung und Nachahmung gefunden.

Andeutungsweise mögen hier noch einige Formen von Sehstörungen erwähnt sein, welche die Sprache mit der Bezeichnung „blind" in Zusammenhang bringt.

Die Nachtblindheit besteht darin, daß die von ihr heimgesuchten Personen nur bei heller Beleuchtung gut sehen, in der Dämmerung aber nichts wahrnehmen, so daß sie kaum noch allein gehen können. Die Ursache liegt wahrscheinlich in einer verlangsamten Anpassung der Netzhaut, die in Stoffwechselstörungen ihren Grund hat.

Die Schneeblindheit hat mit Blindheit nichts zu tun. Sie besteht in einer Entzündung der Bindehaut des Auges infolge der Einwirkung von ultravioletten Strahlen, wie sie sich bei längeren Gebirgswanderungen über Schneefelder und Gletscher bemerkbar macht. Bei derartigen Wanderungen müssen die Augen durch eine Schneebrille geschützt werden, um die scharfen, ätzenden und zerstörenden ultravioletten Strahlen abzufangen.

Die Chininblindheit besteht in einer zeitweiligen Trübung des Gesichtsfeldes, die durch den Genuß von Chinin in größerer Menge hervorgerufen wird. Chinin hat nämlich eine giftige Wirkung auf die Nervenzellen der

Netzhaut. Ähnliche Sehstörungen werden durch Antifebrin und gewöhnlichen Alkohol hervorgerufen. Schlimmer sind die Schädigungen des Auges durch Methylalkohol (Genuß desselben in Likör oder Einatmen der Dämpfe); in 90 von 100 Fällen tritt sogar eine dauernde Schwächung des Sehvermögens ein.

Die Seelenblindheit wird hervorgerufen durch Erkrankung oder Zerstörung des optischen Erinnerungsfeldes im Gehirn. Seelenblinde sehen alle Dinge, aber sie erkennen sie nicht. Bekannte Personen, Vater, Mutter, Geschwister, kommen ihnen fremd vor. Ein Kranker erkannte sein eigenes Spiegelbild nicht und bat es, ihm Platz zu machen. Eine seelenblinde Dame verwechselte einen Hund mit ihrem Arzt, ihr Dienstmädchen sogar mit einem gedeckten Tisch. Zum Glück kommt die Seelenblindheit sehr selten vor.

Magnus, Die Jugendblindheit. Wiesbaden 1886.

Cohn, Lehrbuch der Hygiene des Auges. Wien und Leipzig 1892.

Hirsch, Entstehung und Verhütung der Blindheit. Jena 1902.

Neuburger, Die häufigsten Ursachen der Erblindung und deren Verhütung. Bldfrd. 1897 S. 129 u. 1898 S. 16.

Greeff, Über Ursachen und Verhütung der Blindheit. Kongr.-Ber. Steglitz-Berlin 1898. S. 40.

An die Eltern sehender und blinder Kinder. Flugblatt der rheinischen Prov.-Blindenanstalt zu Düren.

3. Statistik des Blindenwesens.

Eine zahlenmäßige Übersicht der Häufigkeit der Blindheit, der Verteilung auf die verschiedenen Lebensalter, der Ursachen der Erblindung, der beruflichen Stellung der Blinden, der Fürsorge in unterrichtlicher und wirtschaftlicher Hinsicht: kurz eine Statistik des Blindenwesens ist in vieler Hinsicht wertvoll. Ein Interesse an einer solchen Statistik haben in erster Linie die Staatsbehörden und Kommunen, die Ärzte, die Blindenlehrer und diejenigen Menschenfreunde, die es sich zur Aufgabe gemacht haben, den Blinden zu helfen und ihnen ihr Los zu erleichtern. Die Statistik ist in mancher Beziehung der Ausgangspunkt der Fürsorge für die Blinden; sie bildet die Grundlage für Maßnahmen zur Verhütung der Blindheit und zur Errichtung von Unterrichts- und Beschäftigungsanstalten; auch ist sie, wenn sie in rechter Weise ins Publikum gebracht wird, ein vorzügliches Mittel, um Aufklärung zu schaffen, um der Allgemeinheit das Gewissen zu schärfen, ihr den Segen mancher hygienischen Einrichtungen zum Bewußtsein zu bringen und sie an die Pflicht zu erinnern, die sie dem Unglück der Blindheit gegenüber hat.

Die Aufstellung und Verarbeitung des statistischen Materials über das Blindenwesen ist nicht immer in einwandfreier Weise geschehen. Die Fehlerquellen der Blindenzählungen liegen besonders darin, daß nicht Ärzte, sondern Laien die Zähllisten ausfüllen. Infolgedessen werden häufig Personen, die nur noch ganz schwache Sehreste besitzen, die also im praktischen Sinne blind sind, nicht als blind bezeichnet, wie es auch andrerseits vorkommt, daß Personen mit ganz gutem Sehvermögen als blind in die Listen eingetragen werden. Mit dem zunehmenden Bildungsgrad der Bevölkerung sind die Zählungen freilich genauer geworden; so hat z. B. eine Nachprüfung des im Königreich Bayern durch die Volkszählung vom Jahre 1900 ermittelten Zählmaterials ergeben, daß das bei der Volkszählung gewonnene großzügige Bild nach Zahl und Alter der Blinden im allgemeinen richtig war; es ergab sich für die Gesamtblindenzahl von ca. 3500 Personen nur eine Differenz von 60 als Minus zur ersten Zählung.

Bei der Wichtigkeit, welche die Statistik für das Blindenwesen hat, ist es begreiflich, daß die Blindenlehrer an der Durchführung, Vervollkommnung und Verwertung der Blindenzählungen gerne mitwirken. Sie halten es insbesondere für ihre Pflicht, im Verein mit den Staatsbehörden und den Ärzten dazu mitzuhelfen, daß die vermeidbaren Erblindungen immer mehr zurückgehen. Es wurde deshalb bei Gelegenheit des XII. Blindenlehrerkongresses in Hamburg eine „Kommission für internationale Blindenstatistik" ins Leben gerufen, die in dem oben bezeichneten Sinne tätig ist.

Im folgenden können nur einige allgemeine Angaben und einige wichtige Tabellen gebracht werden; Ausführliches enthält die unten genannte Literatur.

Europa hat annähernd 300000 Blinde; die Zahl der Blinden auf der ganzen Erde wird mit über einer Million anzunehmen sein. Die Häufigkeit der Blindheit in einigen europäischen Ländern zeigt folgende Tabelle:

	Zahl der Blinden:	Auf 100000 Einwohner entfallen Blinde:
Deutsches Reich (1900)	34334	60,9
Österreich (ohne Ungarn)		

	Zahl der Blinden:	Auf 100000 Einwohner entfallen Blinde:
(1900)	14875	56,9
Schweiz (1895)	2107	72,2
Dänemark (1901)	1047	42,8
Schweden (1900)	4313	66,4
Norwegen (1900)	1879	84,6
Frankreich (1883)	32056	84,3
Britisches Reich (1891)	31966	79,9
Italien (1881)	21718	76,2
Finnland (1880)	4460	178,4

Nach dieser Tabelle ist die Blindheit am häufigsten in Finnland, am seltensten in Dänemark.

Im Deutschen Reiche entfielen auf 100000 Einwohner

im Jahre 1871   88 Blinde

„   „   1900   61   „

Die relative Abnahme der Blindheit betrug in 30 Jahren rund 30%.

Nachstehende Tabelle gibt die Zahl der Blinden in den **größeren Bundesstaaten des Deutschen Reiches** nach der Zählung von 1900.

	Zahl der Blinden:	Auf 100000 Einwohner entfallen Blinde:
Preußen	21614	62,7
Bayern	3444	55,8
Sachsen	2715	64,6
Württemberg	1302	60,0
Baden	1003	94,6
Hessen	537	47,9
Mecklenburg-		

Schwerin	457	76,1
Hamburg	258	36,8
Elsaß-Lothringen	997	58,3

Preußische Provinzen.	Zahl der Blinden:	Auf 100000 Einwohner entfallen Blinde:
Ostpreußen	1883	94,1
Westpreußen	1233	79,0
Stadtkreis Berlin	1036	54,5
Brandenburg	1899	61,2
Pommern	1158	71,0
Posen	1345	71,0
Schlesien	3012	64,5
Sachsen	1814	64,1
Schleswig-Holstein	897	64,5
Hannover	1462	56,4
Westfalen	1460	45,7
Hessen-Nassau	1087	57,2
Rheinprovinz	3286	57,0

Teilt man die Gesamtzahl der Blinden in zwei große Altersklassen, in Blinde unter 50 Jahren und in Blinde über 50 Jahren, so ergeben sich im Deutschen Reich:

für die 1. Gruppe 14084 Blinde = 42%

„ „ 2. „ 20250 „ = 58%

Auf 100000 Einwohner unter 50 Jahren entfallen 29,5 Blind

„ „ „ über „ „ „ 230,8 „

26% aller Blinden sind in früher Jugend, 74% sind später erblindet. Im Alter von 1–5 Jahren erblindeten 15½%

sämtlicher Blinden.

Im Alter von 5–15 Jahren, also ungefähr im schulpflichtigen Alter, standen 2340 Blinde = 6,8%. Die Gesamtzahl der männlichen Blinden betrug 17818, der weiblichen 16516 (männlich = 52%, weiblich = 48%). Aus Gemeinden bis zu 2000 Einwohnern (Landgemeinden) stammten 62%, aus größeren Gemeinden (Stadtgemeinden) stammten 38%.

In den ersten 5 Jahren herrscht große Erblindungsgefahr; die geringste Gefahr besteht während der Schulzeit. Vom 16. bis 50. Jahre nimmt die Erblindungsgefahr langsam aber stetig zu; vom 51. Lebensjahre ab steigt sie rasch an. Die höchste Erblindungsgefahr besteht zwischen dem 70. und 80. Lebensjahre.

Folgende Tabelle (nach Hirsch) zeigt die häufigsten Ursachen der Blindheit von 2210 in der Jugend erblindeten Augen.

I. Angeboren.	Prozent
Kindlicher grüner Star (Buphthalmus)	2,4
Kleinauge (Mikrophthalmus)	3,6
Pigment-Degeneration (Retinitis pigmentosa)	4,5
Angeborene Krankheit der Sehnerven (Atrophia optica congenita)	4,8
Angeborener grauer Star (Cataracta	10,1

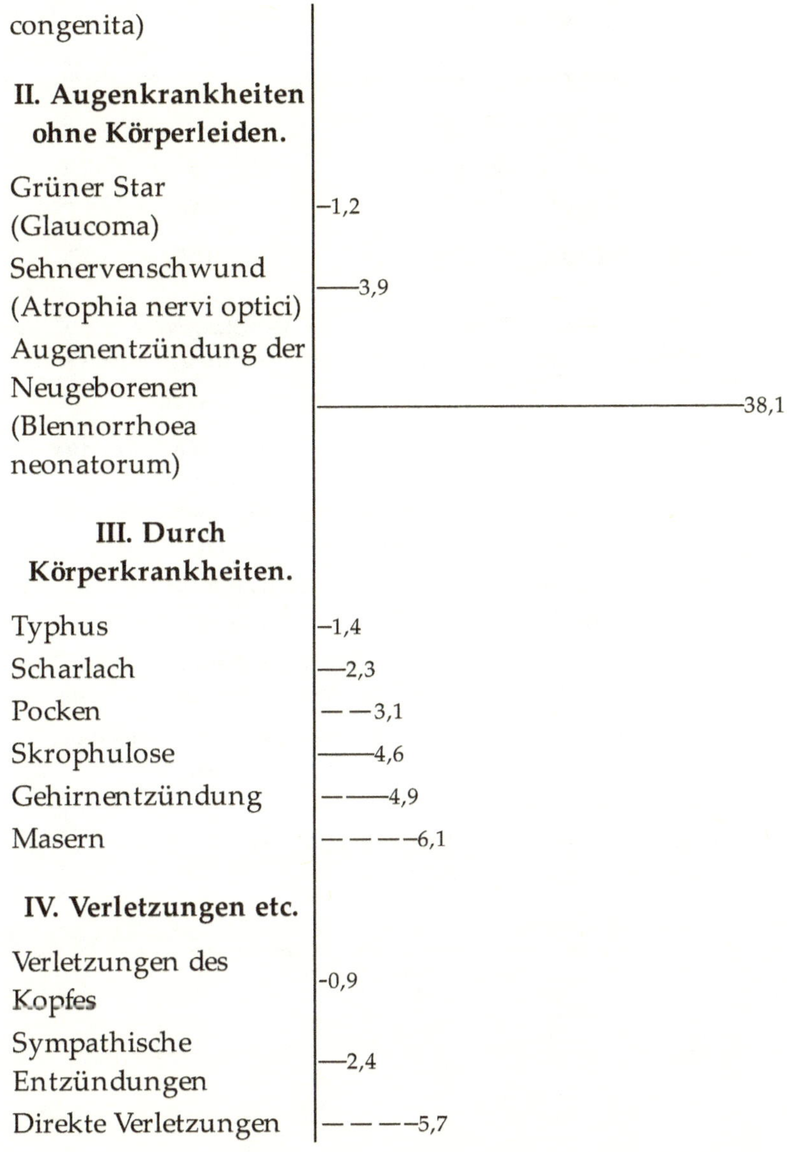

Eine im Mai 1901 in 33 deutschen Blindenanstalten vorgenommene Ermittelung zeigt (nach Professor Cohn-Breslau) in bezug auf Blennorrhöe, Pocken und äußere Verletzungen folgendes Bild:

Gesamtzahl der Blinden	2175		
Zahl der Blennorrhöe-Blinden	432	=	20%
Zahl der Blinden unter 10 Jahren	268		
Von diesen durch Blennorrhöe erblindet	83	=	30%
Pocken-Blinde	16	=	0,7%
Durch Verletzung Erblindete	155	=	7%

P r o f.   D r.   C o h n, Haben die neueren Verhütungsvorschläge eine Abnahme der Blindenzahl herbeigeführt? Kongr.-Ber. Breslau 1901.

H i r s c h, Entstehung und Verhütung der Blindheit. Jena 1902.

D i e   B l i n d e n   i m   D e u t s c h e n   R e i c h e nach dem Ergebnisse der Volkszählung am 1. Dezember 1900. Sonderabdruck aus den Medizinal-statistischen Mitteilungen aus dem Kaiserlichen Gesundheitsamt. Verlag von Julius Springer Berlin.

S c h a i d l e r, Hauptergebnisse der amtlichen Blindenzählungen im Jahre 1900. Kongr.-Ber. Hamburg 1907.

W a g n e r, Statistische Blindenerhebung und gegenwärtiger Stand der Blindenstatistik in Europa samt Änderungsvorschlägen. Wie vor.

Derselbe, Bericht über die Schlußberatung der Kommission für internationale Blindenstatistik in Prag am 7. Oktober 1908. Prag, Klarsche Blindenanstalt 1909.

W a g n e r, Bericht über die Tätigkeit der Kommission für internationale Blindenstatistik. Kongr.-Ber. Wien 1910.

I.
Der Gegenstand der Erziehung: Der Blinde.

1. Einfluß der Blindheit auf die körperliche Entwickelung.

Als unmittelbare Folge der Blindheit in körperlicher Hinsicht kommt, abgesehen von einer öfteren Verunschönung des Gesichts und dem Fehlen des belebenden Elements im Gesichtsausdruck und Mienenspiel, nur ein Umstand in Betracht: Die Beschränkung der Bewegungsfreiheit. Der Blinde ist mehr oder weniger an den ihm durch vielfache Übung bekannt gewordenen Raum gebunden; will er die Grenzen desselben überschreiten, so ist er auf fremde Hilfe angewiesen, er muß sich führen lassen. An dieser Tatsache ist nichts zu ändern; eine verständige Erziehung kann die drückende Beschränkung wohl mildern, aufzuheben vermag sie dieselbe aber nicht.

Alle sonstigen auffälligen körperlichen Eigentümlichkeiten des Blinden sind indirekte Folgen der Blindheit; sie treten nicht in jedem Falle ein, machen sich auch nicht bei allen Blinden in gleichem Grade bemerkbar, sind abhängig von Erziehung und Alter und davon, ob die Blindheit in früher Jugend oder im vorgeschrittenen Alter eingetreten ist.

Bei vielen Blinden zeigt sich eine gewisse Ängstlichkeit und Zaghaftigkeit in der Bewegung. Sie strecken die

Arme weit vor, um nicht anzustoßen, schieben die Füße vorsichtig tastend vorwärts und schleichen in gebückter Haltung dahin. Besonders bei Späterblindeten kann man diese Beobachtung häufig machen, seltener bei jugendlichen Blinden. Haben die letzteren nicht übertriebene Fürsorge oder grobe Vernachlässigung im elterlichen Hause erfahren, so bewegen sie sich in bekannten Räumen und auf bekanntem Terrain meist mit anerkennenswerter Sicherheit und Leichtigkeit. Es hat dies darin seinen Grund, daß sie in ausgedehntem Maße die ihnen für die Orientierung zu Gebote stehenden Mittel, insbesondere Druck- und Schallempfindungen zu verwerten wissen, während Späterblindete die erforderliche Übung hierin schwerer gewinnen[3].

Die mit der Blindheit gegebene Beschränkung der Bewegungsfreiheit führt häufig dazu, daß der Blinde die Bewegung auf ein Mindestmaß herabdrückt. Erschwerend kommt bei älteren Blinden noch dazu, daß sie vielfach auch durch die Ausübung ihres Berufes zum Sitzen gezwungen werden. Die mangelnde Bewegung und der ungenügende Aufenthalt in frischer Luft wirken ungünstig auf die Gesundheit ein. Namentlich treten Verdauungsbeschwerden häufig auf. Im Zusammenhange mit diesen stehen Hautausschläge und Geschwüre, die vielfach erst im vorgeschrittenen Stadium bemerkt werden und dann ärztliche Eingriffe notwendig machen. Ein blasses, kränkliches Aussehen gibt Zeugnis von der ungenügenden Durchblutung der Haut und dem nicht ausreichenden Einfluß von Licht und Luft auf den Körper. Da die Muskeln, namentlich die der Beine und des Rumpfes, zu wenig Übung haben, bleiben sie schwach, und deshalb stellt sich bei vielen Blinden selbst schon nach einem kürzeren Spaziergange Ermüdung ein, ein weiterer Grund, um die Bewegung abzukürzen. Mit der geringen

Muskelbetätigung hängt ein größeres Wärmebedürfnis zusammen, das man besonders bei Mädchen häufig beobachten kann; überheizte Zimmer, übermäßig warme Kleidung und schwere Federbetten findet man bei älteren weiblichen Blinden, die sich im Hause nach ihren Wünschen einrichten können, nur zu oft.

Die Haltung des Blinden ist häufig unschön, eckig und linkisch. Seine Verbeugung ist steif, er weiß bei der Unterhaltung Arme und Hände nicht zu lassen, spielend tastet er an Stuhl und Tisch entlang oder sitzt steif und ungraziös da. Bei den Mahlzeiten macht dem ungeübten Blinden die Handhabung von Messer und Gabel Mühe. Durch Berührung der Speisen überzeugt er sich, wie weit der Teller oder der Becher gefüllt ist, zuweilen sind sogar die Finger bei der Beförderung der Speisen zum Munde in abstoßender, unappetitlicher Weise behilflich. Es ist selbstverständlich, daß solche schlechten Manieren bei wohlerzogenen Blinden nicht zu finden sind; leider ist es aber Tatsache, daß auch gebildete Eltern dieser äußerlichen, aber doch wichtigen Seite der Erziehung ihrer blinden Kinder nicht immer die nötige Sorgfalt zuwenden.

Häufig findet man bei Blinden allerlei häßliche, undisziplinierte Bewegungen: sie bohren mit den Fingern in den leeren Augenhöhlen, wodurch ihnen angenehme Lichtempfindungen hervorgerufen werden, sie drehen unaufhörlich den Kopf, wackeln mit dem Oberkörper, zappeln mit den Händen oder Füßen usw. Diese häßlichen Bewegungen halten zuweilen stundenlang an, so daß sie für die Umgebung des Blinden ganz unerträglich werden. Leicht führt die Blindheit auch zur Unsauberkeit. Die tastenden Hände kommen mit den verschiedensten Dingen in Berührung, vor Staub und Schmutz wird der Blinde weniger gewarnt als der Sehende, und es fehlt die Kontrolle des Auges über Sauberkeit oder Unsauberkeit am eigenen

Körper und seiner Umgebung.

Erziehung und Unterricht sollen die in körperlicher Hinsicht mit der Blindheit zusammenhängenden Nachteile und Mängel soviel als möglich auszugleichen suchen.

Die Sicherheit der Bewegung wird gefördert durch Turnen, Tanzen, Spielen im Freien, durch strenge Beachtung der allgemein geltenden Bewegungsregeln, durch Übung im Gehen und Ausweichen und durch Vermeidung entbehrlicher Führung. Das letztere ist um so notwendiger, als es Blinde gibt, die auf selbständige Bewegung nahezu verzichten und sich, wo immer angängig, einem andern in den Arm hängen. Man dulde solche Trägheit nicht; wer dazu neigt, sollte zu öfteren kurzen Botengängen und Arbeiten, mit denen Gangbewegung verbunden ist, herangezogen werden. Zu fleißiger Bewegung regt besonders ein großer Garten an. Wo der Blinde nur auf die Anstaltsräume und einen kleinen kahlen Hof angewiesen ist, da wird er schwerlich zu einer leichten und sicheren Gangart kommen; wenn er sich dagegen auf einem großen Terrain, zwischen Bäumen und Buschwerk tummeln kann, lernt er ohne besondere Anleitung Hindernissen ausweichen und seine Sinne zur Orientierung brauchen. In manchen Anstalten erhalten die älteren Zöglinge praktische Anleitung zur Bewegung auf der Straße. Eine solche Anleitung ist für männliche Blinde, die in ihrem späteren Berufsleben ganz besonderen Wert auf möglichste Unabhängigkeit von einem Führer legen müssen, sicher nützlich.

Einen wichtigen Anteil an der Erziehung zur Bewegungsfreude und Bewegungsfreiheit hat der Turnunterricht. Er wird in den deutschen Blindenanstalten bis jetzt im allgemeinen zwar nur mit derselben Stundenzahl bedacht wie in der Volksschule; es wäre aber wünschenswert, daß ihm mehr Zeit gewidmet würde. Daß das Turnen so oft als möglich im Freien, bei ungünstiger Witterung aber in einer geräumigen Halle zu erteilen ist, dürfte selbstverständlich sein. Man wird auf eine kräftige Betätigung des ganzen Körpers bedacht sein müssen; reigenartige Übungen, die in erster Linie ästhetische Zwecke verfolgen und nur geringe Kraftanstrengung erfordern, wird man einschränken. Neben den Freiübungen ist das Geräteturnen zu pflegen. Turnspiele, die zum Laufen und Springen Veranlassung geben, sind oft vorzunehmen. Steht ein genügend großer Spielplatz zur Verfügung, so empfehlen sich, unter Beachtung der erforderlichen Vorsichtsmaßregeln, Schleuderballspiele, die den gesamten Körper kräftig anregen. Gartenturngeräte sollen den Blinden zur Übung seiner Kräfte auch in der schulfreien Zeit einladen. Eine Kegelbahn wird besonders älteren männlichen Blinden neben angenehmer Unterhaltung eine wohltätige körperliche Bewegung verschaffen. Selbst sportliche Betätigung ist in bescheidenen Grenzen möglich; in erster Linie ist hier das Rodeln und Schlittschuhlaufen zu nennen; in England und Amerika wird auch das Radfahren unter Führung eines Sehenden gepflegt. Daß einige Anstalten ihren besonderen Saal mit orthopädischen Geräten besitzen, die den Zöglingen zur Stärkung ihres Körpers zur Verfügung stehen, soll nur erwähnt werden. Für alle Anstalten sind zu fordern breite, helle, luftige Korridore, die bei ungünstiger Witterung als Wandelhallen benutzt werden können.

Die Verbesserung der Haltung des blinden Kindes und seine Erziehung zu Sitte und gesellschaftlichem Anstande ist ebenfalls wichtig. Feste, unter allen Umständen unverrückbare Anstands- und Gesellschaftsregeln müssen in der Blindenanstalt beobachtet werden. Konsequent halte man darauf, daß die Knaben beim Grüßen ihre Verbeugung, die Mädchen ihren Knicks machen, daß sie um Entschuldigung bitten, wenn sie eine andere Person angerannt haben, daß sie bei der Unterhaltung keine Verlegenheitsbewegungen machen oder Stuhl und Tisch abtasten. Besonders wichtig ist die Erziehung zu guten Manieren beim Essen. Die richtige Haltung des Löffels ist von vornherein zu üben; ältere Zöglinge sind an den Gebrauch von Messer und Gabel zu gewöhnen; die freundliche und geschmackvolle Ausstattung der Speisetische (Tischtuch) und die Beobachtung feststehender Tischsitten werden den Mahlzeiten einen wohltuenden Anstrich geben und die Manieren der Zöglinge günstig beeinflussen. Bietet sich Gelegenheit, die Zöglinge in Gesellschaft von Sehenden zu bringen, so tue man es; sie werden dadurch genötigt, auf die gesellschaftlichen Gewohnheiten und Regeln zu achten und sich manche Zurückhaltung aufzuerlegen, die sie im Verkehr mit ihren Schicksalsgenossen nicht zu beobachten brauchen. Aus diesem Grunde ist auch die gesellige Vereinigung der Anstaltsbeamten und der Zöglinge, wie sie sich z. B. an vaterländischen Gedenktagen und bei Hausfestlichkeiten ermöglichen läßt, zu empfehlen.

Neben die Gewöhnung tritt die Belehrung. Unterricht in der Anstandslehre, der natürlich die besondern Verhältnisse des Blinden berücksichtigt, sollte in keiner Anstalt fehlen.

Die häßlichen, undisziplinierten Bewegungen mancher Blinden lassen sich nur durch häufiges Erinnern und eventl. durch öftere Übung im Stillsitzen und Stillstehen beseitigen. Auch der Turnunterricht wirkt helfend mit.

Unsauberkeit an Körper und Kleidung wird bei dem Blinden von den Sehenden besonders peinlich empfunden. Darum sind die Zöglinge der Blindenanstalt mit größter Beharrlichkeit zur Reinhaltung ihres Körpers, besonders der Hände, ihrer Kleidung und Bücher anzuhalten. Aus Gründen der Sauberkeit empfiehlt es sich, die vielgebrauchten Lehrmittel mit einem feuchten Schwamm öfters zu reinigen; mit den Büchern läßt sich dies leider nicht tun.

2. Einfluß der Blindheit auf die geistige Entwickelung.

Die Folgen der Blindheit, soweit sie für die geistige Entwickelung in Betracht kommen, sind 1. absolute, d. h. solche, die durch die Natur der Blindheit bedingt sind, und 2. relative, d. h. solche, die nicht aus dem Zustande der Blindheit unmittelbar hervorgehen, sondern erst bei mangelnder oder verkehrter Erziehung in Erscheinung treten. Die ersteren müssen als etwas Unabänderliches hingenommen werden; ihnen sind alle, die in jugendlichem und die im vorgeschrittenen Alter Erblindeten, unterworfen. Die letzteren können abgewendet werden. Sie treten bei dem verständig erzogenen Blinden seltener, bei dem sich selbst überlassenen aber fast immer auf. Späterblindete sind ihnen weniger, von Geburt an Blinde häufiger unterworfen. Erziehung und Unterricht können sie beseitigen oder wenigstens mildern.

Es wird zuerst von den absoluten Folgen der Blindheit zu reden sein.

Da erscheint am auffallendsten die mit der Blindheit gegebene große Beschränkung der sinnlichen Wahrnehmung.

Das Auge des Sehenden ist unausgesetzt tätig und nimmt, bewußt oder unbewußt, willig oder widerwillig, eine große Zahl von Eindrücken auf. Kein anderer Sinn führt dem Geiste so viel Nahrung zu wie das Auge; etwa neun Zehntel unsers gesamten Anschauungs- und Vorstellungsmaterials sind auf den Gesichtssinn zurückzuführen.

Das wichtigste Aufnahmeorgan des Blinden, die Hand,

muß die Gegenstände suchen. Das Tastfeld ist im Vergleich zum Gesichtsfeld ein sehr kleines. Eine genaue Untersuchung kann die tastende Hand nur bei solchen Gegenständen vornehmen, die in das Tastfeld hineinpassen; was über den Raum der ausgebreiteten Arme hinausreicht, geht dem Blinden vielfach ganz verloren oder es wird nur unvollkommen erkannt. Was das sagen will, wird klar, wenn man bedenkt, daß auf diese Weise das blinde Kind im vorschulpflichtigen Alter von den meisten Dingen in seiner nächsten Umgebung nur Bruchstücke kennen lernen kann (Haus, Baum, Fenster, Ofen, Tür, Schrank etc.).

Ist die tastende Hand also hinsichtlich der Größe der zu untersuchenden Körper nach der oberen Grenze hin beschränkt, so ist sie es nicht minder nach der unteren Grenze der Ausdehnung hin: kleine Gegenstände, feine und zarte Gebilde, sowie die Zusammensetzung und Struktur von Stoffen, die das Auge mühelos erkennt, werden vom Tastsinn nicht mehr aufgefaßt und unterschieden. Damit geht dem Blinden die ganze Kleinwelt verloren, sei es die unendlich mannigfaltige Kleinwelt in der Natur oder die Fülle des Kleinen in der Technik und Kunst. Der Grund für diese Beschränkung ist in der physiologischen Unvollkommenheit des Tastsinnes zu suchen, wovon im VI. Kapitel die Rede sein wird.

Der Tastsinn ist an die Körperwelt gebunden; Flächendarstellungen sind ihm unzugänglich. Infolgedessen geht dem Blinden ein überaus reiches Bildungsmaterial verloren: Die in der Schrift niedergelegten Schätze der Sprache, die Liniengebilde der Meßkunst, die Werke des Zeichners und Malers. Hierin liegt auch ein Hauptgrund für die Schwierigkeit des Blindenunterrichts: sämtliche Lehrmittel müssen plastisch sein, und alles, was der Blinde selbst darstellt, muß ebenfalls körperliche Gestalt haben. Als äußere Folgen dieser Notwendigkeit ergeben sich große Kosten bei der Beschaffung von Lehrmitteln und ein bedeutendes Volumen derselben.

Dem Blinden fehlt ferner mit dem Auge der ordnende und zusammenfassende Sinn.

Das Auge gliedert die Erscheinungswelt in Gruppen; es hebt einzelne Merkmale oder einzelne Gegenstände hervor, ordnet diesen die minder wichtigen unter und faßt das Ganze zusammen. So entstehen die bereits jedem Kinde geläufigen Gruppenvorstellungen: Wiese, Wald, Feld, Dorf, Stadt, Bahnhof usw.

Natürlich ist dieses Zusammenfassen zu einer Einheit ein geistiger Vorgang, nicht eine Tätigkeit des Auges; dieses führt dem Geiste nur Wahrnehmungen zu, die aber infolge der technischen Vollkommenheit des Sehorgans so genau und umfassend sind, daß der Geist die Gliederung und Zusammenfassung des Geschauten mit Leichtigkeit vollzieht.

Der Blinde kann diese Gruppierung und Zusammenfassung zu einer Einheit nicht vornehmen, da die sinnliche Gesamtauffassung eines gegliederten Ganzen durch den Tastsinn nicht möglich ist. Nur bei beschränkter Raumausdehnung kommt das gliedernde und ordnende Moment auch beim Tasten zur Wirkung. Doch kann der Unterricht die Auffassung eines größeren zusammengesetzten Ganzen so vorbereiten, daß mit Hilfe der Phantasie wenigstens eine ungefähre Vorstellung einer Gruppe gewonnen wird.

Von weitgehendem Einfluß auf das Geistesleben des Blinden ist der Umstand, daß er die in seiner Umgebung auftretenden Tätigkeiten nur unvollkommen wahrzunehmen und zu beobachten vermag. Damit geht ihm einmal die Anregung zu eigener nachahmender Tätigkeit verloren, und sodann wird ihm durch diesen

Umstand der Einblick in den Werdegang vieler Dinge und Verhältnisse entzogen.

Das sehende Kind lernt bereits in den ersten Lebensjahren auf dem Wege der spielenden Nachahmung erstaunlich viel. Auf den verschiedensten Gebieten sammelt es durch Selbstbetätigung Anschauungen und Erfahrungen und gewinnt so eine Grundlage für seine Geistesbildung, auf welcher die Schule weiter bauen kann. Mehr noch: die nachahmende Tätigkeit bildet seinen Körper, namentlich die Hand, und übt ihn in seiner Bestimmung, ein williges Werkzeug des Geistes zu sein.

Dem Blinden wird die Beobachtung einer Tätigkeit schwer und in vielen Fällen ganz unmöglich, da ein tastendes Orientieren die Bewegung stört, ganz zu schweigen von den für die tastende Hand gefährlichen und denjenigen Bewegungen, die ihrer Natur nach überhaupt nur durch das Auge aufgefaßt werden können (Flug eines Vogels, Zug der Wolken usw.). Wo eine Tätigkeit mit Schallwirkungen verbunden ist, regen die letzteren den Blinden zuweilen an, die gleiche Wirkung hervorzurufen (Läuten einer Glocke, Klopfen mit dem Hammer usw.), aber diese Art der Nachahmung bleibt meistens eine mechanische und befriedigt ihn, weil sie das Ohr angenehm unterhält. Bewegungen, die sich geräuschlos vollziehen, können ihn zu eigener Tätigkeit und damit zu geistiger Durchdringung des Vorganges nicht anregen. Dieses Manko ist außerordentlich schwerwiegend: weil der Blinde das sich in Tätigkeit äußernde Leben nur unvollkommen wahrnehmen und beobachten kann, kommt er in die Gefahr, selber untätig zu bleiben.

Damit wenden wir uns zu den Folgen der Blindheit, die oben als relative bezeichnet wurden.

Die Hinneigung zur Untätigkeit, zum passiven

Verhalten, macht sich vorzugsweise bei dem von Geburt an Blinden bemerkbar, zumal wenn ein solches Kind von den Eltern in den ersten Lebensjahren ängstlich behütet, an freier Bewegung gehindert und zum Gebrauch seiner Glieder in Spiel und Arbeit nicht angehalten wird. Diese Untätigkeit wird dem Blinden zum Verhängnis. Abgesehen von den nachteiligen Folgen für die allgemeine körperliche Entwickelung, von denen vorhin die Rede war, ist es besonders das für die Geistesbildung des Blinden wichtigste Organ, die Hand, die durch diese Passivität schweren Schaden erleidet. Die in Ruhe und Beschäftigungslosigkeit beharrenden Hände bleiben lose Muskelbündel, ohne Kraft und Geschicklichkeit, unsicher und unbeholfen im Tasten und unbrauchbar selbst für die einfachsten Verrichtungen des täglichen Lebens. Bedenkt man, daß die Hand dem Blinden aufnehmendes und ausführendes Organ zugleich ist, daß beide Arten der Betätigung in regster Wechselwirkung stehen, daß eine die andere fördert und die geistige Erfassung und Durchdringung der realen Welt ohne die Hand nicht denkbar ist, so wird klar, wie schwer sich die Nichtbetätigung der Hand rächen muß.

Im Geistesleben des Blinden spielt das Gehör eine bedeutende Rolle. Das Ohr verbindet den Blinden mit der Ferne, es gibt ihm Nachricht über mancherlei Vorgänge in seiner Umgebung, es verschafft ihm in Musik und Poesie hohe ästhetische Genüsse. Aber dieser für ihn so wertvolle Sinn kann ihm auch verhängnisvoll werden, nämlich dann, wenn die Gehörswahrnehmungen ein solches Übergewicht erlangen, daß sie die Tastwahrnehmungen stark zurückdrängen und dadurch bestimmend auf die ganze Richtung der Entwickelung einwirken. Dieses tritt nur zu leicht ein. Während Objekte zum Tasten dem Blinden dargereicht oder ihm wenigstens so genähert werden müssen, daß seine Hand sie zu erreichen vermag, drängen sich Töne und Geräusche dem Blinden geradezu auf. Nun sollte man meinen, er hätte Verlangen, den Gegenstand, der einen Klang hervorbringt, auch durch den Tastsinn kennen zu lernen. Aber das ist meist nicht der Fall. Entweder befriedigt ihn der Klang an sich, besonders wenn er dem Ohre angenehm ist, so völlig, daß es zu einem Nachdenken über die Ursache garnicht kommt, oder die Einbildungskraft ist sofort bereit, ihm vom Urheber des Klanges irgendein phantastisches Bild zu entwerfen. Dieses Spiel der Einbildungskraft bereitet ihm so viel Genuß, daß das Verlangen nach der tatsächlichen Vorstellung ganz zurücktritt. Es kommt auch noch die in jedem Menschen vorhandene Scheu vor Anstrengung hinzu: das bloße Anhören ist bequemer als die sorgfältige Untersuchung mit der Hand. So entstehen auf Grund des bloßen Klangbildes Vorstellungen in der Seele des Blinden, die mit der Wirklichkeit nicht übereinstimmen. Man bezeichnet sie nach dem Vorgange Hitschmanns mit dem Namen Surrogatvorstellungen. Erlangt das Ohr im Geistesleben des Blinden die herrschende Stellung, so wird der Bildung der reale Boden entzogen, es entwickelt sich eine weitgehende Vorstellungsträgheit, Phantasiegebilde beherrschen sein Denken, und er wird ein weltfremder, mit dem praktischen Leben in Widerspruch stehender Mensch.

Zu dieser Gefahr, der Hinneigung zu einem „Traumleben“, trägt auch die Sprache des Blinden bei.

Das sehende Kind erfährt für die durch das Auge aufgenommenen Gegenstände meist auch den Namen; Ding und Name decken sich; das Klangbild ruft sofort die Vorstellung des Gegenstandes hervor, das Bild des Gegenstandes reproduziert den Namen. Das blinde Kind hört den Namen eines Dinges, aber nur in den seltensten Fällen tritt mit der Gehörswahrnehmung auch gleichzeitig die entsprechende Tastwahrnehmung auf. So bleibt der Name des Dinges dem Kinde ein bloßer Klang, für den im besten Falle die Phantasie einen Surrogatinhalt schafft. Da dem Blinden eine andere Sprache als die der Sehenden nicht zur Verfügung steht, so muß seine Sprache inhaltsarm sein: er begnügt sich mit dem Klangbilde. Gleichwohl weiß er meist in seine Sprache den Ton der Überzeugung zu legen, so daß seine Umgebung über die mangelnde reale Grundlage der Sprache hinweggetäuscht wird. Auch der Blinde selbst glaubt, mit dem Worte die Sache zu haben und täuscht sich damit über seine Bildung und sein Verständnis für die wirkliche Welt.

Aus dem Gesagten läßt sich auch der Einfluß der Blindheit auf das Willensleben unschwer erkennen. Der Blinde, der Tätigkeiten nicht verfolgen kann, dessen Nachahmungstrieb nicht angeregt wird, der in Phantasiebildern schwelgt, neigt von Natur zur Passivität. Wohl ist seine Phantasie unausgesetzt tätig, aber die Hände empfangen vom Gehirn keinen Auftrag, etwas zu schaffen, und der Wissensdrang treibt ihn nicht zum Versuchen und Probieren. Wird er nun gar noch von seiner Umgebung durch weitgehende Hilfeleistung und Bedienung verwöhnt, so traut er sich garnichts zu, er bleibt schlaff und energielos[4].

Nur eine verständige Erziehung und ein geeigneter Unterricht können diese Energielosigkeit beseitigen, die von Natur vorhandene Zaghaftigkeit in frische und fröhliche Aktivität verwandeln und den Willen zu den höchsten Zielen anfeuern. Freilich kann es dann auch, besonders wenn die Leistungen des Blinden angestaunt und bewundert werden, leicht dahin kommen, daß er seine Kraft überschätzt und die Meinung gewinnt, er könne in allen Stücken dasselbe leisten wie der Sehende. Das „Ich kann alles, was die Sehenden können!" ist für ihn ebenso gefährlich wie das „Ich kann nichts!"

Was den Einfluß der Blindheit auf das Gefühlsleben

betrifft, so ist zu erwähnen, daß die mit dem Triebleben zusammenhängenden niederen Gefühle bei dem sich selbst überlassenen Blinden zu besonderer Stärke gelangen. Insbesondere gilt dies von den mit Befriedigung des Nahrungstriebes auftretenden Gefühlen. Wo Erziehung und Unterricht einen reichen, namentlich auch ethischen Vorstellungskreis schaffen, beeinflußt dieser das Gefühlsleben derart, daß die niederen Gefühle zurücktreten und die höheren Gefühle größeren Einfluß erlangen. (Mitgefühl, ästhetische, religiöse, patriotische Gefühle usw.) Großen Einfluß auf die Gemütsstimmung des Blinden hat das Bewußtsein von der eigenen Leistungsfähigkeit. Das Gefühl des Gelingens einer Arbeit erzeugt Frohsinn und Optimismus; wo ihm dagegen die Wahrnehmung seiner geringen Leistungsfähigkeit entgegentritt oder oft vorgehalten wird, da stellt sich Unlust und allgemeine Depression ein. Ebenso verdüstert sich sein Gemüt, wenn ihm auf Schritt und Tritt die Abhängigkeit von den sehenden Mitmenschen zum Bewußtsein kommt, während sich sein Mut und seine Hoffnung neu beleben, wenn er sich selbst zu helfen imstande ist und wenn er die Erfahrung macht, daß er den Platz, auf den er gestellt ist, ausfüllt.

Ästhetische Gefühle gründen sich bei dem Blinden fast ausschließlich auf Gehörseindrücke. Poesie und Musik sind für ihn recht eigentlich die Gebiete ästhetischen Genießens. Religiösen Eindrücken ist er leicht zugänglich, doch führt das religiöse Gefühlsleben nicht selten zu Überschwang und Schwärmerei.

Daß Blinde auch von Leidenschaften bewegt werden und in Affekt geraten können, ist eine Tatsache, die jedem bekannt ist, der längere Zeit Umgang mit ihnen gehabt hat. Die in Laienkreisen verbreitete Ansicht, daß das Gemüt des Blinden allezeit einem klaren, ruhigen See gleiche, entspricht nicht der Wirklichkeit.

Die Gefühle, von denen der Blinde bewegt wird, prägen sich in Mienen und Gebärden nicht so lebhaft aus wie bei dem Sehenden, weil das Auge nicht mitwirkt und weil der Blinde das Mienenspiel anderer Personen, das zur Nachahmung Veranlassung gibt, nicht beobachten kann.

Die Abweichungen in der Geistesentwickelung des blinden von der des sehenden Kindes bezeichnen auch die Angriffspunkte für eine rationelle Blindenpädagogik. Nur dann, wenn Erziehung und Unterricht an die Eigentümlichkeiten in der geistigen Entwickelung des Blinden anknüpfen, kann es gelingen, ihn aus seiner Isolierung herauszuheben und die Kluft zu überbrücken, die zwischen ihm und den sehenden Menschen besteht. Es ist geboten, dies mit Entschiedenheit zu betonen, um einer oberflächlichen Auffassung des Blindenunterrichts zu begegnen. Es wird nämlich nicht selten folgende Ansicht geäußert: Das verfeinerte Tastgefühl ersetzt dem Blinden das Gesicht; er hat das Auge gewissermaßen in den Fingerspitzen. Es wird im Blindenunterricht also nur darauf ankommen, möglichst alles das, was der Sehende mit dem Auge wahrnimmt, tastbar zu machen; das sei die wesentlichste Abweichung zwischen dem Unterricht sehender und blinder Kinder. Im übrigen könne sich der Unterricht in Stoffauswahl und methodischer Gestaltung durchaus an den für Vollsinnige berechneten anschließen. In neuerer Zeit sind es vielfach auch die Blinden selbst, die diese Ansicht vertreten, und in Verkennung der ihnen gesteckten Grenzen glauben, den Sehenden nur dann als gleichberechtigt an die Seite treten zu können, wenn sie ihre Bildung auf möglichst ähnlichem Wege erwerben wie diese.

Demgegenüber muß betont werden: durch die Beschränkung der sinnlichen Auffassung sind der Erkenntnis des Blinden Grenzen gezogen, die auch der beste Unterricht nicht ganz wegräumen kann. „Diese Grenzen, welche die Blindheit zieht, sollen dem Blinden bewußt werden; sie müssen im Unterricht respektiert und herausgestellt, nicht aber durch überredende Mitteilungen verwischt werden. Was der Blinde nicht durch eine auf unmittelbare Wahrnehmung basierte Erkenntnis erwerben kann, darf er nicht als einen Besitz betrachten und verwenden."

Im einzelnen dürften sich aus den bisherigen Darlegungen die nachstehenden Erziehungs- und Unterrichtsgrundsätze ergeben.

Da der Tastsinn in der Wahrnehmung realer Objekte beschränkt ist, ist es Pflicht des Blindenunterrichts, diejenigen Dinge, die eine Auffassung durch das Tastvermögen zulassen, dem Blinden auch tatsächlich zugänglich zu machen. Dieser Satz muß freilich sogleich eingeschränkt werden. Nicht darauf kommt es an, dem Blinden eine bunte Fülle von Objekten zu bieten. Darin irrte eine frühere Zeit, daß sie glaubte, mit der Zahl der tastbaren Objekte erweitere sich auch gleicherweise die Bildung des Blinden. Die Forderung der ersten Blindenlehrer: Führt dem blinden Schüler alle Dinge vor, die veranschaulicht werden können, alle, die ihm erreichbar sind, alle, die ihm früher oder später einmal begegnen können, je mehr, desto besser! ist in dieser Allgemeinheit nicht richtig. Heute wissen wir, daß man in der Zahl der Objekte, die man dem Schüler darbietet, Maß halten muß, weil sonst, wie aus dem Kapitel über das Tasten ersichtlich ist, die Gefahr der Flüchtigkeit der Anschauung entsteht. Nicht dies ist der Weg zur gründlichen Bildung des Blinden, ihn in ein Museum der verschiedensten tastbaren Objekte zu stellen, sondern seinen Geist an solchen Gegenständen zu schulen, die in dem Weltbilde, das er zu erlangen imstande ist, charakteristisch und unentbehrlich sind. Die Hauptfrage des Blindenlehrers darf nicht die sein: Was läßt sich aus diesem oder jenem Gebiet alles vorführen und veranschaulichen? sondern sie muß lauten: Welche Gegenstände wähle ich aus, damit der blinde Schüler eine Grundlage für die Erfassung der Welt gewinnt? Geht ihm Wesentliches verloren, entsteht eine Lücke in seinem Weltbilde, wenn dieses oder jenes Objekt, diese oder jene Tatsache übergangen wird?

Es wird sich also im gesamten Blindenunterricht, soweit er realer Natur ist, um die Auswahl und Betrachtung typischer Objekte handeln. Und diese werden, um das vorweg zu sagen, vorzugsweise der Natur und den einfachen Kulturverhältnissen zu entnehmen sein. Wenn also vorhin die Forderung ausgesprochen wurde: die Dinge, die eine Auffassung durch den Tastsinn zulassen, sollen dem blinden Schüler auch tatsächlich zugänglich gemacht werden, so muß dazu ergänzend bemerkt werden: soweit sie notwendig und imstande sind, eine Grundlage für die Erfassung der realen Welt im Geiste des Schülers zu vermitteln.

Da zu große und zu kleine Objekte durch den Tastsinn nicht sicher aufgefaßt werden, ist es notwendig, sie durch Verkleinerung bzw. Vergrößerung dem Tastfeld anzupassen. Die Beschaffung solcher Anschauungsmodelle haben die Blindenanstalten von jeher als eine wichtige Aufgabe angesehen. Über ihre zweckmäßigste Größe und Beschaffenheit entscheiden die Gesetze des Tastens.

Der Mangel des Tastsinnes hinsichtlich der Ferne läßt sich durch den Unterricht nicht beseitigen. Doch ist es hie und da möglich, das vom Auge umfaßte Raumgebiet in verkleinerter und verkürzter Art dem Tastsinn zugänglich zu machen. So läßt sich eine Landschaft mit ihren Bergen, Tälern, Gewässern und Gehöften stark verkleinert als Sand- oder Tonrelief darstellen, wenn natürlich auch ohne weiteres zuzugeben ist, daß eine solche Nachbildung einen sehr dürftigen Ersatz der Wirklichkeit bildet. Immerhin wird der Unterricht von diesem Mittel, die Ferne dem tastenden Finger nahe zu bringen, öfters Gebrauch machen, besonders in der Heimatkunde, wo eine übersichtliche Vorstellung des Landschaftsbildes die notwendige Grundlage für den späteren geographischen Unterricht bildet.

Akustische Fernerscheinungen müssen im Unterricht, soweit dies möglich ist, erklärt werden. Dies kann in vielen Fällen dadurch geschehen, daß der Schallerreger vorgeführt, in anderen Fällen dadurch, daß durch nachahmende Versuche eine ähnliche Schallwirkung hervorgerufen wird (z. B. Gesang eines Vogels: Vorführung des präparierten Tieres; Rauschen des Waldes: Erzeugung eines ähnlichen Schalles durch Schwenken eines Zweiges).

Übrigens darf nicht unerwähnt bleiben, daß auch der Geruchssinn dem Blinden in gewissem Sinne die Ferne erschließt. Der Duft von Blumen, Wäldern und Wiesen, der kräftige Salzgeruch der See läßt ihn ihr Vorhandensein schon in beträchtlicher Entfernung erkennen. Auch die Fähigkeit, Personen in einem gewissen Abstande wahrzunehmen, beruht teilweise auf Geruchseindrücken. Wie der Geruch, so spielen auch der Temperatursinn und die Gemeinempfindung in der Beurteilung der Ferne eine Rolle. Es wird auf den „Fernsinn" in einem späteren Kapitel eingegangen werden. Hier soll nur soviel gesagt sein, daß Erziehung und Unterricht die Ausbildung und Übung der fernwirkenden sensoriellen Hilfsmittel sich angelegen lassen sein muß.

Die gliedernde und ordnende Tätigkeit des Auges bei der Gewinnung von Sammelbegriffen läßt sich in bescheidenem Maße auf den Tastsinn in der Weise übertragen, daß man dem Schüler verkleinerte Nachbildungen natürlicher Gruppen vorführt und ihn anhält, solche Gruppen auch selbst darzustellen. So kann in einem mit Sand gefüllten

Kasten aus kleinen Blechhäuschen ein Dorf aufgebaut werden; Steinchen, die man in den Sand drückt, bilden das Straßenpflaster, kleine buschige Zweige stellen Bäume dar. Auch die von den Schülern aus Ton, Wachs oder Plastilin geformten Einzelgegenstände können oft zweckmäßig zu Gruppen zusammengestellt werden.

Den Ausgangspunkt der Betrachtung einer Gruppe bilden in der Regel die dem Schüler zugänglichen Einzeldinge; dann folgt die verkleinerte Nachbildung, die infolge ihrer geringen Ausdehnung in das Tastfeld des Kindes hineinpaßt und somit die Gruppenauffassung ermöglicht. Man kann aber auch den umgekehrten Weg einschlagen: man geht von der verkleinerten Darstellung aus und bereitet durch diese das Verständnis für die auf einem größeren Raum verteilte natürliche Gruppe vor. Jedenfalls gehören Wirklichkeit und Nachbildung zusammen. Nur wo sich dem Kennenlernen einer natürlichen Gruppe bedeutende Schwierigkeiten entgegenstellen, darf man sich mit der bloßen Nachbildung begnügen.

Die ordnende und gliedernde Tätigkeit des Auges erstreckt sich aber nicht bloß auf Gruppengebiete, sondern auch auf zusammengesetzte Einzeldinge. Die minder wichtigen Teile werden den wesentlichen untergeordnet; das Auge abstrahiert von dem den Gegenständen anhaftenden Beiwerk, das oft nur der Verzierung dient, und sucht den Kern, das Wesen des Dinges zu erfassen. Der tastenden Hand wird diese Unterscheidung schwerer. Darum müssen die Anschauungsobjekte für Blinde möglichst einfach und frei von schmückendem und sonstwie störendem Beiwerk sein. Aus diesem Grunde sind die für Sehende berechneten Lehrmittel, selbst wenn sie deutlich tastbar sind, für die Blindenschule vielfach nicht brauchbar. Sie müssen entweder vereinfacht oder in anderer Weise so umgestaltet werden, daß die tastende Hand das Wesentliche an dem Dinge leicht erkennt.

Die mit der Blindheit gegebene Unmöglichkeit, Tätigkeiten genau und lückenlos zu verfolgen und die damit zusammenhängende Schwierigkeit, die Entstehung eines Dinges zu beobachten, stellt einen so bedeutenden Nachteil für die gesamte Bildung des Blinden dar, daß Erziehung und Unterricht alles aufbieten müssen, um dieses Manko zu beseitigen. Es kann hierfür in der Hauptsache nur ein Mittel in Betracht kommen: man muß den Schüler anleiten, daß er die Arbeitsvorgänge, die er nicht selbst beobachten kann, möglichst durch eigene Betätigung selbst erlebt. Es wäre also, um ein Beispiel anzuführen, nutzlos, wenn man dem blinden Schüler mit Worten beschreiben wollte, wie ein Baum gepflanzt wird; es genügt auch nicht, daß er bei der Pflanzarbeit, die ein Sehender ausführt, zugegen ist und die dürftigen Gehörseindrücke aufnimmt, die durch die Tätigkeit des Pflanzens erzeugt werden. Er muß vielmehr, wenn auch nur in typischer Art, selber das Pflanzloch graben, das Bäumchen hineinstellen, die Wurzeln mit Erde bedecken und den Stamm an einen Pfahl binden. Eine andere Möglichkeit gibt es nicht, um ihm die Tätigkeit des Pflanzens zum Verständnis zu bringen. Namentlich die grundlegenden Vorgänge im Natur- und Kulturleben, wie sie der sog. Anschauungsunterricht dem Blinden vermitteln will, lassen sich fast durchweg nur durch Schaffen an den Dingen und im Umgange mit ihnen zum Verständnis bringen. Darum wird man den Sachunterricht, zumal den auf den unteren und mittleren Stufen, möglichst unter den Gesichtspunkt des Handelns stellen und die Erkenntnis und die denkende Erfassung der Welt auf die untersuchende, forschende, nachahmende, darstellende Tätigkeit des Schülers gründen. Die Art dieser Tätigkeit kann sein: 1. Wirkliche praktische Arbeit (z. B. Füllen der Gießkanne,

Sprengen des Blumenbeetes, Abwägen einer Ware, Fällen eines Baumes, Graben einer Grube, Decken des Tisches usw.). 2. Nachahmende Versuche (z. B. Darstellung eines Hauses, einer Brücke usw. aus Bausteinen, einer Fahne aus einem Stabe und einem Stückchen Zeug, eines Wegweisers aus zwei Holzstäbchen. Vorgang des Fischens durch nachahmende Bewegung der gespreizten Finger im Wasser. Waschen und Trocknen der Wäsche durch entsprechende Behandlung eines Läppchens usw.). Hierher gehört auch die so wichtige nachschaffende Darstellung in Ton oder Wachs (Formen oder Modellieren). 3. Spielende, freie Beschäftigung. Diese freie, nicht durch das Wort des Lehrers in bestimmte Bahnen geleitete Tätigkeit des blinden Kindes ist von besonderer Bedeutung für seine Geistesentwickelung. Sie kommt der ungezwungenen Art, wie das sehende Kind Erfahrungen gewinnt, am nächsten. Die Blindenanstalt hat darum Einrichtungen zu treffen, die dem Kinde eine solche freie, spielende Betätigung ermöglichen. Ein größerer Garten, der nicht bloß nach gärtnerischen, sondern auch nach pädagogischen Gesichtspunkten angelegt ist, wird in besonderem Maße das blinde Kind zu spielenden Untersuchungen und mannigfaltiger freier Betätigung anregen.

Die Erziehung des Kindes zur tätigen Erfassung der Wirklichkeit steigert auch die Tastfähigkeit der Hand. Die Handmuskeln kräftigen sich, erlangen Sicherheit in der Kraftabmessung und werden fähig, der Hand und den Fingern die Stellung zu geben, welche der jeweiligen Tätigkeit angemessen ist. Mit der Steigerung der Tastfähigkeit erhöht sich wieder die Möglichkeit der Geistesbildung. Wie wichtig ist also die Tätigkeit für den Blinden!

Es wurde oben dargelegt, daß die Gehörswahrnehmungen das Geistesleben des Blinden außerordentlich beeinflussen, ja daß sie im vorschulpflichtigen Alter oft ausschließlich wirksam sind. Auch auf die Gefahr wurde hingewiesen, die entsteht, wenn die Gehörswahrnehmungen die Vorherrschaft erlangen und richtunggebend auf die Geistesbildung des Blinden einwirken: der Bildung wird der reale Boden entzogen, und phantastische Spekulation tritt an die Stelle folgerichtigen Denkens. Dieser für den Blinden verhängnisvollen Entwickelung kann nur dadurch begegnet werden, daß man den gesamten Sachunterricht auf die Wahrnehmungen des Tastsinnes gründet, als desjenigen Sinnes, der die räumliche Erkenntnis des Blinden ausschließlich vermittelt. Es soll mit dieser Forderung aber durchaus nicht die Bedeutung der Gehörswahrnehmungen für den Blinden herabgesetzt werden; sie sind tatsächlich für ihn überaus wichtig, und es wäre falsch und zudem ein vergebliches Bemühen, sie ausschalten und unterdrücken zu wollen. Es kann sich nur darum handeln, ihnen die gebührende Stellung zu geben. Diese gewinnen sie in Verbindung mit dem Tasten. Tasten[5] und Hören sollen so oft als möglich aufeinander bezogen, miteinander vereinigt werden, besonders auf der Elementarstufe.

Durch diese Verbindung soll das sinnliche Hören zu einem denkenden werden, soll der Blinde lernen, aus Klängen und Geräuschen richtige Schlüsse auf den Schallerreger ziehen. In der Art, wie der Blindenlehrer die mannigfaltigsten Verbindungen zwischen Tast- und Höreindrücken zu schaffen weiß, wird sich sein pädagogisches Geschick zeigen. Jedenfalls gebührt dem „Tasthören" in der Blindenschule eine hervorragende Stelle. In der Elementarklasse tritt es als selbständige Übung auf, in den höheren Klassen wird es bei jeder sich bietenden Gelegenheit in Anspruch genommen.

Ist der Blindenlehrer von der Überzeugung

durchdrungen, daß Gehörsvorstellungen ohne realen Inhalt wesenloser Schein sind, so wird er auch die Sprache als Unterrichtsmittel richtig einschätzen. Eine dem Zustande der Blindheit entsprechende Sprache zu bilden, ist der Unterricht nicht imstande. Um so sorgfältiger wird darüber zu wachen sein, daß bloße sprachliche Mitteilungen nie die grundlegende selbständige Anschauung und Erfahrung verdrängen dürfen. Rein sprachliche Leistungen des Schülers können darum auch nicht als Beweis für die geistige Erfassung und Durchdringung eines realen Stoffes angesehen werden; nur in Verbindung mit der darstellenden Tätigkeit geben sie Aufschluß über den geistigen Besitz des Kindes.

Daraus ergibt sich weiter, daß der Unterricht bemüht sein muß, nur solche Worte und Redewendungen zu brauchen, deren Inhalt dem Schüler auf Grund der eigenen Anschauung verständlich werden kann. Namentlich auf der Elementarstufe muß dieser Grundsatz strenge durchgeführt werden. Er ist auch für die Einrichtung der Fibel und der ersten Lesebücher ausschlaggebend. Diese Elementarbücher können darum nicht einfach von der Volksschule auf die Blindenschule übernommen werden; sie müssen aus dem Erfahrungsgebiet des Blinden hervorgehen. Da das blinde Kind seine Anschauungen und Erfahrungen in erster Linie in seiner nächsten Umgebung sammelt und diese in den einzelnen Blindenanstalten verschieden ist, so wäre es das Ideal, wenn jede Anstalt ihre eigenen, den speziellen Verhältnissen entsprechenden Elementarbücher besäße.

Endlich ergibt sich aus dem Verhältnis zwischen Hören und Tasten für den Blindenlehrer die Mahnung, auch auf den oberen Stufen die Unterrichtssprache so anschaulich und konkret als möglich zu gestalten. Bilder und Redewendungen, die der Welt des Sehens entnommen sind, können und dürfen auf die Dauer nicht umgangen werden;

aber sie sollen sorgfältig erläutert und, soweit dies angängig ist, zu dem Tastsinn in Beziehung gesetzt werden.

Über die Willensbildung des blinden Kindes sollen hier nur einige Andeutungen gemacht werden.

Erziehung und Unterricht werden es als eine Hauptaufgabe ansehen müssen, die dem Blinden häufig innewohnende Passivität, Schlaffheit und Energielosigkeit zu bekämpfen. Dies geschieht in erster Linie durch Gewöhnung zur Arbeit. Die weitgehende Bedienung des blinden Kindes durch Eltern und Geschwister ist ein schwerer Fehler, der sicher zur Willensschwäche führt. Wird dagegen das blinde Kind früh angehalten, sich selbst anzukleiden, seine Sachen in Ordnung zu halten, ohne fremde Hilfe zu essen und bestimmte kleine häusliche Arbeiten zu verrichten, so ist damit schon eine wertvolle Grundlage für die Willensbildung geschaffen.

Die natürliche Zaghaftigkeit des Blinden, die ihm die Meinung einprägt, er könne nichts Rechtes zustande bringen, wird durch freundliche Anerkennung auch schwacher Leistungen zu besiegen sein. Nur nicht unbedacht schelten, wenn dem blinden Kinde etwas nicht gelingt! Namentlich auf dem Gebiet des Darstellens und Schaffens mit der Hand wird der Lehrer oft mit den bescheidensten Anläufen zufrieden sein müssen. Hat sich erst das Selbstvertrauen des Blinden gehoben, so ist viel gewonnen. Immer wird man dies als Ziel im Auge behalten müssen: Den Blinden auf sich selbst zu stellen, ihm zum Bewußtsein kommen zu lassen, daß er meist ohne fremde Hilfe fertig werden kann, seine Arbeitskraft zu stärken, die Arbeitsfreudigkeit, die Hemmungen und Störungen überwindet, zu heben und ihn anzuregen, seine Ehre darin zu suchen, durch Fleiß und Ausdauer, durch tüchtige, solide Arbeit sich seinen Platz in der Welt zu erobern. Die mancherlei unerfreulichen Erscheinungen, die hie und da unter den im Leben stehenden Blinden sich bemerkbar machen, wurzeln zum großen Teil in mangelndem Arbeitsmut und in der wenig ehrenvollen Meinung, daß ein Blinder sich nicht anzustrengen brauche und von vornherein Anspruch auf mitleidsvolle Hilfe habe. Es ist das ein Standpunkt, der leider von den Angehörigen der Blinden häufig geteilt wird.

Die nach der entgegengesetzten Seite zuweilen hervortretenden unliebsamen Erscheinungen: Selbstüberschätzung und Eitelkeit, haben nicht selten darin ihren Grund, daß die Leistungen des Blinden über Gebühr angestaunt und bewundert werden. Besucher der Blindenanstalt beobachten in dieser Hinsicht vielfach nicht die nötige Zurückhaltung und bestärken den Blinden dadurch in der hohen Meinung von sich und seinem Können. Kühles Abwägen der Leistungen und taktvolles Hinweisen auf höhere Ziele werden bei zu hoher Selbsteinschätzung am Platze sein.

Was die Beeinflussung des Gefühlslebens durch Erziehung und Unterricht betrifft, so wird es in erster Linie darauf ankommen, die niederen Gefühle, namentlich die mit dem Nahrungstriebe zusammenhängenden, zurückzudrängen. Leider arbeitet hier die häusliche Erziehung der Anstaltserziehung häufig entgegen. Die unverständige Liebe der Eltern und Verwandten meint: das blinde Kind muß so viel entbehren; dafür soll es wenigstens durch gutes Essen und Trinken entschädigt werden. „Gutes Essen" bedeutet bei ihnen aber gewöhnlich Kuchen, Süßigkeiten und andere Leckereien. Da ist es nicht zu verwundern, daß die Blinden im vorgeschrittenen Alter vielfach keinen höheren Genuß kennen, als Befriedigung des Gaumens. Eine verständige Erziehung wird dahin streben, daß der Blinde Zunge und Gaumen in Zucht nimmt und Genüsse geistiger Art kennen und erstreben lernt. So wird dafür zu sorgen sein, daß freie Stunden und Tage durch gesellige Spiele, musikalische Betätigung, Vorlesen und eigene Lektüre, Brett- und Ballspiele, Spaziergänge usw. ausgefüllt werden. In erster Linie aber werden die Lustgefühle zu steigern sein, die mit dem Gelingen einer Arbeit verbunden sind. Es muß immer wieder daran erinnert werden, daß die Arbeit dem Blinden die reichste Quelle der Freude werden kann und soll. Auch von diesem Gesichtspunkt aus darf daher der Unterricht nicht, wie vorhin gesagt, bloße Mitteilungen, die ohne innere Anteilnahme aufgenommen werden, bieten, sondern er muß den Schüler vor Aufgaben stellen, deren Bewältigung das freudige Gefühl des Gelingens hervorruft.

Anregung des religiösen Gefühls durch Hausandacht, Religionsunterricht und Besuch des öffentlichen Gottesdienstes hat man von jeher als notwendige und wichtige Aufgabe der Blindenerziehung angesehen. Rührselige Empfindungen dagegen, zu deren Äußerung manche weichgestimmten Menschen dem Blinden gegenüber sich veranlaßt fühlen, wird man von ihm fernzuhalten suchen. Nicht zu wehmütiger Resignation, sondern zu mutigem Gottvertrauen soll der Blinde erzogen werden.

Dem ästhetischen Genießen, wie Musik und Poesie es dem Blinden in erster Linie darbieten, wird man einen weiten Raum zuerkennen müssen. Doch ist zu betonen, daß es sich auch hier nicht um müßiges Hinnehmen handeln darf; der Genuß soll nicht bloß in sinnlicher und phantastischer Erregung bestehen: durch geistiges und seelisches Verarbeiten des Gebotenen soll eine wirkliche Bereicherung des Gemüts erfolgen. Daraus ergibt sich die Forderung, dem Blinden nur wertvolle Musik und Poesie darzubieten und nur solche, die er geistig zu erfassen und zu durchdringen imstande ist. Im Gesangunterricht werden es in erster Linie unsere schönen Volkslieder und volkstümlichen Gesänge sein, von denen ein Gewinn für das Gemüt des Schülers zu erwarten ist.

Für eine ästhetische Betrachtung plastischer Kunstwerke reicht der Tastsinn im allgemeinen nicht aus, obgleich Ausnahmen vorkommen (Helen Keller, blinde Bildschnitzer und Former). Wohl aber bringt die Erkenntnis des regelmäßigen Aufbaues von körperlichen Darstellungen und die Zurückführung ihrer Teile auf geometrische Verhältnisse dem Blinden Freude und geistigen Gewinn. Der Unterricht wird dieser Tatsache in der Geometrie, im Formen und Zeichnen und gelegentlich auch in andern Fächern Rechnung tragen.

K r a u s e , Geistige Eigentümlichkeiten des blinden Kindes. Bldfrd. 1883 S. 52.

H e l l e r , Die Blindenbildung in ihrer Beziehung zum Leben. Kongr.-Ber. Frankfurt a. M. 1882.

Die Vorstellungen der Blinden und die Anschauung im Blindenunterricht. Bldfrd. 1901 S. 177.

3. Folgen der Blindheit in sozialer Beziehung.

Wie alles Unglück, so erregt auch die Blindheit Teilnahme und Mitleid, ja es wird kaum einem andern Unglücklichen soviel Sympathie und Mitgefühl entgegengebracht wie dem Blinden. Die mit der Blindheit gegebene Hilflosigkeit in bezug auf Bewegung und Orientierung, die große Beschränkung in der äußeren Wahrnehmung und der damit verbundene Verzicht auf so viele edle Freuden, die gedrückte äußere Erscheinung des Blinden, auf dessen Gesicht sein Unglück geschrieben steht: das alles wird so ohne weiteres offenbar, daß jeden Menschen tiefes Mitleid ergreift, wenn er mit einem Blinden in Berührung kommt. Diese innige Teilnahme ist erfreulich, von ihr ist unendlicher Segen ausgegangen, auf ihr beruht zu einem gewichtigen Teil der Erfolg der Arbeit an den Blinden und für die Blinden.

Aber die Teilnahme hat auch ihre Kehrseite. Wohl tut es dem Menschen wohl, wenn er Verständnis und Mitgefühl für sein Unglück findet, aber es berührt ihn peinlich, wenn diese teilnehmende Gesinnung sich in unzarter oder gar aufdringlicher Weise äußert. Kein Mensch mag an Fehler und Gebrechen gern erinnert werden, auch der Blinde nicht. Der Rat, den das Sprüchlein an der Mauer jener alten Blindenanstalt den Besuchern gab, ist darum beherzigenswert und sollte auch heute noch beachtet werden:

> „Den Geist dem Lichte zugewandt,
> Regt hier der Blinde froh die fleiß'ge Hand.
> Sag ihm, was ihn erfreuen kann,
> Doch stimme nie des Mitleids Wehlaut an!"

Das Mitleid kann aber den Blinden nicht bloß verwunden, es kann ihm geradezu zum Verderben gereichen, dadurch, daß es zu unrichtiger und unzeitiger Hilfe verleitet. Es ist ein falsches und kurzsichtiges Mitleid, das dem Blinden jede Mühe und Anstrengung ersparen will. Wie jeder Mensch, so wird auch der Blinde nur durch den fleißigen Gebrauch der ihm verliehenen Gaben und Kräfte eine selbständige und lebensfrohe Persönlichkeit; durch unverständige Hilfe bringt man ihn um sein Lebensglück. Am verhängnisvollsten wirkt das Mitleid, wenn es zum Darreichen von Almosen verleitet.

Diese letztgenannte Art der Hilfe wird sich ja freilich nur den Blinden anbieten, die in gedrückten äußeren Verhältnissen leben; da aber die Blindheit die sozial tieferstehenden Volksschichten stärker heimsucht als die oberen, so tritt die Gelegenheit, durch Almosen zu helfen, sehr häufig ein. In früheren Zeiten sah man diese Art der Hilfe als die einzig mögliche an: Die Blinden aßen Bettelbrot und Gnadenbrot. So wurde und wird auch heute noch vielfach der Blinde durch falsch geleitetes Mitleid auf die sozial tiefste Stufe herabgedrückt; man will ihm helfen und läßt ihm eine Demütigung widerfahren, man will ihn aufrichten und lähmt durch Almosen oder Unterstützung seine Arbeitsfreudigkeit und seinen Fleiß, man glaubt ihn zu befriedigen und macht ihn um so begehrlicher. Die rechte Fürsorge geht andere Wege.

Die Blindheit bringt mehr als die meisten anderen körperlichen Gebrechen den mit ihr Behafteten in Abhängigkeit von anderen Menschen. Der Blinde muß sich im unbekannten Raume führen lassen; er muß Hilfeleistungen annehmen, die ein Sehender entrüstet zurückweisen würde. Sucht er Unterhaltung oder Belehrung aus Büchern, so muß er andere bitten, ihm vorzulesen; will er seine Gedanken und Wünsche einem Briefe anvertrauen, so muß ein anderer für ihn die Feder ergreifen: er ist abhängig auf Schritt und Tritt. Solche Abhängigkeit ist tief schmerzlich, und man versteht die Bitterkeit, mit welcher zuweilen die Blinden von ihr sprechen.

Dem Blinden ist seine Geistesbildung erschwert. Die Volksschule kann ihm fast nichts bieten; er muß eine eigens für ihn eingerichtete Bildungsanstalt aufsuchen[6]. Damit ist in den meisten Fällen ein Verlassen des Elternhauses in frühen Jahren und ein Verzichtleisten auf die Lebensgemeinschaft der Familie verbunden. Das Ziel, welches sich die Blindenanstalt hinsichtlich der Schulbildung stecken kann, ist zwar im allgemeinen nicht niedriger als das der Volksschule, ja in manchen Stücken höher, aber überall da, wo die sinnliche Auffassung infolge der beschränkten Leistungsfähigkeit des Tastvermögens stark herabgesetzt ist, muß sich der Unterricht in sehr bescheidenen Grenzen halten. (Naturgeschichte, Chemie, wichtige Stücke der Physik, Zeichnen.)

Durch die Notwendigkeit von Spezialanstalten, durch die eigenartigen Lehrmittel, deren Herstellung mit bedeutenden Kosten verbunden ist, durch die Notwendigkeit kleiner Schulklassen (etwa 12 Schüler pro Klasse) wird der Unterricht teuer, so daß unbemittelte Blinde auf die Schulbildung verzichten müßten, wenn nicht durch die Fürsorge des Staates oder besonderer Vereine und Stiftungen die Ausbildung der Blinden ganz oder wenigstens teilweise unentgeltlich erfolgte.

Dem Blinden ist auch seine geistige Weiterbildung erschwert. Wohl hat ihm die Anstalt während seiner Schulzeit alle ihre Bildungsmittel zur Verfügung gestellt, aber mit seiner Entlassung aus der Anstalt entstehen Schwierigkeiten, die erworbenen Kenntnisse und

Fertigkeiten zu erhalten und weiter auszubilden. Der Blinde ist meist nicht in der Lage, sich eigene Bücher anzuschaffen, denn sie sind teuer und nehmen viel Raum ein; die in Reliefschrift vorhandene Literatur ist auch ihrem Umfange nach eine recht bescheidene und kann sich mit der Fülle, die dem Sehenden zu Gebote steht, bei weitem nicht messen. Die Zeitungen und Zeitschriften berücksichtigen seinen Erfahrungs- und Interessenkreis zu wenig, abgesehen davon, daß er sie sich von einem Sehenden vorlesen lassen muß. In Bildungs- und ähnlichen Vereinen findet er nur selten Aufnahme und Anschluß. Museen und Ausstellungen existieren für ihn nicht, denn die ausgestellten Gegenstände dürfen nicht betastet werden. Wanderungen und Reisen bieten ihm wenig Anregung.

Der Blinde ist in der Wahl eines Berufes beschränkt. Es gibt nur ganz wenige Berufe, bei denen das Auge allenfalls entbehrt werden kann. Ausgeschlossen ist fast immer der Beamtenberuf, selbst wenn er sich auf die Schreibstube beschränkt; die schriftlichen Arbeiten des amtlichen Verkehrs kann der Blinde nicht erledigen. Die Ausbildung befähigter Blinder zu Lehrern und Lehrerinnen an Volksschulen und Blindenanstalten ist zwar verschiedentlich versucht worden, und wenn es auch einzelne tüchtige, ja bedeutende blinde Lehrer gegeben hat, die segensreich in ihrem Kreise wirkten, so können die Staatsbehörden aus verschiedenen Gründen sich doch nicht entschließen, blinde Lehrer an öffentlichen Schulen, selbst nicht an Blindenanstalten, allgemein anzustellen. So bleibt dem blinden Lehrer nur die private Tätigkeit als Sprachlehrer oder als Hilfskraft in einer Blindenanstalt übrig. Ebenso schwierig ist es für solche Blinde, welche eine Universität besucht haben, einen angemessenen Wirkungskreis zu finden; meist bleiben sie bei rein privater Tätigkeit. Der Beruf als Organist, Konzertmusiker und

Musiklehrer kann zwar von dem Blinden aufs beste ausgefüllt werden; bei der sehr großen Konkurrenz seitens der sehenden Musiker wird der Blinde sich aber nur dann Geltung verschaffen können, wenn er ganz hervorragend tüchtig ist, die ihm entgegentretenden äußeren Schwierigkeiten zu überwinden und die Bedenklichkeiten und Vorurteile zu zerstreuen weiß, die ihm fast immer entgegengebracht werden. Für die Mehrzahl der Blinden bleibt ein Handwerk der geeignetste Beruf. Aber auch hier muß mit einer weitgehenden Beschränkung gerechnet werden. Es gibt nur wenige Handwerke, die von Blinden einwandfrei ausgeübt werden können. In Deutschland haben sich besonders die Korbflechterei, die Bürstenmacherei und die Seilerei bewährt, in Dänemark auch die Schuhmacherei, in Skandinavien die Holzbearbeitung und eine bestimmte Art der Weberei. Für Blinde, deren Befähigung zur Erlernung eines Handwerks nicht ausreicht, bleiben nur Handarbeiten von untergeordnetem Wert übrig: das Flechten von Stroh- und Rohrseilen, die Herstellung von Fußmatten, das Beziehen von Rohrstühlen, die Anfertigung von Strohhülsen für Flaschen pp. Für Mädchen sind Strick-, Häkel- und Knüpfarbeiten geeignet, doch geben sie bei der Billigkeit der Maschinenarbeit nur einen minimalen Verdienst. Von sonstigen Beschäftigungen, die von Blinden vereinzelt ausgeübt werden, seien genannt: Massage, Maschinennähen, Korrespondenz im Bureau eines Anwalts, Reliefdruckerei.

Bei der Ausübung des Berufes hat der Blinde ebenfalls mit großen Schwierigkeiten zu kämpfen. Der Handwerker leidet unter dem Vorurteil, daß die Arbeit des Blinden nicht so gut und dauerhaft sei wie die des Sehenden. Dieses Mißtrauen in seine Leistungsfähigkeit führt häufig dazu, daß er bei Aufträgen übergangen wird. Nicht selten mutet man ihm zu, daß er billiger arbeiten solle als der Sehende, „da doch seine Bedürfnisse geringere seien". (In Wirklichkeit hat der Blinde manche Ausgaben, die der Sehende nicht kennt; man denke z. B. an den Führerlohn und die Bezahlung der Hilfeleistungen, die der Blinde im häuslichen und beruflichen Leben so oft braucht.) Bei der Beschaffung des Arbeitsmaterials und dem Vertriebe der gefertigten Waren ist er vielfach auf die Vermittelung der Sehenden angewiesen, und diese ist nicht immer sachgemäß und geschäftsdienlich. Der blinde Musiker muß oft viele Jahre warten, ehe sich ihm eine Organistenstelle mit bescheidenem Einkommen bietet, und der blinde Konzertmusiker ist von dem sehenden „Impresario" gänzlich abhängig, der gewöhnlich nur auf seinen eigenen Vorteil bedacht ist und nicht selten auch mit unlauteren Mitteln arbeitet, um gute Geschäfte zu machen.

Auch in seiner Eigenschaft als Staatsbürger ergibt sich für den Blinden manche Beschränkung. Ein staatliches oder kommunales Amt, selbst wenn es sich um ein Ehrenamt handelt, wird ihm nur in wenigen Ausnahmefällen übertragen. Man traut ihm die erforderlichen Welt- und Menschenkenntnisse nicht zu; hindernd tritt auch hier wieder die Schwierigkeit des schriftlichen Verkehrs auf. Als Schöffe oder Geschworener kommt er nicht in Frage; selbst als Zeuge wird er nur selten herangezogen. Die Ausstellung von rechtsverbindlichen Urkunden und Erklärungen durch einen Blinden stößt auf Schwierigkeiten, da er mit Feder und Tinte nicht zu schreiben vermag und ein mit der Schreibmaschine ausgeführtes Schriftstück nur in gewissen Fällen Gültigkeit hat. Ist er mittellos, so kann es auch vorkommen, daß er in der Freizügigkeit beschränkt ist, da manche Gemeinden aus Besorgnis, daß sie in die Lage kommen könnten, ihn unterhalten oder wenigstens unterstützen zu müssen, ihm bei der Niederlassung

Schwierigkeiten bereiten und ihn nach dem Heimatsort abzuschieben bestrebt sind.

Endlich sei noch auf die Beschränkung hingewiesen, die dem Blinden hinsichtlich der Gründung einer Familie auferlegt ist. Bei einem blinden Mädchen ist die Verheiratung so gut wie ausgeschlossen, und auch bei einem blinden Manne ergeben sich meist, wenn er eine Ehe mit einem sehenden Mädchen schließen will, große Schwierigkeiten und Bedenken. So muß also der Blinde vielfach einsam durchs Leben gehen.

Die mit der Blindheit gegebenen sozialen Mängel und Härten nach Möglichkeit zu beseitigen, ist eine schöne und notwendige Aufgabe. Sie fällt der Gesamtheit der Sehenden zu, in erster Linie denen, die von Amts wegen berufen sind, ihre Kraft den Blinden zu widmen; aber auch die Blinden selbst können viel dazu beitragen, ihre soziale Lage zu verbessern.

Die Gefahr, die dem Blinden aus dem unüberlegten Mitleid der Sehenden erwächst, kann nur durch Aufklärung und Belehrung des Publikums, wie sie wahre Blindenfreunde durch Wort und Schrift stets geübt haben, abgewandt werden. Mehr als das wirkt oft der Einblick in die Arbeit der Blindenanstalt und die Tätigkeit der Fürsorgevereine.

Die Milderung der Abhängigkeit des Blinden von den Sehenden wird durch die Erziehung und den Unterricht in der Blindenanstalt erstrebt. Sie sucht den Blinden körperlich selbständig zu machen, damit er fremder Handreichung möglichst entbehren kann; sie bildet sein Orientierungsvermögen aus, um ihn von einem Führer weniger abhängig zu machen; sie lehrt ihn eine tastbare Schrift lesen und erschließt ihm damit die Schätze der Literatur; sie ermöglicht ihm den schriftlichen Verkehr mit den Sehenden durch eine leicht herzustellende Flachschrift und den mit seinen Schicksalsgenossen durch die Punktschrift und sammelt endlich diejenigen Blinden, die infolge widriger Verhältnisse in besondere Abhängigkeit von anderen Menschen geraten würden, in Heimstätten, die mit Arbeitsanstalten verbunden sind.

Die Erschwernisse, die dem Blinden in seiner Weiterbildung entgegentreten, suchen die Blindenanstalten und die Fürsorgevereine ebenfalls nach Möglichkeit zu beseitigen. Auch die Blinden selbst arbeiten in dieser Richtung in anerkennenswerter Weise. Die Anstalten versenden die in ihren Bibliotheken vorhandenen Bücher auf Wunsch an die auswärtigen Blinden und tragen in den meisten Fällen auch die Versendungskosten. Vor einigen Jahren ist in Hamburg eine große Leihbibliothek für Blinde (Zentral-Bibliothek für Blinde) gegründet worden, die ebenfalls die Bücher unentgeltlich an Blinde verborgt. Von einigen Anstalten werden auch Zeitschriften für Blinde mit unterhaltendem und belehrendem Inhalt herausgegeben; dasselbe geschieht von einzelnen Blinden und Blindenvereinigungen[7]. In großen Städten haben sich die Blinden zwecks Weiterbildung in Vereinen zusammengefunden. Der schriftliche Verkehr der Blinden mit den Sehenden findet mehr und mehr durch die Schreibmaschine Förderung und Erleichterung. Maschinen für erhabene Schrift, die auch der weniger bemittelte Blinde sich anschaffen kann, ersetzen das mühsame und langsame Arbeiten mit dem Schreibstift. Dazu hat unter Mitwirkung der Blinden die Punktschrift eine Kürzung erfahren, so daß neben der alphabetischen Schrift eine Kurzschrift besteht, die in erster Linie der Fortbildung der Blinden zugute kommt[8].

Was die Beschränkung des Blinden in der Berufswahl betrifft, so ist trotz der Bemühungen der Blindenlehrer und auch der Blinden selbst ein wesentlicher Fortschritt leider nicht erzielt worden. Wohl erschließt sich hie und da dem einzelnen Blinden ein neuer Beruf, der aber für die Allgemeinheit nicht in Frage kommen kann. Voraussichtlich werden diejenigen handwerklichen Beschäftigungen, die als für Blinde besonders geeignet in den Anstalten gelehrt werden, auch in Zukunft für die Mehrzahl in Betracht kommen. Daneben wird man von Fall zu Fall prüfen müssen, ob etwa die besondern Verhältnisse und äußeren Umstände es ratsam erscheinen lassen, diesem und jenem Blinden einen Beruf zu erschließen, der abseits liegt. Allerdings wird dies weniger Aufgabe der Anstalt, als vielmehr der Angehörigen des Blinden sein müssen.

Die Schwierigkeiten, die dem Blinden bei der Ausübung seines Berufes entgegentreten, werden durch eine gründliche Ausbildung und durch besondere Maßnahme der Fürsorge wenigstens teilweise zu überwinden sein. Auf die Ausbildung wird das Hauptgewicht zu legen sein, und zwar gilt dies hinsichtlich des Handwerkers ebenso wie hinsichtlich des Musikers und derer, die etwa einen anderen Beruf ergreifen. Nur dadurch, daß der blinde Handwerker durchaus gute und einwandfreie Ware liefert, wird er das Vorurteil gegen die Blindenarbeit beseitigen. Und der blinde Musiker muß Vorzügliches leisten, um mit den Sehenden erfolgreich konkurrieren zu können. Die Fürsorge geht den Schwierigkeiten und Hemmnissen nach, die dem Einzelnen im Berufsleben begegnen, und versucht, ihm den Kampf um seine Existenz zu erleichtern.

Die Beschränkungen und Erschwernisse, die dem Blinden als Staatsbürger entgegentreten, werden sich kaum beseitigen lassen. Hervorragende Tüchtigkeit, verbunden mit strengster Ehrenhaftigkeit und Charakterfestigkeit, werden die Stellung des Blinden in der menschlichen Gemeinschaft festigen und ihn auch wohl zu der einen oder anderen Vertrauensstellung im Gemeinschaftsleben führen.

Der Wunsch der Blinden, rechtsverbindliche Urkunden, besonders die Bestimmung des letzten Willens, in Punktschrift abfassen zu dürfen, wird sich wegen der Möglichkeit von Unterschiebungen, wegen der Schwierigkeit der Prüfung und aus andern Gründen schwerlich erfüllen lassen.

Auch die Ausnahmestellung, die der Blinde hinsichtlich des Familienlebens einnimmt, wird nicht zu beseitigen sein, ja die Beseitigung ist in vielen Fällen nicht einmal wünschenswert. Es mag darum hier in aller Kürze über die Blindenehe etwas gesagt sein. Die Verheiratung eines blinden Mädchens ist in keinem Falle wünschenswert, da sie ihre Pflichten als Hausfrau und Mutter nur ganz mangelhaft erfüllen kann. Geradezu verhängnisvoll kann eine Heirat Blinder untereinander werden. Wo dahingehende Wünsche auftreten, hat man die dringende Pflicht, zu warnen und ihre Verwirklichung zu verhüten. Gegen die Ehe zwischen einem blinden Mann und einem sehenden Mädchen bestehen solche schweren Bedenken nicht, doch werden die beteiligten Personen und deren Berater ernst zu prüfen haben, ob einerseits der Blinde imstande ist, eine Familie zu ernähren und ob andererseits die Frau für ihn paßt und aus Neigung und mit ehrlichen Absichten in die Ehe tritt. In diesem Falle kann die Ehe für beide Teile, namentlich für den Blinden, zum Segen werden. Treffen die Voraussetzungen nicht zu, so wird die Heirat der Quell von Jammer und Elend. Für manche blinden Männer ist es auch unter günstigen äußeren Verhältnissen Pflicht, eine Ehe nicht einzugehen, nämlich dann, wenn eine Vererbung der Blindheit oder eine andere Schädigung der Nachkommenschaft zu erwarten ist.

Die Angehörigen und Freunde des Blinden werden ihm daher bei Erwägungen über den entscheidenden Schritt der Eheschließung ratend und helfend zur Seite stehen. Freilich ist es Tatsache, daß die Blinden gerade in diesem Punkte nicht immer geneigt sind, guten Rat anzunehmen. Denjenigen Blinden, die einsam durchs Leben gehen müssen, kann ein reger Verkehr mit ihren Schicksalsgenossen, der Zusammenschluß in Vereinen und in behaglich eingerichteten Heimen das Familienleben einigermaßen ersetzen.

Moldenhawer, Die soziale Stellung der Blinden. Kongr.-Ber. Dresden 1876.

Büttner, Die Blindenehe. Kongr.-Ber. Köln 1888.

Moldenhawer, Die Stellung der Blinden in der Welt. Kongr.-Ber. Steglitz-Berlin 1898.

Heller, Die soziale Stellung der Blinden. Bericht über den 4. österreichischen Blindenlehrertag. Brünn 1909.

4. Die erste Erziehung des blinden Kindes.

Die erste Erziehung des blinden Kindes ist von großer Bedeutung für sein ganzes Leben. Was hier versäumt wird, läßt sich später nur schwer nachholen; erhält die erste Erziehung eine falsche Richtung, so kann vielfach auch die tüchtigste Anstaltsarbeit den Schaden nicht wieder gutmachen. Umgekehrt arbeitet eine verständige Lebenshaltung des Kindes im elterlichen Hause der Anstaltserziehung trefflich vor.

Die falsche Erziehung hat häufig ihren Grund in dem Schmerz der Mutter über das mit der Blindheit zerstörte Glück ihres Kindes und der daraus hervorwachsenden weichen Stimmung und übergroßen Liebe, die dem blinden Kinde alles vermeintlich Widerwärtige und Unangenehme fernzuhalten sucht, die ihm keinen Wunsch versagt und es vor jeder Anstrengung ängstlich behütet. Der Schmerz der Mutter ist wohl zu verstehen, und es ist begreiflich, daß sie ihrem Schmerzenskinde besondere Liebe zuwendet. Trotzdem ist es, gerade um des Kindes willen, ihre Pflicht, die weichen Regungen zurückzudrängen und sich eine ruhigere Stimmung zu erkämpfen. Es ist dann zu erwarten, daß die Erziehung nicht eine Gefühlssache, sondern ein Ergebnis verständiger Überlegung wird.

Das Ziel der häuslichen Erziehung ist: Entwickelung und Übung der in den Anlagen vorhandenen leiblichen und geistigen Fähigkeiten des Kindes bis zu einem solchen Grade, daß die Erziehung in der Blindenanstalt fortgesetzt werden kann.

Erschwert wird diese Aufgabe durch den Umstand, daß das blinde Kind infolge seiner geringeren

Beobachtungsfähigkeit mehr Anleitung zum Gebrauch und zur Übung seiner Kräfte bedarf als das sehende. Fehlt es hierzu den Angehörigen des Kindes an der nötigen Zeit oder dem erforderlichen Geschick, so ist die notwendige Folge, daß die Anlagen des sich selbst überlassenen Kindes unentwickelt bleiben oder daß sich seine Kräfte in falscher Richtung betätigen.

In körperlicher Hinsicht wird die Mutter das blinde Kind ebenso frühe wie das sehende zur Reinlichkeit und geregelter Befriedigung seiner Bedürfnisse anhalten. Es ist gar zu abstoßend, wenn ein blindes Kind im vorgeschrittenen Alter noch mit den einfachsten Pflichten der Sauberkeit in Widerspruch gerät.

Das Gehen kann und soll das blinde Kind ebenso frühe erlernen wie das sehende; es ist nicht gut, wenn es länger als unbedingt nötig, getragen wird. Auf baldige Selbständigkeit in der Fortbewegung ist von vornherein Bedacht zu nehmen. Man lasse das Kind zunächst an Stühlen und andern Hausgeräten entlang gehen und lenke später seine Schritte durch ermunternde Zurufe. Natürlich kann auch die Führung des Kindes nicht entbehrt werden, sie soll aber möglichst eingeschränkt werden.

Frühe soll die Mutter das Kind daran gewöhnen, sich selbst an- und auszukleiden, sich selbständig zu waschen und zu kämmen. Es dauert wohl recht lange, ehe das Kind damit zustande kommt, und die Mutter muß bei den ersten Versuchen große Geduld beweisen, muß auch später noch viel kontrollieren und nachbessern, aber dafür ist mit diesen ersten und wichtigsten Arbeiten des Selbstbedienens ein großer Schritt vorwärts getan zur Selbständigkeit des Kindes. Auch lernt es dabei seinen Körper aufs beste kennen, was sehr wichtig ist. Wo irgend möglich, soll das Kind ferner angeregt werden, Dinge herbeizuholen und fortzutragen, Botengänge zu machen und andere mit

Bewegung verbundene kleine Dienste zu leisten, damit sein Hin- und Hergehen einen bestimmten Zweck erhält und der Orientierungssinn in Anspruch genommen wird. Geschieht das nicht, so entsteht die Gefahr, daß der Tätigkeitstrieb des Kindes seine Befriedigung in passiven Bewegungen sucht: Wiegen des Körpers, Drehen des Kopfes, Zappeln der Arme und Beine, Augenbohren usw.

An Mäßigkeit im Essen und Trinken ist das Kind von vornherein zu gewöhnen. In dieser Beziehung wird unendlich oft gefehlt, besonders dadurch, daß man das Kind an Leckereien gewöhnt. Es kommt dann häufig dahin, daß später ein solches Kind die gesunde und kräftige Hausmannskost der Anstalt verachtet und jeden Groschen zur Beschaffung von Kuchen und Zuckerwerk verwendet. Natürlich soll das Kind auch gute Manieren beim Essen beobachten; man übe mit ihm die richtige Haltung des Löffels und achte darauf, daß es bescheiden bittet, wenn es noch nicht satt ist.

Dinge zum Spielen soll das blinde Kind schon in der Wiege erhalten: ein Bällchen, eine Klapper, ein Stäbchen. Später ist die Auswahl größer: Brettchen, Hölzchen, Bausteine, Kugeln, Kegel, ein Löffel zum Graben im Sande, ein Becher, ein kleiner Wagen, eine Karre pp., immer Gegenstände, mit denen es Tätigkeiten ausführen kann. Auch ein Klümpchen Ton oder Wachs zum Formen ist als Spielgabe vortrefflich geeignet. Öfterer Wechsel des Spielzeuges ist geboten, um Einförmigkeit und Langeweile nicht aufkommen zu lassen. Das bloße Darbieten des Spielzeuges wird freilich nicht genügen; da das blinde Kind das Tun und Treiben anderer Menschen nicht beobachten kann, bleibt sein Nachahmungstrieb ohne Anregung, und es weiß mit dem Spielzeuge nichts anzufangen. Anleitung ist darum auch hier notwendig. Diese wird am besten von Kindern, z. B. den Geschwistern gegeben, wie überhaupt ein häufiges Zusammensein mit anderen Kindern sehr anregend und fördernd auf das blinde Kind einwirkt. In der warmen Jahreszeit soll es sich so oft als möglich im Freien aufhalten. Das ist nicht bloß aus gesundheitlichen Gründen wichtig, sondern auch deshalb, weil dann das Kind in die für seine geistige Entwickelung so notwendige Berührung mit der Natur kommt. Welche wichtigen Entdeckungen kann das blinde Kind im Garten und Hof seiner Eltern machen! Welcher geistige Gewinn geht dem Kinde der Großstadt verloren, das ans Zimmer gefesselt ist und nur von Zeit zu Zeit zu einem Spaziergang vor's Tor hinausgeführt wird!

Soll man dem blinden Kinde auch Musikinstrumente in die Hand geben? Die Ansichten darüber sind geteilt. Tatsächlich verleiten manche Instrumente, wie Klingel und Mundharmonika, zu allerlei übeln Angewohnheiten, wie Gesichterschneiden und Händezappeln; vor ihnen muß daher gewarnt werden. Dagegen kann man eine Holz- oder Blechflöte, die einige Töne umfaßt, dem Kinde unbedenklich in die Hand geben; es wird bald kleine Melodien blasen lernen, die sein musikalisches Gehör anregen und ihm Freude bereiten.

Wird das Kind älter, so kann es zu allerlei kleinen häuslichen Arbeiten herangezogen werden: es begleitet die Mutter in den Keller und holt Gemüse und Kartoffeln, es mahlt Kaffee, es hilft beim Decken des Tisches, beim Reinigen des Geschirrs, es stellt die Stühle in Ordnung, füttert die Tauben und Hühner, holt Holz herbei usw. Je vielseitiger diese Arbeiten sind, desto sicherer und selbständiger wird das Kind in seinen Bewegungen, desto fügsamer werden die Hände, desto reicher wird sein Erfahrungskreis. Auch einige Übungen, die einen mehr formalen Charakter haben und die Ausbildung des Tastsinnes direkt fördern, kann die Mutter vornehmen lassen, etwa das Sortieren verschiedener

Früchte, das Aufreihen von Perlen und Knöpfen, das Einlegen von Zündhölzchen usw.

Auch auf die Übung des Gehörs wird die Mutter bedacht sein. Da das Gehör bei der Orientierung des Blinden hervorragend mitwirkt, wird sie das Kind auf die Geräusche in seiner Umgebung aufmerksam machen, damit es lernt, das Ohr mehr und mehr als Führer zu benutzen. Sie klatscht z. B. in die Hände, wenn das Kind zu ihr kommen soll, bewegt den Türdrücker, damit es nach dem Geräusch die Richtung des Ausganges beurteilt, schickt es an dieses oder jenes Hausgerät und läßt daran mit dem Finger oder der Faust klopfen, läßt durch Fußstampfen den Boden untersuchen, läßt zuweilen eine Stricknadel, einen Schlüssel, eine Streichholzschachtel, ein Buch, einen Fingerhut, eine Nuß und ähnliche Dinge zur Erde fallen und sie nach dem Klange erkennen und aufsuchen, macht auf das Rollen des Wagens, das Brausen des Sturmes, das Prasseln der Regentropfen, den Gesang eines Vogels aufmerksam.

Mit allem Ernst muß Eigensinn und üble Laune des blinden Kindes bekämpft werden. Ist es notwendig, so darf die Mutter vor Strafe nicht zurückschrecken. Das ist nicht Härte, sondern eine Wohltat für das blinde Kind; die Strafe bleibt ihm im Gedächtnis, und Eigensinn und üble Laune kommen nicht so leicht wieder auf.

Das religiöse Empfinden wird die Mutter durch kindliches Gebet und durch Hinweis auf den himmlischen Vater und den Heiland wecken. Einige einfache Gebetsverschen können dem Kinde eingeprägt werden. Kleine Liedchen helfen den Frohsinn fördern und beleben den musikalischen Sinn. Scherzfragen und Rätsel regen zum Denken an; die Darbietung von Kinderreimen kommt der Sprechlust des Kindes entgegen und fördert die Sprachtechnik. Dagegen ist die gedächtnismäßige

Aneignung von unverstandenen Gedichten und biblischen Erzählungen unbedingt zu vermeiden; sie leistet der für den Blinden so verhängnisvollen verbalen Bildung Vorschub.

Nicht selten holen die Eltern eines blinden Kindes sich in der Blindenanstalt Rat über seine zweckmäßigste Erziehung. Solchen Rat wird jeder Blindenlehrer gern erteilen. Gut ist es, wenn den Eltern dabei eine kurze schriftliche Anleitung in die Hand gegeben werden kann. Eine solche bietet das von dem Verein zur Fürsorge für die Blinden der Rheinprovinz herausgegebene, unten näher bezeichnete Flugblatt.

Flugblatt: An die Eltern sehender und blinder Kinder. Verfaßt von Dr. Th. Saemisch und W. Mecker. Zu beziehen durch die Provinzial-Blindenanstalt in Düren (Rheinland).

Schaidler, Das blinde Kind im Elternhause. Jahresbericht des Kgl. Zentral-Blinden-Instituts in München für das Schuljahr 1911/12.

Heller, Die Blindenbildung in ihrer Beziehung zum Leben. Kongr.-Ber. Frankfurt a. M. Seite 117 und 118.

Froneberg, Das preußische Fürsorgeerziehungsgesetz für Minderjährige in seiner Anwendung auf die Erziehung der Blinden. Kongr.-Ber. Breslau 1901.

II.
Aufgaben der Blindenbildung.

Die ältere Zeit glaubte dem Blinden gegenüber nur die Aufgabe zu haben, sein leibliches Wohl zu fördern. Vor den mancherlei Gefahren, die seinen Körper bedrohen, suchte man ihn zu behüten, und um seine materielle Existenz zu sichern, strebte man danach, ihn zu versorgen. Behütung und Versorgung waren das Ziel jeglicher Betätigung im Interesse des Blinden. Die Notwendigkeit einer ihn über das animalische Leben hinausführenden Erziehung fühlte man nicht, denn man hielt den Blinden im allgemeinen nicht für bildungsfähig. Erst durch die am Ende des 18. und am Anfange des 19. Jahrhunderts angestellten Erziehungs- und Unterrichtsversuche mit einzelnen Blinden wurde das alte Vorurteil langsam entkräftet, und man erkannte mehr und mehr die Pflicht, den Blinden durch Erziehung und Unterricht aus der Isolierung, in der er bisher gestanden, herauszuheben; man gewann die Überzeugung, daß es eine Pflicht der Humanität sei, das in den niederen Regionen des Lebens verlaufende Dasein des Blinden zu heben und dadurch zu einem menschenwürdigen zu machen. Es hat lange gedauert, bis diese Erkenntnis sich überall Bahn brach. Im einzelnen ist die alte Anschauung auch heute noch nicht ganz überwunden, denn immer wieder werden Stimmen laut, welche die für die Blindenerziehung aufgewandte Mühe für zwecklos erklären und die Pflicht der Sehenden dem Blinden gegenüber in der bloßen Versorgung mit des Lebens Notdurft und Nahrung erblicken.

Der Blinde hat also Anspruch auf Erziehung und Unterricht wie jedes sehende Kind. Es fragt sich nun, welches Ziel die Blindenbildung zu verfolgen hat. Nachstehende Überlegung wird dabei den Weg weisen. Der Blinde hat dieselben seelischen Grundanlagen und Kräfte wie der Vollsinnige, nur daß wegen des Fehlens eines wichtigen Sinnes gewisse Eigenarten und Besonderheiten vorhanden sind, die seinen Entwickelungsgang beeinflussen und in seiner Erziehung öfters zu Wegen führen, die von denen abweichen, die das sehende Kind wandelt. Aber hier wie dort sollen die Wege zu demselben Ziele, dem Ziele aller Pädagogik, führen: Schaffung einer durchgeistigten Persönlichkeit. In der fortschreitenden Durchgeistigung der menschlichen Natur liegt ja das Wesen der Menschheitsentwickelung überhaupt: Zu den natürlichen, körperlich sinnlichen Trieben sollen mehr und mehr die geistigen Interessen hinzutreten, nämlich das Streben nach Erkenntnis, nach ästhetischer, ethischer und religiöser Vervollkommnung und nützlicher Betätigung im Dienste der Menschheit.

Wie wird aber das genannte Ziel erreicht? Welches ist das Mittel, das die Erziehung benutzt, um den Menschen zu einer durchgeistigten Persönlichkeit zu bilden? Es ist bei dem Sehenden wie bei dem Blinden das gleiche: Betätigung der in den Anlagen vorhandenen körperlichen und geistigen Kräfte.

Erziehung und Unterricht werden also fortgesetzt bemüht sein müssen, Gelegenheit zu angemessener und zweckmäßiger Übung der kindlichen Kräfte zu schaffen. Bei dem Blinden bereitet die Herbeiführung dieser Gelegenheit größere Mühe als bei dem Sehenden, denn das Gebiet der Betätigung ist bei ihm ein kleineres, die Erfassung und Durchdringung der an ihn herantretenden Aufgaben vollzieht sich wegen der unvollkommneren sinnlichen

Eindrücke langsamer und schwerfälliger, und endlich erfordert die Lösung der ihm gestellten Aufgaben eigenartige, dem Tastsinn entsprechende Lehr- und Lernmittel.

Es fragt sich nun, wo die Erziehungsaufgabe am besten gelöst werden kann. Das Elternhaus ist der Bildungspflicht gegen das blinde Kind über die ersten Jahre hinaus fast durchweg nicht gewachsen; es ist, wie die Erfahrung lehrt, in vielen Fällen nicht einmal imstande, die körperliche Entwickelung des blinden Kindes verständig zu leiten, viel weniger die geistige. Kann nun die Schule, das heißt hier die allgemeine Schule, die Eltern in dieser Aufgabe unterstützen und ihnen einen Teil derselben abnehmen, wie sie es mit den vollsinnigen Kindern tut? Man hat es hie und da für möglich gehalten, daß der Unterricht des Blinden von vornherein in Gemeinschaft mit den Sehenden erfolgen könne, ja es wird in der Gegenwart sogar von mancher Seite der Gedanke erwogen, ob es für den Blinden nicht in jedem Falle vorteilhaft sei, mit dem Sehenden auf derselben Schulbank zu sitzen. Die Verfechter dieser Idee betonen, daß der Blinde in der Welt der Sehenden lebt, daß er ihren Anschauungen und Gebräuchen sich anpassen müsse; er werde sich um so leichter in diese Welt hineinleben, je inniger von vornherein die Berührung mit den Sehenden sei. Zugleich könne erwartet werden, daß dann auch die Sehenden den Blinden in der Praxis des Lebens als ihnen gleichwertig ansehen und respektieren werden. Neben einem Körnlein Wahrheit zeigt dieser Gedanke aber eine gänzliche Verkennung des Wesens der Bildung und eine unrichtige Beurteilung der Stellung des Menschen in der bürgerlichen Gemeinschaft. Wenn die Bildung in dem Anlernen von Kenntnissen und Fertigkeiten bestände, in einem Ankleben der Bildungsstoffe von außen her, dann könnte allerdings die Schule der Sehenden dem Blinden eine ganz annehmbare Bildung vermitteln, denn ein großer Teil dessen, was dort gelehrt wird, läßt sich in seinen Ergebnissen durch das Ohr auffassen und gedächtnismäßig festhalten, und wo dies nicht möglich ist (Lesen, Schreiben, Zeichnen, Geographie usw.), da genügen einige abweichende Lehrmittel, um den Blinden mit den sehenden Mitschülern gleichen Schritt halten zu lassen. Nun kann aber Bildung nur gewonnen werden durch das Wachstum des inneren Menschen; nur dadurch, daß die Bildungsstoffe innerlich verarbeitet werden, setzen sie sich um in geistige Kraft. Die Voraussetzung hierfür ist die anschauliche, auf die Tätigkeit der Sinne, bei dem Blinden also vorzugsweise auf den Tastsinn, sich gründende Erkenntnis der realen Welt. Diese Voraussetzung kann die Schule der Sehenden dem Blinden gegenüber nicht erfüllen, da sie die Übermittelung und Verarbeitung der Bildungsstoffe auf ein dem Blinden verschlossenes Sinnesorgan, das Auge, gründet. Erst wenn der Blinde durch eine seinen besonderen Verhältnissen und Bedürfnissen entsprechende Erziehung und durch einen ebensolchen Unterricht eine konkrete Grundlage für seine Bildung gewonnen hat, kann von dem Besuch einer für Sehende bestimmten Schule ein geistiger Gewinn für ihn erwartet werden, wie denn tatsächlich manche begabten Blinden, die aus bemittelten Familien stammen, nach dem Besuch einer Blindenanstalt eine Erweiterung ihrer Bildung auf dem Gymnasium und der Universität suchen. Im übrigen wird niemand den Blinden verachten oder auch nur geringer schätzen, weil er seine Bildung teilweise auf anderem Wege erworben hat wie der Sehende; umgekehrt auch würde ihn niemand als vollwertig ansehen, weil er von vornherein dieselbe Schule besucht hat wie der Sehende; die Welt fragt in erster Linie darnach, was jemand leistet, und wer in seinem Berufe tüchtig ist, den schätzt und respektiert sie, ob es nun ein Sehender oder Blinder ist[9].

Ist also die Erziehung und der Unterricht des Blinden, soweit es sich um die Grundlage der Bildung handelt, in den Schulen der Sehenden nicht möglich, so ergibt sich die Notwendigkeit, Spezialschulen für die Blinden, Blindenanstalten, zu gründen, die sich dem Mangel ihrer Zöglinge anpassen. Diese haben, wie eben angedeutet, die Grundlage der Bildung zu schaffen, verfolgen also dasselbe Ziel wie die Volksschule. Da die meisten Blinden aus den mittleren und unteren Volksschichten stammen und später in Berufen tätig sind, die der unteren und mittleren Kultursphäre angehören, so wird die Mehrzahl auch in der Blindenanstalt den Abschluß der Bildung finden. Wer von den Blinden über die elementare Bildung, wie sie die Blindenanstalt vermittelt, hinausstrebt, der muß, wie dies auch in entsprechender Weise bei den Sehenden geschieht, unter Aufwendung von mehr oder weniger bedeutenden Geldmitteln und unter erheblicher Verlängerung der Bildungszeit eine höhere Lehranstalt aufsuchen. Gewiß sind für den Blinden die Schwierigkeiten, die ihm hier entgegentreten, größer, als für den Sehenden, aber es ist zu bedenken, daß auch für sehende Schüler, wenn sie mit einem Gebrechen behaftet sind, mancherlei Erschwernisse beim Besuch höherer Schulen eintreten. Staat und Kommunen können bei der großen Verschiedenheit der körperlichen Gebrechen nicht jeden einzelnen Fall berücksichtigen; sie werden immer normale Verhältnisse im Auge haben müssen. Etwas anderes ist es, wenn auf privatem Wege Schulen für eine besondere Kategorie von Gebrechlichen geschaffen werden. Es fragt sich aber, ob die Gründung „höherer Blindenschulen" im Interesse der Blinden läge. Abgesehen davon, daß solche Schulen bedeutende Geldmittel erfordern und also nur ganz wenigen zugute kämen, so ist zu befürchten, daß gerade hierdurch das von den Blinden so sehr erstrebte Ziel: möglichst gleiche Einschätzung mit den Sehenden, nicht erreicht wird. Wie schon oben gesagt, stellt das Leben — und es kann gar nicht anders sein — die gleichen Anforderungen an die Leistungen des Sehenden und des Blinden; nur wenn der Blinde hinsichtlich seiner Arbeit, der geistigen wie der technischen, nicht hinter den Sehenden zurücktritt, kann er sich in der Welt der Sehenden behaupten. Die Blindenanstalt vermittelt ihm, indem sie an sein Gebrechen anknüpft, die Grundlage der Bildung; wenn aber diese Grundlage gewonnen ist, dann soll er in die Reihe der Sehenden eintreten und zusehen, ob seine Kraft ausreicht, mit ihnen gleichen Schritt zu halten. Diejenigen Blinden, die eine höhere Bildung erlangt haben, sind diesen Weg auch wirklich gegangen, und sie alle geben zu: Der Weg war sehr mühsam, aber er ist der einzig richtige[10].

Soll also die Aufgabe der Blindenanstalt kurz gekennzeichnet werden, so wird man sagen dürfen: sie hat in einem guten Elementarunterricht, der die Verhältnisse und Bedürfnisse des Blinden berücksichtigt, die Grundlage der Bildung zu geben. Sie hat also dieselbe Aufgabe zu lösen wie die Volksschule. Tatsächlich ist die Blindenanstalt auch bisher stets als eine Volksschule (gegliederte oder gehobene Volksschule) angesehen worden. Äußerlich kommt dies dadurch zum Ausdruck, daß der Unterricht in der Regel frei ist wie in der Volksschule. (In Preußen durch das Gesetz über die Beschulung blinder und taubstummer Kinder ausdrücklich bestimmt.) Die äußeren Unterrichtsziele werden darum im großen und ganzen mit denen der Elementarschule übereinstimmen; in einzelnen Gegenständen wird man über das gewöhnliche Maß hinausgehen können, in anderen (Naturgeschichte, Zeichnen usw.) werden die Ziele niedriger gesteckt werden müssen; einige Fächer (Fröbelarbeit, Formen, Musik) treten neu hinzu.

Es kann notwendig werden, daß unter besonderen

Verhältnissen, in dieser oder jener Anstalt, die Ziele erweitert werden, wie ja auch in manchen größeren Volksschulen die Oberklassen nach dem Plane der Mittelschulen arbeiten. Nur sollen solche Ausnahmen nicht zur allgemeinen Regel erhoben werden. Ohne den Parallelismus zwischen Blindenanstalt und Volksschule allzu ängstlich zu betonen, soll jede Anstalt bemüht sein, dem Blinden eine so gute, gründliche und vielseitige Bildung zu geben, wie sie nach den Anlagen und Kräften des Durchschnitts und den äußeren Umständen möglich und wie sie für einfache Lebensverhältnisse erforderlich ist.

Da die Blinden zerstreut wohnen, müssen sie zu einer Unterrichtsgemeinschaft gesammelt werden. Gewöhnlich vereinigt sie die Anstalt, welche sie unterrichtet, zu einer Internatsgemeinde, was dem Pensionsaufenthalt in einer fremden Familie meist vorzuziehen ist. Abgesehen von den guten Wohnungs- und Verpflegungsverhältnissen, die in der Anstalt mehr gewährleistet sind als in einer Privatpension, kommt die bequemere Wahrnehmung des Unterrichts und das in erziehlicher Hinsicht wertvolle Zusammensein mit den Kameraden in Betracht.

Wohnen die Eltern des blinden Kindes am Orte und macht die tägliche Zuführung zum Unterricht nicht Schwierigkeiten, so kann auf den Eintritt in das Internat verzichtet werden. Die Schüler besuchen in diesem Falle die Anstalt nur zu den Unterrichtsstunden und stehen im übrigen unter der Obhut und Pflege der Eltern. (Die blinden Kinder der Stadt Berlin sind durchweg solche „Schulgänger".) Freilich wäre für die Charakterentwickelung mancher dieser Kinder die Anstaltserziehung vorzuziehen, da sie weit eher selbständig macht, als die oft nur verwöhnende Pflege im Elternhause.

Die Volksschule entläßt ihre Schüler nach Vollendung der gesetzlich festgelegten Schulpflicht. In den meisten

Fällen gehen die entlassenen Schüler sogleich zur Erlernung eines Lebensberufes über. Dementsprechend müßten auch die Zöglinge der Blindenanstalt, wenn sie die Anstaltsschule durchlaufen und nicht die Absieht haben, eine höhere Schule zu besuchen, ins Leben hinaustreten, um sich auf einen bürgerlichen Beruf vorzubereiten. In der Tat wäre dies der regelrechte Gang der weiteren Entwickelung der Blindenbildung. Aber da treten Schwierigkeiten auf. Die Mehrzahl der Sehenden ist von der Möglichkeit einer beruflichen Ausbildung des Blinden nicht überzeugt oder hält sie für so mühevoll, daß der Blinde fast nie einen Lehrmeister finden würde, der geneigt wäre, seine Ausbildung zu übernehmen. Tatsächlich ist die Einführung des Blinden in einen Beruf schwierig und erfordert viel Geduld und Verständnis für die abweichende Arbeitsweise; nicht jedem Lehrmeister könnte man einen blinden Lehrling anvertrauen. Die Blindenanstalt hat darum die berufliche Ausbildung der Mehrzahl ihrer Zöglinge selbst übernommen. Es fragt sich nun, auf welchen Beruf sich die Ausbildung erstrecken kann. Da ist vor allem zu sagen, daß der Blinde in der Wahl eines Berufes außerordentlich beschränkt ist. Wohl sind in der Blindenwelt die verschiedensten Berufe vertreten, vom Kaufmann bis zum Uhrmacher, vom Prediger bis zum Korrespondenten, aber es sind immer nur einzelne, die infolge besonderer Begabung, besonderer Willenskraft und unter besonderer Gunst der äußeren Verhältnisse sich zu dem einen oder anderen Berufe hindurchgearbeitet haben. Für die Mehrzahl der Blinden, für den Durchschnitt, kommen nur wenige handwerkliche Tätigkeiten in Frage, etwa die Korbmacherei, die Bürstenmacherei, die Seilerei und die Herstellung von allerlei Flechtwaren. Diese Beschränkung ist einerseits zu bedauern; sie hat andererseits aber den Vorteil, daß die Ausbildung in der Anstalt überhaupt durchführbar ist. Denn das ist klar, daß eine Blindenanstalt nicht eine Art

Universal-Lehrwerkstätte sein kann, in welcher jeder Neigung und jeder Spur einer besonderen Begabung nachgegangen werden kann. Die Anstalt kann nur der Mehrzahl ihrer Insassen dienen. Wo der eine und der andere Interesse und Anlage für Betätigung auf einem abseits liegenden Gebiete zeigt, da kann die Anstalt wohl ratend und fürsprechend eintreten, im übrigen aber muß der Blinde versuchen, durch eigene Kraft und durch private Hilfe sich seinen Weg zu bahnen. Denjenigen aber, die einen der „Blindenberufe" erwählen, wird die Anstalt eine gründliche Ausbildung durch tüchtige, erfahrene Meister geben können. Freilich läßt sich nicht aus jedem Holz ein Merkur schnitzen, denn unter den Blinden ist, wie unter den Sehenden, die technische Befähigung außerordentlich verschieden. Es läßt sich darum auch nicht von vornherein sagen, ob jeder einzelne ein tüchtiger Korbmacher, Seiler oder Bürstenmacher werden wird. Neben der technischen Begabung kommt für die berufliche Ausbildung natürlich auch der Fleiß, die Ausdauer, der feste Wille des Blinden, etwas Tüchtiges zu werden, in Betracht. Die Möglichkeit, den erwählten Beruf gründlich zu erlernen, soll die Anstalt jedem Blinden bieten; aber es ist ungerecht, ihr einen Vorwurf zu machen — wie dies denn hin und wieder geschieht — wenn nicht jeder tatsächlich ein im Leben brauchbarer, leistungsfähiger Mensch wird. Übrigens wird man den jungen Blinden zu einem bestimmten Berufe nicht zwingen; er mag unter den in der Anstalt gelehrten Beschäftigungen wählen.

Wie die sehenden Handwerkslehrlinge haben auch die blinden an einem geeigneten Fortbildungsunterricht teilzunehmen, der von der Anstalt einzurichten ist.

Sind die Blindenanstalten unbedingt zu empfehlen? Bldfrd. 1887 S. 1.

Heller, Die Blindenbildung und ihre Bedeutung für die Erziehung des Menschengeschlechts. Bldfrd. 1892 S. 97.

Lembcke, Der Blindenbildung Kern und Stern. Kongr.-Ber. Breslau 1901.

Matthies, Die Humanität im Dienste der Blinden. Kongr.-Ber. Hamburg 1907.

Brandstäter, Die Aufgabe der öffentlichen Blindenanstalten. Was hat die Blindenanstalt der Jetztzeit zu leisten, was nicht? Kongr.-Ber. Wien 1910.

Hölters, Schulerinnerungen einer jungen blinden Deutschen nebst einem Nachwort von Brandstäter. Bldfrd. 1911 S. 132.

Mohr, Die Notwendigkeit einer höheren Bildungsanstalt für Blinde. Kongr.-Ber. Breslau 1901.

III.
Die Blindenanstalt.

1. Die baulichen Anlagen.

Da nach den Ausführungen im vorigen Kapitel kein Zweifel darüber bestehen kann, daß die Erziehung, der Schulunterricht und die berufliche Ausbildung des Blinden am zweckmäßigsten in besondern Anstalten erfolgt, so wird die Frage entstehen, wie diese Anstalten einzurichten sind, damit sie ihrer Bestimmung am vollkommensten entsprechen.

Bei der relativ geringen Zahl von Blinden wird eine Anstalt stets für einen größeren Landesteil zu errichten sein, wobei natürlich die Bevölkerungsdichte mitzusprechen hat. Eine größere Anstalt ist aus pekuniären Gründen mehreren kleinen vorzuziehen, wenn auch zugegeben werden muß, daß die letzteren in erziehlicher Hinsicht ihre Vorteile haben, da sie den Familiencharakter mehr wahren können. In unterrichtlicher Beziehung haben kleine Anstalten allerdings erhebliche Nachteile, da die geringe Zahl von Schülern eine Vereinigung mehrerer Jahrgänge zu einer Klasse notwendig macht, was den Unterricht sehr erschwert. Außerdem würden sich beim Vorhandensein mehrerer Blindenanstalten in einem Bezirke unliebsame Berührungen und Einschränkungen beim Vertriebe der in den Werkstätten produzierten Waren ergeben. Es ist also in jedem Falle besser, daß ein größerer politisch abgegrenzter Landesteil nur eine Anstalt besitzt. Immerhin kann in stark bevölkerten Gegenden die Notwendigkeit eintreten, neben einer bereits bestehenden Anstalt eine zweite in demselben Bezirk zu gründen, wie denn tatsächlich einige preußische Provinzen (Rheinprovinz, Westfalen, Brandenburg) zwei Blindenanstalten besitzen.

Die Blindenanstalten sind fast durchweg in größeren Städten oder in ihrer Nähe errichtet worden; vielfach befinden sie sich in den Landes- oder Provinzialhauptstädten. Das ist in vieler Beziehung vorteilhaft (bequeme Eisenbahnverbindung, leichte Beschaffung der wirtschaftlichen Bedürfnisse, leichter Absatz der produzierten Waren, Anregung der Zöglinge durch den Besuch von guten Konzerten etc.); bei dem Neubau von Anstalten wird man daher wohl nur aus zwingenden Gründen von der bisherigen Praxis abweichen.

Die älteren Anstalten wurden ursprünglich inmitten der Städte erbaut; in neuerer Zeit geht man, wie dies auch bei anderen Erziehungs-, Heil- und Pflegeanstalten der Fall ist, mehr und mehr dazu über, die Anstalten aus der Enge der Großstadt nach der Peripherie zu verlegen. Hier haben sie Luft und Licht, ausreichende Höfe und Gärten für die Zöglinge und Raum für die weitere Entwickelung.

Was die Bauweise der Blindenanstalten betrifft, so findet man bei ihnen zwei Systeme vertreten: das Korridor- oder Blocksystem und das Pavillon- oder Koloniesystem. Eine im Korridorsystem erbaute Anstalt vereinigt den ganzen Betrieb oder doch den größten Teil desselben in einem einzigen Gebäude; dieses ist also Schul-, Wohn-, Schlaf- und Wirtschaftshaus; es enthält wohl auch die Werkstätten und Lagerräume. Durch die räumliche Nähe der den verschiedenen Zwecken dienenden Anlagen wird die Verwaltung erleichtert; auch sind die Baukosten nicht so hoch wie bei dem anderen System. Diesen Vorteilen stehen aber gewichtige Nachteile gegenüber. In einem solchen

Gebäude läßt die Beschaffenheit der Luft zu wünschen übrig (man denke an die Speisegerüche aus Küche und Eßsaal, an die Ausdünstungen der Schlafräume, die häufig in der Nähe der Wohn- und Schulzimmer liegen, und an die gewöhnlich im Kellergeschoß untergebrachten Werkstätten, aus denen der Staub durch das ganze Haus dringt), und die Lüftungsvorrichtungen können bei der großen Ausdehnung des Baues nicht in ausreichendem Maße die Erneuerung der Luft bewerkstelligen. Ferner erschwert der Aufenthalt von Blinden der verschiedensten Altersstufen und beider Geschlechter in demselben Gebäude die Erziehung und begünstigt unliebsame Berührungen der männlichen und weiblichen Zöglinge sowie auch des Dienstpersonals mit den Blinden. Diese Nachteile fallen dann, wenn die Anstalt nach dem Pavillonsystem erbaut ist, zum größten Teil fort. Die einzelnen Gebäude haben eine mäßige Ausdehnung und können darum leicht durchlüftet werden; die Werkstätten und Wirtschaftsräume belästigen nicht durch ihre Ausdünstungen die Schul-, Wohn- und Schlafräume, und die Trennung der Geschlechter und der verschiedenen Altersstufen läßt sich leicht durchführen. Allerdings ist eine derartige Bauart wesentlich teurer als die vorhin gekennzeichnete, schon deshalb, weil sie ein größeres Terrain erfordert. Der scheinbare Nachteil, daß die Zöglinge und die sonstigen blinden Insassen der Anstalt täglich zu kleinen Wanderungen nach dem Wirtschaftsgebäude (Speisesäle), den Werkstätten, dem Schulgebäude usw. genötigt sind, ist in Wirklichkeit ein Vorteil, da auf diese Weise die so heilsame Bewegung im Freien, für die manche Blinden, besonders die älteren Mädchen, durchaus nicht zu gewinnen sind, befördert wird. Wo die Mittel zur völligen Durchführung des Pavillonsystems nicht zur Verfügung stehen, kann vorteilhaft eine Vereinigung beider Systeme in der Weise vorgenommen werden, daß ein Hauptgebäude für die

Unterbringung sämtlicher schulpflichtigen Zöglinge errichtet wird, das auch zugleich die Klassenräume enthält, während für die in der Lehrwerkstätte tätigen Zöglinge, sowie für die Heiminsassen besondere Häuser erbaut werden. Ein gemeinsames Wirtschaftsgebäude, das bequeme Zugänge hat, sowie die verschiedenen Werkstättenhäuser vervollständigen die Anlage.

Wenn es sich um einen Neubau handelt, werden die besten Informationen und die wertvollsten Anregungen durch eine Besichtigung neuerer, mustergiltig eingerichteten Anstalten zu gewinnen sein. Gewöhnlich wird an einer solchen Besichtigung sich auch der Leiter der zu erbauenden Anstalt beteiligen; er wird in erster Linie ein Urteil darüber haben, welche Abweichungen bei dem Bau der heimatlichen Anstalt notwendig sind. Hier mögen nur einige allgemeine Bemerkungen über die baulichen Anlagen stehen.

Der Luftraum für Arbeitssäle (Werkstätten) soll etwa 17, für Schlafräume 19, für Schul- und Aufenthaltsräume 10 bis 12 Kubikmeter pro Kopf betragen. Die zweckmäßigste Höhe für die Klassen-, Wohn- und Schlafräume ist mit 3,50 bis 3,75 m anzunehmen. Die Fensterfläche eines Raumes soll ⅙ bis ¼ der Fußbodenfläche ausmachen. Um eine schnelle, zugfreie Lufterneuerung zu ermöglichen, empfiehlt es sich, die oberen Flügel als sog. Kippflügel einzurichten. Auf ein bequemes Öffnen und Feststellen der unteren Flügel ist ebenfalls Bedacht zu nehmen. Für die Klassenräume wird ein Maß von etwa 7 × 5½ m bei einer Besetzung mit 10 bis 12 Schülern anzunehmen sein. Dieselbe Größe dürften etwa die Wohnräume für die gleiche Zahl von Zöglingen haben. Die Korridore dienen bei einer Breite von 2–2,50 m gleichzeitig als Wandelhallen bei ungünstiger Witterung. Die Schlafräume liegen am zweckmäßigsten im obersten Stockwerk, die Schul- und Aufenthaltsräume in den unteren Stockwerken. Im Untergeschoß (Kellergeschoß) sollten Räume, die zum längeren Verweilen der Zöglinge bestimmt sind, also Wohn-, Schlaf- und Arbeitsräume, in keinem Falle eingerichtet werden; wohl aber ist es zur Unterbringung der Küche, der Speise-, Bade- und Vorratsräume geeignet.

Sämtliche Gebäude werden massiv mit harter Bedachung aufzuführen sein. Massivdecken und Linoleum-Fußbelag sind in unserer Zeit selbstverständlich. Für die Küchen- und Baderäume sind Fliesen als Fußbelag zu empfehlen. Bei den Treppen sind Windungen zu vermeiden. Die Stufen — Stein- oder Kunststeinstufen mit Linoleumauflage — sollen eine Steigungshöhe von 17 cm haben. Für die Werkstätten wird Asphaltbelag, der fußwarm ist, noch am ersten zu empfehlen sein. Handläufer an den Wänden sind zwar nicht unbedingt erforderlich, doch tragen sie zur Schonung der Wände bei, an denen die wenig gewandten Blinden sich bekanntlich entlang tasten. Eine schmale Holzleiste, in Handhöhe befestigt, erfüllt allerdings denselben Zweck. Dagegen sind bei den Treppen Handgeländer nicht zu entbehren. Der Anstrich der Wände, Türen und Fenster soll hell und freundlich sein; der untere Teil der Wände ist mit einem Ölanstrich zu versehen. Die Erwärmung der Räume erfolgt am zweckmäßigsten durch Zentralheizung; in erster Linie ist Warmwasserheizung zu empfehlen, die eine gleichmäßige Wärme entwickelt. Die Bereitung der Speisen geschieht in Wasserbad-Dampfkochapparaten; daneben ist ein größerer Herd mit Bratöfen und Wärmeröhren erforderlich. Für die Waschküche kann in einer größeren Anstalt nur der Dampfbetrieb in Frage kommen. Die Badeeinrichtung wird als Zentralbad, für sämtliche Insassen der Anstalt, einzurichten sein. Um in kurzer Zeit eine größere Zahl von badenden Blinden abfertigen zu können, empfiehlt sich die Benutzung von Brausen; doch werden auch einige Wannen nicht zu entbehren sein. Für Kranke sind besondere, von den Krankenzimmern aus bequem zu erreichende Badezellen erforderlich. Die Beleuchtung der Anstaltsgebäude wird durch Gas oder Elektrizität erfolgen, eventuell wendet man beide Beleuchtungsarten an. Die Vorzüge der elektrischen Beleuchtung sind bekannt; leider stellen sich die Brennkosten verhältnismäßig hoch. Wo man aus diesem Grunde von der elektrischen Beleuchtung glaubt absehen zu müssen, sollte man doch erwägen, ob sie sich nicht wenigstens für die Schlafräume und die Werkstätten einführen läßt; bei den Schlafzimmern sprechen hygienische Gründe, bei den Werkstätten Gründe der Feuersicherheit dafür. In jedem Falle wird darauf zu achten sein, daß alle Räume, in denen die Zöglinge wohnen und arbeiten, genügend beleuchtet sind; es gebietet dies die Rücksicht auf diejenigen Zöglinge, die noch über Sehreste verfügen, und die Rücksicht auf das Lehr- und Aufsichtspersonal.

Für den Bau der Werkstätten lassen sich allgemeine Regeln und Vorschriften schwer aufstellen. Hier wird die Erfahrung in erster Linie das entscheidende Wort zu sprechen haben. Auch die Wünsche und Vorschläge der Werkmeister müssen ernstlich geprüft werden. Vor allem werden folgende Punkte Aufmerksamkeit erfordern: zweckmäßige Ausnützung des Raumes bei gehöriger Bewegungsfreiheit des einzelnen Arbeiters, leichte Übersicht der Räume für den leitenden Werkmeister, ausreichende und gut funktionierende Lüftungsvorrichtungen, bequeme Erreichung der Materialienvorräte und Erweiterungsfähigkeit der Anlage. — Die fertigen Waren nimmt ein besonderes Lagerhaus auf, das vorteilhaft mit einem an der Straße liegenden Verkaufsladen verbunden ist.

Große Bedeutung in gesundheitlicher, erziehlicher und unterrichtlicher Hinsicht hat der zur Anstalt gehörige Garten. Es ist zu wünschen, daß er recht ausgedehnt sei,

damit die Zöglinge in ihm die Möglichkeit tüchtiger
körperlicher Bewegung finden. Breite, trockene Fußwege
laden zum Wandern ein, ein großer Platz regt zur
Betätigung im Spiel an; auf dem Spielplatz dürfen auch
einige Turngeräte nicht fehlen[11].

Eine Kegelbahn wird die älteren männlichen Blinden an
den Sommerabenden zur fröhlichen Erprobung ihrer Kunst
und Geschicklichkeit vereinigen. In Heckenlauben und
Gartenhäuschen finden kleinere Gruppen von Zöglingen
Ruhe und Erholung nach der Arbeit. In der Nähe des
Schulhauses ist der für den botanischen Unterricht
bestimmte Garten einzurichten. Etwas abseits wird man ein
Fleckchen Land für Arbeitsversuche (Pflügen, Graben,
einzelne physikalische Versuche usw.) reservieren. Auch ein
Stückchen „Wildnis", das der ordnenden Hand des Gärtners
ganz entzogen wird, ist aus unterrichtlichen Gründen sehr
wünschenswert, damit der Blinde auch mit einem
Ausschnitt unverfälschter Natur umgehen lernt. Läßt sich
im Garten ein Teich anlegen, so ist dies in vieler Beziehung
sehr wertvoll, z. B. für die im ersten geographischen
Unterricht zu entwickelnden Begriffe. — Ältere Anstalten
verfügen zuweilen über einen weitausgedehnten Park; sie
besitzen in demselben einen Schatz, der dem gesamten
Betriebe zugute kommt.

D r. J o h n e n, Die Hygiene der Blindenanstalt. Kongr.-Ber. Köln 1888.

D i e t r i c h, Bau und Organisation einer Blindenanstalt. Kongr.-Ber.
Hamburg 1907.

2. Die Ausstattung der Anstalt.

Unter den Austattungsgegenständen einer Blindenanstalt sind vorzugsweise die Lehr- und Lernmittel charakteristisch; die mit dem Internatsleben im Zusammenhange stehende innere Einrichtung der Wohn- und Schlafräume unterscheidet sich kaum von der anderer Erziehungsanstalten. Die Besprechung kann sich daher auf die Ausstattung der Schulräume und die Beschaffenheit der Unterrichtsmittel beschränken.

Subsellien sind für blinde Schüler aus mehreren Gründen nicht zu empfehlen. Bei der vielfachen Beschäftigung des Lehrers mit dem einzelnen Schüler ist es notwendig, daß er bequem und ohne Umweg zu jedem Schüler gelangen kann. Das ist bei Subsellien, selbst bei zweisitzigen, nicht möglich; der Lehrer bleibt daher in denjenigen Unterrichtsstunden, die ein häufiges Führen der Hand und eine öftere Korrektur dessen, was der Schüler darstellt, erfordern (Erdkunde, Formen, Fröbelarbeit usw.), fortwährend im Wandern. Dadurch entstehen Zeitverluste, auch leidet die Ruhe des Unterrichts, zudem tritt ein Kraftverbrauch des Lehrers ein, der vermieden werden kann. Subsellien sind auch deswegen nicht brauchbar, weil sie eine schräge Tischplatte besitzen. Wenn diese auch für das Lesen bequem ist, so ist sie doch für alle übrigen Arbeiten des Schülers störend, da auf ihr die Gegenstände nicht senkrecht, sondern schräge stehen. Die Ausführung von Fröbelschen Bauübungen, das Arbeiten mit den geometrischen Körpern und manche physikalischen Experimente lassen sich an einer schrägen Platte überhaupt nicht vornehmen. Es empfiehlt sich daher, in den Schulklassen gewöhnliche Tische mit wagerechter Platte aufzustellen, dazu Bänke mit Lehne oder Stühle. An solchen Tischen kann jede Arbeit ausgeführt werden, sie können, je nach Bedürfnis, auf einer oder beiden Seiten besetzt werden, können einzeln benutzt oder zu einer langen Tafel zusammengestellt werden. Die Tische besitzen einen Doppelboden, der durch Querbrettchen in Fächer eingeteilt ist, die zur Aufbewahrung der Bücher, Hefte und Schreibgeräte dienen. Die Schüler arbeiten, je nach Erfordernis, sitzend oder stehend. Für die Schüler der Unterstufe erhalten die Tische eine Höhe von 64 cm, für die Mittelstufe eine solche von 67 cm, für die Oberstufe 72 cm. Die Länge ist mit 2,50 m, die Breite mit 90 cm anzunehmen. Besetzt man beide Seiten mit drei bis vier Schülern, so genügen zwei Tische für ein Klassenzimmer. Vorteilhafter ist es jedoch, wenn man noch einen dritten Tisch aufstellt und dann nur die Außenseiten benutzen läßt; die Aufstellung

der Tische wäre dann diese ⊓⊔ Der Lehrer kann von dem Eingange des offenen Vierecks aus alle Schüler übersehen und ohne bedeutende Änderung seines Standortes die Arbeit jedes einzelnen Schülers kontrollieren. Wählt man diese Anordnung, so empfiehlt sich eine um 20 cm geringere Breite der Platte. Die Bänke (zweisitzig mit Lehne) oder Stühle (kräftige, sog. Bockstühle mit Rohrsitz) sind in ihrer Sitzhöhe den Tischen angepaßt, nämlich für Schüler der Unterstufe 40 cm, der Mittelstufe 43 cm, der Oberstufe 46 cm. Die übrigen Ausdehnungen entsprechen der Sitzhöhe[12]. Ein Tritt ist entbehrlich; der Lehrertisch sei mäßig groß und leicht transportabel. Ein Klassenschrank und ein Regal, das zur Aufbewahrung von Büchern und zur Unterbringung der täglich gebrauchten Anschauungsmittel dient, darf nicht fehlen. Wenn die großen Wandkarten, die früher in den Klassenzimmern zu finden waren, auch mehr und mehr verschwinden, so ist doch das Vorhandensein einer Wandkarte des Vaterlandes (geprägte Papierkarte) in zweckmäßiger Größe in den für die Schüler der Mittel und Oberstufe bestimmten Räumen wünschenswert; es wird davon noch weiter unten die Rede sein. Außerdem dürfen größere abnehmbare Polster (Filz- oder Torfplatten) an den Wänden nicht fehlen, um Blätter mit Notizen in Punktschrift (geographische und geschichtliche Namen, Wiederholungsaufgaben usw.) daran feststecken zu können; sie werden vom Lehrer auch zur Darstellung von linearen und flächenmäßigen Skizzen, wie sie besonders im realistischen Unterricht sich ergeben, benutzt.

Ein wichtiges Ausstattungsstück des Klassenzimmers ist der Sandkasten. Er dient im Anschauungsunterricht, in der Heimat- und Erdkunde, im Physikunterricht, zuweilen auch in den übrigen Gegenständen zur darstellenden Veranschaulichung vieler Dinge und Verhältnisse; er ist in gewissem Sinne ein universelles Lehrmittel. Für die Lehrzimmer der Unterstufe hat er eine Ausdehnung von etwa 2 m Länge, 50 cm Breite und 30 cm Tiefe. (Sämtliche Maße im Lichten.) Innen ist er mit Zinkblech ausgeschlagen, damit ein Durchsickern des Wassers verhütet wird. Durch zwei Querbretter kann er in drei gleich große Abteilungen zerlegt werden. Er ruht auf drei kräftigen Brettfüßen; seine Gesamthöhe beträgt ca. 70 cm. Zwei Schubladen, die zwischen den Füßen angebracht sind, dienen zur Aufbewahrung der erforderlichen Werkzeuge (Spatel, Kelle, kleines Brett zum Festklopfen des Sandes, Holzhammer, kleine Eisenharke, Pfählchen, Bleidraht, Blechhäuschen usw.). Der Kasten ist bis auf $^{4}/_{5}$ seiner Tiefe mit feinem, etwas lehmigem Sande gefüllt, der durch kräftiges Anfeuchten (Gießkanne) fest und formfähig wird. Für die oberen Klassen empfehlen sich Kästen, die kürzer, aber etwas breiter sind, etwa 85 × 63 cm.

Zur Aufbewahrung der für den Unterricht erforderlichen

Lehrmittel muß ein besonderes Zimmer vorhanden sein, das von den Klassenräumen aus bequem erreichbar ist. Die Lehrer sind dafür verantwortlich, daß solche Gegenstände, die im Unterricht nicht dauernd gebraucht werden, wieder in das Lehrmittelzimmer zurückgebracht werden, damit sie anderweitig zur Verfügung stehen. Ausrangierte Unterrichtsmittel sollte man nicht radikal beseitigen, sondern wenigstens ein Stück von jeder Art aufbewahren, um sie zu einem kleinen Unterrichtsmuseum vereinigen zu können. Eine solche Sammlung gibt den neu eintretenden Lehrern manche Anregung, sie bietet auch einen Überblick über die Entwickelung der Anstalt nach der unterrichtlichen Seite hin, hat also historischen Wert.

Über die Auswahl und Beschaffenheit der Lehrmittel für die einzelnen Unterrichtszweige sollen hier nur einige allgemeine Bemerkungen gemacht werden. Am reichsten ist in den Blindenanstalten wohl die Gruppe der Lehrmittel für den Anschauungsunterricht bedacht. Wie in einem späteren Kapitel gezeigt werden wird, liegt hier der Segen nicht in der Fülle, sondern darin, daß man solche Gegenstände auswählt und anschafft, die geeignet sind, dem Schüler eine Grundlage für das Verständnis der ihm zugänglichen Verhältnisse zu vermitteln. Dabei ist zu beachten, daß sie dauerhaft gearbeitet sind und daß sie das in ihnen verkörperte Prinzip klar zur Darstellung bringen. In Spielwarengeschäften wird man nicht allzuviel brauchbare Sachen finden; am wertvollsten werden diejenigen sein, welche die Lehrer der Anstalt fertigen, weil sie dem speziellen Zweck angepaßt sind.

Lehrmittel Fröbelscher Art werden in verschiedener Form und Ausführung von mehreren Blindenanstalten in den Handel gebracht, z. B. von denen in Wien, Nürnberg und Danzig. Es ist in neuester Zeit gelungen, die Fröbelschen Holzbausteine usw. derart zu präparieren, daß sie durch einen leichten Druck fest aneinanderhaften und ebenso leicht auf einer Unterlage befestigt werden können. Dadurch ergibt sich die Möglichkeit, diese Lehrmittel in gleicher Mannigfaltigkeit zu verwerten, wie in der Schule der Sehenden. Es ist natürlich darauf zu achten, daß für jedes Kind ausreichendes Fröbelmaterial vorhanden ist.

Den Lehrmitteln für den Unterricht in der Erdkunde ist von den ersten Zeiten der Blindenbildung an besondere Sorgfalt zugewendet worden. Schon Klein und Zeume haben Reliefkarten angefertigt, der letztere, selber ein tüchtiger Geograph, stellte auch den ersten Reliefglobus her, der heute noch existiert und eine Zierde des Museums der Königlichen Blindenanstalt zu Steglitz ist. Fast in jeder Anstalt sind noch einige der älteren Blindenkarten vorhanden, meist große Holztafeln, auf denen die Flüsse durch Drähte oder Rinnen, die Gebirge durch Kittauflagen, die Orte durch Stifte bezeichnet sind. Diese Karten werden heute wohl kaum noch benutzt; sie machen einen Klassenunterricht auch nahezu unmöglich. Seitdem Kunz-Illzach das Prägen von Reliefkarten in Papier zur größten Vollkommenheit ausgebildet hat, sind Papierkarten fast durchweg eingeführt. Jedes Kind erhält ein Exemplar, und damit wird der Unterricht zum Klassenunterricht. Für die Karten ist ein solcher Maßstab zu fordern, daß die auf ihnen dargestellten Zeichen sich nicht gegenseitig stören und die schnelle und sichere Einprägung des Kartenbildes beeinträchtigen. Für die Karte von Deutschland dürfte der Maßstab von 1 zu 1500000 angemessen sein. Dabei ergibt sich eine Kartengröße von ca. 85 × 68 cm. Da diese Ausdehnung für eine Handkarte wesentlich zu groß ist, wird eine Zerlegung der Hauptkarte in drei bis vier Teilkarten notwendig. Der dabei sich ergebende Übelstand, daß der Zusammenhang verloren geht und die Schüler kein einheitliches Bild des Vaterlandes gewinnen, kann dadurch beseitigt werden, daß neben den Teilkarten auch eine Gesamtkarte in dem gleichen Maßstabe geprägt wird, die als Wandkarte zu benutzen wäre. Für die Karten der europäischen Länder wird im allgemeinen ein gleichmäßiger Maßstab von 1: 4500000, für Länder von geringerem Umfange ein entsprechend größerer, für die fremden Erdteile ein solcher von 1: 30000000 zu wählen sein. Die Karten erhalten bei diesem Maßverhältnis das bequeme Format von etwa 43 × 36 cm[13]. Aus hygienischen Rücksichten und aus Gründen der Haltbarkeit empfiehlt sich ein mehrmaliger, gleichmäßiger Anstrich der Oberseite mit dickflüssiger Schellacklösung.

Was den auf einer Blindenkarte darzustellenden erdkundlichen Stoff betrifft, so gilt auch hier der bekannte Grundsatz: Nur leer scheinende Karten prägen sich dem Gedächtnis ein. Eine Blindenkarte, die dem Schulunterricht dient, sollte nur diejenigen Objekte enthalten, die tatsächlich gemerkt werden.

Reliefgloben liefert ebenfalls Professor Kunz-Illzach und die Lehrmittelhandlung von Schotte-Berlin. Wegen ihres hohen Preises wird man sich meist mit der Anschaffung einiger Exemplare begnügen. Reliefs einzelner Teile der Alpen (aus plastischer Masse) stellt Seminarlehrer Dinges in Amberg her.

Für den Unterricht in der Tierkunde werden in erster Linie einige Tierarten in gut gestopften Exemplaren zu beschaffen sein. Von einer Art genügen ein bis zwei Stück. Jede größere Naturalienhandlung, z. B. die von Schlüter-Halle, kann sie liefern. Die Konservierung darf nicht durch Arsenik geschehen, weil durch das Betasten der Tierkörper Gesundheitsstörungen hervorgerufen werden könnten. Übrigens wird man in jedem Falle darauf halten, daß sich die Schüler nach dem Betasten eines präparierten Tierkörpers die Hände gründlich waschen. Tiermodelle aus

Gipsmasse liefern die Firmen Victor Dürfelds Nachfolger-Freiberg in Sachsen, Hermann Krauß in Rodach bei Coburg und Richard Fugmann in Sonneberg (Thüringen); bei den letztgenannten Tiermodellen kommen als Bedeckung natürliche Felle zur Verwendung. Für den Unterricht in der Menschenkunde werden einige Skelett-Teile, event. ein vollständiges Skelett nicht zu entbehren sein. Modelle von Pflanzen und Pflanzenteilen können fehlen, da hier die Natur das beste Anschauungsmaterial liefert. Wo die Vergrößerung und schematische Darstellung eines Pflanzenteils notwendig wird, mag der Lehrer Modelle aus Wachs formen. Die wichtigsten Pflanzen liefert der Schulgarten, der bei keiner Anstalt fehlen sollte. Hier lernen die Schüler die Entwickelung der Pflanzen kennen, sie sind auch bei der Aussaat und Ernte und bei der Pflege der Gewächse beteiligt. Wo der Raum es gestattet, kann einzelnen Zöglingen auch ein Beet für die persönliche Blumenpflege überlassen werden.

Hier mag auch einiges über Reliefbilder gesagt sein. Solche sind in technisch einwandfreier Weise von Kunz-Illzach geprägt worden, und zwar für den botanischen und zoologischen Unterricht. Für die Schaffung der Bilder war der Gedanke maßgebend, daß der Blindenlehrer nicht selten in die Lage kommt, von Tieren und Pflanzen zu sprechen, die er dem Schüler nicht in natura oder in körperlicher Nachbildung vorführen kann. Das Reliefbild soll nun die Möglichkeit bieten, wenigstens eine ungefähre Auffassung des Objekts zu erlangen. Die Bilder sind also von vornherein als Notbehelf gedacht; sie sollen nicht etwa die körperlichen Anschauungsobjekte ersetzen. Man wird zu ihnen nur dann greifen, wenn auf andere Weise die erforderliche konkrete Unterlage nicht zu gewinnen ist. Freilich soll man es sich in solchen Fällen überlegen, ob eine zwingende Notwendigkeit zur Erwähnung und

Betrachtung des Objekts dann überhaupt vorhanden ist. Es liegt beim Gebrauch von Reliefbildern immerhin die Gefahr nahe, daß man durch Worte zu ersetzen sucht, was der tastende Finger nicht ergründen kann.

In der Anschaffung von Apparaten für die Arbeitskunde (Physik) sei man vorsichtig. Die meisten käuflichen Gegenstände sind zu kompliziert und vertragen ein Hantieren mit kräftig zugreifenden Händen nicht. Mit den bekannten feinen Geräten zur Veranschaulichung der Hebelgesetze z. B. werden die Schüler wenig anfangen können. Ein derber Hebebaum, mit dem praktische Arbeit geleistet werden kann, solide eiserne Rollen, eine brauchbare Krämerwage, eine kräftige Winde u. dergl. sind viel wertvoller. Hier findet der praktisch veranlagte Lehrer ein reiches Feld der Betätigung. Bei dem weiten Gebiet der Elektrizität wird man Blinde nur in die elementarsten Grundlagen einführen können, weil einmal die meisten elektrischen Apparate ein Betasten nicht zulassen (Leitungsfähigkeit) und weil die Wirkungen nur zum kleinsten Teile von dem Ohr und dem Tastgefühl wahrgenommen werden können. Eine Elektrisiermaschine mag man immerhin anschaffen; da aber auch sie ihre Gebrauchsfähigkeit nahezu einbüßt, wenn sie vielfach betastet wird, empfiehlt es sich, neben einer Maschine, die ausschließlich der Anstellung von Versuchen dient, noch eine zweite zu beschaffen, die zum Betasten Verwendung findet.

Unter der großen Zahl von Schreibapparaten für die Punkt- und Flachschrift dürfte die Auswahl schwer sein. In erster Linie wird man neben einem mäßigen Preise möglichste Haltbarkeit fordern. Letztere ist wohl am meisten bei den Schreibtafeln ohne Holzteile gewährleistet. Derartige Tafeln liefern die Blindenanstalten in Berlin, Wien, Illzach und Hamburg; doch hat auch die Tafel von Bürger-Dresden, die einen Holzrahmen besitzt, einen Vorzug, und dieser liegt in dem verschiebbaren Lineal; dadurch wird die Tafel auch für das schriftliche Rechnen brauchbar[14]. Für die Schüler der Unterstufe empfiehlt sich die Anschaffung von sog. Trichterapparaten mit weitem Zeilenabstand; sie nötigen das Kind zu einer korrekten und gleichmäßigen Punktsetzung. Für die Oberstufe können sog. Rillenapparate gewählt werden, die ein schnelleres Schreiben ermöglichen. Das für den Schulgebrauch angemessene Format der Tafel ist etwa 25 × 18 cm; zum Schreiben für Bibliothekzwecke werden am besten größere Apparate, etwa in der Ausdehnung von 34 × 26 cm (Maß der Wiener großen Schreibtafel) verwendet. Was die Flachschrift betrifft, so lassen sich manche Braille-Tafeln durch Anwendung eines besonderen Lineals auch hierfür benutzen (Tafeln von Kunz u. Bürger), andere haben auf der Rückseite eine Deckplatte für Flachschrift (Berliner Tafel). In Dänemark ist der Guldberg-Apparat eingeführt, der eine schöne Schrift liefert, aber in der Handhabung umständlich ist. In Österreich ist der Kleinsche Stacheltypenapparat noch vielfach im Gebrauch, der die lateinischen Großbuchstaben in erhabenen Punktlinien erzeugt. In neuerer Zeit treten mit den einfachen Apparaten für Braille- und Flachschrift die verschiedenen Schreibmaschinen in Wettbewerb (Wiener Maschine, Picht-Maschinen für Punkt- und Flachschrift, Nürnberger Apparate von Schleußner). Die allgemeine Einführung solcher Maschinen im Schulunterricht wird sich vorläufig wohl noch durch den hohen Preis verbieten; doch sind in einigen Anstalten die Oberklassen der Schule bereits mit Maschinen ausgestattet. Dabei mag auch erwähnt werden, daß es gut sein wird, wenn eine gewöhnliche Schreibmaschine, wie sie in jedem Kontor zu finden ist, zum allgemeinen Gebrauch für solche Blinde, die ihre Handhabung erlernt haben, im Geschäftszimmer der Anstalt zur Verfügung steht.

Das für die Punktschrift erforderliche Papier soll kräftiges, zähes Leinenpapier sein. Viel gebraucht wird das „Blindenschriftpapier" der Firma Ferdinand Flinsch-Berlin. Es ist auch für den Punktdruck vorzüglich geeignet. Für die täglichen Schreibübungen genügt das wesentlich billigere Zellulose-Packpapier, das von der genannten Firma ebenfalls geliefert wird.

Die ersten Leseübungen werden in vielen Anstalten mit Hilfe von sog. Lesekästchen betrieben. Sie ermöglichen das Entstehenlassen der Braille-Buchstaben mit Hilfe von Stiften, die in sechslöcherige Formen gesteckt werden. Bei der Berliner Lesetafel werden Blechtypen auf einer Leiste aneinandergereiht. Solche Leseapparate können, wenn sie verständig gehandhabt werden, gute Dienste leisten; für jeden Schüler muß ein Kästchen vorhanden sein.

Fibel und Lesebuch müssen selbstverständlich in soviel Exemplaren angeschafft werden, daß jedes Kind im Besitz eines Buches ist. Wünschenswert sind ferner Hilfsbücher für den Religionsunterricht, die dem Schüler das Einprägen der Memorierstoffe erleichtern.

Für die Punktschrift-Bibliothek wird man in erster Linie die Werke anschaffen, die von den verschiedenen Reliefdruckereien (z. B. in Steglitz, Berlin, Hannover, Düren, Paderborn, Frankfurt a. M., Illzach, Leipzig, Breslau, Danzig, Wien usw.) herausgegeben sind. Daneben wird man auch die von Freunden der Anstalt handschriftlich hergestellten Bücher gern annehmen. Für solide Einbände sollte stets gesorgt werden. Im Interesse der Übersicht und einer schnellen Erledigung des Bücherwechsels ist eine nach sachlichen Gesichtspunkten durchgeführte Ordnung der Schriftwerke notwendig.

Den Stoff für das abendliche Vorlesen seitens der aufsichtführenden Lehrer bietet eine Büchersammlung, die eine gute Schüler- und Volksbibliothek darstellt. In dem Katalog wird zu vermerken sein, für welches Alter die einzelnen Bücher geeignet und wann sie vorgelesen sind. Dieser Sammlung werden in der Regel auch diejenigen Bücher entnommen, die handschriftlich in die Punktschrift übertragen werden sollen.

Natürlich darf auch eine Lehrerbibliothek nicht fehlen. Sie wird in erster Linie solche Schriften enthalten, die den Blindenlehrer auf seinem Spezialgebiet orientieren und ihn darin fördern und weiterbilden. Außerdem werden in ihr wichtige Werke der allgemeinen Pädagogik und Methodik, sowie die besten Schriften aus den Gebieten der einzelnen Unterrichtsfächer zu finden sein. Auch einige gute pädagogische Zeitschriften dürfen nicht vergessen werden.

Für die Übungen im Formen (Modellieren) ist Ton, Plastilin oder Wachs anzuschaffen. Ton ist wegen seiner leichten Bildsamkeit für die Unterstufe gut geeignet; leider ist das Hantieren mit ihm eine unsaubere Sache, so daß man ihn von den Klassenzimmern fern halten und die Tonarbeiten in einem besondern, für diesen Zweck eigens eingerichteten Zimmer ausführen lassen wird. Plastilin ist immer gebrauchsfertig und wegen seiner Weichheit ebenfalls in den unteren Klassen verwendbar. Da seine Verarbeitung nicht besondere Unsauberkeit verursacht, kann es von jedem Schüler ohne weiteres an seinem Platze benutzt werden. Als Unterlage dient eine Linoleumplatte. Modellierwachs hat vor den beiden anderen plastischen Stoffen den Vorzug der größeren Festigkeit bei vorzüglicher Bildsamkeit; selbst allerlei Feinheiten lassen sich beim Formen in Wachs ausprägen. Es ist darum der gegebene Stoff für die Schüler der oberen Stufen. Leider macht seine Erweichung einige Schwierigkeit, besonders im Winter. Nötigenfalls muß man einen Wärmeapparat zu Hilfe nehmen. Gutes Modellierwachs liefern die

Wachswarenfabriken von Guthmann-Dresden und Berta-Fulda.

Zeichenapparate werden von mehreren Anstalten in verschiedener Ausführung hergestellt. Das Wiener Zeichenkissen mit Roßhaarfüllung erfordert als Material für die Darstellung von Linien Gummischnüre, desgleichen die Filztafel. Schleußner-Nürnberg verwendet Wachsfäden, die auf eine Linoleumplatte gedrückt werden. Die Königsthaler Zeichentafel besteht aus einer mit Tuch überzogenen Torfplatte, auf welche feine Kernrohrfäden festgesteckt werden. Für die Wahl eines Apparates werden längere praktische Versuche entscheidend sein.

Für den Unterricht in der Raumlehre sind Modelle der geometrischen Körper in erster Linie erforderlich. Sie sollen aus Buchenholz sauber gearbeitet und wesentlich größer sein als die bekannten Fröbelbausteine. (Ausdehnung des Würfels etwa 5 cm.) Alle müssen das gleiche Größenverhältnis aufweisen, damit sie je nach Erfordernis zusammengestellt werden können. Die Modelle wird man selbstverständlich in einer solchen Zahl anschaffen, daß jeder Schüler ein Exemplar erhält. Man läßt sie am besten von einem geschickten Tischler anfertigen. Für das geometrische Zeichnen ist die Heboldsche Kreisscheibe, die neuerdings von Menzel-Hamburg verbessert ist, vielfach im Gebrauch. Ihr Vorzug ist die Schnelligkeit, mit der man eine Figur entstehen lassen kann, ihr Nachteil der, daß sie leicht zu mechanischem Gebrauch führt. Die oben genannten Zeichenapparate sind im geometrischen Unterricht ebenfalls vielseitig verwendbar.

Welche Hilfsmittel man für den Rechenunterricht anzuschaffen hat, wird davon abhängen, wie hoch man das Zifferrechnen (Rechnen mit Ansätzen) für den Blinden einschätzt. Für den grundlegenden Unterricht leistet die hundertlöcherige Tafel mit Benutzung von Korken und die russische Rechenmaschine gute Dienste. Der Aufbau des Zahlensystems läßt sich an der Neunertafel veranschaulichen. Für das Zifferrechnen kommt der Wiener Rechenkasten (arabische oder Braille-Typen) die Schleußnersche Tafel für Punktziffern und der Taylor-Apparat (Berliner Anstalt) mit besondern Zifferzeichen in Betracht. Übrigens läßt sich, wie bereits angedeutet, auch die gewöhnliche Braille-Schreibtafel für das schriftliche Rechnen verwenden, am bequemsten die mit verschiebbarem Lineal.

Der Vollständigkeit halber mögen noch die für den Musikunterricht erforderlichen Instrumente genannt werden. Mehrere Klaviere, Geigen nebst den für ein kleines Streichorchester nötigen Ergänzungsinstrumenten, ein Satz Blechinstrumente für Blasorchester und eine gute Orgel mit Pedal und zwei Manualen werden zum Lehrmittelbestande einer größeren Blindenanstalt zu rechnen sein. Die Orchesterinstrumente sind im Musiksaal in geeigneten Schränken aufzubewahren. Wo in einer Anstalt das Klavierstimmen gelehrt wird, dürfen auch einige für diesen ausgesprochenen Zweck bestimmte Pianos und ein Flügel nicht fehlen; es können ältere, gebrauchte Instrumente sein.

Schließlich muß ein Lehrmittel erwähnt werden, das nicht für ein einzelnes Fach bestimmt ist, sondern dem ganzen Unterricht zugute kommt: das sogenannte Allerlei. Es ist dies eine Sammlung der verschiedensten Kleinigkeiten, wie sie zumeist als Abfälle in Natur, Haus und Werkstatt vorkommen, dort kaum beachtet werden, für den Blindenunterricht aber wichtig und wertvoll sind. Einige dieser Kleinigkeiten mögen genannt sein: Moos, Flechten, Zähne, Schieferstücke, Torfsteine, Schneckenhäuser, Kieselsteine, Seesand, Vogelnester, Gewehrkugeln, Schrot, Rindenstücke, Früchte von Waldbäumen, Tierhörner, Klauen von Huftieren, Rohwolle,

Gänsefedern, Sämereien, Ofenkacheln, Ziegelsteine, Fliesen, Lederstücke, Feilspäne, Petroleum, Öl, Schreibkreide, Schieferstifte usw. Diese Dinge werden am besten in einem Schrank untergebracht, der mit Schubfächern versehen ist. Wird im Unterricht ein derartiger Gegenstand oder Stoff erwähnt, so hat man ihn gleich bei der Hand, und der Name gewinnt konkrete Gestalt. Die Vermehrung und Ergänzung des „Allerlei" wird der Blindenlehrer sich recht angelegen sein lassen.

Ferchen, Bericht der Kommission für Veranschaulichungsmittel im Blindenunterricht. Kongr.-Ber. Kiel 1891.

Kunz, Das Bild in der Blindenschule. Wie vor.

Hecke, Wie verschaffen wir uns die wichtigsten Veranschaulichungsmittel? Kongr.-Ber. Berlin-Steglitz 1898.

Zech, Der Schulgarten. Bldfrd. 1900 S. 53.

Conrad, Die Tafel im Blindenunterricht. Kongr.-Ber. Halle a. S. 1904.

Kunz, Der Karten- und Bilderdruck. Geschichte der Blindenanstalt zu Illzach-Mülhausen i. E. Engelmann, Leipzig 1907. S. 229 ff. und Blindenfreund 1906 S. 145.

Lehrmittelverzeichnisse der Blindenanstalten in Wien, Berlin und Nürnberg.

Verzeichnis von Büchern, die sich in deutschen und österreichischen Blindenanstalten beim Vorlesen bewährt haben und zum Übertragen in Punktschrift eignen. Gesammelt, ausgewählt und aufgestellt von der Lektüre-Kommission. Hannover, Verein zur Förderung der Blindenbildung.

Verzeichnis der geschriebenen Punktschriftbücher in der Bibliothek der Kgl. Blindenanstalt zu Steglitz. Hauptverzeichnis mit 5 Nachträgen.

3. Die Hausordnung.

Die Feststellung der Grenzen, in denen sich das äußere Leben und Treiben der Anstaltszöglinge bewegen darf, bietet besondere Schwierigkeiten, weil in der Regel Blinde verschiedenen Alters und Geschlechts zu einer Internatgemeinschaft vereinigt sind. Neben schulpflichtigen Kindern im Alter von 6 bis 14 Jahren beherbergt die Anstalt auch heranwachsende Jünglinge und Jungfrauen, die in der Berufsbildung stehen, nicht selten auch einige ältere Blinde, die in vorgerücktem Alter ihr Gebrechen erworben haben und zwecks Ausbildung in einer bestimmten Arbeit in die Anstalt eingetreten sind. Dazu läßt sich bei der meist räumlichen Nähe der Blindenheime eine öftere Berührung der Zöglinge und Heiminsassen nur schwer vermeiden. Die Hausordnung wird daher der eigenartigen Zusammensetzung der Anstaltsgemeinde Rechnung tragen müssen.

In erster Linie ist zu fordern, daß die gemeinsame Hausordnung nur die Hauptmomente des Anstaltslebens regeln darf; zu viele und zu spezielle Vorschriften wirken, besonders auf die älteren Zöglinge, verstimmend ein, machen sie zu verschlossenen, innerlich unfreien Menschen und rufen vielfachen Widerspruch und häufige Übertretungen hervor. Wird man z. B. für die jüngeren Zöglinge eine bestimmte Tagesstunde für das Reinigen der Kleider und Schuhe festsetzen, so macht man den älteren Zöglingen hierüber keine Vorschrift, sondern fordert nur, daß sie am Morgen in sauberem Anzüge zu erscheinen haben. Werden die ersteren angehalten, schulfreie Stunden durch Spiel, Lesen und anderweitige Beschäftigung angemessen auszufüllen, so sind den der Schule entwachsenen Zöglingen gegenüber wohl Anregungen und Wünsche, nicht aber Befehle und Zwangsmaßregeln für arbeitsfreie Zeiten am Platze. Unbedingt zu respektieren, und zwar von allen Anstaltsinsassen, ist die festgesetzte Tagesordnung und Stundeneinteilung. Pünktlicher Anfang und pünktlicher Schluß der Arbeit ist, wie in der Schule, so auch in den Werkstätten erstes Erfordernis. Wo in den letzteren in bezug auf den pünktlichen Anfang sich Nachlässigkeit einschleicht, empfiehlt es sich, von den Werkmeistern das vollzählige Beisammensein der Arbeiter dem Anstaltsleiter melden zu lassen.

Von der täglichen Arbeitszeit der Schüler wird bei dem Kapitel über den Stundenplan die Rede sein. Was die Beschäftigung der älteren Zöglinge in den Werkstätten betrifft, so dürfte eine Arbeitszeit von neun Stunden pro Tag als Norm anzusehen sein. Der Beginn der Arbeit wird zweckmäßig im Sommer um 7, im Winter um 8 Uhr, der Schluß am Abend um 7 Uhr erfolgen. An Pausen wären im Sommerhalbjahr einzuschieben: Frühstückspause 20 Minuten, Mittagspause 2 Stunden. Vesperpause 1 Stunde. Im Winterhalbjahr wird mit Rücksicht auf den späteren Anfang der Arbeit die Mittags- und Vesperpause um je ½ Stunde gekürzt.

Die Pausen dürfen den Zöglingen selbstverständlich nicht durch besondere Aufgaben (z. B. Strafarbeiten) verkümmert werden. In der warmen Jahreszeit halte man darauf, daß Schüler und Lehrlinge sich möglichst viel im Freien aufhalten. Im übrigen wird man es jedem einzelnen überlassen müssen, in welcher Weise er die Erholungszeit ausnützt. Viele Zöglinge werden sich musikalisch betätigen; dagegen ist nichts einzuwenden, wenn nur der Aufenthalt in der frischen Luft darüber nicht gänzlich vernachlässigt wird. Widerlich ist das dumpfe Hinbrüten mancher älteren Knaben in den Pausen; es neigen hierzu die trägen Geister, die keine höheren Bedürfnisse kennen. Da Wünsche der Lehrer und Aufsichtspersonen bei ihnen meist keine Beachtung finden und Zwangsmaßregeln verfehlt wären, empfiehlt es sich, durch ihre geistig regsameren Kameraden auf sie einzuwirken. Gutes Zureden seitens der Kameraden tut oft Wunder.

Notwendig ist es, für eine angemessene Verwendung der Abendstunden zu sorgen. Die jüngsten Schüler gehen bald nach der Abendmahlzeit zu Bett. Für die älteren ist in vielen Anstalten eine Lektürestunde eingeführt. In dieser Stunde liest einer der Lehrer aus einem unterhaltenden oder belehrenden Buche vor, und zwar entweder sämtlichen Zöglingen oder nur einer bestimmten Altersstufe. Diese Vorlesestunden werden in der Regel gern besucht, vielfach geradezu herbeigesehnt. Sie bieten nach der Tagesarbeit eine erfrischende Abwechselung, Erholung und Anregung. Zu fordern ist nur, daß der Lesestoff dem Verständnis der Zuhörer angemessen, literarisch wertvoll und in ethischer Beziehung einwandfrei ist. Es braucht wohl kaum erwähnt zu werden, daß größere Werke (Erzählungen, Novellen) im Zusammenhange gelesen werden, daß also immer nur ein Werk dargeboten wird und nicht etwa jeder Lehrer ein besonderes Buch liest. Werden die Zuhörer nach Altersstufen geschieden — es genügen zwei Abteilungen — so erleichtert sich die Auswahl der Lektüre. Der ersten Abteilung kann dann etwa am Montag, Mittwoch und Freitag, der zweiten an den übrigen Wochentagen vorgelesen werden.

Außer dem Vorlesen kommen für arbeitsfreie Stunden und Tage, namentlich auch für Sonn- und Festtage, noch andere der Unterhaltung oder Belehrung dienende Veranstaltungen in Betracht: musikalische Darbietungen, Gesellschaftsspiele, Brett- und ähnliche Spiele (Mühle, Dame, Schach, Festung, Domino, Lotto, geographische und geschichtliche Spiele usw.), turnerische und sportmäßige Übungen, Spaziergänge und Ausflüge, deklamatorische und dramatische Veranstaltungen.

Musikalische Unterhaltungen sollten öfters stattfinden, zumal im Winter. Sie haben vor den Lektürestunden den Vorzug, daß sie sämtliche Blinden der Anstalt, auch die Heiminsassen, vereinigen und so das Gefühl der Zusammengehörigkeit der Anstaltsgemeinde stärken, und daß sie jedem, alt und jung, Schüler, Lehrling und Pflegling, etwas bieten. Zudem ist bei einer solchen Darbietung ein Teil der Zöglinge aktiv beteiligt, was wichtig und wertvoll ist. Es brauchen für diese Musikabende nicht besondere Gesang- und Musikstücke einstudiert zu werden; es wird vielmehr das geboten, was im Unterricht (Chorgesang, Schülergesang, Klavier- und Orgelunterricht, Streich- und Blasorchester) geübt worden ist.

Gesellschaftsspiele machen den Blinden viel Freude. Sie sind wertvoll, da sie viele Mitspieler in Tätigkeit versetzen, Aufmerksamkeit und Gewandtheit beanspruchen und das korporative Gefühl fördern. In der Regel werden sich diese Spiele auf die Geschlechter unter sich beschränken, doch können bei gehöriger Aufsicht und zweckmäßiger Auswahl der Spiele auch beide Geschlechter vereinigt werden, wie denn hier die beste Gelegenheit ist, beide Geschlechter an den Verkehr miteinander zu gewöhnen. Am unbedenklichsten wird sich dies dort machen, wo das Internatsleben einen familiären Anstrich hat, also in kleinen Anstalten, wo auch die Lehrer mit ihren Angehörigen sich an den Unterhaltungen und Spielen der Blinden beteiligen. Gegen ein Tänzchen als Abschluß eines Festtages werden Bedenken kaum erhoben werden können. Ob der Tanz männliche und weibliche Blinde vereinigen darf, läßt sich nicht allgemein sagen; jeder Anstaltsleiter wird aus den besonderen Verhältnissen heraus entscheiden müssen, ob eine solche Vereinigung ohne Schaden für Sitte und Disziplin gestattet werden kann oder nicht.

An Brettspielen und anderen Spielgaben für Blinde ist kein Mangel; mehrere sind von den Anstalten in Wien und Berlin herausgegeben; sie lassen sich auch ohne besondere Mühe in jeder Anstalt anfertigen. Sollen sie ihren Zweck erfüllen, so müssen sie möglichst einfach und haltbar sein. Die Schachfiguren bestehen am besten aus kräftigen Metallstiften mit leicht tastbaren Unterscheidungsmerkmalen am oberen Ende. Am meisten zu empfehlen sind diejenigen Spiele, die das Nachdenken anregen, und unter diesen wieder solche, die nicht den Charakter von Gewinstspielen haben. Würfel- und Kartenspiele können harmlos sein, sind es aber tatsächlich meist nicht. Namentlich das Kartenspiel kann bei den älteren männlichen Zöglingen ausarten und zu recht häßlichen Erscheinungen führen. Jedenfalls wird ein Verbot des Kartenspiels nicht als unnötige Härte ausgelegt werden können. Die sehr hübsche Beschäftigung jüngerer Zöglinge mit dem Schleußnerschen Baukasten und die älterer mit den bekannten zusammensetzbaren Figuren (Kopfzerbrecher usw.) soll nur erwähnt werden.

Sportmäßige Übungen erfrischen und stärken Körper und Geist. Die Zahl derselben ist für Blinde freilich gering, wenn man daran festhält, daß der Sport nicht in mechanischer Körperbetätigung besteht. Zu nennen sind etwa das Kegeln, Schleuderballübungen, das Schlittschuhlaufen und das Rodeln. Erfahrungsgemäß finden an diesen Übungen und Spielen in erster Linie die männlichen Blinden Gefallen; für das Schlittschuhlaufen und namentlich für das Rodeln interessieren sich aber auch die Mädchen. Können die letztgenannten Spiele in der Nähe der Anstalt, wohl gar im Garten geübt werden, so ist dies besonders günstig. Sorgfältige Aufsicht ist zur Verhütung von Unglücksfällen notwendig; die Beteiligung einiger sehenden Mitspieler ist der Sache förderlich.

Längere S p a z i e r g ä n g e außerhalb des Anstaltsgebietes für die Mädchen und tüchtige Märsche für die Knaben sind ein ausgezeichnetes und einfaches Mittel, um gesunde Abwechselung und Anregung in das einförmige Anstaltsleben hineinzubringen. Selbstverständlich wird man dabei nicht allzu belebte Gegenden aufsuchen und überhaupt alles vermeiden, was die Aufmerksamkeit des Publikums auf die Schar der blinden Spaziergänger lenken könnte; es ist merkwürdig, wie wenig taktvoll die Leute zuweilen an die Blinden und ihre Begleiter herantreten. Am besten wählt man als Ziel des Spazierganges eine freundliche stille Gegend, ein Waldrestaurant oder ein bequem zu erreichendes Dorf. Eine kleine Erfrischung gibt die nötige Stärkung für den Rückweg.

Zu d e k l a m a t o r i s c h e n D a r b i e t u n g e n geben die in der Anstalt gefeierten Feste Veranlassung; es können auch die vorher erwähnten musikalischen Unterhaltungsabende so eingerichtet werden, daß zwischen die Gesang- und Instrumentalvorträge Gedichte oder dramatische Szenen eingeschoben werden. Auch in diesem Falle empfiehlt es sich, in erster Linie das zu bieten, was in der Schule behandelt und gelernt ist. In manchen Blindeninstituten, besonders in den süddeutschen und österreichischen, werden zu gewissen Zeiten, z. B. zu Weihnachten, längere d r a m a t i s c h e A u f f ü h r u n g e n veranstaltet, bei welchen die mitwirkenden Zöglinge kostümiert erscheinen. Selbstverständlich kann weder auf die zuhörenden noch auf die aktiv beteiligten Blinden eine derartige Aufführung einen solchen Reiz ausüben wie es bei Sehenden der Fall ist. Den letzteren wird übrigens das Spiel von Blinden auch bei sorgfältigster Einstudierung immer etwas steif und gezwungen erscheinen. Es ist aber nicht zu verkennen, daß die dramatischen Aufführungen den Zöglingen als Höhepunkt in dem Internatsleben erscheinen und daß sie mit großem Interesse sich an der Vorbereitung und Ausführung beteiligen. Auf die körperliche Gewandtheit, das gesellschaftliche Benehmen und die sprachliche Bildung können die dramatischen Aufführungen nur günstig wirken. Nimmt die Einübung nicht viel Zeit in Anspruch und wählt man solche Stücke, die im Bereich des Könnens der Blinden liegen, so werden Einwendungen gegen diese Veranstaltungen kaum gemacht werden können.

Häufig kommt es vor, daß die Blinden zu Konzerten und Opernvorstellungen freien Eintritt oder solchen zu billigen Preisen erhalten. Es werden in solchen Fällen vorzugsweise die älteren Zöglinge zu berücksichtigen sein und unter diesen besonders solche, die musikalisch sind. Eine zuverlässige Begleitung darf natürlich nicht fehlen.

Aus dem gemeinsamen Internatsleben beider Geschlechter (Koëdukation) erwachsen Schwierigkeiten, die nicht gering anzuschlagen sind; namentlich in den Entwickelungsjahren der Knaben und Mädchen können sich leicht verhängnisvolle Unordnungen einschleichen. Mit einer gänzlichen Trennung der Geschlechter, etwa in der Weise, daß sie in verschiedenen Gebäuden untergebracht werden und besondere Spazierwege des Gartens zugewiesen erhalten, werden die Gefahren nicht beseitigt; wer zu Ausschreitungen neigt, findet trotzdem Mittel und Wege, die Ordnung zu durchbrechen. Jeder Anstaltsleiter kann diesbezügliche Beispiele wohl aus seiner Erfahrung nennen. Die genannte Beschränkung erhöht zudem den Reiz des Verbotenen und führt erst recht dazu, über die Möglichkeit der Verständigung durch Briefe und über heimliche Zusammenkünfte nachzudenken. Zur Verhütung von Ausschreitungen gibt es nur ein wirksames Mittel: gehörige Aufsicht. Je weniger geräuschvoll diese ausgeübt wird und je weniger sie den Charakter des Polizeidienstes zeigt, desto besser erfüllt sie ihren Zweck. Die rechte Aufsicht sucht weniger zu unterdrücken als abzulenken, weniger zu verbieten als den Willen zu stärken. Ist das Aufsichtspersonal der Anstalt zuverlässig und besitzt es das Vertrauen der Zöglinge, so werden ihm sinnliche Neigungen Einzelner nicht entgehen; es wird ihm dann auch gelingen, ohne viel Aufhebens verbotene Pfade zu verbauen und die Schicklichkeitsgrenze aufrecht zu erhalten. Darum ist die Auswahl und Anstellung des Pflege- und Aufsichtspersonals einer Blindenanstalt von höchster Bedeutung, des weiblichen vielleicht noch mehr als des männlichen. Die Aufseherinnen brauchen zwar nicht hochgebildete Damen zu sein, wohl aber ist zu wünschen, daß sie tüchtige, sittlich ernste, mit natürlichem Takt begabte Mädchen in gesetztem Alter sind, die auch den älteren weiblichen Zöglingen Respekts- und Vertrauenspersonen sein können. Es versteht sich von selbst, daß das Aufsichtspersonal über jede auffällige Erscheinung im Verhalten der Zöglinge dem Anstaltsleiter Bericht erstattet; ebenso werden die Lehrer ihre Wahrnehmungen, die sie bei der Tagesinspektion machen, ihm mitteilen. Äußerlich ist darauf zu achten, daß Zimmer, die nicht benutzt werden, auch die Klassenzimmer in schulfreien Stunden, verschlossen gehalten werden und daß die Zöglinge nach Eintritt der Dunkelheit das Haus nicht verlassen. Daß Knaben und Mädchen in getrennt liegenden Teilen des Anstaltsgebäudes oder eventl. in besonderen Häusern unterzubringen sind, ist selbstverständlich. Übrigens ist auch darauf zu achten, daß die Zöglinge vor Verführungen durch das Dienstpersonal geschützt werden. Von der häufig verhängnisvollen Rolle, die Zöglinge mit Sehresten im Anstaltsleben spielen, wird in einem späteren Kapitel die Rede sein.

Sorgfältige Beobachtung erfordern auch die Besuche der Zöglinge durch ihre Angehörigen und Bekannten. Werden diese nicht geregelt und kontrolliert, so können aus ihnen große Schwierigkeiten für die Erziehung entstehen. Es soll nur daran erinnert werden, daß die unverständige Versorgung der Zöglinge mit Eßwaren und Leckereien bei solchen Besuchen zu allerlei Schädigungen in der Ernährung und in der Tischdisziplin führt und daran, daß durch die Angehörigen der Blinden vielfach Klatsch und Verleumdung aus der Anstalt hinausgetragen wird. Es ist ja berechtigt, daß die Eltern ihr blindes Kind, das durch den Zwang des Gesetzes aus der Familiengemeinschaft gehoben wird, zuweilen besuchen. Aber dies darf nur zu einer bestimmten Zeit und in angemessener Dauer geschehen. In keinem Falle soll durch einen solchen Besuch der Unterricht oder die sonstige Arbeit geschädigt werden; nur in schulfreien Stunden oder am Sonntage dürfen die Angehörigen erscheinen. Es kann auch nicht geduldet werden, daß eine ganze Schar von Verwandten sich einfindet. Am besten wird die Höchstzahl ein für allemal festgesetzt. So besteht in einigen Anstalten die Bestimmung, daß höchstens drei Verwandte gleichzeitig einen Zögling besuchen dürfen. Ob die Angehörigen in die Wohnzimmer der Blinden eintreten dürfen oder ob ein besonderes Besuchszimmer einzurichten ist, muß jede Anstalt für sich entscheiden. In besonderen Fällen kann es notwendig werden, daß die Unterredung zwischen einem Zögling und seinen Angehörigen nur in Gegenwart eines Anstaltsbeamten gestattet wird. Gegen das Mitbringen von kleinen Geschenken, auch mancherlei Eßwaren, wird man meist vergeblich eifern; wenn dabei nur Maß und Ziel gehalten wird, ist der Schaden auch nicht groß. Ganz energisch wird man freilich dann gegen die elterliche Freigebigkeit auftreten müssen, wenn sie dahin führt, daß der Zögling im Essen wählerisch wird und die gesunde, nahrhafte Anstaltskost verachtet.

Beurlaubungen von Zöglingen außerhalb der Ferienzeit dürfen im Interesse einer geordneten Erziehung und mit Rücksicht auf die Arbeit in Schule und Werkstätte nur ausnahmsweise gewährt werden. Es versteht sich von selbst, daß es in einem solchen Falle Sache der Angehörigen ist, den Zögling von der Anstalt abzuholen und ihn pünktlich wieder zurückzubringen.

Den Schluß des Kapitels mögen einige Bemerkungen über die Beköstigung der Zöglinge bilden. Es ist notwendig, daß der Anstaltsleiter, oder wer es sonst ist, der die Verpflegung der Zöglinge zu überwachen hat, sich über die vom gesundheitlichen Standpunkte aus zu fordernde Zusammensetzung und Menge der täglichen Nahrung informiert. Das Studium eines der bekannten grundlegenden Werke, etwa das von Munk u. Uffelmann[15], das auch Kostzettel für die verschiedensten Verhältnisse enthält, wird ihm bei solcher Orientierung ein sicherer Wegweiser sein. In zweifelhaften Fällen mag er den Anstaltsarzt zu Rate ziehen.

Die Verpflegung in den Blindenanstalten ist entweder so geregelt, daß sie einem Ökonom übertragen wird, der ein festes Kostgeld pro Zögling bezieht, oder so, daß die Anstaltsverwaltung die Viktualien selber einkauft und die Speisen unter Aufsicht und Leitung einer Wirtschafterin zubereiten läßt. Beide Formen der Verpflegung haben ihre Vorteile und Nachteile. Führt die Anstalt die Beköstigung in eigener Regie aus, und ist das Küchenpersonal ehrlich und zuverlässig, so ist mit dieser Art die gute und zweckmäßige Ernährung der Zöglinge wohl am sichersten gewährleistet. Allerdings erwächst der Leitung durch diese Praxis viel Arbeit. Ob nun so oder so — in beiden Fällen bleibt dem Anstaltsdirektor die Verantwortung. Darum hat er die Küchenzettel zu prüfen oder sie selbst aufzustellen; er muß den Einkauf der Vorräte überwachen, das fertige Essen auf seine Schmackhaftigkeit hin erproben und darauf achten, daß jedem sein Quantum zuteil wird.

Unter den Zöglingen werden immer einige sein, die diese und jene Speise nicht essen mögen; so sind manche Kinder nur schwer zu bewegen, Gemüse oder Hülsenfrüchte zu genießen. Da man Ausnahmen nicht machen kann, so halte man darauf, daß solche Kinder wenigstens eine kleine Portion zu sich nehmen. Freundliches Zureden, zuweilen auch ein wenig Spott oder ein Appellieren an die Tapferkeit unterstützen die Selbstüberwindung. Nur wo eine bestimmte Speise dem Körper nicht bekommt, wird sie durch eine andere ersetzt.

Vor dem Genuß von Bier und Wein sind die jüngeren Zöglinge unbedingt zu bewahren. Ein Schade ist's nicht, wenn auch den älteren Blinden beides vorenthalten wird. Man muß indessen mit Gebrauch und Herkommen rechnen: wo seit langen Zeiten den Blinden an Sonn- oder Festtagen Bier gereicht wird, läßt sich die Sitte nur schwer abschaffen, und in Weingegenden würde man es als Härte auslegen, wenn den der Schule entwachsenen Zöglingen verwehrt würde, am Sonntage ihr Schöpplein Hauswein zu trinken.

Wenn vom Trinken die Rede ist, darf auch das Rauchen nicht unerwähnt bleiben. Es gibt wohl nur wenige blinde Männer, die Nichtraucher sind, und fast alle haben die ersten Versuche bereits recht früh gemacht, d. h. in der Anstalt. Sobald die Knaben sich nicht mehr als Schüler fühlen, erscheint ihnen die Pfeife oder Zigarette als Symbol der Männlichkeit. Nun wäre es freilich nicht gut, wenn man in diesen Jahren das Rauchen schon gestatten wollte. Abgesehen von gesundheitlichen Gründen ist es auch aus ethischen Rücksichten nicht zu billigen, daß junge Leute, die mit ihrer Hände Arbeit noch nichts verdienen, Geld für ein entbehrliches Genußmittel ausgeben. Von einem bestimmten Zeitpunkt, etwa vom 18. Jahre ab, mag man das Rauchen freigeben, nicht weil dann schon die nötige Würde vorhanden wäre, sondern um das heimliche Rauchen, vielleicht an feuergefährlichen Orten, zu verhindern. Man weise den Rauchern besondere Räume oder bestimmte Stellen des Gartens an, dulde aber in keinem Falle das Rauchen in den Wohnzimmern und Schlafsälen. Vor dem unvorsichtigen Umgehen mit Zündhölzchen muß natürlich eindringlich gewarnt werden.

Hausordnung der Blindenanstalt zu X. Bldfrd. 1885. S. 37.

B ü ttn e r, Leben und S chaffen in einer Blindenanstalt. Bldfrd. 1896 S. 33.

B r a n d s t ä t e r, Aus der Verwaltung. Bldfrd. 1902 S. 19.

B r a n d s t ä t e r, Koëdukation. Bldfrd. 1912 S. 166.

IV.
Der Blindenlehrer.

Von dem Blindenlehrer ist in erster Linie zu wünschen, daß er aus Neigung, nicht aus äußeren Gründen in seinen Beruf eintritt. Es ist mancherlei, was diesen Beruf anziehend macht und die Neigung zu ihm begünstigt. Dem Menschenfreunde wird es als eine edle und befriedigende Aufgabe erscheinen, zum Helfer besonders unglücklicher, schwer geprüfter Brüder und Schwestern ausersehen zu sein. Den Lehrer wird es reizen, den oft vielverschlungenen Pfaden nachzuspüren, auf denen dem Geiste des blinden Kindes Licht und Erkenntnis zugeführt werden kann. Der Erzieher wird seine Freude an dem frischen, fröhlichen Leben der großen Anstaltsfamilie haben, wo er Vertrauen, Anhänglichkeit und Dankbarkeit in reichem Maße findet.

Demgegenüber steht manches, was bedenklich stimmen kann und den Entschluß zum Eintritt in den Dienst der Blindenanstalt schwer macht. Die Blindenanstalt ist ein Internat, und ein solches fordert von dem Lehrer Dienste, die in reinen Unterrichtsanstalten nicht verlangt werden: Inspektionspflicht, Unterhaltung der Zöglinge in schulfreien Stunden durch Vorlesen, Spielen u. dergl., Verwaltung von Ämtern, die im Institutsleben begründet sind (Kassen-, Kleiderverwaltung usw.) und manche andern Dienste. Der Blindenunterricht ist mühsamer als der Unterricht sehender Schüler; er erfordert eine Vorbereitung, die nicht bloß am Schreibtisch geleistet werden kann, sondern auch eine vielfache manuelle Betätigung des Lehrers außerhalb der Unterrichtszeit notwendig macht. Die Lehrmittel muß der Blindenlehrer teilweise selber schaffen und instand halten; die Korrektur der schriftlichen Arbeiten ist zeitraubend und anstrengend. Der Unterricht verlangt in besonderem Maße Geduld und Ausdauer und bereitet dem eifrig vorwärtsstrebenden Lehrer oft Hemmnisse, die er schmerzlich empfindet. Endlich muß der Blindenlehrer sich manche Kenntnisse und Fertigkeiten aneignen, die einem andern Lehrer fernliegen, und diese Kenntnisse und Fertigkeiten und seine Befähigung zum Blindenlehrer überhaupt muß er meist in einer Prüfung nachweisen.

Wer also vor die Frage gestellt wird, ob er sich dem Dienste der Blinden widmen will, wird sich ernstlich prüfen müssen, ob Kraft und Neigung dazu ausreichen. Wer mit frischem Mut und mit innerer Teilnahme das Amt eines Blindenlehrers übernimmt, der wird allerdings bald erkennen, daß es ein köstlicher und wahrhaft befriedigender Beruf ist, den er erwählt hat, und sein Amt wird ihm, je länger desto mehr, ans Herz wachsen.

Im Nachfolgenden sollen diejenigen Eigenschaften zusammengestellt werden, die von dem Blindenlehrer zu wünschen und zu verlangen sind.

Der Blindenlehrer muß seinem Wesen und seinem Charakter nach in den Kreis der Blinden hineinpassen.

Es gibt weichgestimmte Leute, die keinen Blinden sehen können, ohne in ihrem ganzen Gefühl aufs tiefste erregt zu werden. Ein dauernder Umgang mit Blinden würde ihnen zur seelischen Qual werden. Andere werden durch das häufig entstellte Gesicht der Blinden oder durch manche häßliche Angewohnheit einzelner unangenehm berührt, und ein Zusammensein mit solchen würde ihnen große Selbstüberwindung kosten. Der Blindenlehrer muß nach der einen und der andern Seite hin frei sein von Empfindlichkeit, frei von Gefühlsweichheit und frei von

Gefühlen der Abneigung. Nicht als ob zu wünschen wäre, daß er gleichgültig und unempfindlich im Kreise der Blinden sich bewegte, sondern nur dies wird notwendig sein, daß er sich durch das Elend, das ihm mit der Blindheit vor Augen tritt, in der Ausübung seines Amtes nicht stören läßt. Ein mitfühlendes Herz braucht er ganz gewiß, und eine barmherzige Gesinnung, die auch dem entstellten und von der Natur stiefmütterlich bedachten Blinden sich nicht entzieht, ebenso. Vor einem Lehrer mit hartem Gemüt und kaltem Gefühl sollen die Blinden bewahrt bleiben.

Ein freundliches Wesen wird dem Blindenlehrer das Herz seiner Zöglinge öffnen. Freundlichkeit zeigt sich dem Blinden gegenüber vor allem in dem Ton der Stimme. Durch eine harte, scharfe, übermäßig laute Stimme wird der Blinde abgestoßen; ein weicher, ruhigfester, modulationsreicher Stimmton berührt ihn angenehm. Selbstverständlich darf die Freundlichkeit nicht in süßliches Wesen ausarten, noch weniger darf sie sich in Liebkosungen äußern. Das blinde Kind empfindet die Freundlichkeit des Lehrers am tiefsten, wenn sie sich mit Würde und Stetigkeit paart. Freundlich sei auch der Unterrichtston. Es wird ja bei der Umständlichkeit des Unterrichts und bei der öfteren Notwendigkeit, sich mit einer Sache an jeden einzelnen Schüler zu wenden, die Geduld und Ausdauer des Lehrers oft auf eine harte Probe gestellt, zumal wenn es sich um schwache Schüler handelt; aber mit heftigen Gefühlsausbrüchen, mit Klagen, Drohungen und Strafen wird der Unterricht nicht gefördert. Ein heftiger Lehrton erschreckt die Schüler und bringt doppelten Ärger und Verdruß. Eine gleichmäßige Heiterkeit, die über dem Unterricht ausgebreitet ist, öfters ein Wort der Anerkennung, selten ein Wort des Tadels, zuweilen, wo sie angebracht erscheint, eine humoristische Bemerkung, innere Wärme in der Darbietung des Stoffes, Lebendigkeit des Lehrgesprächs: das alles wird die glücklichste Stimmung für den Unterricht erzeugen.

Von dem Blindenlehrer ist ferner zu wünschen, daß er eine beweg liche Natur sei. Die Blinden neigen infolge ihres Gebrechens vielfach zur Ruhe, zum passiven Verhalten. Es kommt darauf an, sie zur Aktivität, zur lebendigen Teilnahme, zum tätigen Erfassen der Wirklichkeit zu erziehen. Ein Lehrer, der einen beweglichen Sinn hat, wird die Schüler durch die ganze Art, wie er sich gibt, fortreißen und wird auch die langsamen und trägen Naturen munter machen. Ein phlegmatischer Lehrer mit träger, matter Sprache, wird in einer Blindenklasse leicht langweilig und erzielt Träumer. Namentlich für die unteren Klassen ist ein solcher Lehrer unbrauchbar.

Der Blindenlehrer soll eine durch Beobachtung und Studium tiefgegründete Kenntnis von dem Wesen und der Natur des blinden Kindes besitzen.

Dazu wird zunächst notwendig sein, daß er eine genaue Kenntnis der Kindesnatur überhaupt besitzt. Der Blinde ist in seinem Wesen und in seiner Entwickelung dem Sehenden gleich; eine besondere Psychologie des Blinden gibt es nicht; es zeigen sich bei ihm nur bestimmte, in dem Fehlen des Augenlichtes begründete Abweichungen der seelischen Entwickelung. Die Grundlage für das Verständnis der Natur des Blinden wird also immer die allgemeine Psychologie sein. Ein sorgfältiges Studium derselben ist für den Blindenlehrer unerläßlich. Es ist hier nicht der Ort, für ein besonderes psychologisches System einzutreten, aber soviel darf gesagt sein, daß die von Wundt begründete neuere Psychologie gerade dem Blindenlehrer außerordentlich viel Anregung bietet. Da mit der Blindheit häufig auch geistige Defekte verbunden sind, ist ein Studium der pädagogischen Pathologie ebenfalls geboten.

Außer dem Studium der allgemeinen Kinderpsychologie wird der Blindenlehrer sich in der Spezialliteratur seines

Gebietes fleißig umschauen müssen. Die deutsche Blindenliteratur ist bei der kaum ein Jahrhundert umfassenden Entwickelung des Blindenbildungswesens noch wenig umfangreich und umfaßt in der Hauptsache die Berichte der Blindenlehrer-Kongresse, die Fachzeitschrift „Der Blindenfreund" und einige Werke biographischer Art. Doch enthalten diese Werke eine Fülle von wichtigen Aufsätzen und Abhandlungen, die besonders deshalb so wertvoll sind, weil die meisten von ihnen aus der unmittelbaren Beobachtung der Blinden und aus der Praxis des Unterrichts und der Erziehung heraus entstanden sind. Auf das groß angelegte Werk von Mell, „Encyklopädisches Handbuch des Blindenwesens" muß noch besonders hingewiesen werden[16].

Neben das Studium der Pädagogik im allgemeinen und das der Blindenpädagogik im besonderen tritt die Beobachtung des Blinden. Dieses lebendige Studium hat, wenn es in rechter Weise geschieht, einen hohen Wert und einen besondern Reiz; es führt dazu, daß der Lehrer sich mehr und mehr in die Lage des Blinden, in sein Denken und Fühlen hineinversetzen lernt. Damit gewinnt er das rechte Verständnis für die Bedürfnisse des Blinden und einen Blick für das Notwendige und Erreichbare im Unterricht. Zu einer solchen Beobachtung reichen freilich die Schulstunden allein nicht aus, schon deshalb nicht, weil das Kind durch die Unterrichtsdisziplin zu einer gewissen Zurückhaltung gezwungen wird. Aber im Umgange mit den Kameraden, beim Spiel, bei den Mahlzeiten, in den Stunden der stillen Selbstbeschäftigung, bei den Gesprächen der Blinden untereinander, bei den kleinen Arbeiten in der Flechtwerkstätte, bei den Vorlese- und Unterhaltungsstunden, zeigen sich die Zöglinge in ihrem wahren Wesen und geben dem beobachtenden Lehrer oft Aufschlüsse über manches, was ihm im Unterricht rätselhaft und unklar an ihnen erscheint. Hier besonders wird er, wie in einem spätern Kapitel noch hervorgehoben werden wird, erkennen, daß ein Kind, welches im Unterricht stumpf und teilnahmslos erscheint, doch nicht ganz interesselos ist und noch manche schätzenswerte praktische Leistung vollbringt. So führt die Beobachtung des Zöglings zu einer gerechten Beurteilung desselben. Beim Spiel und der stillen Beschäftigung kann der Lehrer oft für den Unterricht viel lernen, besonders für die Art der Veranschaulichung, die Art der Orientierung und die Weise, wie der Blinde die Dinge sich dienstbar machen kann. Mit Rücksicht auf die Beobachtung der Zöglinge (und auch aus erziehlichen Gründen) ist es wünschenswert, daß die Blindenlehrer nicht außerhalb der Anstalt wohnen, sondern ihre Wohnung auf dem Anstaltsgrundstück haben. Andernfalls müssen sie ihre Inspektionstage gewissenhaft dazu benutzen, die Zöglinge gründlich zu beobachten.

Der Blindenlehrer soll auch in bezug auf den Lehrstoff ein Mann von gründlichem Wissen sein.

Es ist bekannt, daß die tüchtigsten und kenntnisreichsten Männer einen besonders geschärften Blick für das Wichtigste und Grundlegende eines Wissengebietes besitzen. Ein Lehrer, der aus dem Vollen schöpft, wird die Stoffe zweckmäßig auswählen; er wird sich auf das beschränken, was dem Blinden verständlich gemacht werden kann und was notwendig ist, damit er einen Einblick in das Wesen einer Sache gewinnt. Ein Lehrer mit dürftigen Kenntnissen wird dagegen meist geneigt sein, auch viel Unwesentliches zu bieten, so daß die Schüler das, was für sie besondern Wert hat, nicht mit voller Klarheit erfassen und aufnehmen. Gründliches Wissen befähigt aber auch, mit den einfachsten Hilfsmitteln im Unterricht zu operieren. Es sei an Helmholtz erinnert, der nach seinem eigenen Geständnis die tiefsten physikalischen Probleme mit

Hilfe von ganz einfachen Dingen, wie Garnrollen u. dergl., ergründete. Und Wundt, der große Meister der Psychologie, hat erst kürzlich an der Hand eines einzigen einfachen Instruments, des Metronoms, eine tiefgehende Einführung in sein Spezialgebiet gegeben. Von einem Blindenlehrer, der großen Wert auf die Anschaffung von vielen und teuren Anschauungsmitteln und Apparaten legt, ist zu vermuten, daß seine Herrschaft über den Stoff keine souveräne ist.

Es ist wünschenswert, daß der Blindenlehrer sich in einige Gebiete besonders vertieft und hier Spezialstudien, auch nach der methodischen Seite hin, treibt. Wie in dem Abschnitt über den Unterrichtsbetrieb gezeigt wird, ist auf der oberen Stufe der Blindenschule Fachunterricht zu empfehlen. Die Vertiefung des Blindenlehrers in einige Spezialfächer ist die Vorbedingung hierzu. Sehr erwünscht ist bei allen Lehrern eine gute musikalische Befähigung; diejenigen von ihnen, die den Gesangunterricht auf der oberen Stufe und den Instrumentalunterricht an fortgeschrittene Schüler erteilen, sollen eine gründliche musikalische Bildung besitzen, die event. auf einem Konservatorium ihren Abschluß gefunden hat.

Der Blindenlehrer muß technische Begabung und Handgeschicklichkeit besitzen.

Der Blindenunterricht fordert in weit höherem Maße eine manuelle Betätigung des Lehrers als jeder andere Unterricht. Schon die körperliche Veranschaulichung des Lehrstoffes nötigt den Lehrer fortwährend zum Gebrauch seiner Hände. Mit wenigen Griffen muß er eine plastische Gruppe, eine technische Vorrichtung des täglichen Lebens darstellen; die Lehrmittel Fröbelscher Art muß er in vielseitiger Weise verwenden können; Stäbchen, Brettchen, Linoleumstreifen, Wachs und Draht sollen in seinen Händen die Rolle spielen, die in der Schule der Sehenden der Kreide zukommt; allerlei

Abfallstoffe aus dem Haushalt und aus handwerklichen Betrieben können ihm im Unterricht wichtige Dienste leisten. Ein Lehrer, der wenig technische Begabung besitzt, wird trotz allen Fleißes in einer Blindenklasse oft ratlos dastehen und dann versuchen, mit Worten zu erklären, was einzig durch den Tastsinn aufgefaßt werden kann. Zudem ist es ja eine Hauptaufgabe des Blindenunterrichts, die Hände der Schüler zur größtmöglichen Tastfähigkeit auszubilden; das kann aber, wie später gezeigt wird, nur durch häufige Betätigung der Hände im Umgang mit den Dingen und durch manuelle Darstellung geschehen. Hier soll der Lehrer vorbildlich wirken; beim Formen, Zeichnen, Bauen und Experimentieren muß er frisch zugreifen, nachhelfen und berichtigen, dann werden auch die Schüler Interesse an der Arbeit finden. Merkt der Blindenlehrer, daß sein technisches Können nicht ausreicht, so mag er einen Handfertigkeitskursus durchmachen oder noch besser in der Lehrmittelwerkstätte der Anstalt nach der Anleitung eines erfahrenen Kollegen tätig sein. Leider gibt es für Blindenlehrer noch keine technischen Kurse, welche die speziellen Bedürfnisse der Blindenanstalt berücksichtigen; ihre Einführung würde von großem Nutzen sein. Die Handgeschicklichkeit des Lehrers kommt auch der Lehrmittelsammlung der Anstalt zugute, denn nicht alle Anschauungsmittel können käuflich erworben werden; ein großer Teil wird von dem Blindenlehrer selbst hergestellt werden müssen, wie denn wohl in fast allen Anstalten die wertvollsten und zweckmäßigsten Lehrmittel für den Blindenunterricht ihre Entstehung den fleißigen und geschickten Händen technisch begabter Lehrer verdanken.

So wird der Blindenlehrer bei allen tüchtigen Kenntnissen doch nicht ein Gelehrter, sondern ein Mann des praktischen Lebens sein. Insbesondere wird er das in unserer Zeit so vielgestaltige und in verwirrender Hast sich abspielende Kulturleben in seinen Grundlagen und einfachen Formen aus praktischer Anschauung heraus kennen gelernt haben müssen. Ist er als Knabe im Elternhause zu den Dingen des täglichen Lebens in nähere Beziehung getreten, hat er in der Hauswirtschaft gar selbst Hand angelegt, so ist damit ein überaus wertvolles Erfahrungsmaterial sein persönliches Eigentum geworden; es wird ihm im Unterricht die schätzbarsten Dienste leisten und ihn befähigen, die blinden Schüler zum nutzbringenden Umgang mit den Dingen anzuleiten.

Der Blindenlehrer soll ein Meister der Methode sein.

Das wäre freilich von jedem Lehrer zu wünschen; aber bei sehenden Schülern kann der Unterricht doch auch bei mangelhafter methodischer Begabung des Lehrers, sofern dieser nur treu arbeitet, immer noch Erfreuliches leisten. Die gründliche Anschauung durch das Auge, die Anregung durch Abbildungen und gute Lehrmittel, die Hilfe durch Lehrbücher und Leitfäden bilden doch eine ins Gewicht fallende Ergänzung zu einem methodisch ungeschickten Verfahren. Im Blindenunterricht dagegen steht und fällt alles mit der methodischen Begabung des Lehrers. Ein bloßes Einüben von Kenntnissen und Fertigkeiten, ein „Aufgeben" aus einem Lehrbuche und ein Abhören des Gelernten wäre das Traurigste, was in der Blindenschule geschehen könnte: die gesamte Bildung des Schülers wäre totes Gedächtniswerk. Dagegen hat der Unterricht lebendige Kraft, wenn der Lehrer den Stoff methodisch meistert. Die Meisterschaft wird sich besonders zeigen in der Angleichung des Stoffes und des Lehrverfahrens an den Standpunkt des Schülers, in der anschaulichen und anregenden, die Kraftentwickelung des Zöglings fördernden Darbietung, in dem wohlabgemessenen Wechsel zwischen geistiger und manueller Betätigung, in dem Bestreben, das rechte Verhältnis zwischen dem Klassenunterricht und der Beschäftigung mit dem Einzelnen zu finden, in der weisen Verwertung der besondern Gaben und Kräfte jedes einzelnen Schülers, in der Förderung der Schwachen und Zurückgebliebenen.

Dem Blindenlehrer soll ein treues Zusammenwirken mit den Mitarbeitern und die Gewinnung eines friedlichen und freundlichen Verhältnisses zu ihnen am Herzen liegen.

Es ist zu bedenken, daß die Anstalt mit allen ihren Insassen eine große Familie bildet, in der Einigkeit und Friede herrschen muß, wenn sie gedeihen soll. Diese Einigkeit wird aber schwer gefährdet, wenn das Verhältnis der Lehrer zu einander ein gespanntes und unfreundliches ist, wenn Eifersüchteleien zu einem ängstlich-lieblosen Beobachten untereinander führen, wenn ein Kollege den anderen zu verdächtigen und herabzusetzen sucht. Die Zöglinge merken solche Unstimmigkeiten sehr bald und kommen dabei in Verlegenheit und Bedrängnis in ihrem Verhalten zu den einzelnen Lehrern. In jedem Falle leidet die Erziehung schwer. Am schlimmsten ist es, wenn die Uneinigkeit im Kollegium dazu führt, daß sich unter den Zöglingen Cliquen bilden, die gegeneinander eifern. Auch der Unterricht wird geschädigt, wenn das Band der Eintracht im Lehrerkollegium zerrissen ist, denn der Blindenunterricht fordert eine so häufige Beziehung der Lehrfächer zu einander (man denke z. B. an die Verbindung des Formens und Zeichnens mit allen Disziplinen), eine so innige Verknüpfung des Lehrstoffes der verschiedenen Gebiete (man denke an Anschauungsunterricht und Heimatkunde, Geographie und Arbeitskunde, Raumlehre und Zeichnen), daß gegenseitige Erkundigungen und Besprechungen der Lehrer miteinander nicht entbehrt werden können.

Sollen noch die e t h i s c h e n Q u a l i t ä t e n des Blindenlehrers
hervorgehoben werden, so wäre zunächst zu sagen, daß er
e i n h u m a n e r M a n n sein muß, ein Mann von Herz und
Gemüt, dem es eine Lust und ein Bedürfnis ist, den Blinden
zu helfen, ein Mann mit hohem Sinn, der den blinden
Zöglingen mit Vertrauen entgegenkommt, von dem Friede
und Freude ausgeht. Endlich muß gewünscht werden, daß
er e i n e i n G o tt g e g r ü n d e te P e r s ö n l i c h k e i t ist, daß er sein
Amt als ihm von dem Höchsten gegeben betrachtet und es
im Aufblick zu ihm mit aller Treue verwaltet. Nur ein
solcher Lehrer kann die Blinden zu jener Lebensfreudigkeit
anleiten, die im Vertrauen auf Gottes Führung ihre Wurzel
hat.

W u l ff , Des Blindenlehrers Trost und Zuversicht. Kongr.-Ber. Frankfurt a.
M. 1882.

L e m b c k e , Welche Anforderungen stellt der Beruf an den
Blindenlehrer? Kongr.-Ber. Steglitz-Berlin 1898.

M e r l e , Die Blindenlehrerprüfungen. Kongr.-Ber. Breslau 1901.

V.
Die Erziehung des Zöglings.

Über die Erziehung des Zöglings sind in dem Abschnitt über die Hausordnung bereits Andeutungen gemacht worden; hier sollen die dortigen Ausführungen ergänzt werden. Vorbemerkend wird hinzugefügt, daß das Nachfolgende nur die Anstaltserziehung berücksichtigt; was die häusliche Erziehung des Kindes vor dem Eintritt in die Blindenanstalt betrifft, so wird auf den Abschnitt „Die erste Erziehung des blinden Kindes" verwiesen.

Die Blindenanstalt übernimmt mit der Erziehung einer großen Schar von Blinden, die teils im Kindesalter, teils in vorgeschrittener Entwickelung stehen, eine schwere und verantwortungsvolle Aufgabe. Der Zögling ist von den Eltern entweder freiwillig oder unter dem Zwange des Gesetzes der Anstalt übergeben worden. Damit ist das Kind für viele Jahre aus der Familiengemeinschaft geschieden, und nur für kurze Zeit, während der Ferien, tritt es als Gast in dieselbe wieder ein. Bei der Erziehung des blinden Kindes sind also die bedeutsamen Einflüsse des Familienlebens, die unmittelbaren Wirkungen der Liebe und Fürsorge der Eltern, ausgeschaltet. Daher hat die Anstalt die Pflicht, dem blinden Kinde das Elternhaus nach Möglichkeit zu ersetzen.

Dies wird zunächst dadurch geschehen, daß sie die Pflege des Kindes, die Sorge für sein körperliches Gedeihen, gewissenhaft weiterführt. Es ist ja nicht immer richtig und verständig gewesen, was die Mutter in körperlicher Hinsicht für ihr blindes Kind getan hat; aber sie hat es doch gut gemeint und erwartet nun, daß man in der Anstalt auf den schwachen, gebrechlichen Körper dieselbe Rücksicht nimmt, wie es im Elternhause der Fall war. Die äußeren Bedingungen für das körperliche Gedeihen der blinden Zöglinge sind in den Anstalten durchweg vorhanden, ja im allgemeinen in viel höherem Maße als im Elternhause. Licht, Luft, ein großer Garten zur Bewegung im Freien, gesunde, nahrhafte Kost, Regelmäßigkeit im Wechsel von Arbeit und Ruhe, ein bequemes Nachtlager, ausreichender Schlaf, zweckmäßige Kleidung, regelmäßiges Baden, sachgemäße Behandlung in Krankheitsfällen: alles das bietet die Anstalt ihren Zöglingen. Es kommt nur darauf an, daß alle diese Einrichtungen und Maßnahmen verständig geregelt und individuell gehandhabt werden. Sehr viel hängt in dieser Beziehung von dem Warte- und Pflegepersonal ab. Was hilft der schönste Spielplatz, wenn die Wärterin es duldet, daß die Mädchen auch bei gutem Wetter im Zimmer hocken! Welche bösen Folgen können entstehen, wenn der Wärter nicht darauf hält, daß nach einem Spaziergange, bei welchem die Zöglinge vom Regen überrascht wurden, die Kleider gewechselt werden! Gewissenhaft und verständig soll das Aufsichts- und Pflegepersonal sein. Ganz junge Personen, denen noch jede Erfahrung fehlt, passen nicht in eine Blindenanstalt. Auch eine angemessene Bildung muß verlangt werden, besonders von dem weiblichen Personal. Notwendig ist es, daß der Anstaltsleiter öfters Besprechungen mit den Erziehungsgehilfen vornimmt. Hierbei wird er nicht bloß seine eigene Meinung zur Geltung bringen dürfen, sondern auch dem Beachtung schenken, was von der andern Seite eingewendet und vorgeschlagen wird. Nur so kann sich das notwendige Vertrauensverhältnis zwischen ihm und den Angestellten herausbilden; wird den letzteren jede freie Meinungsäußerung von vornherein abgeschnitten, so werden sie zu willenlosen Werkzeugen, und solche taugen nicht zum Erziehen. Im andern Falle schärft sich ihr Verantwortungsgefühl, und sie gewinnen jene Freudigkeit, die Grundbedingung für jede Erziehungsarbeit ist. In einigen Anstalten hat man für die Pflege und Erziehung der jüngsten Zöglinge beider Geschlechter und der älteren Mädchen Krankenschwestern, für die älteren Knaben wohl auch Gehilfen aus Brüderhäusern angestellt. Bei ihnen findet man gewöhnlich reges Interesse und Verständnis für die Arbeit an den Blinden. Die Auswahl der Pflege- und Wartepersonen ist eine der schwierigsten Aufgaben des Anstaltsleiters. Mißgriffe rächen sich häufig schwer. Hat er die geeigneten Personen gefunden, so wird er sie der Anstalt auch möglichst lange zu erhalten suchen; eine gute Besoldung und eine freundliche, würdige Behandlung werden am sichersten dazu führen.

Besondere Pflege und Wartung der Blinden ist in Krankheitsfällen notwendig. Bei geringen Beschwerden wenden sich die Zöglinge zunächst an den Wärter oder die Wärterin. Einfache Verbände, Auswaschen und Kühlen von Schnittwunden, Erweichung von Geschwüren, Verabfolgung der bekanntesten Mittel aus der Hausapotheke und ähnliche Handreichungen, wie sie auch jede Mutter vornimmt, kann man ihnen ohne weiteres überlassen. Es wird ihnen aber zur Pflicht gemacht, von jedem Anzeichen einer ernsteren Erkrankung dem Anstaltsleiter unverzüglich Mitteilung zu machen, damit der Arzt benachrichtigt werden kann. Daß dessen Anordnungen genau befolgt werden müssen, ist selbstverständlich. Man darf aber nicht vergessen, daß ein Kranker, und zumal ein krankes blindes Kind, außer der körperlichen Pflege auch Teilnahme, Trost und guten Zuspruch braucht. Wohl der Anstalt, in welcher das Wartepersonal auch mit dem Herzen bei den Kranken ist! Der Leiter wird natürlich auch öfters das Krankenzimmer aufsuchen, am besten in Gegenwart des

Pflegers oder der Pflegerin, um sich zu überzeugen, ob es dem Kranken an nichts fehlt und ob die ärztlichen Vorschriften richtig ausgeführt werden.

Große Geduld und Ausdauer erfordert die Pflege der körperlich Schwachen, der Vernachlässigten, der mit besonderen Gebrechen Behafteten. Es empfiehlt sich, jedem der Aufsichtspersonen einige dieser armen Geschöpfe zur speziellen Pflege zu übergeben; der rege Wetteifer, der dann entsteht, kommt den Schwachen zugute. Noch mehr Selbstüberwindung kostet die Pflege derjenigen blinden Kinder, die häßliche und widerwärtige Gewohnheiten haben, wobei in erster Linie an die nächtliche Verunreinigung zu denken ist. Hier gilt es, sorgfältig darüber zu wachen, daß solchen Zöglingen nicht Unrecht geschieht. Mit körperlichen Strafen wird nichts erreicht. Es muß in jedem einzelnen Falle die wahrscheinliche Ursache erforscht werden, und darnach wird man, event. unter dem Beirat des Arztes, seine Maßnahmen treffen. Frühe Abendmahlzeit, vielleicht ohne oder mit nur wenig Suppe, mehrmaliges Wecken des Nachts und Kräftigung des Willens durch freundliches Zureden oder durch vorsichtige Beschämung werden in den meisten Fällen zur Beseitigung des Übels beitragen.

Je weiter die Zöglinge heranwachsen, desto mehr müssen sie daran gewöhnt werden, auf ihren Körper und sein Wohl und Wehe zu achten. Eine zeitweilige Kontrolle wird immerhin notwendig sein; es ist unglaublich, wie zuweilen auch erwachsene Blinde ihren Körper vernachlässigen. Das wöchentliche Bad gibt dem Wartepersonal die beste Veranlassung, sich davon zu überzeugen, ob nicht etwa Hautkrankheiten, Ausschläge und Geschwüre sich gebildet haben. Die Mädchen brauchen in den Entwickelungsjahren Aufklärung und Beistand durch eine ältere weibliche Person, der sie Vertrauen entgegenbringen können. Bei der

Arbeit in Schule und Werkstatt muß zu bestimmten Zeiten auf die Indisposition der Mädchen Rücksicht genommen werden.

Hier mag an die unter den männlichen Blinden weitverbreitete Selbstbefleckung erinnert werden. Wo sie sich bemerkbar macht — und das ist oft in sehr jugendlichem Alter bereits der Fall —, da wird eine ernste Unterredung des Direktors oder des Lehrers mit dem betreffenden Zögling immer noch am wirksamsten sein. Daneben sorge man für tüchtige körperliche Arbeit, für Mäßigkeit im Essen, besonders abends, und für frühes und pünktliches Aufstehen am Morgen. Die Aborte halte man unter scharfer Kontrolle. In schlimmen Fällen muß der Arzt zu Rate gezogen werden.

Die erziehlichen Maßnahmen, die sich auf die psychische Entwickelung des blinden Kindes beziehen, werden in erster Linie darauf gerichtet sein müssen, den Zöglingen eine frohe Jugend zu bereiten. Das Leben ist für den Blinden so ernst und legt ihm soviel Sorgen und Entbehrungen auf, daß ihm wenigstens heitere und sonnige Jugendjahre zu wünschen sind. Darum soll der Geist, der in der Anstalt herrscht, ein fröhlicher sein. Heiterkeit muß das Element sein, in dem die Schar der jungen Blinden lebt und webt. Auf diesen Ton muß auch der Verkehr der Lehrer und Aufsichtspersonen mit den Zöglingen gestimmt sein; für grämliche und nervöse Leute ist in der Blindenanstalt kein Platz. An den Spielen der Kinder sollen die Beamten Interesse und Freude haben, mit der nötigen Anregung und Anleitung bei der Hand sein, sich auch selbst öfters an dem vergnügten Treiben beteiligen. Einige einfache Spielgeräte, nicht zu vergessen Wagen und Schlitten, sind anzuschaffen und an die Kinder auszuteilen; das Weihnachtsfest bietet die beste Gelegenheit, die mannigfaltigen Wünsche der Kleinen kennen zu lernen. Manche Knaben versuchen selber, allerlei

Dinge zur Belustigung sich herzustellen: Klappermühlen
und Drachen, von denen die letzteren allerdings häufig nur
aus einem Faden und einem daran befestigten Stück Papier
bestehen, Pfeifen und Schiffchen, Schießbogen und Säbel,
Helme und Peitschen. Solche Arbeit im Dienste des Spieles
wird man freudig begrüßen und fördern. Geht es bei dem
kindlichen Treiben manchmal auch etwas wild und
stürmisch her: nur nicht täppisch dreinfahren, nur
gewähren lassen! Aber doch Auge und Ohr offen behalten,
damit die Fröhlichkeit nicht in Ungezogenheit und Roheit
ausartet.

Mit dem Frohsinn vereint sollen Milde und Festigkeit das
Haus regieren. Bei dem Worte jenes Schulmannes: den
Starken möchte ich als Erzieher den feurigen Petrus, den
Schwachen den milden Johannes schenken, wird wohl
niemand im Zweifel sein, wie es für die Blindenanstalt
anzuwenden ist. Wer wollte einen Blinden heftig anfahren
und einschüchtern, wer wollte ihm mit Härte und
Lieblosigkeit begegnen! Welch ein schöner Anblick, wenn
die kleinen Blinden „ihr Fräulein" umdrängen und
liebkosend nach ihren Händen haschen, wenn sie mit ihren
Leiden und Freuden kommen und Trost und Teilnahme
verlangen! Freundlich sei der Verkehr aller Anstaltsbeamten
mit den Zöglingen. Ein rauher und herrischer
Kommandoton wirkt erkältend. Während unter Sehenden
das Wort gilt: In den Augen liegt das Herz, urteilen die
Blinden: In der Stimme liegt das Herz. Freundlich sei also
der Umgangston, freundlich auch der Lehrton in der
Schule. Recht sehr ist auch darauf zu achten, daß in den
Werkstätten der Geist der Milde und Freundlichkeit waltet.
Nicht immer findet man bei den Werkmeistern in dieser
Beziehung das rechte Verständnis. Weil vielleicht ihre eigene
Lehrzeit unter dem Zeichen der Härte und des Zwanges
stand, meinen sie, daß auch den blinden Lehrlingen

gegenüber unbedingte Strenge, eiserne Disziplin, jeden Widerspruch ausschließende Befehle notwendig sind, um ihre Autorität zu wahren. Wo diese Ansicht das Leben in der Werkstätte beherrscht, da kann dem angehenden blinden Handwerker die Lehrzeit geradezu zur Qual werden, und besonders die Ungeschickten und Schwachen werden allen Mut und alle Freudigkeit verlieren. Im übrigen soll jeder Lehrling, jeder Schüler und jeder andere Blinde der Anstalt wissen, daß er dann, wenn ihm Unrecht und Kränkung von irgendeiner Seite widerfährt, bei dem Anstaltsleiter Beschwerde führen kann. Zu dem Gerechtigkeitssinn des Direktors muß der Blinde unbedingtes Vertrauen haben; es darf sich in keinem Falle die Meinung bei ihm festsetzen: ich bin dem Aufsichtspersonal, den Werkmeistern oder den Lehrern auf Gnade oder Ungnade ausgeliefert. Die Herbeiführung des Ausgleichs bei einem Konflikt zwischen den Zöglingen und Beamten erfordert seitens des Leiters Takt und Gewandtheit; das Ansehen des Beamten soll nicht geschwächt, aber auch das Recht des Blinden soll nicht unterdrückt werden. Eine bloße Entscheidung, die leicht als Willkür aufgefaßt werden kann, wird fast stets auf der abgewiesenen Seite Widerspruch und heimliches Grollen hervorrufen. Eine befriedigende Lösung läßt sich nur erreichen, wenn man überzeugt und bei dem Urteil die Liebe nicht vergißt.

Mit der Milde verträgt sich sehr wohl die Festigkeit. Pflicht und Sitte dürfen nicht verletzt, Ordnung und Disziplin nicht verachtet werden. Wer seine Arbeit nachlässig verrichtet, muß sie noch einmal ausführen; wer sich nicht sauber hält, wird unweigerlich zum zweiten- und drittenmal ins Waschzimmer geschickt. Solche Maßregeln werden den Zöglingen als selbstverständlich erscheinen; es sind einfache Konsequenzen der Gewöhnung, die auch in der Erziehung des Blinden eine überaus wichtige Rolle spielt.

Wo sich wirkliche Vergehen, Bosheiten und Schlechtigkeiten der Zöglinge zeigen, da wird natürlich Strafe nicht zu entbehren sein. Nur ist es notwendig, daß man sich vor einem übereilten Urteil hütet und erst nachforscht, worin die Ursachen des Vorfalls liegen. Da hat ein Kind den Wasserhahn nicht geschlossen, und es entsteht eine ärgerliche Überschwemmung des Zimmers. Welches mag der Beweggrund gewesen sein? Ist es Nachlässigkeit, ist es Bosheit, um dem Schuldiener eine Verlegenheit zu bereiten, oder Neugier, um zu sehen, wie die Wasserflut das Zimmer überschüttet, oder ist es jene eigenartige Freude, sich als Ursache einer die ganze Anstalt aufregenden Szene zu fühlen? Vielleicht spielen die beiden letzten Gründe bei vielen Torheiten, die man im Anstaltsleben zu beklagen hat, die wichtigste Rolle; eigentliche Bosheiten und Schlechtigkeiten kommen seltener vor. Darum wird in den meisten Fällen eine ernste Vorhaltung genügen, um dem Zögling sein Unrecht zum Bewußtsein zu bringen und Wiederholung zu verhüten. Man wird übrigens zuweilen gut tun, nach dem Täter nicht erst zu forschen, sondern den Schaden einfach zu beseitigen; erfolgt die vom Täter erwartete Sensation nicht, so verliert die Sache für ihn den Reiz, und man ist vor Wiederholungen sicher. Wo sich freilich bei einer Tat schlechte und gemeine Gesinnung, Bosheit und Trotz zeigt, da wäre freundliches Mahnen und Warnen allein vergeblich, da muß im Interesse des Zöglings selbst, mit Rücksicht auf den von der Bosheit des Missetäters Betroffenen und als Sühne für die Verletzung des Gesetzes und der guten Sitte eine angemessene Strafe eintreten. Nachstehend seien einige Strafen, deren Anwendung unbedenklich erscheint, genannt: (die kleinen Ehrenstrafen für Unaufmerksamkeit usw., die während des Unterrichts verhängt werden, sind fortgelassen): Verweis durch den

Anstaltsleiter, entweder „unter vier Augen" oder in Gegenwart eines Lehrers oder eines Aufsichtsbeamten, entweder vor der Klasse oder vor dem Lehrerkollegium, Überweisung in ein anderes Wohn- oder Schlafzimmer, tägliches Melden zu einer bestimmten Zeit, Ausschluß von einem Spaziergang oder einer musikalischen Unterhaltung, Absonderung von den Kameraden, Ausschluß vom Spielplatz, Kürzung eines Geschenks, Anweisung eines besonderen Platzes beim Essen oder in der Vorlesestunde, Mitteilung an die Eltern. Diese und ähnliche Strafen müssen aber immer noch individuell und mit aller Vorsicht angewandt werden, besonders bei Zöglingen mit hochentwickeltem Ehrgefühl. Die Absonderung von den Kameraden ist z. B. eine sehr wirkungsvolle Strafe. Aber es wäre doch bedenklich, sie in der Weise auszuführen, daß man den Missetäter in einen als Karzer dienenden Raum einschließt. Das ruhige Verharren im Amtszimmer des Direktors oder im Lehrerzimmer wird ebenso unangenehm empfunden, und die Gegenwart der einen oder anderen Person schließt unerwartete Folgen aus. Im allgemeinen ist zu empfehlen, lieber zu milde als zu strenge Strafen anzuwenden. Bedenkt man dazu, daß die Blindheit häufig von psychopathischen Zuständen begleitet wird, so wird man vollends vorsichtig in der Bestrafung sein. Körperliche Züchtigung darf nur im äußersten Notfalle, bei offenbarer Widerspenstigkeit, bei frecher Lüge, bei Vergehen gegen das Eigentum der Mitzöglinge usw. eintreten, aber nur bei Knaben im schulpflichtigen Alter und auch hier sehr mäßig und vorsichtig. Tritt diese Notwendigkeit einmal ein, so mag die Strafe vom Anstaltsleiter in Gegenwart eines zweiten Beamten vollzogen werden. In der Schule dürfen körperliche Strafen nicht vorkommen; ebenso ist den Erziehungsgehilfen und Werkmeistern jede körperliche Züchtigung der Zöglinge strenge zu verbieten. In außerordentlichen Fällen, wenn

Gefahr für die anderen Blinden vorliegt, wird die Entlassung des betreffenden Zöglings aus der Anstalt erfolgen müssen.

Gegenwärtig wird die Frage der „Selbstregierung" der Jugend in der Schule und im Internate lebhaft erörtert. Es ist fraglich, ob die Selbstregierung in der Form, wie sie sich etwa in den amerikanischen Schulen herausgebildet hat, in Deutschland festen Fuß fassen wird, und mehr als fraglich erscheint es, ob sie für die Blindenanstalt paßt. Dennoch ist der Grundgedanke, einen Teil der Verantwortlichkeit für das Gedeihen des „Schulstaates" in die Hand der Schüler selbst zu legen, durchaus richtig. Die Ämter der Ordner und Stubenältesten hat man schon lange gehabt; es ist auch nichts dagegen einzuwenden, daß diese Ämter weiter ausgestaltet und wechselnd nach der Wahl der Zöglinge besetzt werden. Die freiwillige Unterordnung unter einen selbstgewählten „Vorstand" hat eine starke erziehende Macht; sie bildet ein vortreffliches Gegengewicht zu dem Machtbewußtsein der Einzelnen und lehrt korporativ denken und handeln. Noch wichtiger erscheint eine Beteiligung der Zöglinge bei Festsetzung der Strafe für ein Vergehen. Nicht so ist diese Beteiligung zu denken, daß von den Zöglingen ein „Gerichtshof" gebildet wird: zum Richten gehört Weisheit und Erfahrung, und diese ist bei der Jugend noch nicht zu finden. Aber es könnten in schwierigen Fällen einige Kameraden desjenigen, der sich zu verantworten hat, vielleicht sämtliche Stubenältesten, der Verhandlung beiwohnen, und ihre Aussagen und Meinungsäußerungen würden für die Beurteilung des Falles sicher nicht wertlos sein. Auch über die Art und das Maß der Strafe werden diese „Beisitzer" in vielen Fällen Vorschläge machen können. Der Haupterfolg wird der sein, daß jeder Schein von Parteilichkeit und Ungerechtigkeit schwinden muß. Es braucht wohl kaum erwähnt zu werden, daß die gekennzeichnete Teilnahme an den internen Regierungsgeschäften der Anstalt nur für die der Schule entwachsenen Zöglinge paßt.

Der Blinde ist trotz der vortrefflichsten Erziehung und Ausbildung doch ein tief unglücklicher Mensch, wenn er nicht einen festen Halt in Gott hat. Das Wort des Psalmisten: „Ob ich schon wanderte im finstern Tal, fürchte ich kein Unglück, denn du bist bei mir, dein Stecken und Stab trösten mich!" sagt, was dem Blinden die wahre Lebensfreudigkeit zu geben vermag. Darum darf die Anstaltsarbeit nicht anders als im christlichen Geist aufgefaßt und ausgeführt werden. Neben dem Religionsunterricht, der sein Ziel in dem Schriftwort: „Es ist ein köstlich Ding, daß das Herz fest werde, welches geschieht durch Gnade" finden wird, sind es vorzugsweise die täglichen Hausandachten, der Besuch des öffentlichen Gottesdienstes, die traurigen und freudigen Erlebnisse der Anstaltsgemeinde und die häusliche Lektüre, die das religiöse Denken und Empfinden beeinflussen. Wenn alle diese Faktoren sich gegenseitig fördern und ergänzen, dann kann erwartet werden, daß die Blinden bei der Entlassung aus der Anstalt den kennen, der ihnen forthin Stecken und Stab sein soll.

Moldenhawer, Von der Disziplin in den Blindenanstalten. Bldfrd. 1890 S. 120.

Krüger, Die Lebensfreudigkeit des Blinden. Kongr.-Ber. Steglitz-Berlin 1898.

Schaidler, Die Lebenskunde in der Blindenschule. Kongr.-Ber. Wien 1911.

VI.
Die Geistesbildung.

1. Die physiologisch-psychologischen Grundlagen.

A. Das Tasten.

Die äußere Welt lernt der Blinde vorzugsweise durch das Tasten kennen. Das Tastgefühl vermittelt die Auffassung eines Gegenstandes hinsichtlich seiner Temperatur, seiner physischen Beschaffenheit (hart, weich, glatt, rauh usw.) und seiner Form und Ausdehnung. Demgemäß spricht man von dem Temperatursinn, dem Drucksinn (auch wohl Tastsinn im engeren Sinne) und dem Raum- oder Ortssinn. Diese drei Ausdrücke bezeichnen also eine dreifache Fähigkeit des Tastsinnes. Für jede Art von Eindrücken sind besondere Nervenbahnen vorhanden. Nach außen hin verlaufen die Gefühlsnerven entweder frei in der Haut oder in besonderen Endorganen, die man als Gefühlskörperchen bezeichnet. Die Gefühlskörperchen liegen vorzugsweise in der Schleimschicht der Oberhaut und der darunter befindlichen Lederhaut, aber auch in der Tiefe des Körpers, in den Sehnen, Muskeln und Gelenken.

Es muß ausdrücklich hervorgehoben werden, daß nicht jede Stelle der Haut ein Universalwerkzeug ist, geeignet für die Aufnahme der verschiedensten Eindrücke. An einigen Punkten ist die Haut nur empfänglich für Wärme, an andern nur für Kälte; auf Druck und Berührung reagieren wieder andere Punkte, d. h. Nervenendigungen. Jedes Nervenfädchen leitet also nur einen bestimmten Eindruck: dieses Wärme, jenes Kälte, dieses Druck und Berührung. Diese Tatsache, „das Gesetz der spezifischen Sinnesenergie", ist von dem großen Gelehrten Johannes Müller entdeckt worden.

Wie oben gesagt, liegen die Gefühlskörperchen vorzugsweise in der Schleimschicht der Oberhaut (unmittelbar unter der Hornschicht) und in der Lederhaut. Letztere besitzt zahlreiche Höckerchen, die in die Oberhaut eingreifen (Wärzchenschicht). Diese Wärzchen enthalten entweder Blutgefäßschlingen oder die erwähnten Nervenendapparate. Die Lage der Wärzchen ist an einigen Stellen der Oberhaut, z. B. an der Innenfläche der Hand, an dem eigentümlichen Liniengepräge sichtbar. An den Fingerspitzen, wo die Wärzchen besonders gehäuft sind, erkennen wir ihre Lage an den bekannten elegant verlaufenden Furchen. Diese „Tastlinien" sind so angeordnet, daß sie, wie von Forschern auf Grund mathematischer Berechnungen nachgewiesen ist, die geringste Dehnung erfahren, wenn die ganze Tastfläche ausgedehnt wird. Sie sind neutral, machen die Spannungen und Dehnungen nicht mit und geben daher die Tasteindrücke sehr genau wieder.

Die Endapparate der Gefühlsnerven (Gefühlskörperchen) haben nicht alle die gleiche Form. Sie sind zu verschiedenen Zeiten entdeckt und nach den Entdeckern benannt worden. Man kennt folgende: 1. Die Merkelschen Tastzellen. 2. Die Krauseschen Endkolben. 3. Die Meißnerschen Tastkörperchen. 4. Die Vaterschen oder Pacinischen Körperchen. Diese Tastapparate sind winzig kleine, rundliche, scheiben- oder kolbenförmige Polster, in welche sich der Nerv in vielfachen Verschlingungen ausbreitet oder sich baumartig verästelt. Die ansehnlichste Größe haben die

Vaterschen Körperchen; sie erreichen einen Längsdurchmesser von 1,5 bis 4,5 mm und liegen vorzugsweise an den Kapseln der Gelenke, an Sehnenscheiden und Muskelansätzen. Die Meißnerschen Tastkörperchen finden sich am häufigsten auf den Ballen der Finger und Zehen. Die Fingerballen enthalten etwa 50 auf 1 qmm. Die Krauseschen Endkolben haben ihren Sitz besonders in den Schleimhäuten, welche Tastempfindungen vermitteln: in der Schleimhaut der Mundhöhle, der Lippen, der Zunge und des weichen Gaumens. Die Merkelschen Tastzellen werden besonders an solchen Stellen gefunden, an denen wenige Tastkörperchen vorkommen, am reichlichsten am Bauche und an den Oberschenkeln.

Außer diesen Nervenendapparaten kommen in der ganzen Oberhaut und in den Schleimhäuten freie Endigungen feinster Nervenfasern vor. Auch besitzt der Mensch Tasthaare, vorzugsweise im Gesicht, die mit Nervenfasern in Verbindung stehen; an besonders nervenreichen Stellen stehen die Wimperhaare der Augen.

Welche der genannten Nervenapparate im Dienste des Temperatur-, des Druck- und Ortssinnes stehen, ist noch nicht genau festgestellt. Man nimmt an, daß die Meißnerschen Tastkörperchen in erster Linie Druckempfindungen vermitteln (auch leise Berührung ist als Druck aufzufassen), daß sie also Träger des Tastvermögens im engeren Sinne sind. Die Vaterschen Körperchen sind wahrscheinlich die Aufnahmeapparate des sogenannten Muskelsinnes, der das Gefühl für die Lage der Glieder vermittelt und eine wichtige Rolle bei der Beurteilung von Form und Ausdehnung eines Gegenstandes spielt.

Am reichsten mit Tastnerven ausgestattet sind die Fingerspitzen, dann folgen die Hohlhand, die Zehen und der Handrücken; die wenigsten Tastnerven sind im

Oberschenkel und im Rücken vorhanden. Dementsprechend ist das Tastgefühl am feinsten in den Fingerspitzen, am geringsten auf dem Rücken entwickelt.

Der Temperatursinn. Nicht jede Stelle der Haut ist für Wärme oder Kälte empfänglich. Der Däne Blix und der Deutsche Goldscheider machten die Entdeckung, daß die Haut sog. Kältepunkte und Wärmepunkte besitzt. Die ersteren sind viel zahlreicher vorhanden als die letzteren; die ganze Haut besitzt etwa 250000 Kältepunkte und nur etwa 30000 Wärmepunkte. Der Kältesinn ist also beim Menschen viel stärker entwickelt als der Wärmesinn: wir sind empfindlicher gegen Wärmeentziehung als gegen Wärmezufuhr. Besonders reich mit Kältepunkten ausgestattet sind Stirn, Wange und Kinn; daher werden diese Stellen mit Vorliebe zur Temperaturprüfung eines Gegenstandes benutzt.

Dem Blinden gibt der Temperatursinn manchen Anhalt zur Erkennung von Dingen und Beurteilung von Eigenschaften derselben. Leicht werden Gegenstände, die aus wärmeleitenden Stoffen (Metall, Glas, Stein) bestehen, von solchen aus lockerem Material unterschieden. Selbst verschiedene Holzarten beurteilt der Temperatursinn auf ihre Dichtigkeit hin, so daß der Blinde sehr wohl unterscheiden kann, ob seine Hand auf einer Tischplatte von Eichen- oder Tannenholz ruht. Der Temperatursinn zeigt ihm an, ob die Blätter einer Pflanze frisch oder welk sind, ob ein Kleidungsstück aus Linnen oder Wollenstoff gefertigt ist, ob sein Fuß beim Entkleiden auf einen mit Ölfarbe gestrichenen oder rohen Bretter-Fußboden oder auf Linoleum tritt. Durch den Temperatursinn lernt er beurteilen, wie weit eine Flasche oder ein anderes Gefäß mit einer Flüssigkeit gefüllt ist, lernt auch (durch Umfassen der äußeren Wand des Gefäßes), dieses bis zu einer bestimmten Stelle zu füllen. So leistet der Temperatursinn dem Blinden mannigfache Dienste. Der Unterricht wird ihn daher oft in Anspruch nehmen, um ihn zu verfeinern und weiter auszubilden. Es kann dies schon in den ersten Schulwochen geschehen, indem man für die sogenannten Sortierübungen Gegenstände aus verschiedenem Material wählt, z. B. kugelförmige Körper aus Holz, Kork, Metall, Glas, Wachs usw. Im weiteren Verlauf der Schulzeit kann der Temperatursinn besonders im Anschauungs- und naturgeschichtlichen Unterricht sowie in der Arbeitskunde in den Dienst der Erkenntnis gestellt werden.

Der Drucksinn ist an die sog. Druckpunkte gebunden; nur an diesen räumlich getrennten Punkten der Haut werden deutliche Druckempfindungen wahrgenommen. Durch das Druckgefühl werden die Veränderungen des Drucks auf der Haut erkannt. Einen gleichmäßigen Druck spürt man nicht; so empfinden wir nicht den Druck, den die Luft auf unsern Körper ausübt, nicht den Druck des Wassers beim Baden, auch nicht den gewaltigen Druck, den die Hand beim Eintauchen in Quecksilber erleidet: der Drucksinn reagiert eben nur auf Druckänderungen. Diese werden besonders lebhaft an solchen Stellen unseres Körpers empfunden, die mit Tasthärchen versehen sind. (In der unmittelbaren Nähe der Haarbälge liegen Druckpunkte.) Man braucht nur ganz leise mit einem Fäserchen eines Halmes die Haut zu streifen, und sofort wird der feine Druck gespürt. Die Tasthärchen wirken dabei wie Hebel, die den Eindruck auf den Nervenkranz, der ihre Wurzel umgibt, übertragen.

Die Empfindlichkeit des Drucksinnes ist von Weber geprüft worden. Dabei stellte sich heraus, daß die Unterscheidung zweier Gewichte nur dann wahrgenommen wird, wenn der Unterschied etwa $\frac{1}{30}$ des Gewichts beträgt, ganz gleichgiltig, wie groß die Gewichte sind; es ist immer derselbe Bruch, um den ein Druck vermehrt werden muß, um bemerkt zu werden. Diese Entdeckung Webers ließ sich auch auf Gesichts- und Gehörseindrücke anwenden und führte zur Aufstellung eines allgemeinen Gesetzes für die Empfindungslehre (Webersches Gesetz).

Die Haut empfindet aber nicht bloß, daß sie berührt wird, sondern auch an welcher Stelle die Berührung erfolgt; wir können also den Ort, an dem der Druckreiz stattfand, mehr oder weniger genau angeben, wir können die Druckempfindung lokalisieren. Diese Fähigkeit bezeichnet man mit dem Namen Raum- oder Ortssinn. Der Erklärung des Raumsinnes hat der Philosoph Lotze eingehende Studien gewidmet. Er kam zu der Annahme, daß jede Berührung, jeder Druck sein besonderes „Lokalzeichen" im Gehirn haben müsse oder anders ausgedrückt, daß ein und derselbe Druck an den verschiedenen Hautstellen eine verschiedene Färbung habe, die mit wunderbarer Sicherheit und Genauigkeit vom Gehirn erkannt werde.

Dadurch, daß der Raumsinn der Haut die Eindrücke lokalisiert, unterscheidet er sich wesentlich von dem Raumsinne des Auges; wir empfinden einen optischen Eindruck nicht in der Netzhaut des Auges, sondern wir verlegen ihn nach außen in den Sehraum.

Der Raumsinn ist vielfach untersucht worden, am eingehendsten von Weber und Fechner. Als Maß für die Feinheit desselben nimmt man den kleinsten Abstand zweier Punkte der Hautoberfläche an, deren gleichzeitige Reizung noch deutlich verschiedene Ortsvorstellungen erweckt. Diesen Abstand nennt Fechner „Raumschwelle". Die Raumschwelle der verschiedenen Hautpartien wurde mittels des sog. Tastzirkels und des Aesthesiometers festgestellt. Auf die Versuche selbst soll hier nicht eingegangen werden; sie ergaben, daß die Raumschwelle für die verschiedenen Stellen der Haut sehr ungleich ist. Am kleinsten ist sie auf der

Zungenspitze (im Durchschnitt rund 1 mm), auf den Fingerkuppen (rund 2 mm) und der Lippe (rund 4 mm); am größten ist sie auf der Rückenhaut (rund 60 mm). Der Raumsinn ist also auf der Zungenspitze 60, auf der Fingerkuppe 30, auf der Lippe 15 mal feiner entwickelt als auf dem Rücken[17]. Bei manchen Personen ist die Raumschwelle wesentlich geringer als oben angegeben; sie empfinden noch Abstände von ½ mm. Das weibliche Geschlecht ist hier dem männlichen überlegen.

Darüber ob der Raumsinn der Blinden von Natur schärfer sei als der der Sehenden, ist viel gestritten worden. Im allgemeinen nahm man ersteres an; doch scheint diese Annahme durch die Untersuchungen Griesbachs zweifelhaft geworden zu sein; er fand in der Tastschärfe Blinder und Sehender keinen erheblichen Unterschied, und wo ein solcher vorhanden war, fiel er zuungunsten der Blinden aus. Durch Übung verfeinert sich der Ortssinn; die Verfeinerung ist allerdings keine dauernde; bei Nichtübung sinkt sie auf ihren früheren Wert zurück. Merkwürdig ist es, daß an der Verfeinerung des Raumsinnes auch die symmetrischen Hautstellen an der andern Körperhälfte teilnehmen.

Die Empfindlichkeit des Ortssinnes wird herabgesetzt durch Kälte, Blutleere und Blutstauungen der Haut, starke Dehnungen derselben (Geschwülste), Ermüdung durch anhaltendes Tasten, Genuß von Alkohol, Morphium und andern betäubenden Mitteln und durch Einwirkung des galvanischen Stromes. Steigernd wirken u. a. Feuchtigkeit der Haut (Schweiß) und der Genuß von Koffeïn.

Der Drucksinn in Verbindung mit dem Raumsinne vermittelt die Auffassung von Tastobjekten nach verschiedenen Seiten hin: ob glatt oder rauh, elastisch oder spröde, leicht oder schwer, hart oder weich, trocken oder naß, fest oder flüssig, eckig oder rund, spitz oder stumpf.

Durch innige Berührung der Haut mit dem Objekt werden die entstehenden Druckveränderungen genau im Gehirn registriert und in psychische Werte umgesetzt.

Das Bild eines Gegenstandes, wie es Druck- und Raumsinn (kurz: der Hautsinn) erzeugen, ist aber doch kein allseitiges und genaues. Der Hautsinn für sich allein ist nicht imstande, klare Raumvorstellungen, d. h. die Auffassung der Form und Ausdehnung eines Objekts, zu vermitteln. Er ermöglicht nur eine allgemeine Auffassung, im besten Falle ein Erkennen des Objekts. Das auf der Hautempfindung beruhende Tasten (Simultantasten) reicht also für die Gewinnung klarer Vorstellungen nicht aus.

Es wurde vorhin von Tastbewegungen gesprochen. Diese Bewegungen spielen bei der Gewinnung von Raumvorstellungen eine wesentliche Rolle. Es muß darum auf die Bewegungsempfindungen oder den Bewegungssinn näher eingegangen werden. Einige einfache Experimente mögen zur Einführung vorangestellt werden.

Ich habe zwei Hölzchen, eines von 5 cm, ein anderes von 10 cm Länge. Jetzt zwänge ich einer Person, der ich die Augen verbunden habe, zwischen Daumen und Zeigefinger der rechten Hand der Länge nach das kürzere, in die linke Hand das längere Hölzchen. Ohne weiteres sagt mir die Versuchsperson, daß beide Stäbchen verschieden lang sind, ja noch mehr: sie sagt, daß das eine doppelt so lang sei wie das andere, vielleicht auch, daß die Länge etwa 5 cm und 10 cm sei. Wie weiß sie das? Die kleinen Tastflächen, die an der Kuppe des Zeigefingers und Daumens die Stäbchen berührten, sind die gleichen; die Druckempfindungen waren genau dieselben. Es muß dem Menschen also zum Bewußtsein gekommen sein, wie weit er die Finger von einander entfernt hat. Das ist tatsächlich der Fall: wenn ich ihn auffordere, die Finger 10 cm auseinander zu halten, so gelingt es ihm sogleich mit ziemlicher Genauigkeit.

Ich fordere ihn auf, seinen Arm zu einem rechten, einem spitzen, einem stumpfen Winkel zu beugen: sofort führt er es aus. Ich lasse ihn mit der Fingerkuppe den Rahmen eines an der Wand hängenden Bildes umfahren, und in jedem Augenblick kann er mir sagen, ob sich die Hand rechts oder links, oben oder unten befindet. Daraus erkennen wir: der Mensch beurteilt eine Bewegung richtig; er hat ein Gefühl dafür, in welcher Lage sich die Muskeln, Gliedmaßen, Knochen und Gelenke befinden, ein Gefühl für die Zusammenziehung jedes einzelnen Muskels. Man hat diesen Sinn Innensinn, Muskelsinn, Bewegungssinn genannt und spricht darum von motorischen oder Bewegungsempfindungen. Die Bewegungsempfindungen werden durch die in die Gelenke, Bänder, Sehnen und Muskeln eingelagerten Nerven vermittelt. Die Endapparate dieser Nerven sind wahrscheinlich die Vaterschen (Pacinischen) Körperchen. Die Reize entstehen durch Verlagerungen der beweglicheren Körperteile gegen die festeren (Drehung der Gelenke, Spannung der Sehnen: Gelenkempfindungen, Spannungsempfindungen), sowie durch Änderungen in der Blutverteilung.

Die Bewegungsempfindungen sind für den Menschen von großer Wichtigkeit: mit ihrer Hilfe lernt er, seine Muskeln so zu gebrauchen, daß sie in genau abgestimmtem Einklang für jede gewollte Bewegung zusammenwirken[18].

Die beim intensiven Tasten auftretenden Bewegungsreize werden zur Großhirnrinde geleitet und erfahren dort eine psychische Umwandlung, so daß dem Blinden die Form und Ausdehnung der betasteten Dinge und ihre Stellung im Raume zum Bewußtsein kommt. Dieses Innewerden der räumlichen Ausdehnung bezeichnet man eben mit dem Namen Raumvorstellung. Bei der Gewinnung von Raumvorstellungen wirken also hauptsächlich die

Bewegungsempfindungen mit; die gleichzeitig in Erscheinung tretenden Druckerscheinungen haben an der Raumvorstellung geringeren Anteil. Bain nennt darum die Raumvorstellung geradezu die Qualität des Muskelsinnes. Es ist nicht bloß die räumliche Ausdehnung einer Bewegung, sondern auch die Dauer der Muskeltätigkeit, die bei den Bewegungsempfindungen zur Geltung kommt; es ist in ihnen mithin das räumliche und zeitliche Moment vereinigt.

Um also eine genaue Raumvorstellung zu gewinnen, müssen Hautempfindungen und Bewegungsempfindungen zusammenwirken. Das auf dem Hautsinn beruhende Tasten bereitet die Auffassung vor, es erzeugt ein schematisches Gesamtbild des einwirkenden Objekts. Th. Heller bezeichnet es darum als synthetisches Tasten. Soll das Objekt genau aufgefaßt werden, so müssen Tastbewegungen hinzutreten: dem synthetischen Tasten muß das analysierende folgen. Die Tastbewegungen äußern sich oft nur in Hand- und Fingerzuckungen, die von dem ungeübten Beobachter kaum bemerkt werden[19].

Die Ausübung der analysierenden Tastbewegungen versteht sich bei dem Blinden nicht von selbst, denn jede Bewegung und jede Kombination von Bewegungen muß geübt werden, und zwar so lange, bis sie sich mit Leichtigkeit vollzieht, d. h. bis nur diejenigen Muskeln und Gelenke in Tätigkeit treten, die gerade zu dieser bestimmten Bewegung erforderlich sind. Bei dem zum Tasten nicht angeleiteten Blinden versagt die erforderliche Muskeltätigkeit der Tastorgane ganz oder teilweise, so daß bei seinem Tasten die Druckempfindungen vorherrschen.

Es wird also notwendig sein, dem Blindenunterricht eine solche Richtung zu geben, daß der Schüler zu vielseitiger, zweckmäßiger Betätigung des Bewegungssinnes veranlaßt wird. Wie dies geschehen kann, soll weiter unten dargelegt werden.

Man hat die Frage aufgeworfen, ob der Gesichtssinn durch den Tastsinn ersetzt werden kann. Wir kommen damit auf das vielerörterte „Sinnenvikariat". Die Frage ist mit bezug auf den Blinden die: kann der Blinde durch Tasten auch solche Anschauungen erlangen, die sonst durch das Auge gewonnen werden? Und umgekehrt: können haptische Sinneseindrücke (Tasteindrücke) in optische umgedeutet werden? kann er durch Tasten z. B. Farbenvorstellungen gewinnen (Farben fühlen)? Kurz: kann ein Sinn den andern „vikarieren"? Darauf ist zu erwidern, daß dieser Möglichkeit die anatomisch-physiologische Beschaffenheit der Sinnesorgane entgegensteht: Jedes Sinnesorgan ist nur für bestimmte äußere Reize empfänglich, und die Nerven jedes Sinnesorgans leiten nur diese ganz bestimmten Eindrücke zum Zentralorgan. Die Tastnerven reagieren also auf Lichteindrücke nicht. Wenn also einzelne Blinde behaupten, sie könnten Farben fühlen, so beruht das entweder auf Täuschung oder darauf, daß das Auge für Lichteindrücke noch einige Empfindung besitzt oder endlich darauf, daß die physische Beschaffenheit des Stoffes Schlüsse auf seine Farbe ermöglicht.

Die haptischen Raumvorstellungen sind also den optischen nicht wesensgleich, wohl aber stimmen sie relativ mit ihnen überein insofern, als der Blinde sie ebenso als Bausteine seiner Bildung verwendet wie der Sehende und die gewonnene Raumerkenntnis mit denselben Mitteln zum Ausdruck bringt wie der Sehende. Seine Tätigkeit im Formen und Zeichnen, im Anschauungs- und Handfertigkeitsunterricht sowie in verschiedenen gewerblichen Beschäftigungen beweisen, daß seine Raumvorstellungen denen der Sehenden gleichwertig sind.

Wie alle Sinne, so kann auch der Tastsinn halluzinieren.

Man glaubt Tastreize wahrzunehmen, die tatsächlich nicht vorhanden sind, hat z. B. das Gefühl von Pelzigsein in den Fingerspitzen und empfindet Schmerzen ohne objektive Ursache. Auf solche Halluzinationen bauen sich zuweilen Wahnideen auf über erlittene Mißhandlungen oder unsittliche Berührungen.

Aus den vorstehenden Erörterungen über das Tasten ergeben sich wichtige Folgerungen für den Blindenunterricht. Sie mögen lose aneinander gereiht sein.

Erhöhungen sind leichter tastbar als Vertiefungen, da bei ersteren eine größere Zahl von Drucknerven in Wirksamkeit tritt. Daher ist die Blindenschrift erhaben, darum hat man auch die früher viel umstrittene Frage, ob bei den Landkarten die Flußläufe vertieft oder erhöht darzustellen sind, dahin entschieden, daß die Erhöhung vorzuziehen sei; nur für die Anfänge des geographischen Unterrichts wählt man die Rinnenform, aber in einer solchen Breite, daß der tastende Finger bis auf den Grund der Vertiefung reicht.

Ein glattes Relief ist weniger gut tastbar als ein leicht angerauhtes, da im letzteren Falle die Berührung mit der tastenden Haut eine innigere ist. Aus diesem Grunde dürfen Papier-Reliefkarten nicht mit stark glättendem Lack überzogen werden[20]. Ebenso sind lackierte Tiermodelle für den Unterricht weniger zu empfehlen als solche, die den bekannten sammetartigen Haarüberzug besitzen. Leicht geriffelte Linien sind auf Reliefkarten den glatten Linien vorzuziehen.

Th. Heller hat untersucht, wieviel erhöhte Punkte durch den Drucksinn gleichzeitig wahrgenommen werden und welche Anordnung derselben die zweckmäßigste ist. Die Frage ist hinsichtlich des Lesens der Blindenschrift nicht unwichtig. Seine Versuche, denen er jedoch selber keine volle Beweiskraft zuerkennt, scheinen zu bestätigen, daß die von Louis Braille eingeführte Sechszahl in zwei senkrechten Reihen die zweckmäßigste ist. (Der Amerikaner Wait ordnete die 6 Punkte in zwei wagerechten Reihen; Braille = Wait = :::). Beim Lesen der Punktschrift ist übrigens nicht der Drucksinn allein wirksam. Durch bloßes Auflegen der Finger auf die Punkt-Buchstaben findet nur ein langsames, unsicheres Erkennen derselben statt, trotzdem die Entfernung der einzelnen Punkte voneinander deutlich über der Raumschwelle des Ortssinnes der Haut (fast 2¼ mm) liegen. Erst wenn die Bewegung der Finger dazutritt (bei dem geübten Leser nur schwache Finger- und Handzuckungen), werden die Buchstaben schnell erkannt, und das Lesen geht fließend vor sich. Wir finden also auch beim Lesen das synthetische und analysierende Tasten vereinigt[21].

Da die Zungenspitze und die Lippen reich an Tastnerven sind und die Raumschwelle des Ortssinnes hier am kleinsten ist, eignen sie sich zu feinen Untersuchungen, wie sie öfters in der Pflanzenkunde notwendig sind. Wo z. B. der tastende Finger die inneren Teile der Blüte nicht mehr erkennt, da werden sie noch von der Zungenspitze unterschieden, und die Klebrigkeit der Stempelnarbe wird am sichersten von den Lippen erkannt. Wichtig ist auch das Tasten mit dem Fingernagel. Wo die fleischige Fingerkuppe nicht eindringen kann, in Ritzen und Fugen, da gleitet der Fingernagel tastend hinein; feine Unebenheiten einer Fläche werden mit Leichtigkeit durch kratzendes Tasten erkannt, etwa die eingeritzte Skala eines Metermaßes oder eines Thermometers. Auch beim Schreiben der Punkt- und Planschrift, beim Vorfühlen der Schreibzeile mit der linken Hand, ist der Fingernagel tätig. Man achte also darauf, daß die Nägel des Blinden nicht zu kurz geschnitten sind und steuere der häufig vorkommenden Unsitte, die Fingernägel abzunagen[22]. Zuweilen wird der Blindenlehrer in die Lage kommen, auch die Zähne zum Tasten heranzuziehen. So lassen sich z. B. die Schwingungen einer Stimmgabel am leichtesten dadurch veranschaulichen, daß man einen der vibrierenden Arme des Instruments an die Zähne des Schülers hält. (Versuch bei der Einführung in die Lehre vom Schall.)

Das Haupttastwerkzeug, die Hand, bietet dem Blinden das Maß für die zweckmäßigste Größe des Tastraumes. Die Raumvorstellung muß um so klarer und genauer werden, je mehr Druck- und Bewegungsempfindungen beim Tasten gleichzeitig in Aktion treten. Nun ist, wie oben dargelegt wurde, die Hand besonders reich an Druck- und Bewegungsnerven; ein einziger Griff der Hand, etwa das Umfassen eines Körpers, setzt eine große Zahl von Nerven in Spannung. Hat das Objekt eine der Hand entsprechende Größe, so genügen die Tastbewegungen der Hand und der Finger allein, um eine allseitige Untersuchung desselben vorzunehmen. Bei größerer Ausdehnung tritt die Hand in ihren untersuchenden Bewegungen zurück und die Muskeln und Gelenke des Armes übernehmen einen Teil ihrer Funktion. Dadurch verliert das Tasten viel von seiner Genauigkeit; eine Gesamtauffassung des Objekts ist nicht mehr möglich, da das Tasten sich in eine Reihe von einzelnen Eindrücken auflöst, die nur durch das zeitliche Moment zusammengehalten werden. Der Blinde wählt darum von größeren Objekten häufig nur bestimmte Teile aus, die er dann einer genaueren Untersuchung unterzieht.

Noch schwieriger wird die Raumauffassung bei solchen Objekten, die über das Maß der ausgebreiteten Arme hinausreichen. In diesen Fällen ist eine Bewegung des Gesamtkörpers notwendig. Die Ergründung der feineren Maß- und Formverhältnisse wird dabei zur Unmöglichkeit. Schreitet der Blinde z. B. mit ausgestrecktem Arm an einem Gebäude entlang, so gewinnt er dabei nur einen Eindruck von charakteristischen Teilen der Umfassungsmauern, etwa der Ecken des Hauses, der Ein- und Vorsprünge, der Lage der Abfallrohre usw. Dagegen vermag er durch das Abschreiten eine Vorstellung von der Ausdehnung des Gebäudes zu erlangen. Einmal dient ihm dabei das Schrittmaß als Anhalt, dann aber bietet ihm auch die Zeitdauer der Bewegung eine Hilfe. Kennt der Blinde die Länge seiner Schritte genau, so ist er imstande, die Ausdehnung des Gebäudes in den üblichen Maßeinheiten auszudrücken.

Aus dem Gesagten geht hervor, daß die größte Gewähr für richtige Raumvorstellungen dann gegeben ist, wenn der Tastraum im Bereich der ausgestreckten und ausgebreiteten Hände liegt. Die im Unterricht zur Verwendung kommenden Anschauungsobjekte dürfen daher nicht zu groß sein. Von der Meinung, daß die Anschauungsmittel im Interesse der Deutlichkeit erhebliche Dimensionen haben müßten, ist man längst abgekommen. Die Riesengloben und Riesenlandkarten, die früher die Unterrichtsräume der Blindenanstalten zierten, sind längst daraus entfernt. Nun ist es ja freilich aus technischen Gründen nicht immer möglich, die Anschauungsobjekte dem Tastraum der Hände anzupassen, und auch die modernen Karten erfordern bei ihrem Gebrauch wenigstens eine Bewegung der Unterarme, aber Regel muß es bleiben, daß für die Lehrmittel des Blindenunterrichts eine solche Größe gewählt wird, daß die Hand den Hauptanteil an der Auffassung erhält. Die Vorstellung großer Objekte kann dadurch erleichtert werden, daß dem Schüler zunächst verkleinerte Modelle vorgeführt werden und er dann zu vergleichenden Messungen zwischen Modell und Original angehalten wird. Umgekehrt muß dem Kennenlernen eines weit ausgedehnten Objekts stets die verkleinerte Darstellung folgen, also dem Besteigen und Abschreiten eines Berges die

Nachbildung desselben in Sand oder Ton, der Anschauung der Original-Turngeräte die Vorführung derselben im verkleinerten Maßstabe. Das Formen in Sand, Ton und Wachs ist ein vortreffliches Mittel, um dieser Forderung nachzukommen.

Wenn also das Streben des Unterrichts im allgemeinen auch darauf hinausgehen muß, mit einem nicht zu ausgedehnten Tastfelde zu operieren, so gibt es doch auch Fälle, wo es notwendig ist, den Tastraum durch Zuhilfenahme eines Stabes zu erweitern, namentlich da, wo es sich um die Veranschaulichung von Höhen- oder Tiefenverhältnissen handelt. Die Höhe einer Türöffnung, die eines Zimmers, eines Baumes, die Abzweigung eines mit dem Arm nicht erreichbaren Astes, die Tiefe einer Grube, eines Gewässers: Das alles läßt sich mit Hilfe eines Stabes feststellen[23]. Auch nach der entgegengesetzten Seite hin, bei zu geringer Ausdehnung der zu betastenden Stelle, muß ein feines Stäbchen die Hand unterstützen, so bei der Untersuchung von Blüten, von feinen Öffnungen an physikalischen Instrumenten u. dergl., überall da, wo der Finger nicht eindringen kann. Beim Schreiben der Punkt- und Flachschrift wirkt der Schreibstift als Taststäbchen[24]. Beim Handfertigkeitsunterricht und bei gewerblichen Arbeiten werden die Werkzeuge: Schere, Messer, Hammer usw., als Tastmittel gebraucht. Da die geschickte Führung dieser Werkzeuge und das Tasten mit ihnen von großer Wichtigkeit sind, ist es notwendig, dem Blinden solche einfachen Instrumente zur Benutzung schon zeitig in die Hand zu geben. Dies kann im Anschauungsunterricht, beim Formen, beim Handfertigkeitsunterricht, in der Arbeitskunde und bei den ersten einfachen Flechtarbeiten, wie sie in jeder Blindenanstalt eingeführt sind, geschehen.

Um die Tastfähigkeit der Hand zu entwickeln und zu vervollkommnen, hat man die Einführung der Hand- und

Fingergymnastik in den Blindenanstalten empfohlen. (Vergl. Gigerl, Die Hand, ihre Kräftigung und Schulung durch Finger- und Handgelenk-Gymnastik im Dienste des Blindenunterrichtes. Bldfrd. Jhrg. 1895 S. 15.) Ihr Wert dürfte aber ein problematischer sein. Unbestrittene Tatsache ist es ja, daß viele Schüler mit unentwickelten Händen in die Anstalt eintreten; bei manchen ist dies sicher eine Folge der argen Vernachlässigung und Untätigkeit im elterlichen Hause. Bei solchen Schülern werden aber die vielseitigen Handgriffe und Übungen, wie sie der Unterricht erfordert und wie sie sich beim Spiel und beim Umgang mit den Dingen von selbst ergeben, ausreichen, um das Versäumte nachzuholen. Bei der Mehrzahl aber hängt die unvollkommene Entwickelung der Handgeschicklichkeit viel weniger von der anatomischen Beschaffenheit der Hand und der Mechanik ihrer Muskulatur ab als vom Gehirn. Denn um eine Bewegung zu erlernen, müssen ganz bestimmte Gehirnzentren in Betrieb gestellt und geübt werden, damit sie die geeigneten Muskeln zu der gewünschten Tätigkeit koordinieren. Dazu gehört aber Auffassungsgabe, Aufmerksamkeit und Gedächtnis. Wo diese Fähigkeiten infolge fehlerhafter Gehirnentwickelung nur in geringem Grade vorhanden sind, da kann auch die eifrigst geübte Handgymnastik die Geschicklichkeit und Tastfähigkeit der Hand nicht erhöhen. Die Zeit, die für diese mechanischen und die Schüler nicht interessierenden Übungen gebraucht wird, kann zur anregenden Betätigung der Hände beim Spiel und bei kleinen praktischen Arbeiten (vergl. Kap. VI, 2.) nutzbringender verwendet werden. Der Klavierspieler, auch der blinde, mag von der Fingergymnastik Gewinn haben, der blinde Schüler schlechthin hat ihn nicht. Übrigens müßte, wenn die Tastfähigkeit der Hand hauptsächlich von der Entwickelung der Muskulatur, der Lockerung der Sehnen und Bänder abhinge, der blinde Klavierspieler, der

Geigenspieler und Maschinenschreiber jedem andern Blinden in der Handgeschicklichkeit weit voraus sein. Das ist aber, wie die Erfahrung lehrt, im allgemeinen nicht der Fall. Daß der Blinde beim Gehen auf der Straße sein Tastfeld durch einen Stock vergrößert, der ihm bei der Orientierung wichtige Dienste leistet, ist bekannt. Auch das Fußtasten hilft ihm bei der Orientierung; nicht nur, daß der tastende Fuß ihm Hindernisse, wie Steine, Baumwurzeln und Unebenheiten des Weges anzeigt, sondern er belehrt ihn auch über die Art des Bodens, auf dem er dahinschreitet: ob ein fester oder sandiger Weg, ob Steinpflaster, Trottoir oder Chaussee, ob ein Wiesenpfad oder Wegrain usw. Im Unterricht, besonders beim Turnen, bei Spielen im Freien und bei Lehrausflügen, bietet sich Gelegenheit, von dem Fußtasten reichlich Gebrauch zu machen.

Man kann, wie vorhin im physiologisch-psychologischen Sinne, so auch im didaktischen Sinne von synthetischem und analytischem Tasten sprechen.

Wir nehmen an, der Blinde will einen bestimmten Baum kennen lernen. Der Baum ist als Ganzes gegeben. Der Schüler geht nun in der Weise vor, daß er das Ganze in seine Teile zerlegt und jeden Teil für sich betrachtet: er umspannt den Stamm, um eine Anschauung von der Dicke desselben zu bekommen; vielleicht erklettert er ihn, um sich von seiner Höhe zu überzeugen; er betastet die Rinde und fühlt, ob sie glatt, rauh oder tiefrissig ist; er sucht mit erhobenen Armen festzustellen, in welcher Höhe sich die Äste vom Stamme abzweigen; er erfaßt einen Ast und schüttelt ihn, um seine Festigkeit kennen zu lernen; er sucht die Zweige, Blätter und Früchte auf usw. Der Blinde hat also eine Analyse des Objekts vorgenommen. Der Geist bleibt aber bei dem Analysieren nicht stehen; er fügt die einzelnen Teile wieder zum Ganzen zusammen, geht nun also synthetisch vor. Analyse und Synthese ergänzen sich. In dem vorliegenden

Beispiel bleiben aber Analyse und Synthese ein rein geistiger Akt (der sich auf sinnlicher Grundlage vollzieht); denn die Zerlegung des Baumes in seine Teile und deren Zusammenfügung zum Ganzen kann nicht tatsächlich vorgenommen werden.

Anders liegt folgender Fall. Der blinde Schüler erhält mehrere gleichgroße Bausteine und legt sie nach Anweisung des Lehrers so aufeinander, daß jeder folgende Stein ein wenig zurücktritt. So entsteht eine Treppe. Ist diese fertig, so wird sie vom Schüler wieder auseinandergenommen, indem er einen Stein nach dem andern entfernt.

Hier ist also nicht das Ganze gegeben, sondern es sind die Teile vorhanden, die zu einem Ganzen zusammengefügt werden sollen: es wird das synthetische Verfahren eingeschlagen; der Synthese folgt die Analyse. Beide Vorgänge bleiben nicht rein geistige Akte, sondern sie vollziehen sich tatsächlich, sinnlich: die Hand fügt zusammen, und die Hand zerlegt.

Es bedarf nicht langer Überlegung, um zu erkennen, welcher von den beiden Fällen für die Vorstellungsbildung der günstigere ist, es ist offenbar der zweite. Hier tritt die Hand zu den einzelnen Teilen des Objekts in besonders innige Beziehung. Das ganze zusammengesetzte Tastinstrument muß aufgeboten werden, um die Darstellung auszuführen, namentlich treten Gelenke und Muskeln in volle Aktion. Arbeitsgefühle machen sich geltend, und handelnd wird dem Schüler vieles klar, was ihm entgeht, wenn das Objekt ein starres Ganzes ist, das er nur im Geiste zerlegen und wieder zusammensetzen kann.

Es kommt noch folgendes dazu. Wo sich Synthese und Analyse sinnlich vollziehen, ist die Möglichkeit vielseitiger Übung gegeben. Die aus Bausteinen dargestellte Treppe kann der Schüler immer wieder von neuem aus seiner Hand hervorgehen lassen. Dadurch wird der Bewegungssinn fortwährend in Anspruch genommen und geübt; Muskeln und Gelenke werden auf eine spezielle Arbeit abgestimmt, so daß nach und nach alle hierbei unnötigen und erschwerenden Bewegungen der Hand wegfallen. Das bedeutet aber eine Vervollkommnung des Tastens überhaupt, die der weitern Entwickelung des Blinden zugute kommt. Gleichzeitig wird durch die wiederholte Entstehung und Zerlegung des Objekts die Anschauung vertieft und zu einem unverlierbaren Eigentum des Geistes gemacht.

Ferner kann bei dem darstellenden, aufbauenden Verfahren die Phantasie in lebhafte Tätigkeit treten. Der Schüler kann, um an das frühere Beispiel anzuknüpfen, die Treppe hoch und niedrig, schmal und breit bauen, er kann sie an eine Mauer lehnen oder zwischen zwei Wände stellen, er kann sie als einfache oder Doppeltreppe ausführen. Da bei dem Blinden die große Gefahr besteht, daß die Einbildungskraft ausartet, so wird man die Gelegenheit, die sich hier zur Anknüpfung phantasierender Tätigkeit an reale Verhältnisse bietet, nicht gering anschlagen dürfen.

Die ältere Blindenpädagogik begnügte sich vorzugsweise mit der Betrachtung fertiger Objekte; man beschaffte Modelle und ließ sie „anfühlen". In neuerer Zeit sucht man den Unterricht möglichst so einzurichten, daß die in der Betrachtung geübte Analyse und Synthese zu sinnlichen Vorgängen erhoben werden. Man hat Lehrmittel ersonnen, die das Bauen und Konstruieren erleichtern, man hat die Ideen Fröbels, die dem Darstellungstriebe des Kindes entgegenkommen, dem Blindenunterricht dienstbar gemacht und hat das Formen in Ton und Wachs, das Zeichnen und den Handfertigkeitsunterricht in den Blindenanstalten eingeführt. Dieser darstellende Unterricht kann und soll natürlich die Betrachtung der wirklichen Dinge, wie sie aus

Natur und Menschenhand hervorgehen, nicht ersetzen und überflüssig machen. Das Verständnis der Wirklichkeit ist immer die Hauptsache, ist das Ziel des Unterrichts; alles andere ist als Hilfe zur Erreichung desselben anzusehen. So wird, um noch einmal auf das Beispiel von der Treppe zurückzukommen, die am Hause befindliche Holz- oder Steintreppe beim Unterricht nicht ausgeschaltet werden dürfen; sie ist entweder der Ausgangspunkt der Behandlung (in diesem Falle dient die nachfolgende Darstellung mit Bausteinen als Erläuterung), oder sie bildet den Abschluß der Betrachtung (in diesem Falle wird durch die voraufgehende Darstellung das Verständnis für die Wirklichkeit vorbereitet).

Kann man von einer Ästhetik des Tastens sprechen? Hat der Blinde einen Genuß vom Berühren schöner Formen, vom Betasten einer Büste mit edlen Zügen? Dr. Hohenemser, ein Blindgeborener, meint, an dem Fühlen des kalten Marmors und Metalls können sich keine ästhetischen Empfindungen entwickeln; dagegen spricht Helen Keller mit überschwenglichen Worten von dem hohen Genuß, den ihr die schwellenden Formen, die schön geschwungenen Linien des menschlichen Gesichts und seiner Nachbildung bereiten. Wir stimmen weder der völligen Verneinung noch der unbedingten Bejahung zu. Tatsächlich hat der im Tasten geübte Blinde Freude an der Glätte, dem regelmäßigen Aufbau, der schönen Linienführung eines Körpers; die Form- und Zeichenarbeiten vieler Zöglinge der Blindenanstalten und die Leistungen mancher blinden Handwerker sind der beste Beweis für ästhetisches Empfinden beim Tasten. Aber dieses hält sich doch in recht bescheidenen Grenzen; es versagt da, wo es sich um Feinheiten und um die Beurteilung der Gesamtwirkung handelt. Damit sollen die Angaben von Helen Keller nicht in Zweifel gezogen werden; das hochbegabte Mädchen ist eben eine Ausnahme, die in diesem Punkte von dem Gros der Blinden nicht erreicht wird. Für den Blinden gilt im allgemeinen die Regel: Das Tastvermögen ist der klarste, das Gehör ist der tiefste Sinn, der Träger des Gemütslebens, der Vermittler des ästhetischen Genießens. — Im Unterricht wird man, wo sich dazu Gelegenheit bietet (Modellieren, Zeichnen, Geometrie, Naturgeschichte), auf Schönheit der Formen hinweisen.

Heller, Die psychologische Grundlegung der Blindenpädagogik. Kongr.-Ber. Köln a. Rh.-Düren 1888.

Heller, System der Blindenpädagogik. Kongr.-Ber. Kiel 1891.

Dr. Theodor Heller, Studien zur Blindenpsychologie. Leipzig 1904.

Fischer, Die Raumvorstellungen des Blinden. Kongr.-Ber. Hamburg 1907.

Heller, Zur Einführung in die Lehre vom Tasten. Bldfrd. 1909 S. 265.

Burde, Die Plastik des Blinden. Leipzig 1910.

B. Das Hören.

Über die Bedeutung von Gehörswahrnehmungen für den Blinden sind bereits in dem Kapitel „Einfluß der Blindheit auf die geistige Entwickelung" einige Andeutungen gemacht worden. Hier sollen dieselben ergänzt werden.

Es ist vielfach die Ansicht ausgesprochen worden, daß das Gehör der wichtigste, der führende Sinn des Blinden sei und daß dementsprechend die Blindenpädagogik sich nicht in erster Linie auf den Tast-, sondern auf den Gehörssinn gründen müsse. Die Vertreter dieser Ansicht sind der Meinung, daß auch Schalleindrücke Raumvorstellungen erzeugen und daß ein Blinder, dem etwa der Tastsinn fehlte, eine vollständige Raumanschauung auf

Grund seiner Gehörseindrücke erlangen würde.

Tatsächlich gibt der Schall dem Blinden nur Aufschluß über die Schallrichtung und über die Entfernung des schallerregenden Objekts; doch kommen Täuschungen auch hierbei recht häufig vor. Th. Heller hat Versuche mit Blinden angestellt, aus denen hervorging, daß im allgemeinen die Verstärkung eines Schalles als Annäherung der Schallquelle und Abschwächung des Geräusches als Entfernung derselben gedeutet wurde, was doch nicht immer zutrifft. Auch die Schallrichtung wurde häufig falsch angegeben[25].

Das Gehör des Blinden ist also von Natur nicht feiner als das des Sehenden und besitzt nicht Qualitäten, die der Sehende nicht auch besäße, namentlich keine raumbildenden; diese kommen vielmehr ausschließlich dem Tastsinn zu. Der Vorschlag eines Augenarztes, Blinde als Schiffsführer anzustellen, da sie auch bei Nebelwetter die Richtung, aus welcher Signale anderer Schiffe oder vom Landungsplatz ertönen, genauer anzugeben wüßten als Sehende, kann daher nur ein Lächeln erregen.

Die Bedeutung des Gehörssinnes für die Orientierung des Blinden behält natürlich ihre volle Bedeutung; leistet doch das Gehör auch dem Sehenden bei der Bewegung wichtige Dienste, die erst voll zum Bewußtsein kommen, wenn man die Unsicherheit beobachtet, die der Taube auf der Straße zeigt. Das Ohr wird dem Blinden also vielfach zum Führer, und hat er gelernt, auf jedes Geräusch in seiner Umgebung zu achten, so wächst bei ihm das Gefühl der Sicherheit. Streckt der Blinde anfänglich die Arme ängstlich vor, um nicht anzustoßen, und ist sein Schritt langsam und tastend, so wird, je mehr er das Ohr in den Dienst der Orientierung stellt, seine Haltung freier und ungezwungener, die vorgestreckten Arme sinken, das Gesicht verliert den ängstlichen Ausdruck, und der Schritt beschleunigt sich. Für den Verkehr des Blinden mit den

Sehenden ist diese vorteilhafte Veränderung in der Körperhaltung und Körperbewegung sehr wichtig: der Blinde wird weniger auffällig. Man wird also darauf zu halten haben, daß im Unterricht, beim Spiel und bei Spaziergängen die Bewegung des Blinden möglichst durch Gehörseindrücke geleitet wird, etwa durch Zuruf, durch Klatschen in die Hände, durch Hinweis auf den eigenen Schrittklang, durch Erregung orientierender Geräusche mit einem Stock usw.[26].

Auch auf die von Stoff und Raum abhängige Schallfärbung der Geräusche und Töne muß der Blinde aufmerksam gemacht werden. Aus der Art des Schalles kann er erkennen, ob ein geschlossener Raum groß oder klein, hoch oder niedrig, gefüllt oder leer ist, ob der Fußboden aus Steinfliesen, Holz oder Linoleum besteht, ob ein Wagen auf einem sandigen Wege, einer Chaussee oder auf einer gepflasterten Straße fährt, ob er von zwei oder vier Pferden gezogen wird, ob er auf zwei oder vier Rädern rollt, ob der Eisenbahnzug durch einen Bergeinschnitt, durch einen Tunnel oder über eine Brücke fährt, ob er an einem Zaun oder einem Gebäude vorüber saust. Das Gehör tritt also überall dort an Stelle des Tastens ein, wo es sich um ein schnelles, orientierendes Erkennen im weiten Raum handelt. Werden mit vielen dieser Schalleindrücke auch nur Surrogatvorstellungen verbunden, so sind sie doch für den Blinden wichtig, da sie ihn mit der Ferne verbinden.

An dieser Stelle mag einiges über den sog. Fernsinn der Blinden gesagt sein.

Man versteht unter Fernsinn oder Ferngefühl das Vermögen des Blinden, Gegenstände ohne Zuhilfenahme der tastenden Hände in einer gewissen Entfernung wahrzunehmen. Das Ferngefühl ist ein Hilfsmittel des Orientierungsvermögens, das aber von mancher Seite als etwas Geheimnisvolles und Rätselhaftes hingestellt wird, als ein „sechster Sinn" des Blinden. Tatsache ist, daß die meisten Blinden, wenn sie sich einem größeren Gegenstande nähern, diesen aus einiger Entfernung wahrnehmen; umgekehrt erkennen sie die Annäherung eines größeren Objekts schon auf 3 bis 4 Meter. Bei der Bewegung entstehen Luftströmungen. Nähert sich eine Person einem größeren Gegenstande, so verdichtet sich die Luftsäule vor demselben, und die verdichtete Luft erfährt eine Reflexion nach der sich bewegenden Person hin. Der veränderte Luftdruck wird von dieser wahrgenommen, besonders an der Stirn. Mit der Verdichtung der Luft treten auch zugleich feine Temperaturschwankungen auf; auch diese wirken auf die Haut ein. Endlich verändert sich mit der Annäherung an einen größeren Körper das Schrittgeräusch, so daß auch Schallerscheinungen bei der Wahrnehmung des entfernten Gegenstandes mitwirken. Zuweilen ist bei diesen Fernwahrnehmungen auch der Geruch beteiligt.

Da bei Blinden infolge der großen Übung sich der Druck- und Temperatursinn der Haut und auch das Gehör verfeinert, ist es begreiflich, daß sie Hindernissen schon in ansehnlicher Entfernung ausweichen und dadurch das Staunen der Sehenden hervorrufen, die an sich selbst eine solche Verfeinerung des Haut- und Gehörsinnes nicht kennen lernen. Es ist deshalb aber nicht notwendig, eine solche auf Übung und Aufmerksamkeit beruhende Steigerung der Sinnesempfindung mit dem Namen eines „sechsten Sinnes" zu belegen; in dem Wesen der Blindheit liegt diese Steigerung nicht begründet. Von manchen Blinden wird behauptet, daß das Ferngefühl auch dann wirksam ist, wenn die Bewegung auf ein ruhendes Objekt hin unterbleibt, so daß Druckempfindungen für die Wahrnehmung nicht in Frage kommen können. Wenn hier nicht Täuschung vorliegt, bedarf diese Erscheinung noch der Klärung und weiterer Untersuchung.

Von dem früheren Blindenlehrer Truschel-Straßburg wird die Ansicht vertreten, daß neben den oben genannten Ursachen auch „unhörbare Schallwellen", d. h. solche, die unter der Reizschwelle bleiben, das Ferngefühl hervorrufen. Sie kommen dem Blinden nicht auf dem gewöhnlichen Wege durch das Ohr zum Bewußtsein, beeinflussen aber trotzdem sein Empfinden.

Demgegenüber vertritt Professor Kunz-Illzach, und mit ihm die Mehrzahl der Blindenlehrer, die oben dargelegte Auffassung, daß der Fernsinn in einer Verfeinerung der Druck- und Gehörsempfindungen seine Erklärung findet.

Daß Gehörseindrücke keine Raumvorstellungen erzeugen können, wurde oben bereits gesagt. Wenn also Blinde behaupten, nach der Stimme einer Person sich ein Bild derselben entwerfen zu können, so beruht das auf eine Selbsttäuschung. Gewiß lassen sich aus der Stimme manche körperlichen Eigenschaften und manche Charaktereigentümlichkeiten des Sprechenden erkennen, aber gerade das, was hier behauptet wird: eine Vorstellung der Form, der Gestalt, der Gesichtszüge aus der Stimme zu gewinnen — das kann das Gehör nicht leisten. Derartigen Phantasiebildern kommt kein höherer Wert zu als dem beliebten Vergleich von Tönen und Akkorden mit Farben: es sind und bleiben Surrogatvorstellungen. Das Gehör gewinnt nur dann Einfluß auf die Raumvorstellung des Blinden, wenn es zum Tasten in Beziehung gesetzt wird. Werden Schalleindrücke mit Tastvorstellungen aufs innigste verbunden, so besteht die Möglichkeit, daß die ersteren die letzteren reproduzieren, anders ausgedrückt, daß die Gehörseindrücke die durch den Tastsinn festgestellte Form und Ausdehnung eines Körpers ins Bewußtsein zurückrufen. Daß dies sehr wichtig ist, liegt auf der Hand: erst in diesem Falle bleiben die dem Blinden sich darbietenden Töne und Geräusche keine bloßen Luftgebilde, die dem Spiel der Phantasie dienen, sondern sie führen ihm einen konkreten Inhalt zu; erst so wird die Beschränkung des Tastsinnes ausgeglichen: das Gehör erspart dem Blinden die Wiederholung des Tastens.

Die Möglichkeit, daß Gehörsvorstellungen, die ursprünglich mit Tastvorstellungen verbunden waren (Tasthören), das Tastbild reproduzieren, ist physiologisch im Bau des Gehirns begründet.

Die durch Reize verschiedener Sinne hervorgerufenen Nervenregungen konzentrieren sich an räumlich getrennten Stellen der Großhirnrinde, oder anders ausgedrückt: die einzelnen Sinneszentren gehören verschiedenen Teilen der Großhirnrinde an. Die Erregungen lassen in dieser Spuren zurück (latente Dispositionen), welche es ermöglichen, daß das gewissermaßen schlummernde Erinnerungsbild psychisch wieder lebendig wird, wenn ein geeignetes seelisches Erlebnis hinzutritt. Da die Sinneszentren getrennt sind, darf man auch ein Getrenntsein der latenten Dispositionen annehmen. Nun sind aber die einzelnen Regionen des Gehirns durch besondere Nervenleitungsbahnen, die in ihrer Beschaffenheit von den Empfindungs- und Bewegungsnerven abweichen, mit einander verbunden; man nennt sie Assoziationsfasern. Es ist also im Gehirn die Möglichkeit einer Verbindung von Erregungen, die verschiedenen Sinnesgebieten angehören, gegeben. Darum werden auch Erregungen, welche verschiedenen Stellen der Großhirnrinde gleichzeitig zugeleitet werden (simultane Assoziation), in ihrer Gesamtheit wiederholt, wenn auch nur eine Erregung wieder eintritt. Wir nehmen an, das blinde Kind erlangt durch allseitiges Betasten eines Gummiballes eine Vorstellung von seiner Gestalt und Größe. Es wirft auch den Ball zur Erde, so daß ihm der bekannte Schalleindruck des springenden Balles zum Bewußtsein kommt. Beide

Vorstellungen, die haptische und die akustische, gehen eine Verbindung ein (Assoziation). Tritt später einmal dem Kinde ein Geräusch entgegen, das dem früher gehörten gleich oder ähnlich ist, so wird die Vorstellungsverbindung wieder hergestellt: die Gehörsvorstellung reproduziert das Tastbild des Balles.

Es ist darum eine Hauptaufgabe des Blindenunterrichts, das „Tasthören" zu pflegen, die innige Verbindung zwischen Tasten und Hören herzustellen. Jeder Gegenstand, der durch den Tastsinn erkannt ist, soll auch durch das Gehör geprüft werden, und bei erneuter Vorführung desselben soll das Objekt durch das Ohr erkannt werden.

D r . T h . H e l l e r, Studien zur Blindenpsychologie. Leipzig 1904.

B r a n d s t ä t e r, Etwas von den Blinden. Bldfrd. 1905 S. 73.

D r . T h . Z e l l, Die Blinden und der sechste Sinn. Bldfrd. 1905 S. 173.

Das Ferngefühl der Blinden. Bldfrd. 1906 S. 23.

Das Orientierungsvermögen und das sogenannte Ferngefühl der Blinden und Taubblinden. Vortrag von Professor M. K u n z. Kongr.-Ber. Hamburg 1907. (In der Besprechung dieses Vortrages [Bericht S. 175 ff.] legt Truschel-Straßburg seine Ansichten über den Fernsinn kurz dar.)

K u n z , Weitere Versuche über das Orientierungsvermögen und Ferngefühl der Blinden und Taubblinden. Leipzig, Engelmann 1908.

T r u s c h e l, Das Problem des sog. sechsten Sinnes der Blinden. Leipzig, Engelmann 1909.

K u n z , Das Orientierungsvermögen und das sog. Ferngefühl der Blinden und Taubblinden. Separatabdruck aus dem Int. Archiv für Schulhygiene IV. Leipzig, Engelmann.

2. Die Anschauung als Fundament des Blindenunterrichts.

Die Fähigkeit des Wahrnehmens durch Tasten und Hören ist bei dem Blinden vorhanden; mit dieser Grundlage ist, sofern der Blinde geistig normal ist, die Möglichkeit gegeben, die Wahrnehmungen zu Anschauungen zu erheben[27].

Es dürfte kein Zweifel darüber sein, daß der Blindenunterricht sich wie der Unterricht der Sehenden unbedingt auf die Anschauung zu gründen hat. Nicht durch Wort und Buch soll der Blinde die Welt kennen lernen, sondern durch Betrachtung der Dinge selbst; eine gründliche Bildung erlangt er nicht durch überredende Mitteilungen, sondern allein durch sachliche Erfahrungen. Wir können darum Hitschmann nicht zustimmen, wenn er meint: „Auf die Anschaulichkeit der durch den Unterricht vermittelten Vorstellungen braucht man nur geringes Gewicht zu legen."[28].

Hitschmann (ein Blinder) behauptet, „daß der Blinde nur äußerst selten in Bildern denkt, auch in solchen nicht, welche ihm die Erfahrungen des Tastsinnes an die Hand geben könnten, sondern daß er sich fast immer eigenartiger Surrogatvorstellungen bedient, die so unanschaulich sind, daß sie in dieser Hinsicht an die abstrahierten Begriffe des Sehenden erinnern." Er ist auch der Meinung, daß sich diese Surrogate den Anforderungen des praktischen Lebens gegenüber als vollkommen brauchbar und ausreichend erweisen; der Blindenlehrer sei daher berechtigt, sie unbedenklich zur Grundlage seines Unterrichtes zu machen.

Ob der Blinde tatsächlich fast immer mit unanschaulichen Surrogatvorstellungen operiert, muß bezweifelt werden; wo es geschieht, da hat es der Unterricht wahrscheinlich an der erforderlichen konkreten Gestaltung fehlen lassen; er hat sich vielleicht hauptsächlich auf sprachliche Mitteilungen und Gehörseindrücke gegründet. In diesem Falle bleibt dem Blinden allerdings nichts anderes übrig, als mit Hilfe der Phantasie sich Ersatzvorstellungen zu bilden. Es fragt sich dann aber, ob diese Ersatzvorstellungen bei allen Blinden übereinstimmen oder ob es nicht so ist, daß jeder sich für ein und dasselbe Objekt ein besonderes Surrogat schafft. Sicher ist das letztere der Fall. Damit wird aber die geistige Gemeinschaft der Blinden untereinander und die der Blinden mit den Sehenden aufgelöst: alle brauchen dieselbe sprachliche Bezeichnung für eine Sache, von der sich jeder ein anderes Bild macht; dort sind es wunderliche Phantasiebilder, die wenig oder nichts mit der Wirklichkeit gemein haben, hier sind es konkrete Vorstellungen, an denen nichts zu drehen und zu deuteln ist. Es mag sein, daß ein Denken in unanschaulichen Phantasiebildern den Blinden für seine Person befriedigt; er ist aber ein Glied der menschlichen Gesellschaft und auf das Leben inmitten derselben angewiesen. Sein Streben wird auch, sofern es nicht krankhaft ist, stets dahin gehen, immer inniger in diese Gemeinschaft hineinzuwachsen. Das ist aber nur dann denkbar, wenn seine Anschauungen und Vorstellungen sich denen der anderen Menschen möglichst nähern[29].

Wir sagen also: Je anschaulicher, je konkreter der Blindenunterricht ist, desto größer ist sein Wert. Es wird darum notwendig sein, festzustellen, unter welchen Bedingungen die Wahrnehmungen des Blinden sich zu Anschauungen erheben können. Es ist dabei unvermeidlich, auf früher Gesagtes zurückzukommen.

Nach den Ausführungen, die in den voraufgehenden Abschnitten über das Tasten und Hören gemacht wurden, ist eine Begründung dieser Forderung nicht notwendig. Tatsächlich ist aber ihre Erfüllung nicht immer leicht, zumal dann nicht, wenn während des Unterrichts eine nicht vorausgesehene Veranschaulichung durch Tasten notwendig wird. Vielleicht ist ein passendes Anschauungsobjekt in der Lehrmittelsammlung nicht vorhanden, oder sein Herbeischaffen ist umständlich, vielleicht fürchtet man eine unliebsame Unterbrechung des Unterrichts durch Umherreichen des Objekts, vielleicht hält man die Sache für so einfach, daß man sie mit einem erklärenden Worte glaubt abtun zu können, vielleicht beruhigt man sich mit dem Vorsatz, die Veranschaulichung nachträglich eintreten zu lassen. So greift man zu sprachlichen Mitteilungen, die scheinbar auch mit Verständnis aufgenommen werden, und schnell kommt man über die unangenehme Situation hinweg. Wie oft wird der Blindenlehrer in eine ähnliche Lage geführt! Wie beneidenswert ist in einem solchen Falle der Lehrer der Sehenden, der durch eine schnell herbeigeschaffte Abbildung oder durch ein paar Kreidestriche die konkrete Unterlage zu geben vermag.

Nur ein zartes pädagogisches Gewissen und ein unbeugsamer Wirklichkeitssinn können den Blindenlehrer davor bewahren, das umständliche, aber einzig wirksame Tasten hintenan zu setzen. Bei der Vorbereitung auf eine Lektion wird er alle Möglichkeiten, die während des Unterrichts eintreten könnten, erwägen und dementsprechend die Lehrmittel auswählen. Versagt aber einmal seine Voraussicht, so mag er den Unterricht lieber für kurze Zeit unterbrechen, um konkretes Material herbeizuschaffen. Allerdings muß dann verlangt werden, daß die Lehrmittelsammlung so gelegen und so eingerichtet ist, daß ihm dies ohne großen Zeitverlust möglich ist. Übrigens wird es sich empfehlen, einige vielseitig verwendbare plastische Materialien: Wachs, Stäbe, Nägel, Draht, Schnüre, Bleistreifen usw., immer in nächster Nähe zu haben, um sie analog der Kreide verwenden zu können. Für unvorhergesehene sofortige Veranschaulichung leistet auch der neuerdings eingeführte Sandkasten vortreffliche Dienste. Wie dem immer sei: das Tasten ist das A und O im Blindenunterricht; ein Blindenlehrer, der mit der Formel operiert: „denkt euch…" verdient nicht den Namen eines solchen.

Der Unterricht darf nur wenige Wahrnehmungen gleichzeitig bieten.

Das ist besonders für den Unterricht auf der Anfangsstufe zu beachten. Man bedenke, wie ungeübt und wenig leistungsfähig der Tastsinn des sechs- bis achtjährigen Kindes noch ist, wie namentlich Muskeln und Gelenke die Tastbewegungen nur ganz mangelhaft auszuführen imstande sind. Es empfiehlt sich daher, zunächst nur ganz einfache Objekte dem Kinde darzubieten und dabei die Aufmerksamkeit nur auf ein Merkmal hinzulenken. So wird man z. B. bei den im Anfangsunterricht vorzunehmenden „Sortierübungen" zuerst nur große und kleine Kugeln, etwa Erbsen und Marmeln, unterscheiden lassen, das folgende Mal vielleicht kleine und große Bohnen. Das in beiden Fällen vom Kinde einzig zu beachtende Merkmal ist die Größe des Objekts. Bei einer späteren Übung wird die Aufmerksamkeit auf die Abweichung in der Form der Erbse und Bohne gelenkt: „Lege die kugelrunden Erbsen in diese, die länglichrunden Bohnen in jene Schale." Sodann bringt man vielleicht den Unterschied im Stoff zur Geltung: Holz-, Glas-, Korkkugeln usw. So sind es immer nur wenige Merkmale, deren Ergründung durch den Tastsinn gefordert wird. — Oder wir denken an den ersten geographischen Unterricht. Die Pläne und Karten, die man von dem Kinde darstellen läßt oder die ihm vorgelegt werden, können nicht einfach genug sein: einige Bausteine zur Bezeichnung der Anstaltsgebäude, ein paar Wachsfäden zur Darstellung der Hauptwege — das ist genug. Nur nicht jeden Baum, jeden Rasenplatz und jede Bank darstellen wollen, sonst entsteht Verwirrung. Auch auf den höheren Stufen sind Karten bedenklich, die nach der Art der für Sehende bestimmten möglichst viel Stoff enthalten: zahlreiche Städte, ein genaues Flußnetz, feine Terrainabstufungen, Eisenbahnlinien, Kanäle, politische Grenzen, das Gradnetz und vielleicht noch Namenandeutungen in Punktschrift. Das ist zuviel, weil es über die Leistungsfähigkeit des Tastsinnes hinausgeht.

Dem Schüler muß ausreichende Zeit zur Untersuchung der Objekte gewährt werden.

Bei flüchtiger Vorführung des Objekts erreichen wegen der Enge des Bewußtseins die Vorstellungen nicht die Klarheitsstufe, sondern sie kommen der Bewußtseinsschwelle nur nahe, oder, um Wundts Ausdruck zu brauchen: sie treten wohl in das innere Blickfeld, aber nicht in den Blickpunkt des Bewußtseins. Zum Tasten gehört Zeit. Darum wird der Flüchtigkeit der Wahrnehmung Vorschub geleistet, wenn man die Veranschaulichung ausschließlich während des Unterrichts auftreten läßt. Nehmen wir einen bestimmten Fall an: es soll ein Tier, etwa der Maulwurf, behandelt werden. Ein präpariertes Exemplar desselben wird dem ersten Schüler in die Hand gegeben. Das Lehrgespräch kann aber noch nicht beginnen, weil eben nur ein Schüler in der Lage ist, Wahrnehmungen zu machen. Man läßt also etwa 10 Minuten verstreichen, während dieser Zeit wandert das

Objekt von Hand zu Hand. Nehmen wir an, daß die Abteilung 10 Schüler umfaßt, so steht jedem eine Minute für die Betrachtung zur Verfügung. In einer so kurzen Zeit ist aber der tastenden Hand eine gründliche Untersuchung unmöglich. Der Schüler gewinnt nur einen ganz flüchtigen Eindruck des Tieres, etwa von der walzenförmigen Gestalt des Körpers, dem spitzen Kopf und den kurzen Beinen. Und auf solche flüchtigen, unzureichenden Wahrnehmungen soll sich die Behandlung stützen? Wohl kommt das Objekt nach dem ersten Umlauf wieder zum ersten Schüler zu erneuter Untersuchung zurück, aber der alte Übelstand bleibt bestehen: Das Tier kann immer wieder nur eine ganz kurze Zeit dem einzelnen Schüler überlassen werden. Dieser Nachteil fällt fort, wenn das Objekt v o r dem Unterricht den Schülern mit der Weisung übergeben wird, es gründlich zu untersuchen. Es geschieht dies am zweckmäßigsten in besondern Stunden, „Vorbereitungsstunden", die vom Lehrer wohl kontrolliert werden, die aber nicht eigentliche Unterrichtsstunden sind; es genügt, daß eine Wärterin oder eine ältere Schülerin die äußere Ordnung aufrecht erhält. In diesen Vorbereitungsstunden hat sich jeder Schüler mit den Objekten, deren Behandlung in Aussicht genommen ist, gründlich und mehrfach zu beschäftigen. Durch Hinweis des Lehrers auf bestimmte Teile des Objekts werden diese herausgehoben und vom Schüler besonders beachtet. Setzt dann der Unterricht ein, so befindet er sich sofort auf festem Boden; wohl wandert das Objekt auch jetzt noch von Hand zu Hand, aber nur zum Zweck der Kontrolle und Ergänzung der Wahrnehmungen. Natürlich stehen die Vorbereitungsstunden im Dienste des g e s a m t e n Unterrichts, nicht bloß des naturgeschichtlichen; im Interesse der Gründlichkeit der Anschauung ist ihre Einrichtung durchaus notwendig. — Manchmal bietet sich dem Blindenlehrer Gelegenheit, seinen Schülern g a n z e Kollektionen von Gegenständen zum Betasten darzubieten, wie denn zuweilen die Verwaltungen von Museen und Sammlungen in löblicher Absicht ihre Schätze den Blinden „zum Kennenlernen" zur Verfügung stellen. In solchen Fällen wolle man sich daran erinnern, daß von einem flüchtigen Antasten der verschiedenen Dinge durchaus kein Gewinn für die Geistesbildung des Schülers zu erwarten ist; es entsteht im Gegenteil Schaden für ihn, da er zu der Meinung kommt, er kenne nun diese Dinge und könne sich ein Urteil über sie erlauben; solche „Museumsgänge" würden also der Oberflächlichkeit Vorschub leisten.

Die Anschauung soll vielseitig sein.

Das will sagen: der Unterricht soll die verschiedensten Tastmöglichkeiten herbeiführen und verwerten, und mit diesen verschiedenen Tastuntersuchungen sollen sich tunlichst Eindrücke aus den Gebieten des Gehörs, des Geruchs und Geschmacks verbinden. Ein Beispiel möge diese Forderung erläutern.

In der naturgeschichtlichen Unterrichtsstunde wird die Sonnenrose behandelt; die Vorführung geschieht im Schulgarten an lebenden Exemplaren. Dabei werden, um eine allseitige Anschauung der Pflanze zu gewinnen, etwa folgende Anschauungsübungen vorzunehmen sein: Feststellung, daß die Blüten von Insekten umschwärmt werden (Gehörseindrücke). Messen der Höhe der Pflanze am eigenen Körper (Bewegungsempfindungen der Arme). Prüfung der Dicke des Stengels (umschließende Spannungsbewegung der Hand) und der Rauhigkeit der Blätter (Druckempfindungen der Handfläche). Blatt an die Wange halten (genauerer Eindruck der Rauhigkeit infolge der größeren Druckempfindlichkeit der Wangenhaut; gleichzeitig tritt der Temperatursinn in Tätigkeit). Beurteilung der Blattgröße durch Vergleich mit der Handfläche (Spannungsempfindungen der gespreizten

Hand). Zerschneiden des Stengels, Untersuchung des Markes mit den Fingern hinsichtlich der Elastizität und Schwere (Druckempfindungen der gegenübergestellten Finger und Gewichtsempfindungen der Hand). Untersuchungen des Markes durch die Zähne, Kaubewegungen (charakteristische Druckreize). Beurteilung des Blütenkorbes nach Größe und Zusammensetzung (Spannungsempfindungen beider Hände, zupfende Druckbewegungen der gegenübergestellten Finger). Auffassung des Duftes der Blüten (Geruchsempfindungen). Prüfung der Zungen- und Röhrenblüten in bezug auf Form und innere Beschaffenheit (Tastbewegungen der Finger, der Zunge und Lippen, Temperaturempfindungen der Lippen und Wange). Beurteilung der Früchte nach Größe, Form und Geschmack (Bewegungsempfindungen der Finger, Geschmacksempfindungen).

So entstehen bei der Auffassung der Pflanze Teilvorstellungen, die den verschiedensten Sinnesgebieten angehören. Die Verbindung dieser Teilvorstellungen ergibt eine sogenannte Komplikation, die zu den simultanen Assoziationen gehört. Wie früher angedeutet wurde, vermittelt das Assoziationssystem der Großhirnrinde (die Gesamtheit der Assoziationsfasern) den psychischen Prozeß der Vorstellungsverbindung. Sucht der Unterricht also Komplikationen herbeizuführen, so gestaltet sich, weil eben die Glieder der Komplikation sich assoziieren, die Anschauung kräftig und fest. Treten dann später einige Glieder der Komplikation wieder als Erinnerungsbilder ins Bewußtsein, so wecken sie infolge der früheren festen Verbindung auch die andern Partialvorstellungen, und alle zusammen ergeben dann die Gesamtvorstellung in ihrer ursprünglichen Klarheit[30].

Die Anschauung soll sich bei aller Gründlichkeit doch vorwiegend auf das Wesentliche erstrecken.

Es ist zu bedenken, daß der Tastsinn in der Schnelligkeit der Auffassung hinter dem Auge wesentlich zurücksteht; der Unterricht kann darum nur langsam fortschreiten; für das Eingehen auf unwichtige Einzelheiten, für die Verfolgung von Nebenwegen bleibt keine Zeit.

Es muß auch noch einmal an die Enge des Bewußtseins erinnert werden. Wenn auf die tastende Hand und das aufmerkende Ohr eine größere Menge von Sinnesreizen und Vorstellungen einstürmt, so können sich nur einige zur Klarheit durchringen; viele von ihnen, und zwar manchmal die bedeutungsvollsten, kommen nur bis zu der äußersten Grenze des inneren Blickfeldes. Der Unterricht kann sich daher auf die Veranschaulichung von komplizierten Objekten, auf die Betrachtung von Lehrmitteln mit verwirrenden Feinheiten nicht einlassen. Der Blindenlehrer muß deshalb in höherem Maße als der Lehrer der Sehenden zu generalisieren verstehen, er muß das Typische eines Objekts oder eines Vorganges herauszuheben wissen. Namentlich im Anschauungsunterricht und in der Arbeitskunde (Physik) wird er hierzu gezwungen sein. Soll z. B. der Bau des Hauses veranschaulicht werden, so wird er nicht auf die verschiedenen Stein- und Holzverbindungen der Maurer und Zimmerer eingehen dürfen, nicht auf die technisch korrekte Konstruktion des Daches, des Fußbodens usw. Bei der Besprechung des Glockengusses wird er die Idee des Vorganges zunächst ganz einfach an zwei übereinander gestellten Blumentöpfen im Sandkasten darstellen, bei Behandlung der Dampfmaschine sich nicht auf eine Veranschaulichung der komplizierten Schiebersteuerung einlassen. Selbstverständlich ist es möglich, solche Dinge auch den Blinden zu erklären, aber es geschieht auf Kosten anderer, für ihn bedeutungsvolleren Erkenntnisse. Aus diesem Grunde ist es auch verkehrt, die Lehrmittel für den Blindenunterricht nach den Abbildungen und Mustern für

Sehende herzustellen; sie müssen in den meisten Fällen wesentlich einfacher sein und nur das enthalten, was gerade nötig ist, um das Prinzip zu erkennen, nach denen sie wirken.

Der Unterricht soll in der Verwertung von Wahrnehmungen, welche die Schüler im elterlichen Hause gemacht haben, vorsichtig sein.

Die blinden Schüler sind mit der Behauptung, sie hätten diesen oder jenen Gegenstand zu Hause kennen gelernt, diesen oder jenen Vorgang beobachtet, schnell bei der Hand. Sieht man genauer zu, so merkt man, daß die angeblichen Wahrnehmungen sich entweder zu einem „gehört haben" verflüchtigen oder daß die Wahrnehmungen sehr dürftig und lückenhaft waren. Bedenkt man dazu, daß derartige Beobachtungen immer nur von einzelnen Schülern gemacht worden sind, so wird man einsehen, daß ihnen eine wesentliche Bedeutung für den Gesamtunterricht nicht zukommt. In keinem Falle können sie die tatsächliche Anschauung im Unterricht ersetzen. Gewiß hat der bekannte pädagogische Grundsatz: „der Unterricht soll an die Erfahrungen des Kindes anknüpfen," auch für den Blindenunterricht Geltung, und der geschickte Lehrer wird die vorhandenen Anschauungen der Schüler im Unterricht berücksichtigen und verwerten. Trotzdem wird man gut tun, beim Eintritt der Schüler in die Anstalt auch selbstverständlich erscheinende Wahrnehmungen und Erfahrungen nicht vorauszusetzen. Um so notwendiger ist die Beachtung der folgenden Forderung:

Dem blinden Schüler muß in weitgehendem Maße Gelegenheit gegeben werden, auch außerhalb des Unterrichts Anschauungen und sachliche Erfahrungen zu gewinnen.

Die Erfahrung bereitet dem Unterricht den Boden; ohne diese Zubereitung kann er keine Wurzeln schlagen und

Kraft gewinnen. Das Erfahrungswissen ist in viel höherem Maße persönliches Eigentum des Schülers, es ist mit seinem Ich viel inniger verknüpft, als die durch den Unterricht erworbenen Kenntnisse. Mit der Gelegenheit Erfahrungen zu sammeln, wird ferner die in der Blindheit liegende Neigung zu verbaler Bildung bekämpft. Endlich muß hervorgehoben werden, daß durch Erwerbung von Erfahrungswissen sich die geistige Entwickelung des blinden Kindes natürlich gestaltet, sie nähert sich der des sehenden Kindes, das unausgesetzt seinen Geist und Körper nach der Regel betätigt: Probieren geht über Studieren. Deshalb ist bei weitem nicht alles vom direkten Unterricht zu erwarten. Darum ist auch nicht die Blindenanstalt die beste, deren Schüler sich immer schön abgemessen auf den Korridoren des Hauses und in den Gängen des Gartens bewegen, die in Reihe und Glied spazieren geführt und in den Freistunden ängstlich beaufsichtigt werden. Wenn irgendwo, so muß in der Blindenanstalt das Wort des Comenius in seiner Mutterschule beherzigt werden: „Laßt die Kinder Ameislein werden, welche immer herumkriechen, tragen, schleppen, einlegen, umlegen." Auf unsere Verhältnisse übertragen, heißt das: Laßt die blinden Kinder, besonders die jüngeren, im Freien graben, bauen, fahren, karren; gebt ihnen Gelegenheit, an einem größeren Wassergefäß oder einem kleinen flachen Teich Studien über das Verhalten der Körper zum Wasser zu machen, laßt sie Hühner, Tauben, Kaninchen pflegen, gebt ihnen Brettchen, Nägel, Bohrer, Hammer, Zange und andere Werkzeuge in die Hand und stärkt den Robinsontrieb, der auch in dem blinden Kinde vorhanden ist. Dann wächst sich die Bildung des Blinden nicht zu einer bloßen Schulbildung aus, sondern sie erhält von vornherein die Richtung auf die Wirklichkeit, auf das praktische Leben.

Neben die **betrachtende** Anschauung muß die

In dem Kapitel über das Tasten wurde auf die hohe Bedeutung der Bewegungsempfindungen für die Vorstellungsbildung hingewiesen: wir wissen, daß sie bei der Gewinnung von Raumanschauungen eine wichtige Rolle spielen. Der Unterricht darf sich daher nicht mit einem bloßen Betasten der Objekte begnügen; es wird mit diesem, ebenso wie mit dem bloßen Ansehen, wenig erreicht. Das Kind soll an und mit den Gegenständen etwas erleben, es soll in Beziehung zu ihnen treten. Es ist dies für die Klarheit der Anschauung von höchster Bedeutung. Indem das Kind sich an einem Gegenstand betätigt, lernt es nicht bloß neue Seiten desselben kennen, sondern es wird in einer ganz eigenartigen, für das praktische Leben geradezu unentbehrlichen Art des Untersuchens, des Selbstüberzeugens, des Probierens geübt. So wäre z. B. bei der Betrachtung des Wagens (sog. vierräderiger Sportwagen) dieser nicht bloß zu betasten, und nach seinen Teilen und dem Stoffe, aus dem diese hergestellt sind, zu beschreiben, sondern es wären auch etwa folgende in Stichworten angedeutete Tätigkeiten von den blinden Schülern auszuführen: den Wagen auseinander nehmen, die Achsen schmieren (Schmierseife); die Teile wieder zusammensetzen; den Wagen mit verschiedenen Stoffen (Steinen, Holz, Heu) beladen, ziehen, und zwar 1. auf ebenem Wege, 2. bergan und 3. bergab; ein Pferd (größeres Modellpferd, Schaukelpferd) einspannen. Sodann würden die Schüler aus Brettchen, Stäbchen, Garnrollen usw. einen Wagen in einfachster Form aufzubauen versuchen. Schließlich würde die Nachbildung des Wagens oder einzelner Teile desselben in Wachs auszuführen sein. — Auch bei Objekten, die scheinbar eine Betätigung des Schülers nicht zulassen, findet man bei einigem Nachdenken immer noch die Möglichkeit, verschiedene Übungen an und mit ihnen ausführen zu lassen. In den ersten Schulwochen wird die Gewinnung von Anschauungen durch Betätigung einen Hauptteil des Unterrichts ausmachen. Man könnte diese einfachen Arbeiten „Handgriffe und Elementarübungen" nennen. Nachstehend seien einige genannt und zwar zunächst solche, die im Freien, sodann solche, die im Hause ausgeführt werden können.

Korb, mit einigen Steinen oder Holzstückchen gefüllt, tragen, und zwar zu zweien, ferner einzeln in der Hand und auf der Schulter (Hilfe des Lehrers!).

Reisig sammeln, dünnes Reisig zerbrechen. Ein trockenes Ästchen vom Baume brechen.

Gras, Blätter, Blumen pflücken. Einfaches Sträußchen binden.

Unter dem Regenschirm gehen; die Geschicktesten versuchen den Schirm zu öffnen und zu schließen.

Ein Säckchen mit Sand füllen. Sack zubinden, auf der Schulter tragen. Sand ausstreuen.

Übungen an der Pumpe: Tätigkeit des Pumpens, Wasser über die Hände rieseln lassen, Eimer mit Wasser füllen, Wasser durch eine Holzrinne in eine Wanne laufen lassen.

Türschlüssel ausziehen, einstecken, Tür zuschließen.

Stühle an eine bestimmte Stelle tragen. Stühle neben- und hintereinander aufstellen.

Teller ineinanderstellen, auseinandertragen, Teller umdrehen.

Schnur aufwickeln, und zwar um die Hand, um einen runden Stab, um ein Brettchen.

Geld in eine Sparbüchse legen. Einige Geldstücke kennen lernen.

Etwas in Papier ein- und auswickeln. Papier

zusammenballen und auseinanderzupfen. Papier zur Hälfte zusammenfalten. Tüte mit Steinchen füllen.

Flasche zu- und aufkorken, auch Korke verwenden, die zu klein oder zu groß sind, so daß der passende Kork ausgesucht werden muß.

Schwamm ins Wasser tauchen, ausdrücken. Mit dem Schwamm die Fensterscheiben putzen usw.

Als Anschauung durch Betätigung ist natürlich auch alles Darstellen mit Bausteinen und den übrigen Lehrmitteln Fröbelscher Art, das Formen und Zeichnen und der sog. Handfertigkeitsunterricht anzusehen. Es erübrigt sich, auf diese Disziplinen näher einzugehen, da von ihnen bereits gesprochen wurde. Nur eine Bemerkung soll hier noch gemacht werden.

Nicht selten fällt die Nachbildung eines Gegenstandes durch den Schüler so unvollkommen aus, daß man meinen könnte, ihr Wert für die Vorstellungsbildung sei sehr gering. Diese Meinung ist unzutreffend. Der geistige Prozeß, der sich bei der Darstellung vollzieht, ist der gleiche, ob das manuelle Produkt mehr oder weniger vollkommen wird. Häufig hat die Unvollkommenheit ihren Grund nur in einer geringen technischen Begabung des Schülers, die sich nach und nach hebt. Jedenfalls muß es Grundsatz bleiben: lieber eine unvollkommene Darstellung als gar keine.

Der Anschauung muß die sprachliche Darstellung folgen.

Was der Schüler angeschaut, erlebt und nachgebildet hat, soll er mündlich darstellen. Die mündliche Darstellung bildet den Abschluß des Anschauungsprozesses; nur was der Schüler sprachlich wiedergeben kann, ist Eigentum seines Geistes geworden. Zu verwerfen ist aber trockene und schablonenmäßige Beschreibung. Besonders bildend und der Form nach einfach ist die mündliche Darstellung dann, wenn man sie in das genetische Gewand kleidet. Die Aufgabe wird also nicht, um ein Beispiel zu wählen, lauten: Beschreibe den Tisch! — Dann erscheint das unvermeidliche „besteht aus" mit seiner trockenen Aufzählung der Teile — sondern: Wie macht der Schreiner den Tisch? Oder: Wie baust du den Tisch? Überhaupt ist die Beschreibung von Tätigkeiten, die das Kind ausführt oder ausgeführt hat, sehr wichtig, nicht bloß, weil sie das Kind an Genauigkeit in der mündlichen Darstellung gewöhnt, sondern auch, weil sie eine Kontrolle dafür ist, ob die Tätigkeit mit Überlegung ausgeführt worden ist.

Die gewonnenen Anschauungen müssen öfters erneuert werden.

Dem sehenden Schüler begegnen die Dinge, die er kennen gelernt hat, immer wieder; bei jedem Gange durch die Straßen, durch Wald und Flur, beim Durchblättern eines Buches mit Abbildungen, im häuslichen und im Schulleben machen sich ihm die gewonnenen Anschauungen von neuem bemerkbar. Dadurch wird die Anschauung vertieft, ergänzt und zu einem unverlierbaren Besitz gemacht. Dem Blinden entschwinden die betrachteten Objekte gewöhnlich für einen langen Zeitraum oder gar für immer. Wir denken z. B. daran, daß der Schüler im Physikunterricht die Rolle und ihre Anwendung kennen gelernt hat. Hat er jemals Gelegenheit, beim Bau eines Hauses die Rolle und den Flaschenzug zu betasten und damit die frühere Anschauung zu erneuern? Oder wird ihm der im naturgeschichtlichen Unterricht vorgeführte Hase jemals wieder begegnen? So ist es vielfach: es fehlt die Wiederholung der gewonnenen Anschauungen durch das Leben. Die Folge ist, daß die Anschauung verblaßt und schließlich zu einem bloßen Wortklang herabsinkt. Dieser Möglichkeit kann dadurch begegnet werden, daß dem Schüler die besprochenen Objekte von Zeit zu Zeit zur Wiederholung vorgeführt werden. Es bedarf dabei keiner neuen „Behandlung"; meist wird es genügen, dem Schüler das Objekt eben darzubieten und durch einige wiederholende und erweiternde Fragen und Aufgaben die früher gewonnene Anschauung aufzufrischen und zu ergänzen. Als Wiederholungsmittel kann auch das Formen benutzt werden; dabei stellt es sich heraus, ob die Anschauung noch in völliger Klarheit vorhanden ist oder nicht. Am wenigsten zu empfehlen ist eine bloße Wiederholung durch Wort und Buch.

H e l l e r , Die Blindenbildung in ihrer Beziehung zum Leben. Kongr.-Ber. Frankfurt a. M. 1882.

W u l f f , Vorbedingungen für eine fruchtbringende Blindenbildung. Kongr.-Ber. Amsterdam 1885.

M e r l e , Der Anschauungsunterricht, die Grundlage alles Blindenunterrichts. Bldfrd. 1889 S. 38.

Z e c h , Vorschläge für die praktische Gestaltung des Anschauungsunterrichts in der Blindenschule. Kongr.-Ber. Halle a. S. 1904.

Z e c h , Forderungen der neueren Pädagogik mit Bezug auf den Blindenunterricht. Kongr.-Ber. Hamburg 1907.

3. Die Bedeutung der Phantasie für die Geistesbildung.

Die Phantasie ist die wohltätige Himmelsgabe, die den Blinden hinaushebt über die Enge seines Daseins. Sie kann aber auch zu einer gefährlichen Macht für ihn werden, nämlich dann, wenn sie die Herrschaft über sein Seelenleben erlangt, wenn sie nicht gelenkt und gezügelt wird durch einen unbeugsamen Wirklichkeitssinn.

An der Geistesbildung des Blinden hat die Phantasie einen bedeutenden Anteil. Zunächst ist hervorzuheben, daß sie die unvollkommenen und beschränkten sinnlichen Wahrnehmungen des Blinden ergänzt.

Der Blinde betastet einen Baumstamm, und die Phantasie ergänzt ihn zu einem vollständigen Baume mit Ästen, Zweigen und Blättern. Seine Hand streift die Mauer eines Hauses und sofort steht das Bild eines Hauses mit seinen vier Mauern, dem spitzwinkeligen Dache und den Fensterreihen vor seiner Seele. Er hört einen Kanonenschuß und die Einbildungskraft zaubert ihm eine Lafette mit dem darauf liegenden Rohre ins Bewußtsein. Diese ergänzende Tätigkeit der Phantasie zeigt sich selbstverständlich auch im Geistesleben des Sehenden, aber sie wird bei weitem nicht so oft in Anspruch genommen wie bei dem Blinden, weil dem Auge die meisten Dinge als Ganzes erscheinen.

Freilich kann die Phantasie nur dann eine Vorstellung ergänzen, wenn eine ähnliche Anschauung als Ganzes bereits im Bewußtsein vorhanden ist. Absolut Neues schaffen kann die Phantasie nicht; sie ist gebunden an den Vorstellungsschatz der Seele. Hätte der Blinde nicht früher einen Baum von mäßigen Dimensionen allseitig kennen gelernt, hätte er also den kleinen Stamm nicht mit den Händen umspannt, ihn mit den Fingern betastet, mit der Kraft seiner Arme geschüttelt, mit den Händen in die Krone hineingelangt, die Abzweigung der Äste, die Gabelung der Zweige, die dichte Belaubung gefühlt: so wäre bei der Begegnung mit irgendeinem andern Baumstamme die Phantasie entweder gar nicht in Tätigkeit getreten oder sie hätte in vagen Gedankenläufen ein Bild geschaffen, das mit der Wirklichkeit nicht übereinstimmt. Bei dem zweiten und dritten Beispiel besteht die Voraussetzung für die ergänzende Tätigkeit der Phantasie darin, daß der Blinde ein Haus und eine Kanone im Modell kennen gelernt hat.

Für den Unterricht ergibt sich daraus die Notwendigkeit, in erster Linie für allseitige, auf sinnlicher Grundlage ruhenden Vorstellungen zu sorgen. Besonders der Anfangsunterricht wird seine Hauptaufgabe darin sehen müssen, einen fest im Bewußtsein haftenden Schatz von Anschauungen zu vermitteln. Fehlt der Phantasietätigkeit des Blinden diese reale Grundlage, so gestaltet sie sich zu unfruchtbarer Träumerei und selbstgefälliger Tändelei.

Aus den angeführten Beispielen geht auch hervor, daß die Phantasie die Raumvorstellungen korrigiert; sie vergrößert oder verkleinert die Dimensionen. Das ist für den Unterricht von besonderer Wichtigkeit. Viele Dinge können dem Blinden nur in einem verkleinerten oder vergrößerten Modell vorgeführt werden. Die Phantasie übernimmt dann die Vergrößerung bzw. die Verkleinerung desselben zu den Dimensionen des Originals. Freilich ist die Phantasie nicht ohne weiteres dazu imstande; wo jede Möglichkeit des Größenvergleiches fehlt, da wird das Phantasiebild ungenau und nach der einen oder andern Seite hin übertrieben. Als ein blinder Schüler bei der Behandlung des Wolfes, der im verkleinerten Modell vorgeführt war, gefragt wurde: „Wie groß denkst du dir den Wolf?" antwortete er: „So groß wie das Anstaltsgebäude." Hier hätte der Lehrer Anhaltspunkte für die Beurteilung der Größe geben müssen; er hätte vielleicht sagen können: Der Wolf ist so lang wie deine ausgebreiteten Arme und so hoch, daß er mit dem Kopfe deine Schulter berühren würde. In diesem Vergleich zeigt sich übrigens eine wichtige Regel für den Blindenunterricht. Wenn irgend möglich, sollen nämlich die Größenbeziehungen zwischen Modell und Original auf den Körper des Schülers Bezug nehmen, weil der Blinde in seinem Körper den nächsten, besten und sichersten Maßstab besitzt. Tatsächlich bringt der Blinde, wo es nur angängig ist, die Ausdehnung eines Dinges in Beziehung zu seinem Leibe. Wir nehmen an, dem blinden Schüler wird im heimatkundlichen Unterricht ein Modell des Anstaltsgebäudes vorgeführt. Er hat das Originalgebäude in seinen einzelnen Teilen durch die tägliche Erfahrung kennen gelernt; einen Gesamteindruck der äußeren Gestalt usw. hat er aber wegen der Größe des Objekts nicht erlangen können. Beim Betasten des Modells wird sich nun etwa folgende Gedankenreihe im Geiste des Schülers abwickeln: Dies ist ein Fenster meines Klassenzimmers; es ist hier so schmal, daß mein Finger die ganze Breite ausfüllt; bei dem „wirklichen" Fenster muß ich meine Arme ausbreiten, um es zu umspannen. Dies ist die Vorderseite des Gebäudes; sie ist hier so lang wie mein Arm; in Wirklichkeit muß ich 150 Schritte machen, um von einem Ende zum andern zu kommen. Dies ist die Treppe; auf einer Stufe kann kaum mein Finger ruhen; auf den Steinstufen der Anstaltstreppe haben meine Füße bequem Platz usw. Hiernach ist es begreiflich, daß das Messen und die Abschätzung von Größen mittelst des Finger-, Hand-, Fuß- und Schrittmaßes für den Blinden sehr wichtig ist. Bei den Übungen im Formen und Zeichnen, beim Messen von Linien und Flächen sollten diese Maße in erster Linie gebraucht werden. Ebenso notwendig ist es, daß der Schüler plastische

Darstellungen in vergrößertem oder verkleinertem Maßstabe ausführen lernt; die raumschaffende Tätigkeit der Phantasie findet in derartigen Übungen eine wertvolle Hilfe.

Die Phantasie übt aber an einem Gegenstande nicht nur eine vergrößernde oder verkleinernde Tätigkeit aus, sondern sie umkleidet das Objekt auch mit allen den Merkmalen, die dem tastenden Finger nicht verständlich gemacht werden können, sie verleiht vor allem den toten Modellen Leben und Bewegung. Wie öde müßte dem Blinden die Natur vorkommen, wenn er sie sich mit den steifen, kalten Tiermodellen bevölkert dächte, die ihm der Unterricht zur Anschauung bietet! Die Phantasie erst macht sie zu Geschöpfen von Fleisch und Blut, die springend, fliegend, kletternd die Natur beleben. Freilich, so muß hier wieder gesagt werden, kann sie dies nicht von selbst, ohne jegliche Übung; der Unterricht muß sie zu dieser Tätigkeit anleiten. Machen wir uns dies an einem Beispiel klar.

In der Anstalt werden einige Tiere gehalten, unter andern ein Esel, der vom Gärtner für mancherlei Arbeit im Garten benutzt wird. Die Schüler lernen ihn kennen; sie besuchen ihn mehrfach im Stalle, auf der Weide, bei der Arbeit. Sie klopfen seinen Hals, fühlen die Wärme seiner Haut, bedecken die Augen mit den Händen, spielen mit den großen Ohren, besteigen seinen Rücken und traben eine Strecke, wobei sie die Bewegung und Erschütterung seines Körpers spüren usw. Wird ihnen nun im Unterricht ein Modell des Tieres vorgeführt, so stattet es die Phantasie mit allen den Merkmalen aus, die das Kind bei dem lebenden Exemplar wahrgenommen hat. Dasselbe geschieht bei einem Modell, welches die Schüler aus Wachs formen, ja wird ihnen ein Reliefbild des Esels gezeigt, so schafft die Phantasie aus der halberhabenen Form den an der Krippe stehenden oder auf der Weide grasenden Esel. Geschieht eine derartige Betrachtung vom lebenden Tier bis zum umrißartigen

Modell abwärts, öfters und an verschiedenen Objekten, so gewinnt die Seele die Fähigkeit, von einem Modell aufwärts schreitend das lebende Objekt sich vorzustellen. Der Unterricht soll darum den Schüler diese abwärts und wieder aufwärtsschreitende Vorstellungsreihe oft durchlaufen lassen. S. Heller nennt eine solche Veranschaulichungsweise die Methode der ab- und aufsteigenden Linie; sie ist die unerläßliche Vorbedingung für das phantasiemäßige Vorstellen. In dieser Veranschaulichungsreihe hat, wie eben angedeutet, auch das Bild und der Umriß seinen Platz, die beide an sich nicht einen besonders großen Wert haben; hier aber sind sie ein Mittel, um die Beziehungen zwischen der Nachbildung und dem Original klarzulegen. Ergibt sich dann einmal die Notwendigkeit, ein Tier durch ein Reliefbild oder einen Umriß zu veranschaulichen, weil ein Lehrmittel anderer Art nicht zu beschaffen ist, so kann erwartet werden, daß die Phantasie aus diesen Andeutungen eine in den Hauptzügen richtige Vorstellung des Originals schafft. Die abwärtssteigende Reihe bei der Tierbetrachtung wäre also: Lebendes Tier, Modell, Nachbildung in den Hauptzügen, Reliefbild, Umriß; bei der Betrachtung eines sog. geometrischen Körpers: Körper, Abdruck desselben in Sand oder Ton, Halbrelief, Durchschnitt, Umriß. Ähnlich ist die Veranschaulichungsreihe auch bei Gegenständen, die im sog. Anschauungsunterricht behandelt werden. Es sei ausdrücklich gesagt, daß diese Reihe nicht bei jedem Objekt, das betrachtet wird, durchlaufen zu werden braucht; die Übung tritt nur von Zeit zu Zeit ein.

Die absteigende Anschauungsreihe ergibt in ihrem letzten Gliede das bloße Zeichen, das Symbol eines Gegenstandes. Wie notwendig es ist, die Reihe bis hierher durchzuführen, zeigt der geographische Unterricht. Die gewundenen Linien der Reliefkarte, die größeren und kleineren Punkte, die unregelmäßigen Erhöhungen sind dem Blinden nicht Abbilder, sondern nur Symbole für Flüsse, Städte und Gebirge. Die Phantasie benutzt sie als Anhaltspunkte, um aus ihnen auf Grund früherer Anschauungen die genannten geographischen Begriffe hervorzurufen. Der grundlegende erdkundliche Unterricht macht den Schüler auf Wanderungen mit einem Berge, einem Bach usw. bekannt, gibt dann die verkleinerte und vereinfachte Nachbildung in Sand, Ton oder Wachs und überträgt diese mit weiterer Generalisierung auf die Terrainkarte, die trotz der starken Verkleinerung mit der Wirklichkeit in den Hauptzügen übereinstimmt. Bei weiterer Beschränkung der Dimensionen, wie sie notwendig wird, wenn ein größeres Gebiet dargestellt werden soll, läßt sich an der reinen Nachbildung nicht mehr festhalten; dann treten eben die Zeichen an die Stelle der verkleinerten Wirklichkeit, und es beginnt die Tätigkeit der Phantasie.

War bisher von der Phantasie in ihrer Beziehung zum Denken die Rede — Wundt bezeichnet die Phantasietätigkeit geradezu als eine Form des Denkens, „sie ist ein Denken in Bildern" — so darf doch auch noch nicht vergessen werden, daß sie den Blinden eine Quelle reichen Genusses und erhebender Empfindungen ist. Wir brauchen nur daran zu denken, daß die Phantasie ihn bei dem Brausen des Sturmes, dem Säuseln der Blätter, dem Rauschen des Meeres, dem Krachen des Donners hinausführt über die engen Grenzen seiner Anschauung und ihn eine Ahnung gewinnen läßt von der Größe und Erhabenheit der Schöpfung. Und welche lieblichen Bilder zaubert ihm die Phantasie vor, wenn gute Musik sein Ohr berührt! Mit Recht steht im Musiksaal einer Blindenanstalt das Dichterwort:

> „Kommst du, Musik, wird's in uns licht,
> Tief in der Brust ein Pfingsten tagt,
> Wenn deine Wunderstimme spricht,
> Wozu das Wort den Dienst versagt."

Wird die Phantasie von dem Willen gelenkt, so daß sie das Denken beeinflußt, so bezeichnet man sie als aktive Phantasie. Überläßt man sich aber planlos und ziellos dem Spiele der Vorstellungen, träumt man sich in Situationen hinein, die nie eintreten können, beschwört man Bilder herauf, die sich von der Wirklichkeit unnatürlich entfernen, so ist dies ein Werk der passiven Phantasie. Die passive Phantasie tritt um so lebhafter in Wirksamkeit, je mehr das logische Denken zurückgedrängt wird. Der sich selbst überlassene oder oberflächlich unterrichtete Blinde steht ganz unter ihrem Einfluß; er wird darum meist ein Träumer und ein für das praktische Leben unbrauchbarer Mensch. Es bildet sich bei ihm jene psychische Schlaffheit heraus, die es gar nicht zu dem Verlangen kommen läßt, plastisch und anschaulich zu denken; er findet in bloßen Klangwirkungen und Wortvorstellungen seine Befriedigung.

Der Blindenunterricht hat die Pflicht, mit allen ihm zu Gebote stehenden Mitteln die passive Phantasie zurückzudrängen und sie in die aktive überzuführen. Wie dies geschieht, ist oben dargelegt worden. Noch nicht erwähnt ist die hohe Bedeutung des Spieles, dessen Verwertung für die Phantasiebildung nicht hoch genug eingeschätzt werden kann. Dasselbe gilt von der praktischen Arbeit des Schülers.

Zusammenfassend werden wir sagen dürfen: die aktive Phantasie wird entwickelt, wenn man den Schüler vor bloßen sprachlichen Mitteilungen bewahrt und bloße sprachliche Leistungen richtig bewertet, wenn man den Unterricht auf der ersten Stufe zu einem ausschließlich realen gestaltet, bei dem Wort und Begriff sich decken, und wenn man der freien Betätigung des Schülers in Spiel und Arbeit einen solchen Raum gewährt und ihr eine solche Richtung gibt, daß er durch Selbstprobieren und Selbstüberzeugen einen Einblick gewinnt in das Wesen der

Dinge und in den logischen Zusammenhang der Erscheinungen.

H e l l e r, Das Prinzip der Wechselwirkung in der Blindenschule. Kongr.-Ber. Amsterdam 1885.

S c h r ö d e r, Die Methode der ab- und aufsteigenden Linie. Bldfrd. 1889 S. 100.

4. Das Gedächtnis.

Die Anforderungen, die Schule und Leben an das Gedächtnis des Blinden stellen, sind wesentlich höher als bei dem Sehenden. Dem Sehenden wird das Festhalten und die Reproduktion der Vorstellungen, seien es nun sachliche oder sprachliche, besonders durch zwei Umstände erleichtert: Die meisten Dinge und Erscheinungen, die er kennen lernt, begegnen ihm wiederholt, manche unendlich oft, so daß ihr Wesen und ihr Verhältnis zueinander sich dem Geiste mühelos einprägen; sodann findet er eine überaus wirksame Gedächtnishilfe in den verschiedensten Arten der graphischen Darstellung, in der Schrift, der Abbildung, der zeichnerischen Skizze, der Karte, dem graphischen Symbol. Wie sehr steht hier der Blinde dem Sehenden nach! Der blinde Schüler hat im Unterricht einen Pflug kennen gelernt, ein kleines Modell, mit dem er einige dürftige Furchen im Sande zieht. Später aber wird er mit einem Pfluge wahrscheinlich nie mehr in Berührung kommen; im naturgeschichtlichen Unterricht wird der Fuchs betrachtet; mit dem Schluß der Stunde sagt er ihm Lebewohl auf Nimmerwiedersehn; ein geographischer Name ist ihm entfallen, aber seine Reliefkarte ist stumm; er möchte ein Musikstück, das ihm gefallen hat, spielen, aber die Noten, die sein sehender Freund mit fliegendem Blick in die Praxis überträgt, existieren für ihn nicht. Was er sein eigen nennen soll, muß er im Gedächtnis haben, und muß es so festhalten, daß es auch in späteren Zeiten ihm zur Verfügung steht. Wohl fehlt es auch dem Blinden nicht ganz an Gedächtnishilfen: Bücher zum Nachlesen und Nachschlagen besitzt er ebenfalls; auch er kann sich in seiner tastbaren Schrift Notizen machen; zur Darstellung von Skizzen und einfachen geometrischen Zeichnungen besitzt er geeignete Apparate — aber wie überaus dürftig ist das alles gegen den Reichtum, über den der Sehende verfügt.

Die hervorragende Bedeutung, die das Gedächtnis für den Blinden hat, macht es notwendig, daß dem Merken und Einprägen des Unterrichtsstoffes besondere Sorgfalt gewidmet wird. In erster Linie ist zu fordern, daß man dem Gedächtnis nicht zu viel zumutet, daß man es also nicht zum Festhalten von unwichtigen, für die Bildung des Blinden bedeutungslosen Stoffen zwingt. Was ohne Schaden vergessen werden kann, soll überhaupt nicht erst gelehrt und behandelt werden. Hält man an diesem Grundsatz fest, so wird in den bestehenden Lehrplänen der Blindenanstalten noch vieles gestrichen werden müssen; auf den geographischen Reliefkarten wird noch mancher Punkt, manche Flußlinie, manche Gebirgserhöhung verschwinden; im Sprachunterricht wird manche tote Regel, manche Definition, manche Übungsreihe als des Behaltens nicht wert fallen gelassen werden. Dann wird im Unterricht auch genügende Zeit zur gründlichen Behandlung des wirklich Wichtigen und Notwendigen verbleiben. Denn daran muß man festhalten: was gelehrt wird, ist dem Gedächtnis so fest einzuprägen, daß die Erinnerungsbilder nicht sobald wieder verblassen und verlöschen. Dazu trägt in erster Linie die konkrete Gestaltung des Unterrichtes bei. Was sinnlich erfaßt wird, prägt sich ein, was als bloßer Wortklang das Ohr berührt, entschwindet dem Gedächtnis bald. Die Einprägung soll ferner, soweit dies durchführbar ist, verstandesmäßig erfolgen. So wird man z. B. einen Abschnitt aus einem Musikstück nicht so lange vorspielen, bis der Schüler ihn mechanisch aufgefaßt hat und ihn wiedergeben kann, sondern man wird vom Schüler die Gliederung herausfinden, die Melodieführung erkennen, den Fingersatz feststellen lassen. Bei den geographischen

Namen wird man möglichst ihren sinnlichen Hintergrund erkennen lassen; dasselbe wird man bei der Sprache überhaupt tun; bei dem Blinden ist die Aufdeckung ihres konkreten Gehaltes um so notwendiger, als er sie zum Teil mechanisch braucht, da er sie nicht der eigenen Welt, sondern der des Sehenden entlehnt. Im gesamten Unterricht wird ferner alles rein Schönrednerische, alles Phrasenhafte zu verbann sein. Mag in der Schule der Sehenden manches Unklare, gefühlsmäßig Erfaßte in der mündlichen und schriftlichen Darstellung durchgehen, in der Blindenschule muß daran festgehalten werden, daß nur das, was wirklich erkannt und das, was tatsächlich erlebt ist, ausgesprochen wird.

Man spricht vom primären und sekundären Gedächtnis und versteht unter der ersten Bezeichnung das unmittelbare Behalten eines Stoffes bei nur einmaliger Darbietung, während der zweite Ausdruck das durch wiederholte Darbietung und wiederholte Reproduktion bewirkte dauernde Festhalten eines Stoffes bezeichnet. Das unmittelbare (primäre) Gedächtnis tritt bei der Frage, beim Diktat, beim Kopfrechnen (Behalten der Aufgabe) in Wirksamkeit. Wenn es auch im allgemeinen richtig ist, daß solche Stoffe tatsächlich nur einmal dargeboten werden, daß also ein diktierter Satz, eine Rechenaufgabe nicht zwei- oder dreimal vom Lehrer vorgesprochen wird, so ist doch zu bedenken, daß bei der rein akustischen Auffassung, wie sie für Blinde in Betracht kommt (der sehende Schüler verfolgt auch die Mundbewegung und die Mienen des Lehrers), leicht Irrtümer entstehen können. In vielen Fällen wird daher eine sofortige Wiederholung des zu schreibenden Satzes, der zu lösenden Rechenaufgabe durch einen Schüler notwendig sein. Zur Regel darf eine solche Wiederholung allerdings nicht werden. Kommt die dauernde Einprägung eines Stoffes in Frage, so ist eine öftere Reproduktion desselben geboten; sie wird da, wo es sich um Namen, Regeln und Merksätze handelt, die nur mit dem Ohr aufgefaßt werden, durch Nachsprechen seitens einzelner Schüler und durch Chorsprechen ihren Ausdruck finden. Damit das Nachsprechen nicht ein mechanisches bleibt, empfiehlt es sich, den zu merkenden Namen oder Satz in verschiedener Verbindung auftreten zu lassen. Wir nehmen z. B. an, die Schüler haben auf der Karte die Warthe als einen rechten Nebenfluß der Oder entdeckt. Der Name ist ihnen noch unbekannt. Nachdem der Lehrer ihn genannt hat, folgen etwa die nachstehenden Übungen, die eine Einprägung des Namens im Zusammenhange mit den gewonnenen sachlichen Erfahrungen bezwecken: Wiederhole den Namen. Du auch. Sprecht im Chor. Der Name wird mit th geschrieben. Buchstabiere ihn also (mehrere Schüler). Sprich aus, daß die Warthe ein Nebenfluß der Oder ist. Gib an, auf welcher Seite er in die Oder mündet und gebrauche dabei das Wort Nebenfluß. Setze die Warthe in Beziehung zu der Provinz Posen und gebrauche dabei die Bezeichnung Hauptfluß. Gib an, welche preußischen Provinzen die Warthe durchströmt.

Bei der Einprägung von Gedichten, die auf der Anfangsstufe ausschließlich durch Vorsprechen erfolgt, ist zu beachten, daß nach neueren Versuchen das Memorieren in kleinen Abschnitten unökonomisch ist; man arbeitet mit dem geringsten Kraftaufwande, wenn man Memorierstoffe von nicht zu großem Umfange im ganzen zur Einprägung darbietet, bei Gedichten also nicht einzelne Zeilen, auch nicht zwei oder drei Zeilen zusammenfassend, sondern eine Strophe im ganzen. Auf der Mittel- und Oberstufe sollten nur solche Gedichte gelernt werden, die in den Lesebüchern enthalten sind, damit das Memorieren ohne Hilfe des Lehrers erfolgen kann. Daß hier wie dort dem Memorieren eine Betrachtung des Gedichtes voraufgeht, versteht sich von selbst.

Jede Gedächtnisleistung erfordert eine straffe Konzentration der Geisteskräfte; jede Ablenkung der Aufmerksamkeit beeinträchtigt die Einprägung. Der Blinde ist akustischen Störungen besonders leicht ausgesetzt; irgend ein Geräusch, das der Sehende kaum beachtet, lenkt ihn von der Sache ab. Darum wird man auf eine ruhige Lage der Klassenzimmer bedacht sein müssen; namentlich darf herüberklingende Musik die Unterrichtsarbeit nicht stören.

Die wenigen äußeren Gedächtnishilfen, die für den Blinden in Betracht kommen, sollen ihm selbstverständlich nicht vorenthalten werden. So wird der Lehrer im erdkundlichen Unterricht die neu auftretenden Namen in Punktschrift niederschreiben und das Blatt als Hilfe für die häusliche Wiederholung und Einprägung aushängen. Wichtige Regeln und Merksätze werden von sämtlichen Schülern aufgezeichnet, am besten in ein besonderes „Merkheft", das über die Schulzeit hinaus im Besitz der Zöglinge bleibt. Für die Einprägung von Bibelsprüchen, Kirchenliedern, biblischen Geschichten und Bibellesestoffen sollen die Schüler Hilfsbücher in den Händen haben, die aber verständig benutzt werden müssen. Darüber, ob besondere Hilfsbücher für den grammatischen und orthographischen Unterricht notwendig sind, gehen die Meinungen auseinander. Tatsächlich kann man ohne diese Hilfsmittel auskommen; auch liegt bei ihrem Gebrauch die Gefahr nahe, daß das lebendige, gesprochene Wort, das für den Blinden eine noch höhere Bedeutung hat als für den Sehenden, durch allerlei Regelwerk und schriftliche Übungen eine Beeinträchtigung erfährt. Zudem ist es aus den eingangs erwähnten Gründen nicht ratsam, das Gedächtnis mit grammatischen Regeln und Übungsstoffen zu belasten. Unbedingt entbehrlich sind Hilfsbücher für den

Unterricht in den Realien. Im Musikunterricht wird bei fortgeschrittneren Schülern die ausschließliche Auffassung nach dem Gehör zurücktreten gegenüber dem Unterricht nach Noten. Für erwachsene Blinde ist die sofortige schriftliche Fixierung mancher Gedanken nicht selten wichtig und notwendig; durch eine kleine Taschen-Notiztafel für Punktschrift wird die schriftliche Aufzeichnung an jedem Orte möglich. Der blinde Geschäftsmann wird ebenfalls ohne Notizen über sein Soll und Haben nicht auskommen. — Künstliche Hilfen für die Einprägung von Namen und die Lage geographischer Objekte haben im Blindenunterricht nur dann Wert, wenn sie rein akustischer Natur sind und sich fernhalten von mnemotechnischen Künsteleien (z. B. Wasserstraßen und Inseln des Stettiner Haffs: Peene-Westen; Swine-Mitte; Divenow-Osten; Usedom-Westen; Wollin-Osten). Für die Einprägung von Braille-Buchstaben und Schriftkürzungen kann als Merkhilfe öfters die Umkehrung und Stellung eines Buchstabens usw. vorteilhaft gebraucht werden, z. B. äu = umgekehrtes au; ein = umgekehrtes n; ver = c unten. Die Tasten der Schreibmaschine merkt der Blinde leicht, wenn er die Buchstaben einer Reihe zu Worten zusammenfügt, event. unter Einschiebung von Vokalen, oder wenn er mit den Buchstaben der Tasten Wörter bildet und sie zu einem sinnvollen Satze vereinigt. (Die obere Tastenreihe der Blickensderfer Schreibmaschine enthält z. B. die Buchstaben P F L O H; Merksatz: Peter findet leicht offene Herzen).

Das dauernde Festhalten der erworbenen Vorstellungen und Kenntnisse wird durch öftere Wiederholung am besten gesichert. Die Wiederholung kann sehr verschieden geschehen. Überaus wichtig ist die erneute sinnliche Vorführung früher betrachteter Objekte; sie kann durch keine sprachliche Wiederholung ersetzt werden. Besonders intensiv gestaltet sie sich, wenn sie mit Aufgaben zur

Darstellung des Objekts Hand in Hand geht. Sind z. B. im naturgeschichtlichen Unterricht die wichtigsten Arten der Fische behandelt worden, so kann mit einer wiederholenden Vorführung der präparierten Exemplare ein Formen derselben verbunden werden. Oder die Schüler zeichnen von sämtlichen Fischen den Körperumriß, oder sie bringen an dem Modell eines Fischkörpers die Stellung der Flossen bei den verschiedenen Arten zur Darstellung. Die höchste Leistung ist das Formen aus dem Gedächtnis, ohne erneutes Betasten des Objekts. Besonders notwendig ist die öftere Wiederholung im geographischen Unterricht; wird das Kartenbild im Geiste des Schülers nicht immer wieder erneuert, so verblaßt es sehr bald, und mit ihm gehen die geographischen Kenntnisse verloren. Die Wiederholung wird sich also neben einer Auffrischung des erdkundlichen Sachinhalts insbesondere auch auf die Wiederbelebung des Kartenbildes erstrecken müssen. Dies kann zunächst durch mehrfaches Aufsuchen der gemerkten Flüsse, Gebirge, Städte usw. geschehen, dann aber auch durch Zeichnen von Umrissen der Länder, von Fluß- und Gebirgsskizzen und durch schematische Darstellungen: Hauptsache ist hier wie bei allen Wiederholungen die Vermeidung einer abstumpfenden Gleichförmigkeit.

Zech, Befestigung und Wiederholung der realistischen Stoffe. (Teil III der Abhandlung „Aus der Praxis des Blindenunterrichts".) Bldfrd. 1899 S. 209.

Derselbe. Brauchen wir ein Reallesebuch? Bldfrd. 1900 S. 206.

VII.
Der Unterrichtsbetrieb.

1. Der Stundenplan.

Der Stundenplan der Blindenanstalt weicht in mancher Hinsicht ab von den Stundenplänen der Volksschule.

Die vielfach erörterte Frage, ob der Unterricht nur am Vormittage oder auch nachmittags erteilt werden soll, wird für die Blindenanstalt zugunsten des geteilten, also des Vor- und Nachmittagsunterrichts zu beantworten sein. Da die Anstalten fast durchweg Internate sind, fallen bei ihnen die gegen den Nachmittagsunterricht geltend gemachten Gründe (zweimaliger Schulweg, ungenügende Ruhe während der Mittagspause usw.) fort[31]. Der ganztägige Unterricht bietet die Möglichkeit, die Unterrichtsstunden gleichmäßig zu verteilen, Erholungs- und Spielstunden einzuschieben und auch eine Verlegung der einen oder andern Stunde, wie sie manchmal notwendig wird, vorzunehmen. (Es sei z. B. an den Unterricht in der Pflanzenkunde erinnert, der bekanntlich im Freien erteilt werden soll und darum vom Wetter abhängig ist.) Da die blinden Schüler in ihrer Bewegungsfreiheit den sehenden Kindern nachstehen, auch weniger Anregung zur Betätigung in Spiel und Arbeit finden als diese, so wäre es für sie geradezu verhängnisvoll, wenn man an den Nachmittagen von jeglichem Unterricht Abstand nehmen wollte; man würde damit dem Hange zur Passivität, zum unfruchtbaren Phantasieren oder dumpfen Hinbrüten

Vorschub leisten.

Daraus folgt, daß die Zahl der Unterrichts- und sonstigen Arbeitsabschnitte, die der Stundenplan zu regeln hat, größer sein wird als in andern Schulen. Für einen angemessenen Wechsel zwischen direktem Unterricht und stiller Beschäftigung, zwischen geistiger und körperlicher Arbeit ist natürlich zu sorgen, damit in keiner Weise eine Überbürdung der Schüler eintritt. Eine bestimmte Stundenzahl läßt sich schwer nennen; die Höchstzahl der planmäßigen Unterrichtsstunden pro Woche dürfte sein: für die Oberstufe 36 bis 40, für die Mittelstufe 30 bis 35, für die Unterstufe 20 bis 28. (Vergl. Stundentafel).

Hier mag auch die Stundenzahl für den Lehrer erörtert werden. Wieviel Stunden pro Woche dürfen ihm zugemutet werden? 30 bis 32, wie sie im allgemeinen als Höchstzahl für die Lehrer der Volksschule gilt, sind für den Blindenlehrer sicher zu viel. Es ist zu bedenken, daß der Unterricht eine sehr sorgfältige Vorbereitung erfordert, die nicht immer am Schreibtisch erledigt werden kann, sondern öfters auch die Anwesenheit des Lehrers in der Anstalt außerhalb der Schulzeit notwendig macht, daß ferner die Korrektur der schriftlichen Arbeiten der Schüler umständlich und anstrengend ist und daß endlich die Lehrer auch durch den Aufsichtsdienst in der Anstalt in Anspruch genommen werden. Demnach wird man als Höchstzahl der auf einen Lehrer entfallenden Unterrichtsstunden 26 pro Woche annehmen dürfen, für eine Lehrerin 24.

Die Lektionen werden am besten in ganzstündiger Dauer erteilt. Die sog. Kurzstunde (mit 40 oder 45 Minuten) empfiehlt sich für die Blindenanstalt nicht. Durch die umständliche Veranschaulichung des Lehrstoffes, die häufige manuelle Betätigung der Schüler, die immer eine mit Zeitverlust verbundene Vorbereitung und Nachbereitung erfordert (Austeilen und Einsammeln der Lehrmittel usw.), den öftern Unterricht im Freien, das häufige Reinigen der Hände usw. wird die Unterrichtsarbeit vielfach aufgehalten und unterbrochen, so daß ein Abschnitt von 40 bis 45 Minuten unbedingt zu kurz ist.

Soll in der Blindenanstalt das Fachlehrer-System herrschen, oder soll ein Lehrer sämtliche Unterrichtsstunden in einer Klasse erteilen (Klassenunterricht)? Ehe diese Frage beantwortet werden kann, muß über die Stellung der Anfangsklasse (1. und event. 2. Schuljahr) gesprochen werden. In den Schulen der Sehenden zeigt der Stundenplan schon im ersten Schuljahr eine Trennung der Lehrfächer. Religion, Anschauungsunterricht, Lesen und Schreiben, Rechnen, Turnen und Gesang wechseln in ganz- oder halbstündigen Lektionen ab. Diese Trennung ist für die Blindenschule zu verwerfen. Die wichtigste Aufgabe des ersten Schuljahres ist die Gewinnung eines Grundstockes von Anschauungen; ein intensiver Anschauungsunterricht macht also den Hauptteil der Schularbeit aus. Dieser Unterricht erstreckt sich nicht nur auf das Kennenlernen von Dingen nach ihrer äußeren Gestalt, nach ihrer Entstehung und ihrem Zweck, sondern er enthält auch das Moment der Zahl und des Wortes, also die Anfänge des Rechnens und der Sprache. In dem richtig betriebenen Anschauungsunterricht wird dem blinden Schüler Sachkunde, Formkunde, Rechnen und sprachliche Übung geboten, die letztere zunächst nur mündlich. Es wäre unpädagogisch, wenn man diese in innigem Zusammenhange stehenden Elemente trennen und in besondere Stunden verweisen wollte. Es dürfen demnach nicht folgende Namen auf dem Stundenplane der Anfangsklasse zu finden sein: Anschauung, Fröbelunterricht, Formen, Handgriffe, Hörübungen, Handturnen, Rechnen, sprachliche Übungen, Gesang. Diese „Fächer" bilden ein einheitliches Gebiet, den

„Grundunterricht", und unter diesem zusammenfassenden Namen werden sie am zweckmäßigsten auf dem Stundenplan erscheinen. Es muß dabei dem Ermessen des Lehrers und seiner pädagogischen Einsicht überlassen bleiben, die einzelnen Teilgebiete des Grundunterrichts in solcher Folge und Kombination zu betreiben, wie sie der fortschreitenden Erkenntnis des Schülers und seiner jeweiligen geistigen und körperlichen Verfassung entspricht. Abgesondert vom Grundunterricht erscheint der Religionsunterricht, der ein Gebiet für sich bildet.

Es ist klar, daß der Grundunterricht nur von einer Lehrkraft erteilt werden kann; wir haben also auf der Anfangsstufe „Klassenunterricht". Aber auch in den folgenden Schuljahren, dem 2. bis 4., ist es wünschenswert, daß zusammengehörige Disziplinen in einer Hand liegen. Die wichtigsten der hier betriebenen Gegenstände: der Anschauungsunterricht und die verschiedenen Formen der „Darstellung", haben so viele Berührungspunkte, daß eine Verteilung derselben auf mehrere Lehrkräfte zu einer Lockerung des Zusammenhanges führen könnte. Der Klassenunterricht, wenn auch nur in beschränkter Form, ist darum auch hier zu empfehlen.

Auf der Mittel- und Oberstufe sprechen dagegen gewichtige Gründe für den Fachunterricht. Die Veranschaulichung des Lehrstoffes, besonders des realistischen, die Handhabung der Lehrmittel, die zweckmäßige Auswahl des Übungsstoffes und die Anleitung des Schülers zur manuellen Darstellung erfordern viel Erfahrung und Sachkenntnis, und diese lassen sich nur durch eingehende Beschäftigung mit dem betreffenden Lehrgebiete und durch jahrelange praktische Übung in der Schulklasse gewinnen. Auch kann bei Anwendung des Fachunterrichts auf der Mittel- und Oberstufe der besonderen Begabung und persönlichen Neigung des

Lehrers Rechnung getragen werden, was dazu mithilft, die Arbeitsfreudigkeit zu steigern. Eine Gefahr wird dabei allerdings zu vermeiden sein: Es darf nicht jeder Lehrer isoliert arbeiten; die Fachlehrer müssen sich untereinander verständigen, damit diejenigen natürlichen Verbindungen, die zwischen den einzelnen Lehrgegenständen bzw. den jeweiligen Lehrstoffen bestehen, erhalten bleiben (man denke z. B. an den Zusammenhang des Formens mit dem Sachunterricht). Die Lehrfächer sollen einander stützen und fördern, auch wenn sie nicht in einer Hand vereinigt sind.

Wichtig ist die Frage nach dem Umfang einer Unterrichtsabteilung (Schulklasse). Dabei kommt folgendes in Betracht. Der Blindenlehrer kann den Unterricht nicht vom Katheder aus leiten. Er muß bald an diesen, bald an jenen Schüler herantreten, um sich zu überzeugen, ob er richtig tastet, richtig zeigt, eine Tätigkeit verständig ausführt; hier muß er das Objekt, dort die tastende Hand in die beste Lage bringen; hier muß er einen Schüler zur Ausführung eines Versuchs anleiten, dort einen andern anregen, durch eigenes Probieren zum Ziele zu kommen. So zwingt ihn der Unterricht, fortwährend in persönliche Beziehung zu jedem einzelnen Schüler zu treten. Dadurch zersplittert sich seine Kraft, und der gemeinsame Unterricht kommt nur zu leicht in die Gefahr, sich in Einzelunterricht aufzulösen. Sind auch noch die Veranschaulichungsmittel unvollkommen und nur in beschränkter Zahl vorhanden, so häufen sich die Schwierigkeiten und die Zeitverluste. Schon bei einer sehr mäßigen Schülerzahl gehört viel pädagogisches Geschick und ein scharfer Blick dazu, allen Schülern gerecht zu werden, die Gemeinsamkeit des Unterrichts zu wahren, und doch auch jedem einzelnen Kinde beizuspringen. Die Praxis hat ergeben, daß bei 12 Schülern der erforderliche Überblick und die Einheitlichkeit des Unterrichts gesichert sind; diese Zahl dürfte daher als

Normalzahl für eine Abteilung anzusehen sein; die höchste zulässige Schülerzahl wird 16 sein.

Zum Schluß wird umstehend als Beispiel die Stundentabelle der Wilhelm-Augusta-Blindenanstalt in Danzig-Königsthal für das Sommerhalbjahr 1913 geboten. Einige Erläuterungen dazu finden sich in dem folgenden Abschnitt über den Lehrplan.

Schorcht, Empfiehlt sich in Blindenanstalten das Fachlehrer- oder das Klassenlehrer-System? Kongr.-Ber. Hamburg 1907.

Stundentabelle.

Lehrgegenstand:	Stundenzahl pro Woche:							
	I A	I B	I	II	III	IV	V	VI
Religion	—	—	4	4	2	2	2	2
Deutsch	—	—	6	6	5	$\frac{4}{2}$ + 3	—	—
Anschauung und Darstellung	—	—	—	—	6	6	—	—
Grundunterricht	—	—	—	—	—	—	16	16
Geschichte	—	—	2	2	—	—	—	—
Rechnen	—	—	3	3	3	$\frac{4}{2}$ + 1	—	—
Raumlehre	—	—	2	1	—	—	—	—
Naturgeschichte	—	—	2	2	—	—	—	—
Arbeitskunde (Naturlehre)	—	—	2	2	—	—	—	—
Heimatkunde	—	—	—	—	2	2	—	—
Erdkunde	—	—	2	2	—	—	—	—
Formen	—	—	2	2	—	—	—	—
Zeichnen	—	—	2	—	—	—	—	—
Schulgesang	—	—	3	3	2	2	—	—

Gemischter Chorgesang	2	2	—	—	—	—	—	—
Instrumentalmusik	20			—	—	—	—	
Handfertigkeits-Unt.	—	—	2	2	—	—	—	—
Weibl. Handarbeiten	—	5	5	3	3	—	—	—
Turnen	—	2	2	2	2	2	2	—
Fortbildungs-Unt.	4	4	—	—	—	—	—	—
Spiel	—	—	—	—	2	2	4	6
Hilfeleistung im Hause für die Mädchen	—	—	2	2	—	—	—	—
Knaben	7	9	34	31	24	24	24	24
Mädchen	6	13	39	34	27	24	24	24

Außerdem erhalten die Schüler der Kl. I–VI in 6–8 Stunden pro Woche Unterricht in einfachen technischen Arbeiten (Flechtarbeiten).

2. Der Lehrplan.

Während der Stundenplan die äußere Ordnung der Unterrichtsarbeit regelt, ordnet der Lehrplan den inneren Betrieb, d. h. er stellt die Lehrziele auf, bezeichnet die zu behandelnden Stoffgebiete und verteilt sie auf die einzelnen Unterrichtsstufen. Der Lehrplan der Blindenanstalt darf natürlich nicht eine Kopie des Lehrplans der Volksschule sein; er muß aus den Bedürfnissen des Blinden hervorgehen, aus der Eigenart seines Wahrnehmens und Erkennens, seiner psychischen Veranlagung und den Forderungen, die das Leben an ihn stellt. Zu wünschen ist ferner, daß er sich nicht mit einer bloßen Aufzählung des Lehrstoffes begnügt, sondern auch die Teilziele und Fortschritte kennzeichnet, die in jedem Fache stufenweise zu erstreben sind. Ebenso wird zu fordern sein, daß er die Bedeutung der einzelnen Stoffe und Stoffgruppen für die Bildung des Blinden hervorhebt, auf Klippen und Untiefen aufmerksam macht und den kürzesten und besten Weg zeigt, der zum Ziele führt. Ein solcher Plan läßt sich nicht auf wenigen Seiten darlegen, sondern er wird ein ausführliches Schriftstück sein. Bei aller Ausführlichkeit darf er sich jedoch nicht in Einzelheiten verlieren, darf nicht jede Kleinigkeit regeln wollen, darf nicht den Stoff bis auf Tage und Stunden zuschneiden, sonst wird er zur unerträglichen Fessel. Er soll ein Führer und Berater des Blindenlehrers sein, nicht aber ein Reglement, das ihm auf Schritt und Tritt die Hände bindet.

Der Lehrplan muß der Anstalt, für welche er bestimmt ist, angepaßt sein und ihren besonderen Bedürfnissen Rechnung tragen. Es ist daher unmöglich, für die Blindenanstalten eines größeren Gebietes einen

„Normallehrplan" zu schaffen. Versuche, die in dieser Richtung angestellt wurden, haben zu keinem Resultat geführt. Möglich und wünschenswert ist es jedoch, daß den verschiedenen Lehrplänen gemeinsame Richtlinien zugrunde gelegt werden, damit eine gewisse Einheitlichkeit erreicht wird. Diese ist u. a. deshalb notwendig, um eine Erleichterung in der Beschaffung von Büchern und Lehrmitteln herbeizuführen, was sonst mühsamer Einzelarbeit überlassen bleiben müßte, kann bei einer relativen Gleichmäßigkeit der Lehrpläne der fabrikmäßigen Herstellung zugewiesen werden.

Die Unterrichtsfächer, die zurzeit in den Blindenanstalten eingeführt sind, wurden bereits in der Stundentabelle des vorigen Kapitels genannt. Neuerdings wird vereinzelt für die Mädchen noch der Haushaltungsunterricht gefordert; die Versuche, die nach dieser Richtung unternommen wurden, sind aber noch nicht zum Abschluß gekommen, weshalb ein Urteil über diesen Unterricht verfrüht wäre. Er soll darum hier nicht weiter berücksichtigt werden. „Grundunterricht" und „Deutsch" sind Sammelnamen für Gruppen zusammengehöriger Unterrichtselemente. Das gleiche gilt vom „Fortbildungsunterricht". Die Gründe für die Zusammenfassung unter diese Namen wurden vorhin (s. Stundenplan) in bezug auf den Grundunterricht dargelegt; sie gelten auch für „Deutsch" und den „Fortbildungsunterricht". Der Anschauungsunterricht der Unterstufe soll die Grundlage für den gesamten Unterricht, soweit er realer Natur ist, bieten. Mit ihm untrennbar verbunden ist die Darstellung in ihren verschiedenen Formen: Bauen, Täfelchen- und Stäbchenlegen, Flechten, Falten, Ausnähen, Arbeit am Sandkasten, Modellieren. Letzteres ist auch auf der oberen Stufe lediglich ein Hilfsfach, das dort vorzugsweise im Dienste der Realien steht. Das Zeichnen hat nicht die Bedeutung des Zeichnens der Sehenden; er findet seine Begründung und Stütze in der Raumlehre. Der Musikunterricht ist fakultativ; er beschränkt sich in der Regel auf solche Schüler, die in der Musik voraussichtlich ihren Lebensberuf (Organist, Musiklehrer, Klavierstimmer) finden werden. Dem Gesangunterricht wird wegen seiner hervorragenden Bedeutung für den Blinden besondere Sorgfalt zuzuwenden sein; da die Blindenanstalten auch ältere Blinde beider Geschlechter beherbergen, ist die Einrichtung von Stunden für Männergesang, Frauengesang und gemischten Chorgesang meist möglich. Der Handfertigkeitsunterricht in Holz, Pappe usw. für die Knaben, der in andern Schulen gewöhnlich in Nebenstunden verwiesen wird, ist in der Blindenanstalt wegen seiner Bedeutung für die Gestaltungsfähigkeit der Hand und ihre Vervollkommnung im Tasten ein obligatorischer Gegenstand. Als ihm in gewissem Sinne entsprechend ist die „Hilfsarbeit der Mädchen im Hause" anzusehen, die sich auf einfache Tätigkeiten in der Hauswirtschaft erstreckt, wie Aufwischen des Fußbodens, Abstäuben der Möbel, Ordnen der Hausgeräte, Waschen kleiner Wäschestücke, Reinigen des Eßgeschirrs usw. Das Spiel, besonders das im Freien, ist ein so wichtiges Mittel zur Körperkräftigung des blinden Kindes, zur Verbesserung seiner Haltung, zur Vervollkommnung in der Orientierung, zur Erweiterung seiner Erfahrung und zur Ausbildung ethischer Qualitäten, daß ihm ein weiter Raum zugewiesen werden muß. Auf der Unterstufe wird das Spiel mit den übrigen Lehrgegenständen gleich zu bewerten und darum auch nicht in die Hände einer Aufsichtsperson, sondern in die des Lehrers zu legen sein.

Außer dem eigentlichen Schulunterricht ist in den Blindenanstalten seit ihrem Bestehen auch der sog.

technische Unterricht (Handarbeit) eingeführt. Es handelt sich hier aber nicht um einen gewerbsmäßigen Betrieb, sondern um eine Beschäftigung, die pädagogischen Zwecken dient. Die Handarbeit bildet ein erwünschtes Gegengewicht zu dem eigentlichen Schulunterricht, füllt beschäftigungslose Stunden der Zöglinge angemessen aus, bereitet für die spätere Erlernung eines Handwerks vor und lehrt die Schüler Freude finden an technischer Betätigung. Es ist natürlich darauf zu achten, daß jede Überlastung der Zöglinge vermieden wird; namentlich soll die Handarbeit ihnen die notwendige Zeit zur Erholung und zu fröhlichem Spiel nicht verkürzen. Es kommen in Betracht: Leichte Flechtarbeiten in Stroh, Binsen, Schilf, Bindfaden, Tuchkanten und andern billigen Materialien.

Es ist eine vielgehörte Klage, daß die Lehrpläne der niederen und höheren Schulen an einer Überfülle des Stoffes leiden. Als die notwendige Folge ergibt sich eine vom Lehrer wie vom Schüler gleich unliebsam empfundene Hast des Unterrichts, die es zu einer gründlichen Vertiefung in den Stoff gar nicht kommen läßt. Für die Blindenschule würde ein überladener Lehrplan noch schwerere Folgen nach sich ziehen: er würde den Kern und Stern des Blindenunterrichts, die Erziehung des Kindes zu gegenständlichem Denken, in Frage stellen. Der Blindenunterricht braucht wegen der schwerfälligen Arbeit des Tastsinnes Zeit und Ruhe; im entgegengesetzten Falle kann er nur Worte ohne Inhalt bieten. Darum darf die Blindenschule ihren Ruhm nicht darin suchen, alle Stoffe aufzunehmen, welche die Lehrpläne der Sehenden enthalten. Unbedingt muß alles das ausgeschieden werden, was dem Blinden bloßes Schulwissen bleibt, was er innerlich nicht verarbeiten kann und was sich in das Weltbild, das er zu erlangen imstande ist, nicht einfügen läßt. (Vergl. Kap. I,

2.) Empfehlen wird es sich, im Lehrplan nicht das Maximum dessen, was etwa erreicht werden kann, zu bieten, sondern das Minimum festzustellen, das eine Durchschnittsklasse zu bewältigen imstande ist. Treten einmal besonders günstige Verhältnisse ein — wie denn die Erfahrung lehrt, daß ein Jahrgang zuweilen besonders tüchtig ist — so kann der Lehrer in diesem und jenem Punkte über die Forderungen des Lehrplanes hinausgehen.

Fischer, Normallehrplan für Blindenschulen. Kongr.-Ber. Berlin-Steglitz 1898.

Fischer, Bericht über die Arbeiten der Lehrplan-Kommission. Bldfrd. 1901 S. 113.

Brandstäter, Allgemeine Bestimmungen für den Unterricht in der Blindenschule. Entwurf. (Wohl in den meisten deutschen Blindenanstalten als Handschrift vorhanden.)

Zech, Grundlinien zu einem Lehrplan für deutsche Blindenanstalten. Nachtrag zu dem Bericht über den XII. Blindenlehrerkongreß in Hamburg 1907.

Ders., Bildungswert der in den Blindenanstalten eingeführten Unterrichtsgegenstände und ihre Stellung im Lehrplan der Blindenschule. Kongr.-Ber. Wien 1910.

3. Die Unterrichtsform.

Bei der Bezeichnung „Unterrichtsform" ist an zweierlei zu denken: an das unterrichtliche Tun und an das Unterrichtsgespräch. Was das letztere betrifft, so gelten für seine Anwendung im Blindenunterricht dieselben Forderungen, wie sie die Didaktik für die Schule allgemein aufgestellt hat. Doch ist zu bemerken, daß in der Blindenklasse das reine Lehrgespräch seltener auftreten wird als in der Schule der Sehenden, da überall da, wo es sich um die Erkenntnis realer Verhältnisse handelt, die mündliche Unterweisung ohne gleichzeitige Handbetätigung für den Blinden geringen Wert hat. Lehrgespräch und unterrichtliches Tun greifen in der Blindenklasse fortwährend ineinander.

Wie in der Schule der Sehenden, wird auch im Blindenunterricht die entwickelnde Form des Lehrgesprächs vorherrschen. Natürlich kann auch die reine Mitteilung nicht entbehrt werden; man beschränke sie aber auf das Mindestmaß; jedenfalls darf eine Mitteilung nicht dort eintreten, wo man fragend-entwickelnd vorgehen kann. Der mündlichen Darstellung des Schülers gestatte man möglichste Freiheit; man unterbreche sie, wenn irgend angängig, nicht durch Fragen und Aufdrängen bestimmter Wendungen und Ausdrücke. Da der Blinde die Mundbewegungen und das Mienenspiel des Sprechenden nicht beobachten kann, fehlt ihm ein wichtiges Vorbild für die Muskeleinstellung der Sprachwerkzeuge. Dieses Manko kann einigermaßen durch häufiges Chorsprechen ausgeglichen werden. Namentlich sollen Merksätze, Regeln, Gesetze, geographische und geschichtliche Namen durch Chorsprechen geläufig gemacht werden. Da die beginnende

Zerstreutheit und Unaufmerksamkeit bei blinden Schülern nicht so leicht zu erkennen ist wie bei sehenden, ist das Chorsprechen auch ein vortreffliches Mittel, um die Beteiligung der trägen und unachtsamen Geister am Unterricht zu sichern. Der Lehrton soll frisch und lebhaft sein. Es ist zu bedenken, daß alle die äußeren Mittel, die in der Schule der Sehenden die aufmerksame Teilnahme am Unterricht fördern helfen (der belebende Blick des Lehrers, die das Lehrgespräch begleitenden Gesten, das Vorführen von Abbildungen, das Vormachen und Zeigen des Lehrers usw.), im Blindenunterricht entweder ganz wegfallen oder nur für den einzelnen Schüler wirksam sind. Um so mehr muß der Blindenlehrer durch die Wärme und Lebendigkeit des Lehrtons seine Schüler fortzureißen verstehen.

Am schwierigsten wird sich in der Blindenklasse das unterrichtliche Tun gestalten. Es wurde früher schon darauf hingewiesen, daß die Tastbetätigung sich nicht auf die eigentlichen Unterrichtsstunden beschränken darf. Eine allseitige und fruchtbare Erkenntnis der Dinge und Tätigkeiten läßt sich nur durch freie Schülerübungen erreichen, in denen der Lehrer zurücktritt und seine Mitwirkung nur darauf beschränkt, die Bedingungen herbeizuführen, unter denen die Übungen und Versuche erfolgreich vorgenommen werden können. In einer solchen Stunde brauchen die Schüler nicht alle in gleicher Weise tätig zu sein: der eine macht sich vielleicht mit einer erdkundlichen Darstellung im Sandkasten bekannt, ein anderer beschäftigt sich mit Untersuchungen der Krämerwage, die der Lehrer demnächst behandeln will, ein dritter hantiert mit den dabeistehenden Gewichten, ein vierter formt einen bestimmten Teil der Wage, ein fünfter benutzt verschiedene Werkzeuge als Hebel usw. Solche Übungsstunden bilden die unerläßliche Vorbereitung des eigentlichen Unterrichts. In der Unterrichtsstunde selbst wird zunächst die durch die Eigenarbeit gewonnene Erfahrung und Erkenntnis festgestellt, und dann setzt das schaffende Lernen in wohlüberlegter Folge und Ordnung ein. Erlaubt die Art der Arbeit nicht eine praktische Beteiligung sämtlicher Schüler, so muß man sich damit begnügen, einzelne Handgriffe von diesem und jenem ausführen zu lassen, gleichzeitig aber die nicht unmittelbar Beteiligten zur aufmerksamen Verfolgung der Vorgänge durch das Ohr anzuregen. Soll z. B. das Sieden des Wassers beobachtet werden, so würde sich die Behandlung etwa so gestalten: der Lehrer bläst in die Kochflasche hinein; die Schüler merken: wir brauchen zu dem Versuche eine Flasche. Sie beurteilen nach der Höhe des Tones auch die Größe derselben. Drei Schüler werden beauftragt, die Flasche zur Hälfte mit Wasser zu füllen. Der erste umfaßt die obere Hälfte der Flasche mit der Hand, der zweite setzt den Trichter ein und hält ihn fest, der dritte gießt das Wasser in den Trichter. Der erste merkt an der aufsteigenden Kälte, wann es die gewünschte Höhe erreicht hat und unterbricht die Tätigkeit des Füllens durch ein Halt! Der Lehrer läßt eine Streichholzschachtel auf den Tisch fallen; die Kinder erkennen sie und vermuten, daß die Spirituslampe angezündet werden soll. Ein Schüler besorgt das Anzünden, ein anderer setzt den Dreifuß über die Lampe, ein dritter stellt die Flasche darauf, ein vierter beobachtet mit seiner Hand die zunehmende Erwärmung der Flasche, bis ihn die Hitze zwingt, die Hand zurückzuziehen. Nun kommt die Beobachtung durch das Ohr: das Singen des Wassers und das brodelnde Geräusch des Kochens. So sind die Schüler nicht nur beobachtend tätig gewesen, sondern jeder von ihnen hat sich auch praktisch am Unterricht beteiligt, wenn auch nur mit einigen Handgriffen. Wo die Zahl der Lehrmittel und die Art der Arbeit einen geschlossenen Klassenunterricht ermöglicht (Fröbelarbeit, Raumlehre, Erdkunde, Formen, Zeichnen, Pflanzenkunde), da wäre es natürlich ein unverzeihlicher Fehler, wenn man ihn nicht strikte durchführen wollte.

Das unterrichtliche Tun findet seinen weiteren Ausbau in den der Lehrstunde folgenden Schülerübungen. Haben die vorbereitenden Untersuchungen mehr oder weniger den Charakter des Zufälligen, so gestalten sich die nachfolgenden Übungen zur Lösung ganz bestimmter Aufgaben. Wurde etwa für die Vorbereitung einer geographischen Stunde die Aufgabe gestellt: macht euch nach der Karte mit der Provinz Posen bekannt, so heißt es am Ende der Unterrichtsstunde: Zum nächsten Male will ich Genaueres über die eigenartige Grenzlinie der Provinz hören; die vereinfachte Darstellung im Sandkasten wird euch in der Untersuchung unterstützen; A. und B. werden versuchen, den Umriß mit Wachsfäden nachzuzeichnen; die andern sollen aus dem im Sandkasten liegenden Bleidraht die Warthe und Netze darstellen usw.

Da es eine Hauptaufgabe des Unterrichts ist, den Blinden in die Dinge und Verhältnisse einzuführen, wie sie sich in der Wirklichkeit, in der Natur darstellen, wird eine öftere Verlegung des Unterrichts aus dem Schulzimmer ins Freie notwendig sein. Bei der geringen Schülerzahl einer Klasse läßt sich diese Forderung ohne Schwierigkeit durchführen. Namentlich der Anschauungsunterricht, die Arbeitskunde, der heimatkundliche und naturgeschichtliche Unterricht müssen sich zum Teil in Hof, Garten, Feld und Wald abspielen, wenn die Bildung des Blinden nicht ausschließlich an toten Modellen, sondern im Umgang mit den wirklichen Dingen erworben werden soll. Wie früher bereits hervorgehoben, ist es wünschenswert, daß der Anstaltsgarten, oder wenigstens ein Teil desselben, dem Unterricht dienstbar gemacht wird. Wo dies aus zwingenden Gründen nicht möglich ist, muß die Schulwanderung als Ersatz eintreten; freilich gestaltet sich dann der Unterricht umständlicher und zeitraubender. Der Unterricht im Freien wird von dem im Klassenzimmer betriebenen insofern abweichen, als das Wort des Lehrers und auch die sprachliche Darstellung des Schülers stärker zurücktritt; es kommt in erster Linie darauf an, den Schüler an die Dinge heranzubringen, ihn zum tätigen Umgehen mit denselben zu veranlassen. Damit ergibt sich ganz von selbst eine freiere Art des Lehrtons und eine weniger gebundene Form der Disziplin. Die sprachliche Durcharbeitung und Vertiefung des praktisch Erworbenen geschieht später in der Ruhe des Klassenzimmers.

Zuweilen wird es notwendig sein, den Gang des Unterrichts zu unterbrechen, nämlich dann, wenn eine auffällige Erscheinung die Schüler ablenkt oder wenn sich ungesucht eine Gelegenheit zu einer nicht alltäglichen Beobachtung ergibt.

Von einer gegenseitigen Hilfe und Unterstützung der Schüler wird der Unterricht öfters Gebrauch machen. Namentlich dann, wenn es sich um die Einübung von Handgriffen und Tätigkeiten handelt, kann ein Blinder dem anderen wertvolle Dienste leisten. Es kommt dabei gar nicht selten vor, daß der Blinde einen einfacheren und zweckmäßigeren Arbeitsweg einschlägt wie der Lehrer. Jedenfalls bietet das Suchen, Probieren, Experimentieren und Einüben zu zweien viel Anregung.

Froneberg, Die Exkursionen im Dienste des Blindenunterrichts. Bldfrd. 1892 S. 143.

Mell, Über den Kontakt des blinden Kindes mit der Natur. Bldfrd. 1896 S. 135.

VIII.
Blinde mit Sehresten.

Wie in dem einleitenden Kapitel hervorgehoben wurde, muß der Begriff der Blindheit im praktischen Sinne auch auf solche schwachsichtigen Personen ausgedehnt werden, die über weniger als $\frac{1}{10}$ der normalen Sehschärfe verfügen. Derartig schwachsichtige Kinder können an dem Unterricht sehender Schüler nicht mit Erfolg teilnehmen; sie müssen vielmehr einen besonderen Unterricht empfangen. In den meisten Fällen werden sie der Blindenanstalt zugeführt. Das preußische Gesetz vom 7. August 1911 weist solche schwachsichtigen Kinder ebenfalls in die Blindenanstalt.

So finden wir denn in den Blindenanstalten neben v ö l l i g Blinden auch solche, die mehr oder weniger erhebliche S e h r e s t e besitzen. Ihre Zahl ist verhältnismäßig groß. In der von dem Verfasser geleiteten Anstalt befinden sich unter 150 Insassen 40 mit Sehresten, also ca. 27 Prozent.

Diese Halbsehenden bilden sozusagen ein fremdes Element in der Blindenanstalt. Alle Einrichtungen der Anstalt, alle Ordnungen und Gesetze sind für völlig Blinde berechnet; sie passen für die Halbsehenden nur zum geringsten Teil, und diese empfinden es darum meist als Härte und lästigen Zwang, sich diesen Ordnungen fügen zu müssen. Die Folge zeigt sich häufig in einem widerwilligen und anspruchsvollen Auftreten der Schwachsichtigen; dazu ist es ihnen ein Leichtes, die Anstaltsgesetze zu umgehen und ihre Erzieher zu täuschen. Schlimmer noch ist der starke Einfluß, den sie auf ihre blinden Mitzöglinge ausüben. Durch ihre äußere Überlegenheit beherrschen sie diese und verleiten sie zu allerlei Ungehörigkeiten und Übertretungen der Anstaltsordnung. Sie erschweren also die Erziehung in der Blindenanstalt.

In der Schule bilden sie eine stete Versuchung für den Lehrer, seinen Unterricht nicht für die völlig Blinden, sondern für die Halbsehenden einzurichten und die ganz blinden Schüler zu vernachlässigen.

In der Werkstätte sind sie diejenigen, die von seiten des Meisters weniger Anleitung und Hilfe bei den technischen Arbeiten brauchen als die völlig Blinden; auch zu allerlei kleinen Diensten, wie sie in der Werkstätte notwendig sind, können sie herangezogen werden. Es besteht daher die Gefahr, daß der Meister sie in mancher Hinsicht bevorzugt und ihre Geschicklichkeit lobt, während er die völlig Blinden, besonders wenn ihre technische Begabung gering ist, hintenansetzt und ihre schwächeren Leistungen nicht anerkennt. So können die Halbsehenden zu einer ungerechten Beurteilung ihrer blinden Mitzöglinge verleiten.

Den Blindenanstalten würde die Arbeit erleichtert, wenn für die Schwachsichtigen in anderer Weise gesorgt würde; auch für diese selbst wäre dies ein Vorteil. Es ist darum von verschiedenen Seiten der Vorschlag gemacht worden, bei den Blindenanstalten oder bei den Normalschulen oder bei beiden Hilfsklassen für Schwachsichtige einzurichten und die in Betracht kommenden Schüler, je nach ihrer Sehfähigkeit entweder den Hilfsklassen der Blindenanstalt oder denen der Normalschule zu überweisen. Auch daran ist gedacht worden, ob es nicht empfehlenswert sei, neben Anstalten für völlig Blinde, also den Blindenanstalten im eigentlichen Sinne, noch besondere Anstalten für Schwachsichtige zu gründen. Die berufliche Ausbildung, so wird gesagt, könnte vielleicht auch bei willigen Handwerksmeistern, Landwirten, Kaufleuten usw. erfolgen, denen eine namhafte Prämie für ihre Mühe zu zahlen wäre.

Diese Vorschläge haben viel für sich. In besondern Hilfsklassen oder Anstalten für Schwachsichtige würde der Unterricht sich in erster Linie auf das Auge gründen können, natürlich mit den Abweichungen, die eben durch die Schwachsichtigkeit geboten sind (größere Druckschrift, keine Wand-, sondern Einzellehrmittel usw.); der Tastsinn käme nur zur Kontrolle und Unterstützung der Anschauung in Betracht. Dadurch würde die Bildungsmöglichkeit reicher und vielseitiger; sie würde sich der der Sehenden stark nähern. Ferner könnten auch in anderer Weise Verbindungen mit den Sehenden geschaffen werden, ja bei Einrichtung der Anstalt als Externat würden sie sich von selbst ergeben. Dieser Vorteil ist nicht gering anzuschlagen, denn das Leben mit und unter den Sehenden ist ein überaus wichtiger Faktor in der Erziehung und Ausbildung der Schüler mit schwachem Sehvermögen. Auch die Grenzen der Berufsbildung ließen sich bei dieser Annäherung an die Sehenden wesentlich erweitern, und damit würde sich die Erwerbsfähigkeit der Schwachsichtigen und ihre Berufsfreudigkeit steigern.

Indessen bestehen gegen diese Vorschläge doch auch ernste Bedenken, zunächst solche äußerer Art. Hilfsklassen für schwachsichtige Schüler ließen sich wohl bei großen, nicht aber bei kleineren Blindenanstalten einrichten, weil hier die Zahl der Schwachsichtigen zu gering ist. Auch im ersten Falle müßten, der unterrichtlichen Gliederung wegen, mehrere Abteilungen geschaffen werden, und es wäre fraglich, ob dann die Frequenz für die einzelnen Klassen eine ausreichende sein würde. Zudem dürfte sich die Einrichtung recht kostspielig gestalten. Die Behörden würden wahrscheinlich schon aus diesem Grunde gegen die

Schaffung derartiger Klassen oder ganzer Anstalten sich ablehnend verhalten. Bedenklicher noch muß folgende Erwägung stimmen. Der Begriff „schwachsichtig" ist nicht bestimmt umgrenzt. In den Blindenanstalten befinden sich Schwachsichtige aller Grade, von solchen, die nur hell und dunkel unterscheiden, aufwärts bis zu solchen, die sich den völlig Sehenden stark nähern. Es wird sehr schwierig sein, diese verschiedenen Abstufungen richtig einzuschätzen, so daß man sagen kann: du gehörst trotz deines kleinen Sehrestes in die Blindenanstalt, du in die Klasse der Schwachsichtigen ersten Grades, du in die Abteilung der Schwachsichtigen zweiten Grades usw. Nun kommt dazu, daß die Sehkraft der Schwachsichtigen Veränderungen unterworfen ist. Bei manchen von ihnen bessert sich das Sehvermögen im Laufe der Zeit, bei andern verschlechtert es sich; das Schülermaterial bleibt also kein gleichmäßiges[32]. Dadurch häufen sich die Schwierigkeiten für Erziehung und Unterricht.

Aus allen diesen Gründen wird es vorläufig wohl dabei bleiben müssen, daß hochgradig schwachsichtige Kinder der Blindenanstalt zugeführt und daß sie mit den völlig Blinden gemeinsam erzogen und unterrichtet werden. Sie werden es sich also auch gefallen lassen müssen, daß weder in der Hausordnung noch im Unterricht besondere Rücksicht auf sie genommen wird. Man kann es ihnen natürlich nicht verbieten, den verbliebenen Sehrest zu gebrauchen; der Gebrauch des Auges neben dem Tasten ist auch notwendig, damit das Auge die erforderliche Übung behält. Indem man aber den Unterricht auf das Tasten gründet und von den Schwachsichtigen wie von den völlig Blinden nur Tastleistungen verlangt, bildet man zugleich den Sinn aus, der gegebenenfalls das schwache Augenlicht ersetzen kann. Wenn also das schwachsichtige Kind ein Anschauungsobjekt nicht bloß durch die tastende Hand, sondern auch durch das Auge aufzufassen sucht, so kann man dies ruhig geschehen lassen, es sei denn, daß der Arzt ausdrücklich eine Schonung der Augen verordnet hat. Dagegen wird man nie ein Lesen der Punktschrift mit den Augen gestatten, da dieses außerordentlich anstrengend ist und den schwachen Sehrest schwer gefährdet; man denke z. B. an den sogenannten Zwischenpunktdruck!

Wenn man also den Unterricht und die Erziehung der Schwachsichtigen im allgemeinen genau so gestalten wird wie bei den Blinden, so kann doch auch wieder in mancher Hinsicht den Schwachsichtigen eine Ausnahmestellung gewährt werden. Man wird sie öfters zu allerlei Botendiensten heranziehen, zur unterrichtlichen Hilfe und Beaufsichtigung, zur Unterstützung des Meisters in der Werkstätte, zum Führen völlig Blinder, zu mancherlei Arbeiten in der Küche und im häuslichen Betriebe. Dadurch kommen sie mit Sehenden in vielfache Berührung und erweitern ihren Arbeitskreis, was für ihr späteres Leben wichtig ist. Es läßt sich bei dem einen oder andern auch wohl ohne besondere Mühe ermöglichen, daß er auf privatem Wege noch die Druck- und Schreibschrift der Sehenden erlernt. Gewöhnlich sind die betreffenden Schwachsichtigen sehr eifrig bei dieser Arbeit, so daß es nur geringer Nachhilfe des Lehrers bedarf. Statt der gebräuchlichen Heboldschrift, wird ihnen das Schreiben der Kurrentschrift unter Anwendung einer geeigneten Tafel (etwa der Hamannschen Tafel oder des Chemnitzer Linienblatts) gestattet[33].

Hat sich bei einem Schwachsichtigen die Sehkraft wesentlich gebessert, so kann er nach Beendigung der Schulzeit entlassen werden, damit er sich außerhalb der Anstalt auf einen Beruf vorbereitet. Im andern Falle erhält er seine berufliche Ausbildung mit den Blinden zusammen in der Anstalt. Meist wird er mit der Erlernung des Handwerks früher fertig sein wie seine blinden Kameraden. Es wird ihm dann vielleicht auch gelingen, bei einem Meister Beschäftigung als Gehilfe oder Geselle zu erlangen. Auch die Möglichkeit, als Handwerker selbständig zu werden, liegt bei ihm eher vor als bei einem völlig Blinden. In jedem Falle steht er im Erwerbsleben wesentlich günstiger da als dieser. Bei Handhabung der Fürsorge seitens der Anstalt oder eines Fürsorgevereins wird dies zu berücksichtigen sein.

Schwachsichtige, die eine höhere Bildung erstreben, werden entweder Privatunterricht empfangen müssen oder sie werden nach einer entsprechenden privaten Vorbereitung oder event. einer solchen in einer Blindenanstalt eine höhere Schule aufsuchen können. Je nach dem Grade der Schwachsichtigkeit wird sich hier die Aneignung der Bildungsstoffe entweder der Weise des Blinden oder der des Sehenden nähern.

Brandstäter, Aus der Verwaltung. Bldfrd. 1902 S. 1.

Lembcke, Einige Bemerkungen gegen die Ausführungen und Vorschläge des Herrn Direktors Brandtstäter betr. die Ausbildung der Zöglinge mit einem Rest von Sehvermögen. Entgegnung hierauf von Brandstäter. Wie vor S. 34 und 37.

Dr. Levinsohn, Gehören Schwachsichtige in die Blindenanstalt? Kongr.-Ber. Hamburg 1907.

IX.
Schwachbefähigte Blinde.

Unter den Blinden befinden sich nicht wenige, deren geistige Fähigkeiten unter dem normalen Durchschnitt stehen. Man bezeichnet sie, je nach dem Grade des geistigen Tiefstandes, als schwachbefähigte, schwachsinnige und blödsinnige Blinde. Nur die beiden ersten Gruppen kommen für Erziehung und Unterricht in Betracht; für die blödsinnigen Blinden kann es sich nur um Bewahrung und Pflege innerhalb der Familie oder besonderer Anstalten handeln. Die schwachbefähigten und schwachsinnigen Blinden machten nach im Jahre 1906 angestellten Erhebungen etwa 10% der in Anstalten unterrichteten Blinden aus. Es ist jedoch anzunehmen, daß dieser Prozentsatz sich steigern wird, weil einmal die Zahl der normal beanlagten Blinden infolge der Fortschritte der Augenheilkunde und der Hygiene fortwährend zurückgeht und sodann, weil durch den sich immer weiter ausdehnenden Schulzwang für Blinde auch solche Kinder den Anstalten zugeführt werden, die früher entweder ganz im Schoße der Familie verblieben oder von den Anstalten als nicht bildungsfähig zurückgewiesen wurden.

Der Zusammenhang zwischen Sehstörungen und Schwachsinn ist auffällig. Der Grund liegt in der engen Beziehung zwischen der Entwickelung des Gehirns und der des Auges, denn die Anlage des Auges wird von dem Gehirn geliefert. Bei krankhafter Veranlagung des Gehirns treten darum öfters auch Erkrankungen des Auges bzw.

Blindheit ein. Die Fehler an beiden Organen, Gehirn und Auge, werden zum größten Teil erblich erworben, so daß man in diesem Falle von angeborenem Schwachsinn, verbunden mit Blindheit, spricht[34]. Häufig sind die Eltern eines schwachsinnigen blinden Kindes selbst schwach befähigt („sie haben schlecht gelernt") oder es waren bei weiter entfernten Vorfahren geistige Defekte vorhanden. Vielfach liegen Geisteskrankheiten oder Epilepsie in der Familie vor. Auch Alkoholismus und Syphilis der Eltern kommen als Ursache des mit Blindheit verbundenen Schwachsinns nicht selten in Frage.

Schwachsinnige Blinde zeigen im allgemeinen denselben Typus wie die mit Schwachsinn behafteten sehenden Kinder, nur daß der körperliche und geistige Tiefstand meist noch auffälliger ist. Charakteristisch ist bei vielen die geringe Entwickelung des Tätigkeitstriebes. Meist sitzt ein solches Kind träge und stumpfsinnig an seinem Platze und bewegt sich überhaupt nicht oder nur mit fremder Hilfe fort. In Untätigkeit verharren auch Arme und Hände. Gibt man ihm ein Spielzeug in die Hand, so hält es dieses wohl krampfhaft fest, betastet und gebraucht es aber nicht. Infolge dieser Trägheit bleiben die Muskeln, insbesondere die der Hände, Arme und Beine, unentwickelt, der ganze Körper ist schlaff, es fehlt ihm die Elastizität. Im Gegensatz zu dem apathischen Wesen vieler Blinden steht die zerfahrene, unruhige, stürmische Art anderer (manischer Typus). Sie reden unaufhörlich, vielfach zusammenhanglos, und schweifen dabei ziellos vom hundertsten ins tausendste. Mit Vorliebe erzählen sie vom Essen, und es kann vorkommen, daß man auf die verschiedensten Fragen, die man an ein solches Kind richtet, stets die gleiche Antwort bekommt: Heute gibt es das und das zu essen. Sie laufen aufgeregt umher, hüpfen und springen, zerstören auch wohl dieses oder jenes Spiel- und Hausgerät und treiben allerlei Unfug.

Häufig sind die schwachsinnigen Blinden noch mit besondern Körperleiden behaftet; man findet bei ihnen Lähmungen, Krampferscheinungen, Epilepsie, Ohrenleiden, Sprachstörungen, Wucherungen im Nasenrachenraum usw. Zuweilen fehlt die Herrschaft über die Schließmuskeln, so daß öftere Verunreinigung vorkommt. Automatische Bewegungen, wie fortwährendes Beugen des Oberkörpers, Drehen des Kopfes, Zappeln der Hände, findet man bei ihnen noch häufiger als bei den normalen Blinden.

Die geistigen Fähigkeiten sind je nach dem Grade des Schwachsinns verschieden. Neben solchen Kindern, die bei der ungezwungenen Unterhaltung geistig normal erscheinen und deren Intelligenzdefekt erst dann in Erscheinung tritt, wenn es sich um eine geordnete Denktätigkeit handelt, gibt es auch solche, deren geistiger Tiefstand ohne weiteres offenbar wird. Bei fast allen schwachsinnigen Blinden ist die sinnliche Auffassung der Außenwelt eine höchst mangelhafte; man kann von den meisten sagen: sie haben Ohren und hören nicht, sie haben Finger und tasten nicht. Das Gedächtnis ist schwach entwickelt. Manches Kind kann einen ganz kurzen, ihm oftmals vorgesprochenen Satz, ja nicht einmal ein Wort festhalten; eine mühsam eingeübte Verszeile ist am nächsten Tage völlig vergessen. Die Aufmerksamkeit ist von kurzer Dauer; sehr schnell tritt geistige und körperliche Ermüdung ein. Die Geistestätigkeit ist vielfach eine sprunghafte, keine gleichmäßige; jetzt gibt das Kind vielleicht ganz verständige Antworten, und in der nächsten Minute sind die Antworten absolut verworren und unsinnig. Die Orts- und Größenunterscheidung macht dem Kinde zuweilen ungeheure Mühe; die Begriffe oben, unten, lang, kurz, klein, groß werden immer wieder verwechselt. Die Zahlvorstellung ist bei den meisten überaus schwach oder gar nicht entwickelt; manche können ein Ding von zwei oder mehreren nicht unterscheiden. Der Nachahmungstrieb liegt ganz darnieder. Der schwachsinnige Blinde hört seine normal begabten Kameraden pfeifen, singen, spielen, aber das regt ihn nicht an, diese Tätigkeiten selbst auszuführen. Nicht selten findet man jedoch Begabung für ein bestimmtes Gebiet: bei dem einen ist das mechanische Gedächtnis merkwürdig entwickelt, so daß er etwa die Geburtstage sämtlicher Kameraden kennt oder lange Gedichte mit Leichtigkeit lernt, natürlich ohne eine Spur von Verständnis für den Inhalt zu haben. Andere können eine Melodie nach einmaligem Vorsingen richtig nachsingen, noch andere sind für ein mechanisches Umgehen mit Zahlen begabt.

Die physiologische Ursache für die geringe Entwickelung der geistigen Fähigkeiten ist in der unvollkommenen Ausbildung der Nervenzellen und der grauen Hirnrinde zu suchen. Auch die Assoziationsfasern, welche die verschiedenen Gehirnzentren miteinander verbinden, sind in der Entwickelung zurückgeblieben.

Es entsteht nun die Frage, ob die Aufnahme schwachsinniger Blinden in eine Blindenanstalt notwendig und ratsam erscheint. Über die Notwendigkeit der Erziehung und des Unterrichts wird ein Zweifel kaum bestehen können, denn wo auch nur eine Spur von Bildungsfähigkeit vorhanden ist, gebietet es die Humanität, den schwachglimmenden Funken zu nähren; es ist mit Wahrscheinlichkeit zu erwarten, daß er sich durch die verständnisvolle Arbeit des Lehrers und Erziehers zu einem wenigstens bescheiden leuchtenden Flämmchen entwickeln wird. Die für sehende schwachsinnige Kinder bestimmten Schulen oder Anstalten können dem blinden schwachsinnigen Kinde unmöglich gerecht werden, das bedarf keiner weiteren Auseinandersetzung; es bleibt also nur die Blindenanstalt übrig. Nun haben sich die Blindenanstalten in früherer Zeit gegen die Aufnahme solcher Zöglinge vielfach gesträubt, weil die Eintrittsbedingungen fast durchweg die Vorschrift enthielten, daß die aufzunehmenden Zöglinge bildungsfähig sein müßten. Wurde diese Vorschrift milde gehandhabt, so kamen wohl einige schwachsinnige Blinde in die Anstalt hinein, aber nun wußte man nicht recht, was man mit ihnen anfangen sollte. Mit den normal begabten Kindern konnten sie nicht gleichen Schritt halten, und sie blieben daher häufig während der ganzen Schulzeit in der untersten Klasse sitzen; vor einer Vereinigung sämtlicher schwachsinnigen Blinden zu einer Klasse mit besonderem Unterricht scheute man sich der Kosten wegen; in kleineren Anstalten war die Zahl derartiger Kinder auch zu gering. In neuerer Zeit nehmen die Blindenanstalten den Schwachsinnigen gegenüber eine weniger enge Stellung ein. Sie gehen von dem Gedanken aus, daß der Begriff der Bildungsfähigkeit nicht fest abgegrenzt ist und daß beim Eintritt eines Blinden in die Anstalt nicht immer klar zu erkennen ist, ob die Bildungsmöglichkeit vorhanden ist oder nicht. Zuweilen zeigt ein im Elternhaus stark vernachlässigtes Kind bei der Aufnahme in die Anstalt einen solchen körperlichen und geistigen Tiefstand, daß der Gedanke der Bildungsunfähigkeit nahe liegt. Erst bei längerem Aufenthalt in der Anstalt stellt es sich heraus, daß geringe geistige Kräfte doch vorhanden und entwickelungsfähig sind. Es wäre sehr bedauerlich, wenn durch ein vorschnelles Urteil ein solches Kind von dem Segen der Erziehung und des Unterrichts ausgeschlossen würde. Es ist darum auch bedenklich, die Aufnahme eines schwachsinnigen Kindes in die Anstalt einzig von dem Gutachten des Arztes abhängig zu machen; hier muß vielmehr der Blindenpädagoge das letzte Wort haben, und dieses kann, wie gesagt, erst nach längeren

Unterrichtsversuchen gesprochen werden.

In der Ausbildung der schwachsinnigen Blinden hat die sächsische Blindenanstalt in Chemnitz (früher Dresden) den Anfang gemacht; dort wird sie seit 1888 geübt. In den andern deutschen Anstalten hat man fast durchweg erst im letzten Jahrzehnt zu dieser Angelegenheit Stellung genommen. Wo die Zahl der Zöglinge groß ist, richtet man Sonderklassen für Schwachbefähigte ein; wo dies wegen der geringen Frequenz nicht möglich ist, sucht man in Nachhilfestunden die Schwachen zu fördern. Die Zukunft wird einen weiteren Ausbau dieses Zweiges der Blindenbildung notwendig machen; es wäre vielleicht auch zu erwägen, ob die Schwachbefähigten aus mehreren Anstalten in einer Sonderanstalt vereinigt werden könnten.

Die Sorge für die schwachsinnigen Blinden legt dem Lehrer die Pflicht auf, sich mit der von der Norm abweichenden Entwickelung des kindlichen Seelenlebens bekannt zu machen. Auch für die Behandlung der normal begabten Schüler wird er bei diesem Studium viel gewinnen, vor allem wird es ihn im Urteil über ihre Leistungsfähigkeit vorsichtig machen und ihn dazu veranlassen, bei Minderleistungen, die nicht ohne weiteres erklärbar sind, und bei auffälligen Gemütszuständen den tieferen Ursachen für die Hemmungen im Seelenleben nachzugehen. An geeigneten Schriften über die pädagogische Pathologie ist kein Mangel; neben dem theoretischen Studium ist aber die Beobachtung und der praktische Umgang mit den abnorm veranlagten Kindern unerläßlich[35].

Bei der Erziehung und dem Unterricht schwachbefähigter Blinden muß eine weitgehende individuelle Behandlung eintreten. Eine solche ist nur in kleinen Abteilungen möglich; die Höchstzahl einer Abteilung dürfte acht Schüler sein. Der Stunden- und Lehrplan wird dem Lehrer möglichste Freiheit lassen, damit jedes Hetzen und Treiben von vornherein ausgeschlossen ist. Wegen der schnellen Ermüdung des Kindes ist mit der Arbeit öfters zu wechseln, selbst innerhalb einer Stunde. Man versteife sich nicht darauf, ein bestimmtes Ziel an einem Tage oder in einer Woche zu erreichen und schelte nicht und werde nicht ungeduldig, wenn alle Mühe vergeblich zu sein scheint. Ein hartes Wort, eine ungeduldige Bemerkung schüchtert das Kind zuweilen so ein, daß nun erst recht mit ihm nichts anzufangen ist. Anerkennung und Lob dagegen fördern das schwache Selbstvertrauen und erhöhen die Arbeitsfreude.

Der gesamte Unterricht wird zunächst ein Anschauungsunterricht in einfachster Form sein, der in erster Linie darauf ausgeht, die darniederliegende Sinnestätigkeit zu fördern. Dies geschieht, indem man die Schüler zum Umgange mit den Dingen ihrer nächsten Umgebung anregt. Das Zeigen, Bringen, Wegtragen, Verändern, Untersuchen, Benutzen und Benennen der Dinge und ein Spielen mit ihnen gibt reichen Stoff zur Betätigung des Körpers, zur Gewinnung von Anschauungen und zur Bildung der Sprache. Daneben werden einfache Fröbelarbeiten zur speziellen Schulung der Hände, zur Erarbeitung räumlicher Vorstellungen und zur Übung der Aufmerksamkeit notwendig sein. In der warmen Jahreszeit führe man die Schüler so oft als möglich hinaus und lehre sie einige Naturdinge kennen. Je zwangloser dies geschieht und je mehr die Schüler dabei selbsttätig sind, desto zweckentsprechender ist es. Welche wichtigen Wahrnehmungen und Erfahrungen lassen sich z. B. handelnd an einem Baume gewinnen! Die Schüler können den Baum umspannen, schütteln, nach den Ästen greifen, ein Blatt, einen Zweig, eine Blüte abpflücken, sie können sich unter den Baum lagern, können eine Bank herbeiholen und sie im Schatten des Baumes aufstellen, können eine

Leiter an den Stamm lehnen; die Mutigsten versuchen vielleicht auch, die Leiter zu besteigen oder am Stamm (mit Hilfe des Lehrers) ein wenig emporzuklimmen usw. Der geschickte Lehrer wird solche Tätigkeiten nicht als schulmäßige Übungen behandeln, sondern sie in die Form des Spiels kleiden, wie denn überhaupt bei schwachsinnigen Blinden bedeutende Erfolge durch sogenannte Lehrspiele erzielt werden, d. i. durch Spiele, in welche lehrhafte Motive aller Art hineingetragen werden.

Die Tüchtigeren erlernen in späteren Jahren, nach vielfachen Vorübungen auf der Stecktafel, das Lesen und Schreiben der Punktschrift.

Die Anfänge des Rechnens, etwa im Zahlenraume bis 20, bei günstigen Verhältnissen bis 100, kommen nach und nach auf weitgehender sinnlicher Grundlage ebenfalls zur Behandlung. Im Religionsunterricht werden einige einfache biblische Geschichten geboten; das Verständnis für dieselben wird dadurch vertieft, daß die auftretenden Handlungen, soweit dies tunlich ist, tatsächlich zur Darstellung kommen.

Die Unterrichtserfolge werden aber trotz größter Anschaulichkeit und weitgehender Selbstbetätigung immer zweifelhaft bleiben, wenn nicht öftere Wiederholungen stattfinden. Bei denselben müssen jedoch Abweichungen von der ersten Art der Darbietung vermieden werden; die Wiederholung muß genau den früheren Weg einschlagen.

Was die erziehliche Tätigkeit an den schwachsinnigen Blinden betrifft, so wird streng darauf zu achten sein, daß die Pfleger und Erziehungsgehilfen die schwachen Kräfte der Kinder und ihre abnormen körperlichen und geistigen Fähigkeiten berücksichtigen. Ein Necken und Hänseln durch die normalen Schüler darf nie geduldet werden; übrigens ist eine Trennung von diesen in den Wohn- und Schlafräumen nicht unbedingt notwendig und auch nicht immer ratsam, da die Schwachen durch ein Zusammensein mit den andern Zöglingen angeregt und gefördert werden. Nicht selten nimmt ein normaler Zögling sich eines schwachen Kameraden liebevoll an; das ist in jeder Beziehung erfreulich und wertvoll. Am schwierigsten ist die Behandlung der unruhigen Schwachsinnigen mit ihren undisziplinierten Bewegungen, dem aufgeregten Wesen, dem Lärmen und Toben. Ermahnungen und Zurechtweisungen sind bei solchen Kindern natürlich nutzlos. S. Heller hat durch Fußbodenliegen und Fußbodenturnen, das aber längere Zeit fortgesetzt werden muß, eine allmähliche Besserung ihres aufgeregten Zustandes erzielt. (Vergl. Kongr.-Bericht Breslau 1901 S. 242.) Derartige Übungen werden aber in der Regel nur vom Lehrer selbst vorzunehmen sein.

Von den die Erwerbsfähigkeit vorbereitenden Arbeiten können während der Schuljahre nur die einfachsten vorgenommen werden, etwa das Auslesen von Stroh und Binsen und das Flechten von Stroh- und Schilfzöpfen. Bei andern Arbeiten leisten die Schwachsinnigen Handreichung und Hilfe. Nach beendigter Schulzeit setzt die eigentliche Berufsbildung ein. Mit denjenigen, deren technische Veranlagung nicht zu tief steht, kann man, nachdem sie das Stuhl- und Mattenflechten erlernt haben, einen Versuch in der Korb- oder Bürstenmacherei anstellen; zuweilen werden sie ganz brauchbare Handwerker, die wenigstens in einer bestimmten Arbeit, etwa im Anfertigen einfacher Körbe aus ungeschälten Weiden oder in der Herstellung grober Besen und Bürsten Anerkennenswertes leisten. Die Mehrzahl wird über die bekannten in der Flechtwerkstätte gelehrten Beschäftigungen nicht hinauskommen; viele werden bei bloßen Hilfsarbeiten stehen bleiben. Die Erwerbsfähigkeit bleibt also durchweg eine sehr beschränkte. Eine Entlassung in die Heimat ist darum nur in seltenen Fällen möglich. Wo zu befürchten ist, daß einem schwachsinnigen Blinden im Elternhause nicht die Möglichkeit gegeben ist, die mühsam erworbene technische Fertigkeit zu verwerten, da ist die Unterbringung in einer mit der Blindenanstalt verbundenen Beschäftigungsanstalt notwendig.

Schließlich soll noch folgendes gesagt sein: Es gibt in jeder Blindenanstalt Zöglinge, die, ohne schlechthin zu den Schwachbefähigten oder Schwachsinnigen gerechnet zu werden, doch auch mit geistigen Defekten behaftet sind, mit solchen intellektueller Art oder solchen des Gefühls- und Willenslebens. Wer kennt sie nicht, die Nervösen, die Hysterischen, die Affektmenschen! Sie gehören zu der großen Zahl der „Anomalen", für die der Blindenlehrer, namentlich aber der Anstaltsleiter Verständnis haben muß, wenn anders sie vor ungerechter Beurteilung und falscher Behandlung bewahrt bleiben sollen. Ein Orientieren auf dem ausgedehnten Grenzgebiet zwischen geistiger Gesundheit und Krankheit ist daher für den Blindenlehrer durchaus notwendig. Er sei auch hier auf die vorhin genannten Schriften hingewiesen, besonders auf das Werk des Irrenarztes Dr. Scholz: „Anomale Kinder".

Lötzsch, Unsere schwach beanlagten Blinden. Bldfrd. 1901 S. 10 und 48.

Derselbe, Über die Erziehung und den Unterricht schwachbeanlagter bzw. schwachsinniger Blinden. Kongr.-Ber. Breslau 1901.

X.
Taubstummblinde.

Nach der Volkszählung von 1900 gab es in Preußen neben 21614 Blinden 215 Taubstummblinde; die letzteren machen also etwa 1 Prozent der Blinden aus. Im Alter von 3–20 Jahren standen 40 Personen.

Daß auch Taubstummblinde bildungsfähig sind, ist im großen Publikum erst durch die Berichte über die Amerikanerin Helen Keller, insbesondere durch das von ihr verfaßte Buch „Die Geschichte meines Lebens" bekannt geworden.

Helen Keller ist aber nicht die e r s t e Taubstummblinde, die durch einen besonderen Unterricht dem Schicksal der geistigen Verödung entzogen wurde. Im Jahre 1837 nahm der Direktor der Blindenanstalt in Boston, Dr. Samuel Howe, der Begründer des amerikanischen Blindenbildungswesens, die achtjährige taubstummblinde Laura Bridgman in seine Anstalt auf und wußte durch geschickte Verwertung des Tastsinnes den Zugang zu ihrer Seele zu finden. Sie lernte sich durch das Fingeralphabet verständigen, den damals gebräuchlichen Unzial-Blindendruck lesen, eignete sich auch einige Kenntnisse in Religion, Rechnen und den Realien an und erlangte in feinen Handarbeiten eine ansehnliche Fertigkeit. Sie blieb zeitlebens in dem Bostoner Blindeninstitut und starb 1889. Über den Unterricht und die Erziehung der Laura Bridgman hat Dr. Howe genaue Aufzeichnungen gemacht, und seine Methode wurde vorbildlich für weitere Unterrichtsversuche in

Amerika und andern Ländern.

Bei Helen Keller (geb. 1880) führten Erziehung und Unterricht zu staunenswerten Resultaten. Diese erklären sich einmal aus der großartigen Begabung Helens und sodann aus der völligen Hingabe ihrer genialen Lehrerin, Annie Sullivan, an die Person der taubstummblinden Schülerin. Es kann hier auf den einzigartigen Fall nicht näher eingegangen werden; die von Helen Keller verfaßte Lebensgeschichte, ihre andern Schriften und das Tagebuch der Miß Sullivan (enthalten in H. K.s Lebensgeschichte) geben über den Werdegang und die geistige Welt der berühmten Taubstummblinden genauen Aufschluß[36].

In Deutschland sind bisher Unterrichtsversuche an dreisinnigen Kindern von einzelnen Blinden- und Taubstummenlehrern angestellt worden, so von Kunz-Illzach, Fischer-Braunschweig, Nießen-Düren und Riemann-Nowawes. Der Letztgenannte (Lehrer der Königl. Taubstummenanstalt in Berlin) leitet seit einer Reihe von Jahren den Unterricht der taubstummblinden Kinder im Oberlinhause des Pastors Hoppe in Nowawes bei Potsdam und hat auf diesem Gebiet eine besonders fruchtbare Tätigkeit entfaltet.

In Schweden besteht seit 1886 eine Spezialbildungsanstalt für Taubstummblinde, die staatlich unterstützt wird. Sie befindet sich in Wenersborg, wird von Frau Anrep-Nordin geleitet und zählte im Jahre 1905 14 taubstummblinde Zöglinge. Der Anstalt ist ein Arbeitsheim für solche Taubstummblinden angegliedert, die den Schulkursus absolviert haben, aber aus mancherlei Gründen nicht ins elterliche Haus zurückkehren können, und ein Asyl, das für diejenigen unglücklichen Wesen bestimmt ist, „die zu blöde waren, um aus dem Unterricht oder der Erziehung Nutzen zu ziehen".

Schweden steht also in der Sorge für die Taubstummblinden an der Spitze der Kulturstaaten. Preußen hat hierin mit der kleinen Abteilung in dem bereits genannten Oberlinhause zu Nowawes erst einen bescheidenen Anfang gemacht; es ist jedoch anzunehmen, daß sich die Abteilung bald erweitern und zu einer selbständigen Anstalt mit behördlicher Unterstützung entwickeln wird. Sollte in Preußen die Schulpflicht für Taubstummblinde eingeführt werden, die, obgleich sehr wünschenswert, zurzeit weder hier noch in Schweden besteht, so würde die Erweiterung der bezeichneten Abteilung eine Notwendigkeit sein. Vielleicht wäre eine einzige Anstalt zur unterrichtlichen Versorgung sämtlicher bildungsfähigen Taubstummblinden in Preußen ausreichend. Die private Ausbildung einzelner Dreisinnigen würde dann aufhören, und mit ihr die bedauerliche Zersplitterung auf diesem Gebiet der Pädagogik[37].

Von den taubstummblinden Kindern ist allerdings nur ein Teil bildungsfähig. Es ist begreiflich, daß die schweren Erkrankungen, die Taubheit und Blindheit zugleich hervorrufen, vielfach mit Gehirndefekten im Zusammenhang stehen. Ob Bildungsfähigkeit vorliegt, können freilich erst längere Unterrichtsversuche bei dem einzelnen Kinde erweisen, denn anfänglich machen auch die geistig normalen Taubblinden vielfach den Eindruck von schwachsinnigen oder gar irren Wesen. Hat man aber erst den Zugang zu ihrem Geiste entdeckt, so findet meist ein überraschender Fortschritt in der Überwindung der bestehenden Hemmungen statt.

Der Unterricht sucht die für Taubstumme und die für Blinde geltenden Methoden in rechter Weise zu verbinden. Er verfährt dabei durchaus individuell. Er macht vor allem einen Unterschied zwischen solchen Taubblinden, die ihr Gebrechen von Geburt an besitzen, und solchen, die es erworben haben. Bei den letzteren kommt es noch darauf an, ob sie ertaubt sind, nachdem die Sprache bereits gefestigt war oder nicht.

Die geistige Entwickelung des Taubblinden umfaßt, wie auch die jedes vollsinnigen Kindes, ein Zweifaches: Das Erleben der Umwelt und die Darstellung der Wahrnehmungstatsachen durch die Sprache. Beides ist gleich wichtig, und beides gehört enge zusammen: Mit der äußeren, durch den Tastsinn vermittelten Wahrnehmung muß auch die Sprache gegeben werden. Die sprachliche Verständigung kann erfolgen durch die Gebärde, das Fingeralphabet und die Lautsprache. Die Gebärde ist die unvollkommenste Sprachart. Sie besteht darin, daß durch Handbewegungen Zeichen gebildet werden, deren jedes ein ganzes Wort der Lautsprache repräsentiert. Der Gebärdensprache bedient sich der Taubstumme und auch der Taubblinde schon vor jedem Unterricht. Wegen ihrer sehr beschränkten Ausdrucksfähigkeit findet sie in den deutschen Taubstummenanstalten keine oder nur aushilfsweise Verwendung. Auch bei dem Unterricht der Taubblinden wird sie nur auf der Anfangsstufe geduldet werden können. Das Fingeralphabet macht ebenfalls die Hand zum Sprachorgan; aber die verschiedenen Stellungen derselben bezeichnen je einen Buchstaben des Alphabets. Wir haben es hier also mit einer Allgemeinsprache zu tun, die in ihrer Anwendungsfähigkeit der Lautsprache entspricht, aber auf einem andern Zeichensystem beruht. Der sehende Taubstumme faßt sie optisch, der Taubblinde tastend auf; sie wird ihm in die innere Handfläche appliziert[38]. Die Lautsprache, die Sprache der normalen Menschheit, wurde in den deutschen Taubstummenunterricht durch Samuel Heinicke eingeführt. Durch ihre Anwendung soll der Taubstumme aus dem engen Kreise seiner Unglücksgefährten herausgehoben und dem Verkehr mit den Hörenden zugänglich gemacht werden. Er lernt einerseits das, was andere sprechen, von deren Lippen ablesen, und er versucht andererseits durch Hervorbringung der entsprechenden Sprachbewegungen die Laute und Wörter hervorzubringen, die von den andern verstanden werden. Das „Ablesen" von den Lippen geschieht bei den sehenden Taubstummen auf optischem Wege; der blinde Taubstumme ist auch hier ganz auf den Tastsinn angewiesen. Helen Keller legt z. B. ihre Finger auf die Lippen des Sprechenden. Dadurch wird sowohl die eigene Auffassung der Lautsprache als auch deren Hervorbringung außerordentlich erschwert. Beides gestaltet sich daher recht unvollkommen. Riemann, der anfänglich in der Anwendung der Lautsprache das Ziel der sprachlichen Bildung der Taubblinden sah, hat seine Ansicht insofern geändert, als er die Lautsprache nur dort entschieden fordert, wo sie vor der Ertaubung bereits vorhanden war, wo es sich also um die Erhaltung dieses wertvollen Gutes handelt. Bei von Geburt an Taubblinden wird die Lautsprache nur in günstigen Fällen geübt werden. Für die geistige Entwickelung der Dreisinnigen ist die Fingersprache (das Fingeralphabet) entschieden von ausschlaggebender Bedeutung, wenn auch die Lautsprache für die Verständigung mit der Umgebung große Vorteile bietet. Selbst bei Helen Keller spielt die Lautsprache eine untergeordnete Rolle; das eigentliche geistige Werkzeug ist für sie die Fingersprache.

Das Schwierigste im Unterricht ist die Gewinnung von Assoziationen zwischen den Tastobjekten und den entsprechenden Zeichen des Fingeralphabets. Gibt man dem Kinde z. B. wiederholt einen Ball in die Hand und buchstabiert ihm dabei die Buchstaben b a l l immer wieder in die Hand, so wird es nach und nach merken, daß ein Zusammenhang zwischen dem kugelförmigen Spielzeug und den vier Fingerzeichen besteht: Der Tasteindruck des

Balles wird den Tasteindruck der Fingerzeichen ins Bewußtsein rufen und umgekehrt. Durch viele Übung wird dem Kinde mit der Zeit die Erkenntnis von der symbolischen Bedeutung der Zeichen und der Möglichkeit ihrer universellen Anwendung aufgehen. Damit ist der Bann gebrochen, der auf dem Geistesleben des taubblinden Kindes lastete, und die intellektuelle und sprachliche Entwickelung geht nun schnell vor sich.

Der Unterricht ist fast immer Einzelunterricht. Die Verständigung mit dem taubblinden Kinde wird anfangs nur denjenigen Personen möglich sein, die das Fingeralphabet beherrschen; erlernt der Zögling später die Brailleschrift, so erweitert sich damit für ihn die Umgangsmöglichkeit. Viel günstiger liegen die Verhältnisse natürlich für solche Taubblinden, die noch von früher her im Besitz der Lautsprache sind.

Die Kenntnisse, die dem Durchschnitt der Dreisinnigen durch den Unterricht vermittelt werden können, sind immerhin recht bescheidene; man würde durchaus fehlgehen, wenn man aus dem einzigartigen Fall der Helen Keller Schlüsse auf die Bildungshöhe und die Bildungsmöglichkeit sämtlicher Taubstummblinden machen wollte. Hervorzuheben ist noch, daß auch unter günstigen Umständen immer dafür Sorge zu tragen sein wird, daß das Erworbene nicht verloren geht und ein solches Menschenkind in den früheren Zustand zurücksinkt. Die Entlassung eines taubblinden Kindes in die Heimat wird sich daher nur in Ausnahmefällen empfehlen; das Kind ist für das spätere Leben am besten in einem mit der Ausbildungsanstalt verbundenem Heime aufgehoben, wo es geistige Anregung hat und sich mit geeigneter Handarbeit nützlich beschäftigen kann.

Riemann, Taubstumm und blind zugleich. Berlin 1895.

Kunz, Taubstummblinde. Geschichte der Blindenanstalt zu Illzach-Mülhausen. Leipzig 1907.

Riemann, Die Taubstummblinden. Langensalza 1907.

Schäfer, Das Taubstummblindenheim in Nowawes. Jahrbuch der Krüppelfürsorge pro 1907. Hamburg 1908.

Anrep-Nordin, Überblick über die Entstehung und Wirksamkeit der Erziehungsanstalt für Taubblinde und für Schwachsinnigblinde zu Wenersborg. Göteborg 1910.

v. Hagen, Ein Wort zur Förderung der Taubstummblinden-Fürsorge. Bldfrd. 1912 S. 85.

Jerusalem, Laura Bridgman. Bldfrd. 1890 S. 40.

XI.
Berufsbildung.

Über die Berufsbildung der Blinden sind bereits in dem Kapitel über die Aufgaben der Blindenbildung einige Andeutungen gemacht worden; die dortigen Ausführungen werden hier zu erweitern sein.

Zu allen Zeiten sind die Blindenanstalten sich darüber klar gewesen, daß ihre Aufgabe nicht damit erschöpft sei, dem Blinden eine gute Schulbildung zu geben. Mit einer solchen allein würde seine Zukunft immer noch eine trostlose bleiben. Soll sein Leben ihn befriedigen, so muß es einen in produktiver Arbeit begründeten Inhalt haben; sein Streben wird darum, wenn es nicht darniedergehalten oder irregeleitet wird, dahin gehen, einen Beruf zu erlernen, durch denselben erwerbsfähig zu werden und sich eine Stellung im bürgerlichen Leben zu erringen. Schon in den ersten Blindenanstalten wurde diesem Gedanken Rechnung getragen; Klein und Zeune unterwiesen ihre Zöglinge nicht bloß in den Schulwissenschaften, sondern auch in „einigen mechanischen Fertigkeiten". Freilich schwebte ihnen dabei als Ziel solcher Unterweisung weniger die Erwerbsfähigkeit und wirtschaftliche Selbständigkeit der Blinden vor, als vielmehr die nützliche und befriedigende Anwendung der Zeit. Immerhin wird man in diesen Versuchen der ersten Blindenlehrer die Anfänge einer Berufsbildung zu sehen haben. Es hat noch langer Zeit bedurft, ehe man die im Blinden ruhenden Kräfte und Fähigkeiten voll erkannte und zur rechten Entfaltung brachte. Je weitere Fortschritte die

Blindenbildung machte, desto mehr trat die Berufsbildung neben die Schulbildung, und seit den letzten Jahrzehnten besteht kein Zweifel darüber, daß das Ziel aller Blindenbildung die Erwerbsfähigkeit und die wirtschaftliche Selbständigkeit des Blinden sein muß.

Es fragt sich nun, welche Berufe für den Blinden in Betracht kommen. Als vor einer Reihe von Jahren eine Umfrage in dieser Richtung gehalten wurde, ergaben sich 25 verschiedene Berufe, die von Blinden tatsächlich ausgeübt wurden. Aber diese überraschend große Zahl schrumpft sehr zusammen, wenn wir erfahren, daß viele dieser Berufe nur von einzelnen Blinden infolge günstiger Umstände und besonderer persönlicher Eigenschaften betrieben werden konnten. Für die Mehrzahl war und ist die Auswahl eine recht enge; sie ist zudem abhängig von den allgemeinen wirtschaftlichen Zeitverhältnissen und der wirtschaftlichen Eigenart eines Landes oder Landesteiles.

Die Berufe, welche von Blinden ausgeübt werden, sind teils geistige, teils gewerbliche. Für die erste Kategorie kommen in Betracht: das Lehramt, der Beruf als Schriftsteller und Korrespondent und der als Musiker.

Blinde Lehrer sind seit dem Bestehen von Blindenbildungsanstalten in den verschiedensten lehramtlichen Stellungen tätig gewesen, vom Dozenten an einer Hochschule an bis zum Lehrer sehender Volksschüler; am häufigsten fand und findet man sie an den Blindenanstalten selbst. Es hat unter ihnen sehr tüchtige Männer gegeben, die sich große Verdienste um die Ausbildung Blinder erworben haben. Es brauchen nur die Namen Braille, Knie, Moon, Gröpler und Campbell genannt zu werden. Es besteht auch kein Zweifel darüber, daß Blinde für das Lehramt befähigt sein können und auch imstande sind, sich die erforderliche wissenschaftliche und pädagogische Bildung anzueignen. Trotzdem ist es den blinden Lehrern immer außerordentlich schwer geworden, eine geeignete Anstellung zu finden. Von der Verwaltung einer öffentlichen Volksschullehrerstelle kann selbstverständlich in unserer Zeit keine Rede sein. Aber auch der Anstellung an einer Blindenanstalt stehen große Bedenken entgegen. Besonders fällt ins Gewicht, daß der blinde Lehrer die Disziplin nicht in dem notwendigen Maße handhaben kann: es entgehen ihm häufig allerlei Unarten und Ungehörigkeiten der Schüler; Zöglinge, die noch über Sehreste verfügen, können ihn leicht hintergehen; er kann die Haltung und Aufmerksamkeit der Kinder nicht ausreichend kontrollieren. Aus diesem Grunde haben die Lehrer der Pariser Anstalt, die in der Mehrzahl blind sind, einen sehenden Helfer zur Seite, der in den Gängen auf und ab wandelt und bald in dieses, bald in jenes Klassenzimmer guckt, um sich davon zu überzeugen, daß unter den Schülern Ordnung herrscht. Daß eine solche Einrichtung der Autorität des Lehrers förderlich sei, wird man wohl nicht behaupten können. Bedenklicher noch ist es, daß die notwendige Nachprüfung des Tastens der Schüler durch einen blinden Lehrer während des Unterrichts umständlich und störend ist und den Klassenunterricht in Einzelunterricht auflöst.

Es ist möglich, daß in einem größeren Kollegium ein hervorragend tüchtiger blinder Lehrer seinen Platz in der Anstalt gut ausfüllt, besonders wenn nicht Klassen-, sondern Fachunterricht eingeführt ist, so daß der blinde Lehrer nicht ununterbrochen eine Abteilung zu leiten hat; aber als Regel wird es gelten müssen, daß ein Blinder als Klassenlehrer nicht anzustellen ist. Eher ist es möglich, ihn als Hilfskraft im Blindenunterricht für besondere Fälle (Nachhilfestunden, fakultativen fremdsprachlichen Unterricht, Beaufsichtigung von Schularbeitsstunden usw.) zu verwenden. Dagegen wird es einem Blinden nicht selten gelingen, als Privatlehrer sich eine Stellung zu erringen, sei es in einer Familie, in der ein blindes Kind vorhanden ist, sei es als Sprachlehrer für Sehende. (Von dem Beruf als Musiklehrer wird später die Rede sein.) Immerhin ist es für einen Blinden ein Wagnis, den Beruf des Lehrers zu ergreifen. Die Anstaltsleiter haben jedenfalls die Pflicht, auf die großen Schwierigkeiten und Enttäuschungen hinzuweisen, die dem Blinden bevorstehen. Fördern dürfen sie die entsprechenden Wünsche und Absichten nur dann, wenn der Blinde eine feste Aussicht auf Anstellung hat oder wenn die Gewißheit vorliegt, daß er als Privatlehrer sein Auskommen finden wird. Es ist selbstverständlich, daß die Blindenanstalt die Ausbildung von blinden Lehrern nicht übernehmen kann. Wer sich für diesen Beruf entschließt, wird, wenn er auf öffentliche Anstellung hoffen darf, denselben Weg gehen und auch dieselben Prüfungen ablegen müssen wie die sehenden Lehrer. Die Vorbereitung zum Privatlehrer (Sprachlehrer) ist bisher wohl in den meisten Fällen privatim erfolgt.

Der Beruf des S c h r i f t s t e l l e r s kann nur für einzelne, wissenschaftlich gründlich gebildete Blinde, die über schriftstellerische Gaben verfügen und nicht mittellos sind, in Frage kommen. Das letztere ist nicht unwichtig, da bekanntlich der Weg des Schriftstellers auch in pekuniärer Beziehung meist ein dornenvoller ist.

Eine Anstellung als K o r r e s p o n d e n t in einem größeren Geschäftshause findet ein Blinder zuweilen, vorausgesetzt, daß er in der betreffenden geschäftlichen Branche Erfahrung besitzt und im schriftlichen Verkehr gewandt ist. Im frühen Alter Erblindete werden freilich zu einer derartigen Stelle fast nie kommen, eher schon Späterblindete, die früher in kaufmännischen Betrieben tätig gewesen sind (vergl. z. B. Blindenfreund pro 1895 S. 80). Dagegen kann in dem Bureau einer größeren Blindenanstalt ein blinder

Korrespondent mit Nutzen Verwendung finden. Der schriftliche Verkehr mit den früheren Zöglingen, der meist in Punktschrift geschieht, und die Übertragung derartiger Briefe in Schwarzschrift (für die Akten), die Herstellung von Wiederholungsblättern für den Unterricht (vergl. Blindenfreund pro 1899 S. 211) und die Übersetzung von Punktschriftwerken für den Handgebrauch des Lehrers in der Schule geben ihm reichliche Beschäftigung. Selbstverständlich muß ein blinder Korrespondent die Schreibmaschine (Punkt- und Schwarzschriftmaschine) absolut beherrschen. Die Vorbildung wird in einzelnen Fällen in der Anstalt erfolgen können.

Die Musik hat zu allen Zeiten als ein Gebiet gegolten, auf dem der Blinde sich hervorragend betätigen könne. Wird doch in Laienkreisen häufig angenommen, daß jedem Blinden als Ersatz für das Auge ein für die feinsten musikalischen Empfindungen fähiges Ohr verliehen sei. Daß diese Meinung eine irrige ist, braucht nicht erst gesagt zu werden (vergl. Bldfrd. 1894 S. 3). Ganz gewiß hat die Musik eine hervorragende Bedeutung für den Blinden, und es wäre unverzeihlich, wenn sie in der Blindenanstalt nicht mit Eifer gepflegt würde. Aber es ist ein großer Unterschied, ob jemand die Musik nur zu seiner Freude und Erholung betreibt oder ob er in ihrer Ausübung seinen Lebensberuf sieht. Während man im ersten Falle auch Zöglinge mit mäßigen musikalischen Gaben vom Musikunterricht nicht ausschließen wird, wenn die äußeren Umstände es erlauben und wünschenswert erscheinen lassen, so ist bei solchen Blinden, die die Musik als Brotstudium zu betreiben beabsichtigen, eine außerordentliche Befähigung die erste und wichtigste Vorbedingung des Studiums. Ob eine solche vorliegt, wird sich meist schon bei dem elementaren Musikkursus während der Schulzeit zeigen. Das entscheidende Urteil aber sollen nicht die Eltern abgeben, die nur zu leicht in ihrem Klavier oder Geige spielenden Kinde ein musikalisches Genie sehen, sondern es muß einem tüchtigen Fachmann überlassen bleiben, der genau weiß, welche hohen Anforderungen an einen blinden Organisten, Musiklehrer oder Konzertmusiker gestellt werden. Sodann wird es notwendig sein, die Angehörigen des Blinden und ihn selber über die großen Schwierigkeiten der Ausbildung, auch nach der pekuniären Seite hin, aufzuklären und darüber, daß es auch für den tüchtigen Musiker schwer ist, eine Anstellung zu erlangen oder durch freie Ausübung der Kunst sein Auskommen zu finden. Die Schwierigkeiten werden besonders groß sein, wenn der Blinde den niederen Volksschichten entstammt, weil dann die Angehörigen seine Bildung weder nach der gesellschaftlichen Seite, noch in pekuniärer Hinsicht in wünschenswerter Weise zu fördern vermögen.

Die Ausbildung des Musikers kann die Anstalt nur teilweise übernehmen, selbst wenn sie über tüchtige Musiklehrer verfügt. Es gibt freilich Blindenanstalten, die den ausgesprochenen Zweck verfolgen, ihre Zöglinge bis zur musikalischen Künstlerschaft auszubilden; die hervorragendsten sind die Anstalt zu Paris („L'institut national des jeunes aveugles") und das „Royal Normal College and Academy of Music for the Blind" in London[39].

Die ausgedehnte musikalische Tätigkeit beider Institute erklärt sich durch die für blinde Musiker günstigen Verhältnisse in Frankreich und England. In Deutschland, wo der Wirkungskreis der blinden Musiker viel beschränkter ist, können die Anstalten der Musik nicht die gleiche herrschende Stellung einräumen. Sie haben darum bisher meist nur einen Teil der musikalischen Ausbildung der talentvollsten Schüler übernommen; den Abschluß des Unterrichts erhielten die Schüler in der Regel auf einem Konservatorium oder durch Privatunterricht bei anerkannten Musikpädagogen. Bei dieser Praxis wird es wahrscheinlich auch in der Zukunft verbleiben. Allerdings ist auch in Deutschland die Frage erwogen worden, ob sich die Gründung einer staatlichen Musikhochschule für Blinde nicht empfehlen würde. Der Gedanke ging von dem blinden Musiklehrer George Neumann in Königsberg aus. Es kam zu einer Petition an das preußische Abgeordnetenhaus, und die Kommission für das Unterrichtswesen beschäftigte sich eingehend mit derselben. Nach einem ausführlichen Referat des Geheimen Oberregierungsrats Dr. Schneider kam die Kommission jedoch zu der Überzeugung, daß eine solche Gründung verfehlt sein würde. (Vergl. Bldfrd. pro 1891 S. 209, 1892 S. 195, 1896 S. 97 und 177.) Der Plan der Gründung einer Musikhochschule für Blinde taucht aber immer wieder auf. (Vergl. Kongreßbericht Breslau S. 249 und Kongreßbericht Wien 1910 S. 272.) Ob er sich verwirklichen lassen wird, erscheint jedoch fraglich. Es sind insbesondere die nachstehenden Bedenken, die ihm entgegengehalten werden: 1. Die Gründung einer Musikhochschule würde eine wesentliche Vermehrung der blinden Musiker zur Folge haben, und die Erlangung der wirtschaftlichen Selbstständigkeit durch Ausübung der Kunst wäre für den einzelnen Blinden dann noch schwieriger als es jetzt bereits der Fall ist. 2. Die für die Musikhochschule aufzuwendenden Kosten würden so bedeutende sein, daß sie in keinem Verhältnis zu dem immerhin enge begrenzten Arbeitserfolge ständen. Auch den Musikschülern könnten erhebliche pekuniäre Opfer nicht erspart werden, so daß die Einrichtung in erster Linie den bemittelten Blinden zugute käme, die ohnehin schon in der Lage sind, das Ziel auf andere Weise zu erreichen[40]. 3. Es wäre zu befürchten, daß das Handwerk, das für den größten Teil der Blinden als Beruf in Frage kommt, niedriger eingeschätzt würde als die Musik; das müßte bei den blinden Handwerkern und Handwerkslehrlingen zu Neid und Verdrossenheit führen;

sie würden als Blinde zweiten Grades angesehen werden. 4. Auch ohne eine Sonderanstalt ist es den talentvollen Blinden bisher gelungen, sich zu tüchtigen Organisten, Musiklehrern und Konzertmusikern emporzuarbeiten.

Der Musikunterricht wird eine möglichst tiefe und allseitige Einführung in die Kunst zum Ziele nehmen; nicht zu Virtuosen, sondern zu Künstlern sollen die Blinden ausgebildet werden. Nur in diesem Falle werden sie auch in ehrenvollen Wettbewerb mit den sehenden Musikern treten können. Schon bei der Vorbereitung in der Anstalt muß dieses Ziel dem Unterricht nach der theoretischen und praktischen Seite hin die Richtung geben; daß ein gutes Konservatorium in dem angedeuteten Sinne weiterarbeitet, ist als selbstverständlich vorauszusetzen. Die für den Blinden wichtigsten Instrumente sind Klavier und Orgel, weil sie ihm in erster Linie Gelegenheit geben, seine Kunst praktisch zu verwerten. Neben dem Klavier- und Orgelspiel wird auch der Gesang nicht vernachlässigt werden dürfen, desgleichen Übungen in der Leitung eines Chores. Beides ist für die etwaige spätere Stellung als Organist wichtig, weil mit diesem Amte nicht selten die Leitung eines Kirchenchors verbunden ist.

Zu dem Musikunterricht steht das Klavierstimmen in naher Beziehung. Es kann von dem Blinden, der ein feines musikalisches Gehör besitzt, ohne erhebliche Schwierigkeiten erlernt und ausgeübt werden. Manche Anstalten übernehmen die Ausbildung von Klavierstimmern selbst (meist durch einen im Stimmen erfahrenen blinden Musiklehrer), andere weisen die Schüler an tüchtige Fachleute. In jedem Falle ist es notwendig, daß der blinde Klavierstimmer den Abschluß seiner Lehrtätigkeit bei einem Klavierbauer oder in einer Klavierfabrik erhält, damit die Übung eine vielseitige ist und ihm Gelegenheit geboten wird, die wichtigsten Reparaturen an Klavieren kennen und ausführen zu lernen.

Die Ausübung eines Handwerks hat bisher den größten Teil der in den deutschen Anstalten ausgebildeten Blinden zur wirtschaftlichen Selbständigkeit geführt. Wohl ist der Stand des Handwerkers durch die mit der Herrschaft des Kapitals und der Maschine eingetretenen wirtschaftlichen Verschiebungen schwieriger geworden als früher, aber er ist keineswegs so ungünstig, daß nicht auch der Blinde bei gutem Willen, großem Fleiß, strenger Rechtschaffenheit und solider Arbeit dabei sein Auskommen finden könnte. Leider ist es trotz eifrigster Versuche bisher nicht gelungen, außer den bekannten „Blindenhandwerken", der Korbmacherei, Bürstenmacherei und Seilerei, noch andere für Blinde allgemein geeignete handwerkliche Berufe ausfindig zu machen.

Wie bei den Sehenden wird auch bei den Blinden die Lehrzeit im allgemeinen nach Beendigung der Schulzeit beginnen. Die Neigungen und Wünsche des Zöglings und der Eltern sind bei der Wahl des Handwerkes möglichst zu berücksichtigen. Ist die Wahl nach der Überzeugung des Anstaltsdirektors nicht zu billigen, so hat er die Pflicht, dem Zögling und den Eltern die Gründe darzulegen, die ein Verfolgen des Wunsches nicht ratsam erscheinen lassen. Jedenfalls soll er sich davor hüten, den Zögling zur Erlernung eines bestimmten Handwerks zu zwingen oder ihn dazu zu überreden. Der Lehrkursus ist in manchen Anstalten fest begrenzt, in andern ist kein bestimmter Endtermin für die Lehrzeit festgesetzt. Beides hat seine Vorteile und Nachteile. Weiß der blinde Lehrling, daß für seine Ausbildung nur 3 oder 4 Jahre zur Verfügung stehen, so wird er die Zeit tüchtig ausnützen; ist die Lehrzeit nicht fest abgegrenzt, so werden die trägen und lässigen Lehrlinge es an dem notwendigen Eifer fehlen lassen. Dagegen ergibt sich im ersten Falle der Übelstand, daß die Schwachen und weniger Begabten ihr Handwerk nicht gründlich auslernen; für sie ist die Lehrzeit zu kurz. Da die Befähigung außerordentlich verschieden ist, auch manche anderen Umstände noch in Betracht kommen (Zeit der Erblindung. Sehreste oder total blind, körperlich kräftig oder schwächlich), wird es sich trotz der vorhin erwähnten Möglichkeit empfehlen, die Lehrzeit nicht zeitlich abzugrenzen, sondern in jedem einzelnen Falle zu bestimmen, wann der Lehrling freigesprochen werden soll. Als Lehrmeister sind tüchtige sehende Handwerksmeister anzustellen; ein blinder oder halbsehender Werkgehilfe kann den Meister in der Unterweisung der Lehrlinge vorteilhaft unterstützen. Das formale Ziel der Ausbildung ist dahin zu bestimmen: der Blinde soll sein Handwerk so gründlich erlernen, als ihm dies nach seinen Gaben und Kräften möglich ist. Wer also z. B. als Korbmacherlehrling das Geschick und die Fähigkeit besitzt, neben der sog. geschlagenen Arbeit auch Gestellarbeit zu leisten, soll auch in diesem Zweige der Korbmacherei ausgebildet werden. Als materielles Ziel wird die wirtschaftliche Selbstständigkeit durch Ausübung des erlernten Handwerks anzusehen sein. Dieses Ziel werden aber nicht alle blinden Handwerkslehrlinge erreichen. Es ist also nicht richtig, allgemein zu sagen: Jeder Blinde, der einige Jahre ein Handwerk erlernt hat, ist fähig, dasselbe selbständig zu betreiben und sich damit zu ernähren. Die intelligenten, willensstarken und geschickten Blinden werden meist die wirtschaftliche Selbständigkeit erlangen; die minder begabten, langsamen, willensschwachen und unpraktischen Blinden werden zu einer solchen Selbständigkeit nicht kommen; sie verdienen in günstigen Fällen ihr Brot als Gesellen bei einem Meister oder in besonderen Blindenwerkstätten; Blinde mit ganz geringer Arbeitsfähigkeit werden ihren Unterhalt nur teilweise erwerben. Es ist wichtig, über den tatsächlichen Erfolg der

Ausbildung und ihren Wert für die Erwerbsfähigkeit des Blinden ein klares Urteil zu gewinnen, weil nicht selten die Anstalten verantwortlich gemacht werden, wenn ein Blinder im Leben nicht diejenige Selbständigkeit erlangt, die man gewünscht und erwartet hatte.

Nach Beendigung der Lehrzeit wird in manchen Anstalten von denjenigen Zöglingen, die das Lehrziel ganz erreicht haben, die Gesellenprüfung vor der in Betracht kommenden Innung abgelegt. Diese Prüfung kann in manchen Fällen wertvoll sein; im allgemeinen freilich wird die Ablegung der Gesellen- und auch der Meisterprüfung dem Blinden nicht die Vorteile bringen, die dem Sehenden daraus erwachsen.

Als fertigen, selbständigen Handwerker darf man den Blinden nach Beendigung der Lehrzeit natürlich noch nicht ansehen, und am wenigsten darf er sich selbst als solchen betrachten; er muß erst die Praxis des Lebens kennen lernen und dabei zeigen, ob er imstande ist, sich durch sein Handwerk zu unterhalten. Um die jungen blinden Handwerker anzuregen, die auf die Ausbildungszeit folgenden Jahre als Gesellenjahre zu betrachten und dementsprechend anzuwenden, ist in den meisten Anstalten die Bestimmung getroffen, daß ein Anspruch auf die Fürsorge seitens der Anstalt nur dann erworben wird, wenn der Blinde mehrere Jahre hindurch als Geselle gegen Lohn in den Anstaltswerkstätten oder bei einem Meister außerhalb der Anstalt gearbeitet und sich von seinem Arbeitsverdienst ernährt hat. Damit wird auch erreicht, daß der Blinde in dem Handwerk die Quelle seiner wirtschaftlichen Kraft erkennen lernt und nicht in bequemer scheinenden, aber unsicheren kaufmännischen Geschäften.

Während der Lehrzeit soll der Zögling einen guten Fortbildungsschulunterricht erhalten. Es ist in den letzten Jahren über den zweckmäßigsten Ausbau dieses Unterrichts viel geschrieben worden. Zwei Ansichten stehen sich gegenüber: die eine legt das Hauptgewicht auf die theoretische Ausgestaltung der handwerklichen und geschäftlichen Seite des Berufs, die andere stellt die mit der eigenartigen Lage des blinden Handwerkers gegebenen ethischen Verhältnisse in den Vordergrund des Unterrichts. Es wird die Aufgabe der Zukunft sein, das richtige Verhältnis der beiden gekennzeichneten Teilgebiete zu einander zu finden. Jedenfalls soll auch der Fortbildungsschulunterricht an seinem Teile zur Erreichung des Zieles der Berufsbildung beitragen.

Außer den in Deutschland eingeführten „Blindenhandwerken" sind noch zu nennen die Schuhmacherei, die in Dänemark und Rußland, die Kunstweberei, die in Schweden betrieben wird, und die Massage, die eine ganze Zahl von Blinden in Japan ernährt. Auch in Deutschland ist es diesem oder jenem Blinden gelungen, nach einer unter ärztlicher Anleitung erfolgten Ausbildung Beschäftigung als Massierer zu erhalten. Im allgemeinen haben sich aber die Hoffnungen, welche die deutschen Blinden auf die Massage setzten, nicht erfüllt. Es gibt, wie bereits eingangs erwähnt, noch eine ganze Reihe von Tätigkeiten, teils handwerklicher, teils mechanisch-manueller Natur, die von einzelnen Blinden ausgeübt werden; nachstehend seien einige genannt: Buchdruckerei, Metalldrehen, Matratzenfabrikation, Stanniolsortieren, Entrippen von Tabaksblättern, Bedienen des Telephons, Bildhauerei. Für die allgemeine Einführung kommt keine dieser Beschäftigungen in Betracht.

Es wäre noch die Berufsbildung der blinden Mädchen kurz zu beleuchten. Die Mädchen wurden früher fast durchweg in der Erlernung der bekannten weiblichen Handarbeiten unterwiesen: Stricken, Häkeln, Filet- und Knüpfarbeit; daneben war das Beziehen von Rohrsitzen eine

Hauptbeschäftigung für sie. Wenn ein Mädchen im Schoße seiner Familie geborgen war, reichte eine derartige Beschäftigung wohl aus, besonders, wenn die Blinde es auch verstand, sich im Hause nützlich zu machen. Die Strick- und Flechtarbeit warf auch einen kleinen Gewinn ab, der als Beitrag zur Unterhaltung der Blinden angenehm war. Stand aber ein unbemitteltes blindes Mädchen allein da, so war sein Los fast regelmäßig das Armenhaus oder Unterbringung in einer fremden Familie auf armenrechtlichem Wege, da der Verdienst zur Unterhaltung bei weitem nicht ausreichte. Dazu wurde das Stricken und Häkeln immer weniger lohnend, da auch hier die Maschine die Handarbeit verdrängte. Die Blindenanstalten mußten also für die weiblichen Blinden nach anderen Beschäftigungen suchen. Als ein angemessenes Handwerk erwies sich die Bürstenmacherei. Die Arbeit ist, abgesehen von der Herstellung gröberer Ware (Piassavabesen), nicht allzu anstrengend und wirft unter der Voraussetzung reichlicher Aufträge soviel ab, daß eine geübte Arbeiterin dabei ihr Brot finden kann. So ist denn in den letzten Jahrzehnten in fast allen Blindenanstalten die Bürstenmacherei als eine Hauptbeschäftigung für die Mädchen eingeführt. Auch Versuche mit der Herstellung feinerer Korbwaren durch befähigte Mädchen sind günstig ausgefallen. Die weiblichen Lehrlinge machen ihre Lehrzeit durch wie die männlichen, besuchen auch die Fortbildungsschule und betreiben später das erlernte Handwerk in der Heimat oder in einem Blindenheim. Freilich wird ein Mädchen nur ausnahmsweise eine solche Selbständigkeit gewinnen, wie sie bei einem männlichen blinden Handwerker möglich ist; sie wird bei dem Absatz der Waren vorzugsweise auf feste Aufträge seitens der Anstalt angewiesen sein, wird auch nur selten Beschäftigung bei einem Meister finden.

Die früher betriebenen Strick- und Häkelarbeiten, die Flecht- und Knüpfarbeiten haben die Anstalten nicht ganz fallen lassen. Sie sind immer noch wichtig für besser situierte Mädchen, die ins Elternhaus zurückkehren und auf die Erlernung eines eigentlichen Handwerks verzichten. Bei umfangreichen Aufträgen von Fabriken kann die Anfertigung gewisser Artikel (z. B. Gepäcknetze für Eisenbahnwagen) auch eine größere Zahl von Arbeiterinnen in einem Heim lohnend beschäftigen. Das Beziehen von Rohrsitzen bleibt ebenfalls eine von Mädchen leicht ausführbare Arbeit, die bei größerer Fertigkeit auch einen guten Verdienst abwirft. Von anderen für einzelne Mädchen geeigneten Beschäftigungen sind noch zu nennen das Drucken von Büchern in Braille-Schrift, die Arbeit an der Strickmaschine und event. am Webstuhl und die vorhin bereits erwähnte Bedienung der Schreibmaschine.

Von verschiedenen Seiten, namentlich in den Kreisen der Blinden selbst, wird neuerdings die Einführung des Haushaltungs- und Kochunterrichts in den Blindenanstalten gewünscht. Man hofft, daß es manchem Mädchen dann möglich sein wird, in Familien, in Erziehungs- oder Krankenhäusern Stellung zu finden; für solche Mädchen, die nicht auf einen Erwerb angewiesen sind, erhofft man durch Anwendung des Erlernten im Elternhause oder in der eigenen Wirtschaft eine Erhöhung der Lebensfreudigkeit. Die Anstalten haben bei solchen weiblichen Blinden, die Sinn und Geschick für häusliche Betätigung zeigten, auch bisher diese Anlagen geübt und weiter ausgebildet; manches Mädchen mit Sehresten hat auch eine Dienststelle erlangt. Ob eine derartige Ausbildung der blinden Mädchen allgemein zu empfehlen ist und ob sich daraus ein wesentlicher Nutzen für das Fortkommen derselben ergibt, muß erst die Zeit lehren. Es werden gegenwärtig von einzelnen Anstalten entsprechende

Versuche angestellt; man wird daher gut tun, das Ergebnis dieser Versuche abzuwarten, namentlich auch hinsichtlich der Bewährung im praktischen Leben.

Diejenigen blinden Zöglinge, ob männlich oder weiblich, die nicht im Vollbesitz ihrer körperlichen oder geistigen Kräfte sind oder deren technische Befähigung eine mangelhafte ist, können in der Regel ein Handwerk nicht erlernen. Sie werden, so gut dies angängig ist, in den ihren Kräften und ihrem Geschick angemessenen Flechtarbeiten ausgebildet. Eine wirtschaftliche Selbständigkeit ist bei ihnen natürlich ausgeschlossen.

Rückschauend dürfen wir sagen: Die Berufsbildung der blinden Zöglinge ist wie der Schulunterricht eine Hauptaufgabe der Blindenanstalten. Die Berufswahl ist für den Durchschnitt der Blinden sehr beschränkt; besondere Begabung und außerordentliche Willenskraft vermögen jedoch nicht selten die allgemein gezogenen Schranken zu durchbrechen. Kann die Anstalt bei der Vorbereitung für einen Beruf auch nur die Mehrzahl ihrer Zöglinge berücksichtigen, so wird sie doch auch denjenigen, die besondere Wege einschlagen, mit Rat und Tat hilfreich zur Seite stehen.

W u l ff, Die Zukunft des Blinden. Kongr.-Ber. Berlin 1879. Petitionsbericht betr. die Errichtung einer Musikhochschule für Blinde von der Kommission für das Unterrichtswesen im preußischen Abgeordnetenhause. Bldfrd. 1896 S. 97.

M o h r, Die Notwendigkeit einer höheren Bildungsanstalt für Blinde. Kongr.-Ber. Breslau 1901.

B a u e r, Wie kann die Blindenfortbildungsschule helfen, unsere Lehrlinge zu tüchtigen Handwerkern zu erziehen? Kongr.-Ber. Halle 1904.

B r a n d s t ä t e r, Zur Fortbildungsschulfrage. Bldfrd. 1905 S. 129, 157, 189.

Z e c h, Beiträge zur Methodik des Blindenunterrichts, Heft 1: Der Fortbildungsunterricht. Danzig-Königsthal 1909.

Baldus, Sind die an den Blindenanstalten jetzt gelehrten Berufe noch lohnend genug und, wenn nicht, welche Berufe könnten in Betracht gezogen werden? Kongr.-Ber. Wien 1910.

Merle, Die Blindenfürsorge in den großen Städten unter besonderer Berücksichtigung der Musik als Erwerbszweig. Wie vor.

Bauer, Vorschläge der Kommission zur Klärung und Förderung der Fortbildungsschulfrage. Wie vor S. 350.

Roth, Blinde Mädchen in der Hauswirtschaft. Bldfrd. 1911 S. 105.

XII.
Fürsorge.

Man kann von einer Blindenfürsorge im weiteren und von einer solchen im engeren Sinne sprechen. Unter die erste Bezeichnung würden alle Bestrebungen des Staates, der Gemeinden, mildtätiger Stiftungen und Privatpersonen fallen, die dazu mithelfen, dem Blinden sein Schicksal zu erleichtern, ihn zu fördern und ihm in irgendeiner Weise im Leben behilflich zu sein. Das gesamte Blindenbildungswesen und alles, was mit Pflege, Bewahrung und Versorgung zusammenhängt, würde dann zur Fürsorge zu rechnen sein. In den Kreisen der Blindenlehrer faßt man aber die Fürsorge enger, indem man sie von der Ausbildung scheidet. Alles was geschieht, um den Blinden für das Leben vorzubereiten, also der Unterricht in Schule und Werkstatt, ist zur Ausbildung zu rechnen; alle diejenigen Maßnahmen aber, die dem Blinden die Möglichkeit schaffen, seine Erwerbsfähigkeit im Leben anzuwenden, fallen in das Gebiet der Fürsorge. Kurz könnte man sagen: das Ziel der Ausbildung ist, den Blinden erwerbsfähig zu machen, das der Fürsorge, ihm die Erwerbsfähigkeit zu erhalten.

Diese zweite Aufgabe haben die ersten Blindenanstalten noch nicht gekannt. Klein und Zeune waren der Meinung, daß eine gründliche Ausbildung den Blinden so weit bringen könne und müsse, daß er sich in die Reihen der Vollsinnigen stellen und wie diese den Kampf mit dem Leben aufnehmen könne. Es zeigte sich jedoch bald, daß ein großer Teil der Blinden dieser Aufgabe nicht gewachsen war und daß auch die Tüchtigsten und Besten nicht selten mit so mannigfaltigen Hindernissen und Erschwernissen im Erwerbsleben zu kämpfen hatten, daß sie der Hilfe und Fürsorge auch nach dem Austritt aus der Anstalt bedurften. Klein gründete darum neben seiner Unterrichtsanstalt noch eine Beschäftigungsanstalt, in welche er diejenigen blinden Handwerker aufnahm, die nicht die Kraft hatten, sich im öffentlichen Erwerbsleben zu behaupten.

Es ist charakteristisch und ein Beweis für den praktischen Sinn Kleins, daß er die Fürsorge für die wirtschaftlich Schwachen auf die Idee der Arbeit gründete. Zeune war in der Sorge für die der Anstalt entwachsenen Blinden weniger glücklich; er sammelte einen Fonds, aus dessen Zinsen sie bare Unterstützungen erhielten. Die Fürsorge, das ist auch heute noch der leitende Gedanke bei allen Bestrebungen, den aus der Anstalt entlassenen Blinden zu helfen, soll an den erlernten Beruf anknüpfen, soll dem Blinden die Arbeitsmöglichkeit schaffen und erhalten, soll ihm die Arbeit als sittliche Pflicht und als Mittel der äußeren und inneren Lebensbeglückung lieb und wert machen. Diese Fürsorge wird sich nicht auf alle Blinden in gleicher Weise erstrecken; sie wird in erster Linie den geistig und technisch wenig befähigten, den unpraktischen, charakterschwachen, verzagten, ohne Halt und Stütze im Leben stehenden Blinden nachgehen, ohne doch auch die tatkräftigen und tüchtigen Elemente aus dem Auge zu verlieren; denn auch diese haben so viele Widerwärtigkeiten, Vorurteile und Hemmungen zu überwinden, daß ihre Kraft oft erlahmt und Hilfe ihnen not tut.

Wer ist zur Fürsorge an den Blinden berufen? In erster Linie die Blindenanstalten. Sie kennen die Bedürfnisse des Blinden am besten, sie wissen, welche Schwierigkeiten ihm im Leben entgegentreten; handelt es sich um frühere Zöglinge, und das wird meist der Fall sein, so besitzen sie einen genauen Einblick in ihre Entwickelung, ihren Charakter, ihre geistigen, sittlichen und körperlichen Fähigkeiten. Dadurch sind sie imstande, die Fürsorge individuell auszuüben, sie nach den persönlichen Bedürfnissen des einzelnen einzurichten. Es ist dies von wesentlicher Bedeutung. Eine Fürsorge, die schematisch verfährt, die ihre Aufgabe etwa nur darin sieht, den draußen stehenden Blinden möglichst hohe Barunterstützungen zu verschaffen, verfehlt ihren Zweck und kann den Unterstützten zum Verderben gereichen. Neben den Anstalten sind an der Blindenfürsorge vielfach auch die Staats- und Kommunalverwaltungen sowie besondere Vereine beteiligt; diese Organe haben insofern einen sehr wesentlichen Anteil an der Fürsorge, als sie die erforderlichen Geldmittel zur Verfügung stellen, ohne welche die Fürsorge wenig ausrichten kann. Dadurch, daß die Anstaltsvorstände in der Regel mit der Geschäftsleitung der Fürsorge beauftragt werden, wird die zweckmäßige Ausübung derselben gewährleistet.

Es fragt sich nun, nach welchen Grundsätzen bei der Fürsorge zu verfahren ist. Als oberste Regel muß gelten, daß die Fürsorge gerade nur so weit reichen darf, als der Blinde ihrer bedarf, um mit eigener Kraft durchs Leben zu kommen. Sie soll nicht auf mühelose Befriedigung seiner Bedürfnisse gerichtet sein, noch viel weniger soll sie ihn zu Ansprüchen verleiten, die über seinen Stand hinausgehen; sie soll Hilfe zur Selbsthilfe leisten, nichts weiter. Als zweiter wichtiger Grundsatz wird zu beachten sein, daß die Fürsorge das Gefühl der Freiheit und Selbständigkeit des Blinden nicht ertöten darf; sie soll nichts Erniedrigendes und Beschämendes an sich haben. Achtung vor der Persönlichkeit des Blinden muß ihr das Gepräge geben. Sie wird alles vermeiden, was der Hilfe die Form des Almosenempfangens geben könnte, denn die Annahme von Almosen erniedrigt. Darum soll sie vorsichtig sein in der

Darreichung oder Erwirkung von Barunterstützungen. Je mehr sich die Fürsorge um die Arbeit des Blinden konzentriert, desto wirksamer und segensreicher wird sie sein. Endlich ist es, wie schon angedeutet, notwendig, die Fürsorge individuell zu gestalten. Die Bedürfnisse der einzelnen Blinden sind außerordentlich verschieden; sie sind abhängig von der Persönlichkeit des Blinden, von seinem Charakter, seinem Können, seiner häuslichen Umgebung, dem Wohnort und den Landesverhältnissen. Alle diese Faktoren müssen berücksichtigt werden. Es ist daher unmöglich, die gesamte Blindenfürsorge allgemein zu regeln und in Vorschriften zu fassen. Eine gründliche Kenntnis der einschlägigen Verhältnisse, ein sicherer Blick für das, was in dem einzelnen Falle notwendig ist, und ein inniges Vertrautsein mit dem Denken und Fühlen des Blinden, mit seinen Sorgen und Nöten ist für alle diejenigen, die mit der Ausübung der Fürsorge betraut sind, unentbehrlich.

Was die Art der Fürsorge betrifft, so tritt sie hauptsächlich in dreifacher Weise auf: 1. als Förderung der Arbeitsmöglichkeit, 2. als Hilfe in Zeiten der Not und als Sicherstellung der Zukunft, 3. als Anregung des Geistes, Förderung der Arbeitsfreudigkeit, Rat und Hilfe in allerlei Bedrängnis des Gemütes.

Die Förderung der Arbeitsmöglichkeit wird schon in der Ausbildungszeit vorbereitet. Damit der Blinde nicht ganz mittellos ins Leben tritt, wird während der „Gesellenzeit" (vergl. das vorige Kapitel) der Überschuß seines Arbeitsverdienstes auf einer Sparkasse angelegt. Das Guthaben findet in der Regel zur Anschaffung des erforderlichen Werkzeuges und des ersten Arbeitsmaterials Verwendung. Der Anstaltsleiter wird dem Blinden bei der Wahl des Wohnortes und event. bei der Beschaffung einer Wohnung und einer Werkstätte ratend und helfend zur Seite stehen, besonders dann, wenn er an seinen Eltern oder sonstigen Verwandten keine Stütze hat. Eine Empfehlung des jungen Handwerkers in seinem Wohnort und ein Hinweis auf ihn durch ein Zeitungsinserat werden ihm die ersten Kunden zuführen. Da er in den meisten Fällen das Arbeitsmaterial nur in kleinen Mengen zu kaufen imstande ist, würde für ihn der Bezug desselben von einem Engrosgeschäft unmöglich sein, da derartige Geschäfte nur größere Posten abgeben und zwar zu Bedingungen, denen der angehende blinde Handwerker nicht gerecht werden kann. Deshalb überläßt ihm die Anstalt die Rohmaterialien zu den von ihr gezahlten Engrospreisen, stundet ihm auch den Betrag längere Zeit und nimmt bei der Einforderung des Betrages auf die Verhältnisse des Blinden Rücksicht. Selbstverständlich wird sie dabei immer auf eine solide und ehrliche Geschäftspraxis halten müssen; wer durch unlauteres Verhalten das ihm entgegengebrachte Vertrauen mißbraucht, wird von der weiteren Fürsorge ausgeschlossen. Ist der Warenabsatz des Blinden kein ausreichender, so kann die Anstalt ihm eine wertvolle Hilfe dadurch erweisen, daß sie einen Teil seines Vorrates zum Verkaufe übernimmt. Voraussetzung ist freilich, daß die Waren gut gearbeitet und absatzfähig sind. Der Neigung mancher blinden Handwerker, nachlässig zu arbeiten, weil sie meinen, die Anstalt nimmt die Waren in jedem Falle an, darf nicht Vorschub geleistet werden. Erhält die Anstalt größere Lieferungsaufträge, so wird es in vielen Fällen möglich sein, auch dem einen oder anderen der entlassenen Blinden einen Teilauftrag zu überweisen. Nicht selten ist der blinde Handwerker gezwungen, neben den von ihm selbst hergestellten Waren auch solche zu führen, deren Anfertigung für ihn nicht lohnend genug ist, oder die gar nicht in das von ihm erlernte Handwerk schlagen. So muß der Korbmacher, der mit geschlagener Arbeit oder der Reparatur von Körben vollauf beschäftigt ist, zuweilen auch Papier-, Näh-, Strickkörbe usw. führen, weil sie von den

Kunden verlangt werden; auch einfache Bürsten und Seilerwaren sind zur Vervollständigung seines Lagers zuweilen notwendig. Wenn die Anstalt ihm diese Waren zu Engrospreisen überläßt, so ist das für ihn meist vorteilhafter, als wenn er sie aus Fabriken bezieht, die sofortige Zahlung verlangen.

Zur Ausgestaltung des geschäftlichen Betriebes bedarf der aufstrebende blinde Handwerker manchmal einer materiellen Hilfe in Form eines Darlehns. Ruht das Geschäft auf solider Grundlage und ist der Blinde ein strebsamer und ehrenhafter Mann, so wird ihm die Anstalt (der Fürsorgeverein) ein Darlehn gewähren, und zwar zu einem niedrigen Zinsfuße oder gar als unverzinsliches Kapital mit bequemen Rückzahlungsbedingungen. Es versteht sich von selbst, daß es sich nur um Kapitalien von bescheidener Höhe handeln kann.

Die Fürsorge erstreckt sich ferner auf Hilfe in Zeiten der Not und auf Sicherstellung der Zukunft des Blinden. Wer kennt nicht die vielfachen Nöte, unverschuldete und verschuldete, in die der kleine Handwerker und in ganz besonderem Maße der blinde Handwerker geraten kann: Krankheit, eigene und solche der Familie, Fehlschlagen eines Unternehmens, Geldverluste bei zahlungsunfähigen Kunden, drückende Konkurrenz, Wohnungssorgen, teure Zeit usw. In solchen und ähnlichen Fällen wird die Fürsorge sich des Blinden besonders annehmen. Es läßt sich freilich nicht allgemein sagen, wie sich die Hilfe zu gestalten hat und wieweit sie in Tätigkeit treten muß, um das rechte Maß zu halten und die eigene Willenskraft nicht zu lähmen. Bare Unterstützung wird hier vielfach das wichtigste Mittel sein, um die dringendsten Notstände zu beseitigen. Wirksamer ist in besonderen Fällen die Zuweisung von Lebensmitteln, Kleidungsstücken, Arbeitsmaterial, Arzneien und Kräftigungsmitteln. Auch die besuchsweise Aufnahme in die

Anstalt zwecks körperlicher und seelischer Erholung und Förderung der Arbeitsfreudigkeit ist zuweilen zu empfehlen.

Die Sorge um die Zukunft kann der blinde Handwerker sich durch den Beitritt zu den staatlichen Versicherungen (Invaliditäts- und Altersversicherung, Krankenversicherung und event. auch Unfallversicherung) erleichtern. Schon in der Ausbildungszeit wird man die Lehrlinge auf den Segen der Selbstversicherung hinweisen und ihnen die Ausübung des ihnen zustehenden Rechts ans Herz legen. Stehen sie dann später im Leben, so werden sie von der Fürsorgestelle an die Versicherung erinnert. Je höher die Lohnklasse ist, für welche der Versicherte zahlt, desto höher ist bekanntlich auch die Rente. Es empfiehlt sich daher, für die Selbstversicherung eine möglichst hohe Lohnklasse zu wählen. Da aber das Aufbringen der Beiträge für den kleinen blinden Handwerker manchmal recht schwierig ist, übernimmt die Fürsorge in solchen Fällen die teilweise oder ganze Zahlung der Versicherung.

Endlich nimmt sich die Fürsorge des Blinden in allerlei geistiger und seelischer Bedrängnis an. Die Anstalt gilt den früheren Zöglingen ja meist als das zweite Vaterhaus, und der Anstaltsleiter ist ihnen der väterliche Freund und Berater, dem sie ihr Herz ausschütten und von dem sie freundlichen Zuspruch, Trost und Stärkung erwarten. Ein fleißiger Briefwechsel, der natürlich in Punktschrift geführt wird, erhält dieses Verhältnis aufrecht und befestigt es. Nachhaltiger noch wirken Besuche des Anstaltsleiters bei den früheren Zöglingen. Sie werden oft als Lichtpunkte in dem einförmigen Arbeitsleben empfunden. Hier gewinnt der Anstaltsleiter den sichersten Einblick in die Verhältnisse seiner früheren Zöglinge, hier kann er ihnen persönlich so nahe treten, wie es auch bei dem fleißigsten Briefwechsel nicht möglich ist; bei diesen Besuchen empfindet der Blinde es am unmittelbarsten, daß jemand sich um ihn kümmert,

daß er nicht ganz einsam ist unter Menschen, die für sein
Fühlen und Denken, seine Freuden und Sorgen nicht immer
das rechte Verständnis haben. Geistige Anregung und
Erquickung kann ihm durch Übersenden von Büchern und
Zeitschriften geboten werden, und wie die Eltern ihrem in
der Ferne weilenden Kinde durch allerlei Gaben und
Geschenke ihre Liebe beweisen, so wird die Fürsorge auch
dem Blinden gegenüber nicht vergessen, daß kleine
Liebesgaben, die aber nicht immer in barem Gelde zu
bestehen brauchen, zu gewissen Zeiten, etwa zu
Weihnachten, ihn wahrhaft beglücken können.

Besondere Veranstaltungen muß die Fürsorge für die
körperlich und geistig Schwachen, die technisch gering
Befähigten, die Ängstlichen und Willenschwachen, die
Einsamen und Alten treffen. Im Leben können sie sich nicht
behaupten, und nur zu bald würden sie der öffentlichen
Armenpflege mit ihren demütigenden und erniedrigenden
Maßnahmen anheimfallen. Ihre Ausbildung wäre zum Teil
eine vergebliche gewesen, ja sie würde ihnen das Elend ihres
Daseins nur fühlbarer machen. Solchen Blinden sucht die
Fürsorge die Lebensbedingungen durch Gründung von
offenen Werkstätten und Heimen zu erleichtern.

Die offenen Werkstätten findet man in einzelnen großen
Städten, am häufigsten in Verbindung mit einer
Blindenanstalt. Die Arbeiter, meist männliche Blinde,
wohnen im Orte, außerhalb der Anstalt und suchen die
gemeinsame Werkstätte nur zur Arbeitszeit auf. Es wird
ihnen mit dieser Einrichtung die Sorge um die Erlangung
von Arbeitsaufträgen und um Absatz der produzierten
Waren abgenommen; beides vermittelt die Fürsorgestelle.
Eine weitere Erleichterung der Lebensführung wird diesen
blinden Handwerkern häufig noch dadurch zuteil, daß
ihnen die Möglichkeit geboten wird, das Essen zu einem
niedrigen Preise aus der Anstaltsökonomie zu beziehen. Sie

erhalten einen der Arbeit entsprechenden Stück- oder Tagelohn, werden gegen Invalidität und Alter versichert und einer Krankenkasse überwiesen. Bedingung für das Bestehen und Gedeihen einer offenen Werkstätte sind ausreichende Aufträge, günstige Absatzgebiete für die produzierten Arbeiten und ein befriedigender Modus der Arbeitsverteilung. In neuerer Zeit wird in den Kreisen der blinden Handwerker die Gründung von Produktions-Genossenschaften viel erwogen. Es besteht eine solche Genossenschaft bereits in Wien. Die hier gewonnenen Erfahrungen reichen noch nicht aus, um ein abschließendes Urteil über eine derartige Einrichtung zu gewinnen. Es erscheint aber fraglich, ob die Hoffnungen, die man in weiten Kreisen auf ein genossenschaftliches Arbeiten setzt, sich erfüllen werden; feststehen dürfte zunächst, daß sehende Hilfskräfte in dem Betriebe nicht zu entbehren sind. Sind diese nicht durchaus gewissenhaft, so entstehen Situationen, die der Genossenschaft nachteilig werden können.

Für viele Blinde sind auch die offenen Werkstätten nicht die ihrer Persönlichkeit und ihrem Können entsprechende Form der Fürsorge; sie brauchen eine weitgehendere Hilfe. Sie würden einen Teil ihrer Freiheit und Selbstbestimmung gern aufgeben und die Ordnungen und Gesetze einer Anstaltsgemeinschaft annehmen, wenn diese ihnen Zuflucht und Versorgung bieten wollte. Dieser Gedanke wird in den Heimen verwirklicht. Von den „Blindenasylen", den Versorgungshäusern einer früheren Zeit, unterscheiden sich die Heime dadurch, daß in ihnen das Prinzip der Lebensunterhaltung aus eigener Kraft möglichst zur Durchführung gebracht wird. Es soll den Heiminsassen der Lebensunterhalt nicht mühelos in den Schoß fallen; sie sollen ihn durch ihrer Hände Arbeit sich erwerben, nur daß ihnen die Bedingungen hierzu erleichtert werden.

Das Heim bietet denjenigen Blinden, die es als Zufluchtsstätte freiwillig aufsuchen, Wohnung und Beköstigung zu einem mäßigen Miets- bzw. Pensionssatz. Es stellt ihnen ferner die erforderlichen Werkstätten zur Verfügung, versorgt sie mit Arbeit und übernimmt den Verkauf der fertigen Waren. Die Arbeit wird nach festen Lohnsätzen, die sich gewöhnlich den örtlichen Arbeitslöhnen anschließen, bezahlt, und die Heiminsassen bestreiten aus ihrem Arbeitsverdienst die Miete und Pension, Kleidung, Wäsche und die sonstigen Lebensbedürfnisse. Die tüchtigsten Arbeiter erzielen relativ gute Einnahmen und können sich darum ihr Leben recht behaglich gestalten, können auch für die Zeit des Alters einen Spargroschen zurücklegen. Die Schwachen bringen durch ihre Arbeit die festgesetzte Pension nur teilweise auf; für den Rest tritt in der Regel die Heimatgemeinde ein. Um diesen Blinden ein kleines Taschengeld zuzuwenden, wird ihnen für die geleistete Arbeit eine Prämie gezahlt. Es ist nicht immer leicht, die Rechte und Pflichten der beiden charakterisierten Gruppen der Heiminsassen gegeneinander abzugrenzen. Jedenfalls wird man seine Maßnahmen so treffen müssen, daß nicht Neid und Eifersucht aufkommen und die Schwachen sich nicht als Blinde zweiter Klasse fühlen. Die Heimbewohner haben natürlich größere Freiheit als die Anstaltszöglinge; soweit es zulässig ist, sollen sie ihr Leben sich selbst gestalten. Willkür und Schrankenlosigkeit dürfen aber nicht geduldet werden; eine, wenn auch in großen Zügen gehaltene Hausordnung ist nicht zu entbehren; die pünktliche Wahrnehmung der Arbeitszeit wird eine der wichtigsten Bestimmungen dieser Hausordnung sein. Im übrigen soll jeder Blinde, der in einem Heim Zuflucht sucht, wissen, daß er nicht auf Grund eines Rechtsanspruches dort ist, sondern daß er eine Wohltat genießt. Seine Ansprüche und sein Verhalten wird er darnach einzurichten haben.

Die Blindenheime sind nicht als die Regel, sondern nur als ein notwendiges Glied der Fürsorge anzusehen. Das Ziel der Arbeit an den Blinden und die Regel ist der draußen lebende Blinde, der entweder ganz selbständig oder mit Hilfe der Fürsorge sein Brot sich erwirbt. Nur dort, wo aus den früher angeführten Gründen der Kampf mit dem Leben nicht aufgenommen werden kann, wo der Blinde im Treiben der Welt untersinken würde, tritt das Heim als die einzige Möglichkeit der Hilfe ein. Eine Gefahr wird dabei zu vermeiden sein: das Heim darf durch Einrichtung und Lebenshaltung die blinden Insassen nicht verwöhnen und sie in eine Sphäre hineinheben, die weit über die Lebenskreise hinausgeht, der sie entstammen. Es wäre unnatürlich und ungerecht, einige wenige Blinde mit Luxus und Sorglosigkeit zu umgeben, während die große Masse ihrer Schicksalsgenossen es sich sauer werden und sich an den bescheidensten Lebensbedingungen genügen lassen muß.

Den Abschluß der Fürsorge bildet das Feierabendhaus für die Alten und Arbeitsunfähigen. Meist wird es so sein, daß diese Blinden eine Invalidenrente beziehen und vielleicht auch kleine Ersparnisse zu ihrem Unterhalte verwenden. Zur Arbeit wird niemand gezwungen; wer sich rüstig fühlt, beschäftigt sich, wie es seine Kräfte erlauben. Denjenigen Blinden, die in ein Feierabendhaus nicht eintreten können oder wollen, sondern in der Heimat ihren Lebensabend zubringen, wird die Fürsorge ebenfalls nachgehen. Es kann sich hier meist nur um materielle Hilfe und event. um die Erwirkung von Vergünstigungen in der armenrechtlichen Versorgung handeln.

Ferchen, Die in Schleswig-Holstein modifizierte sächsische Fürsorge für die aus der Blindenanstalt entlassenen Zöglinge. Kongr.-Ber. Amsterdam 1885.

Mecker, Grundsatzungen der Blindenfürsorge. Kongr.-Ber. Köln 1888.

B r a n d s t ä t e r , Welche Pflichten legt uns die Fürsorge für den blinden
Arbeiter auf? Kongr.-Ber. Breslau 1901.

L e m b c k e , Die Blindenfürsorge. Kongr.-Ber. Halle 1904.

L e m b c k e , Die Blindenfürsorge. Bldfrd. 1905 S. 80.

XIII.
Die geschichtliche Entwickelung der Blindenbildung.

Von einer eigentlichen Blindenbildung kann man erst seit dem Ende des 18. Jahrhunderts sprechen. Bis dahin waren wohl einzelne hervorragend begabte Blinde aus guten Familien durch Privatunterricht zu einer das Staunen der Sehenden hervorrufenden wissenschaftlichen und technischen Bildung gelangt, aber die Forderung einer Erziehung und Bildung aller Blinden trat erst in jener Zeit auf, als die von Frankreich ausgehende Idee der allgemeinen Menschenbildung die edelsten Geister zu erzieherischen Versuchen anregte. Es war der Philosoph Diderot (1717–1784), der zuerst den Gedanken der Bildungsfähigkeit der Blinden aussprach und ihm Verbreitung verschaffte. Dies geschah durch seine im Jahre 1749 erschienene Schrift „Lettre sur les aveugles à l'usage de ceux qui voient". (Die Schrift ist gekürzt im Bldfrd. Jhrg. 1884 S. 129 enthalten.)

Die Ausführung des von Diderot entwickelten Gedankens unternahm Valentin Haüy.

Haüy (1745–1822), ein vielseitig gebildeter Mann, der ein Amt im Ministerium für die auswärtigen Angelegenheiten in Paris bekleidete, war mit dem blinden Fräulein Maria Theresia von Paradis aus Wien, die in Paris durch ihre musikalischen Leistungen Aufsehen erregte, bekannt geworden. Auch auf den blinden Mathematiker Weißenburg in Mannheim und dessen Lehrer Christian Niesen war er aufmerksam geworden. Er gewann die Überzeugung, daß die Blinden bildungsfähig seien, und daß es eine Pflicht der Humanität sei, sie zu erziehen und zu unterrichten. Durch das Auftreten blinder Straßenmusiker, die possenhaft aufgeputzt waren, um Aufsehen zu erregen, wurde er veranlaßt, den schon lange erwogenen Plan, die Blinden dem Elende zu entreißen, zur Ausführung zu bringen. Er nahm den blinden Knaben François de Lesueur in sein Haus, entschädigte ihn für den Ausfall seines Bettelertrages und unterrichtete ihn. Das geschah im Jahre 1784; mit diesem Versuche wurde der Grund zu der ersten Blindenanstalt gelegt.

Es kam Haüy zunächst darauf an, einen größeren Kreis für sein Werk zu interessieren; darum führte er schon nach wenigen Monaten seinen Schüler einem geladenen Publikum vor und prüfte ihn im Lesen, Schreiben und Rechnen. Der Erfolg war außerordentlich; die Blindensache gewann Freunde, und Haüy erhielt die Mittel, zwölf Blinde aufzunehmen. Bald stieg die Zahl auf das Vierfache, und als er zwei Jahre später 24 seiner besten Schüler dem Hofe in Versailles vorstellen durfte, wo ihre Leistungen mit hoher Befriedigung aufgenommen wurden, da gewann der Gedanke der Blindenbildung immer weiteren Boden.

Von Anfang an umfaßte die Blindenbildung ein Doppeltes: Schulunterricht und Handarbeitsunterricht. Im Schulunterricht wurde das Hauptgewicht auf Lesen, Schreiben und Rechnen gelegt. Daneben wurde ein intensiver Musikunterricht betrieben. Doch finden wir auch schon die Anfänge der Realien. Was Stoff und Methode des Unterrichts betrifft, so schloß Haüy sich enge an den Unterricht der Sehenden an. In der Geometrie ließ er Figuren aus Draht auf Papptäfelchen zeichnen; das Rechnen betrieb er als Zifferrechnen mit erhabenen Typen; im erdkundlichen Unterricht wurde das schnelle Orientieren auf der Karte als Hauptstück angesehen.

Trotz der tastbaren Lehrmittel spielte die Auffassung durch das Ohr, die mündliche Mitteilung, im Unterricht noch eine wesentliche Rolle. Sagte doch noch 40 Jahre später der tüchtige Johann Wilhelm Klein: „Bei weitem der meiste Unterricht in Schul- und wissenschaftlichen Gegenständen geschieht durch mündlichen Vortrag, also durchs Gehör; das Lesen aus Büchern ist nur eine andere Form desselben, und dem Blinden durch Vorlesen ebenso zugänglich"[41].

Für das Lesen und Schreiben verwandte Haüy das lateinische Alphabet. Die erhöhte Druckschrift wurde mit Hilfe geeigneter Lettern hergestellt. Was das Schreiben betrifft, so versuchte er, ebenfalls eine Reliefschrift einzuführen, damit die Blinden das Geschriebene lesen konnten. Er ließ mit einer geeigneten Feder die Buchstaben auf dem Papier durchdrücken, so daß sie auf der Rückseite schwach erhaben erschienen. Das Ergebnis dieser Versuche war aber kein auf die Dauer befriedigendes; man gab daher bald die Reliefschrift auf und beschränkte sich auf die Flachschrift, die freilich von dem Schreiber selbst nicht gelesen werden konnte.

Die starke Anlehnung an die Unterrichtsweise der Sehenden erklärt sich zum Teil daraus, daß die Methode des Elementarunterrichts noch fast ganz daniederlag, und daß man glaubte, durch möglichste Annäherung an den allgemeinen Unterricht die Blinden ganz auf die Stufe der Sehenden zu heben. War doch Haüy sogar der Meinung, daß Blinde als Lehrer in den Schulen der Sehenden erfolgreich tätig sein könnten. Die Versuche, die er anstellte, fielen freilich nicht befriedigend aus. Der Handarbeitsunterricht bezweckte weniger, die Blinden erwerbsfähig zu machen, als vielmehr, ihnen eine nützliche technische Beschäftigung zu bieten, die auch einen kleinen Gewinn abwarf. Eine handwerkliche Ausbildung fand nicht statt.

Die Revolution war der Entwickelung der Pariser Anstalt nicht günstig. Napoleon verabschiedete Haüy und gab ihm eine Pension. Zwar errichtete er sogleich eine Privatanstalt für die Erziehung von Blinden, geriet aber bei seinen knappen Verhältnissen sehr bald in eine mißliche Lage. Unter diesen Umständen kam ihm der Antrag des Kaisers Alexander I. von Rußland sehr gelegen, nach St. Petersburg überzusiedeln und dort eine Blindenanstalt zu gründen. Auf der Reise nach Rußland berührte Haüy Berlin, und sein dortiger Aufenthalt wurde für Preußen bedeutungsvoll.

Haüy wurde in Berlin mit dem Augenarzt Dr. Grapengießer bekannt und führte diesem den blinden Schüler Fournier vor, der ihn auf der Reise begleitete. Grapengießer interessierte sich lebhaft für den intelligenten Blinden und stimmte Haüys Idee der allgemeinen Blindenbildung zu. Er brachte es dahin, daß Haüy seinen Schüler vor dem Könige Friedrich Wilhelm III. prüfen durfte. Der König wurde von der Möglichkeit und Wichtigkeit der Erziehung Blinder überzeugt und erklärte sich mit den Vorschlägen Haüys für die Gründung einer Blindenanstalt in Berlin einverstanden. Die Anstalt trat am 13. Oktober 1806 ins Leben; der Leiter derselben wurde der junge, begeisterte Dr. August Zeune (1778–1853), Lehrer am Gymnasium zum grauen Kloster in Berlin, der im Hause Grapengießers mit Haüy bekannt geworden und von diesem dem Könige empfohlen worden war.

Haüys Aufenthalt in Petersburg hatte leider nicht den gewünschten Erfolg. Wohl kam es 1807 zur Gründung einer Blindenanstalt, aber die Ungunst der Zeit hinderte die gedeihliche Entwickelung derselben. Haüy kehrte 1817 nach Paris zurück und lebte dort in recht ärmlichen Verhältnissen; fünf Jahre später starb er, fast vergessen. Erst die Nachwelt erinnerte sich seiner. Ein schönes

Marmordenkmal ziert jetzt die von ihm gegründete Anstalt, ein segensreich wirkender Blinden-Fürsorgeverein trägt seinen Namen, ebenso eine Zeitschrift, die im Dienste des Blindenwesens steht. Haüys Hauptwerk über die Blinden führt den Titel: „Essai sur l'education des aveugles"[42].

Bereits zwei Jahre vor der Gründung der Königlichen Blindenanstalt in Berlin, also im Jahre 1804, hatte der Armenvorsteher Johann Wilhelm Klein in Wien (geb. 1765 zu Allerheim bei Nördlingen, gest. 1848 in Wien) den Versuch gemacht, einen blinden Knaben, Jakob Braun, zu erziehen und zu unterrichten. Dieser Versuch führte zur Gründung des „k. k. Blinden-Erziehungs-Instituts" in Wien, der ersten Blindenanstalt auf österreichischem Boden.

Johann Wilhelm Klein hat in einem langen und arbeitsvollen Leben außerordentlich segensreich auf dem Gebiete der Blindenbildung gewirkt. Durch eine praktische, mustergültige Einrichtung der Wiener Anstalt, durch die Ausbildung der Methode des Blindenunterrichts, durch Abfassung eines ausführlichen „Lehrbuches zum Unterrichte der Blinden" und durch die Anbahnung der Fürsorge für ältere Blinde ist Klein das Vorbild und der Meister der Blindenlehrer geworden. Über seine Wirksamkeit können hier nur einige Andeutungen gemacht werden.

Wie in der Pariser Anstalt, die Klein übrigens aus eigener Anschauung nicht kannte, wurde auch in Wien hinsichtlich des Unterrichts das Hauptgewicht auf Lesen, Schreiben, Rechnen und Musik gelegt. Für Erdkunde und Geschichte war nur je eine Wochenstunde bestimmt. Einen eigentlichen Anschauungsunterricht kennt Klein nicht, doch sind für die Schüler der Unterstufe wöchentlich zwei Stunden für „Übungen in Handgriffen" angesetzt. Es waren dies Anschauungsübungen, die an den Stoffen und Gegenständen einer zu dem sog. „Allerlei" vereinigten

Sammlung vorgenommen wurden. Auf die Bildung der Hände legt Klein ein großes Gewicht. Er will sie beim Spiel, bei dem täglichen An- und Auskleiden, bei allerlei kleinen häuslichen Arbeiten und bei den Vorübungen für das Flechten geübt wissen. Auch das, was wir heute Fröbelarbeiten nennen, war ihm nicht ganz fremd; ebenso finden wir in seiner Anstalt die Anfänge des sog. Handfertigkeitsunterrichts.

In betreff des Lesens blieb Klein bei den als Reliefschrift gedruckten Unzialen. Zwar erhielt er durch Louis Braille auch Kenntnis von der Punktschrift, doch verhielt er sich ihr gegenüber ablehnend. Völlig neu war die Anwendung der Stachelschrift, auf welche Klein durch einen intelligenten Blinden geführt wurde. Sie wurde in Wien fast ausschließlich handschriftlich hergestellt, während die Anstalten in Berlin und Breslau sie schon frühe als Druckschrift verwandten. Der „Stacheltypen-Apparat" ist neuerdings von Mell verbessert und noch heute in den österreichischen Anstalten im Gebrauch. Auch der von Klein eingeführte „Wiener Rechenkasten" mit Bleitypen, der ein Rechnen mit Ansätzen ermöglicht, wird heute noch vielfach benutzt. Bemerkenswert ist, daß Klein bereits einen achtjährigen Schulunterricht fordert und in der Wiener Anstalt durchführt; damit ist er vielen andern später gegründeten Anstalten voraus, die sich mit einer wesentlich kürzeren Schulzeit begnügten oder notgedrungen begnügen mußten.

Recht groß für die damalige Zeit war die Zahl der von Klein eingeführten Lehr- und Lernmittel. Das Verzeichnis derselben nimmt in seiner „Geschichte des Blindenunterrichts" vom Jahre 1837 11 Druckseiten ein. Freilich sind darunter viele Sachen, die nicht dem unmittelbaren Gebrauch in der Schule dienten, sondern nur zur Vervollständigung der Sammlung angeschafft waren.

Klein sah voraus, daß ein späteres Geschlecht der Blindenlehrer an einer solchen Sammlung wertvolle Studien machen und viel Anregung dabei gewinnen könne. So legte er den Grund zu dem heutigen ausgezeichneten Museum für den Blindenunterricht beim k. k. Blinden-Erziehungs-Institut in Wien[43].

Sehr bescheiden ist in jener Zeit noch die Zahl der in Reliefschrift gedruckten Bücher; sie beschränkt sich in der Hauptsache auf einige religiöse Schriften, eine Sammlung von Denksprüchen, eine Gedicht- und Fabelsammlung, Leseübungen für Anfänger und Geschichtstabellen. Ein Lesebuch ist nicht vorhanden. Was die Lehrmittel für den naturgeschichtlichen Unterricht betrifft, so ist bemerkenswert, daß Klein außer vollständigen Modellen auch in Papier gedruckte Reliefbilder und Umrißzeichnungen verwenden läßt.

Das vorhin erwähnte „Lehrbuch zum Unterrichte der Blinden" erschien im Jahre 1819. Es enthält nicht nur eine Darstellung des Wissenwerten über die Natur des Blinden, über seine Stellung unter den Sehenden und die Abweichungen in seiner körperlichen Entwickelung, sondern auch eine vollständige Methodik des Blindenunterrichts, teilweise mit ausführlichen Lehrgängen. Wenn auch vieles von dem, was das Buch bietet, heute längst überholt ist, wenn namentlich die methodischen Anweisungen gänzlich veraltet sind, so sind einzelne Partien des Buches, z. B. die allgemeinen Abhandlungen, auch jetzt noch lesenswert. Das gilt insbesondere auch von der Anweisung zum Musikunterricht, die von dem sehr tüchtigen Mitarbeiter Kleins, dem Hoforganisten Simon Sechter, bearbeitet und in ihren Grundzügen noch heute vorbildlich ist. Auch die von Klein aufgestellten „Verhaltungsmaßregeln für die Zöglinge des „k. k. Blinden-Instituts"" enthalten vieles, was sich auch jetzt noch für die

Aufstellung einer Hausordnung verwenden läßt.

In bezug auf den Handarbeitsunterricht war es natürlich, daß Klein zunächst Versuche anstellte, um ein Urteil darüber zu gewinnen, welche Beschäftigungsarten für Blinde besonders empfehlenswert seien. Es wurden betrieben: Papparbeiten, Buchbinderei, Schuhmacherei, Farbholzraspeln, Tischlerei, Drechslerei, Spinnen, Fransenmachen, Korbmacherei und Seilerei. Die vier letztgenannten Arbeitszweige erwiesen sich als besonders geeignet und wurden darum in größerem Umfange eingeführt, während man die erstgenannten nach und nach wieder fallen ließ. Freilich war an einen derartig intensiven Betrieb der Handarbeit, wie wir sie gegenwärtig in den Blindenanstalten finden, nicht zu denken. Die Einsicht, daß das Ziel der Blindenbildung die volle oder wenigstens teilweise Erwerbsfähigkeit des Blinden sein müsse, blieb einer späteren Zeit vorbehalten. Klein hat denn auch die betrübende Erfahrung machen müssen, daß viele Zöglinge nach der Entlassung aus der Anstalt sich wieder dem Betteln zuwandten, meist in Verbindung mit dem Musizieren. Er erstrebte darum die Gründung einer „Versorgungs- und Beschäftigungsanstalt für erwachsene Blinde", die auch tatsächlich von einem Verein ins Leben gerufen wurde. Seit dieser Zeit tritt der Handarbeitsunterricht in der Blindenanstalt mehr und mehr zurück; er wurde der Beschäftigungsanstalt überwiesen.

Rückschauend können wir sagen, daß in den Bestrebungen Kleins eine gesunde Entwickelung des Blindenbildungswesens zum Ausdruck kommt. Selbst die in der Gegenwart verfolgten Ziele sind bei ihm (und den gleichzeitig mit ihm wirkenden Männern an den inzwischen entstandenen andern Anstalten) in den Anfängen vorhanden.

Die im Jahre 1806 in Berlin von August Zeune

gegründete Königliche Blindenanstalt war mit einem Zögling, Wilhelm Engel aus Kolberg, eröffnet worden. Aber die junge Anstalt kam durch den inzwischen ausgebrochenen unglücklichen Krieg in harte Bedrängnis, und nur die Opferwilligkeit Zeunes, der sein Vermögen hingab, rettete sie vor dem Untergange. Es war von weittragender Bedeutung, daß die ersten Anstalten auf deutschem und auf österreichischem Boden von so hervorragend tüchtigen, praktischen, für die Sache der Blinden begeisterten Männern wie Klein und Zeune gegründet und eine lange Reihe von Jahren geleitet wurden. Vielleicht war Zeunes Tätigkeit noch vielseitiger als die Kleins, da er auch noch auf dem Gebiete der deutschen Sprache und der Geographie Studien trieb und eine Zeitlang Vorlesungen an der Universität hielt.

Der Unterricht der ersten preußischen Blindenanstalt bewegt sich im allgemeinen in den Grenzen, die wir bei Klein kennen gelernt haben. Doch scheint Zeune den Realien mehr Zeit gewidmet zu haben. Besonders dem erdkundlichen Unterricht wurde große Sorgfalt zugewendet, was sich wohl aus Zeunes wissenschaftlichem Interesse für dieses Fach erklärt. Wir finden bei ihm bereits einen stufenweise fortschreitenden Lehrgang, der von dem Heimatsort ausgeht und mit der Anschauung der Erde als Ganzes endet. Die Lehrmittel für den geographischen Unterricht fertigte Zeune selbst an und ließ sie vervielfältigen. Er ist der Erfinder der Reliefgloben, die er in der bedeutenden Größe von 42 und 68 cm Durchmesser herstellte. Zeune war auch schriftstellerisch tätig. Sein wichtigstes Werk führt den Titel „Belisar oder über Blinde und Blindenanstalten", das in mehreren Auflagen erschien. Es ist jedoch bei weitem nicht so umfangreich wie das Lehrbuch von Klein.

In den Kriegen 1813–1815 erblindeten mehr als 500

preußische Soldaten. Auf Zeunes Rat wurden für diese Blinden sog. Kriegsblindenanstalten in Berlin, Breslau, Königsberg, Marienwerder und Münster gegründet. Es waren Werkschulen, in denen die Blinden einige Monate in einer handwerklichen Beschäftigung unterwiesen und dann in die Heimat entlassen wurden; die Lehrmeister hatte Zeune ausgebildet. Einige dieser Anstalten bestanden nur kurze Zeit. Die zu Königsberg wurde durch den bekannten General Bülow von Dennewitz gefördert, bestand 18 Jahre und nahm später die Form einer Unterstützungsanstalt für Blinde an. In veränderter Gestalt besteht die Stiftung noch heute. Die Kriegsblindenanstalt in Breslau entwickelte sich zu einer Bildungsanstalt für blinde Kinder; an ihr war der blinde Knie tätig, von dem weiter unten die Rede sein wird.

Mittlerweile hatte sich die Zahl der deutschen Bildungsanstalten für blinde Kinder vermehrt. Es entstanden im ersten Drittel des 19. Jahrhundert u. a. die Anstalten in Prag (1808), Dresden (1809), Breslau (1818 durch Knie gegründet), Freising (1826, später nach München verlegt), Braunschweig (1829, durch Lachmann gegründet), Hamburg (1830), Halle und Frankfurt a. M. (1833). Auch die übrigen europäischen Länder blieben nicht zurück; besonders England tat sich hervor; schon am Ende des 18. Jahrhunderts wurden hier vier Blindenanstalten ins Leben gerufen. Im Jahre 1858 sind nach Knies Bericht in Deutschland und Österreich 26 Blindenanstalten vorhanden. Die meisten dieser Anstalten waren Privatstiftungen; erst im Laufe der Zeit wurden sie in öffentliche Anstalten umgewandelt. Sie reichten natürlich bei weitem nicht aus, um sämtliche jugendlichen Blinden aufzunehmen. Es wird darum immer wieder auf die Volksschule als Notbehelf hingewiesen, und es erscheinen verschiedene Schriften, um die Volksschullehrer mit der Eigenart des Blindenunterrichts bekannt zu machen. In erster Linie ist hier das Werkchen von Knie zu nennen: „Anleitung zur zweckmäßigen Behandlung blinder Kinder in öffentlichen Volksschulen", ein Büchlein, das heute noch lesenswert ist. Interessant ist auch die Beilage zu dem Buche, die eine Art Fibel in Hochdruck darstellt und auch in die Anfänge der „Tonkunst" einführt. Der Druck ist von der Breslauer Anstalt ausgeführt; die Buchstaben sind Unzialen in Stachelschrift. Der fünften Auflage von 1858 ist als Neuheit ein Blatt mit dem Punktalphabet Brailles beigefügt.

Der Unterricht wird allmählich nach der methodischen Seite hin vollkommener. Die Gedächtnisübungen werden mehr und mehr eingeschränkt und erstrecken sich auf literarisch wertvolle Stoffe, während früher mit Vorliebe Gedichte, die von Blinden stammten und für Blinde bestimmt waren, memoriert wurden[44]. Die Lehrer sind eifrig dabei, die vorhandenen Unterrichtsmittel zu verbessern und neue zu ersinnen. Namentlich für den Schreibunterricht wurden verschiedene praktische Apparate erfunden, so von Hebold und Guldberg. Was den Buchdruck betrifft, so hielt man in Deutschland an den lateinischen Lettern fest, während im Pariser Institut bereits 1850 die Punktschrift von Louis Braille eingeführt wurde. In England fand die Schrift von Moon weite Verbreitung. Es will uns heute unbegreiflich erscheinen, daß die deutschen Blindenanstalten sich so lange gegen die Einführung der Punktschrift sträubten. Es war im Grunde genommen nur ein Bedenken, welches die Blindenlehrer gegen die Braille-Schrift hatten, dieses nämlich, daß die Blinden mit der Annahme einer Schrift, die nicht von jedermann gelesen werden konnte, sich von den Sehenden bedenklich entfernten. Auch erschien es gewagt, ein System, in welchem eine immerhin schon ansehnliche Literatur entstanden war (vor allem war die Bibel in Unzialen gedruckt), aufzugeben und ein neues anzunehmen, bei dem man mit dem Buchdruck von vorn hätte anfangen müssen. Dazu kam noch das System Moons, das der Erfinder als der Braille-Schrift weit überlegen anpries. So wurde den deutschen Blindenanstalten die Wahl schwer gemacht; was Wunder, daß sie erklärten: Wir bleiben bei dem bewährten Alten. Es gereicht ihnen zur Ehre, daß trotz der verschiedenen Ansichten über einen der wichtigsten Punkte im Blindenunterricht die Eintracht gewahrt blieb. Sicher war es allen Blindenlehrern aus dem Herzen gesprochen, wenn Rösner in Berlin am Schluß eines längeren Artikels über den Blindendruck sagte: „Tun wir Blindenlehrer Deutschlands an unserm Teile ein jeder das Seine! Blindenschrift-Systeme aber sollen uns nie scheiden!"[45].

Wäre es den Blindenanstalten möglich gewesen, in engere Fühlung miteinander zu kommen, so hätte sich über manchen strittigen Punkt in Erziehung und Unterricht sicher eine Verständigung erzielen lassen. So aber arbeitete jede Anstalt für sich und hielt an dem fest, was Zeit und Erfahrung scheinbar unangreifbar gemacht hatten. Wohl unternahmen einzelne Blindenlehrer Reisen, um andere Anstalten kennen zu lernen, aber der Gewinn solcher Reisen kam doch nicht der Allgemeinheit zugute. Ein Fortschritt war es schon, daß die Blindenlehrer seit dem Jahre 1854 in dem „Organ der Taubstummen- und Blindenanstalten in Deutschland" eine Zeitschrift besaßen, in welcher sie ihre Meinungen austauschen konnten. Die Zeitschrift erschien monatlich und wurde von dem Direktor der Taubstummenanstalt zu Friedberg, Dr. Matthias, herausgegeben. Hierbei mag erwähnt werden, daß nicht selten Taubstummen- und Blindenanstalten zu einer Internatsgemeinschaft vereinigt waren; erst in neuerer Zeit ist diese unnatürliche Verbindung fast durchweg gelöst worden.

Mit Beginn des letzten Drittels des vorigen Jahrhunderts

macht sich ein neuer Eifer auf dem Gebiete der Blindenbildung bemerkbar. Tüchtige Männer, wie Rösner-Berlin, Pablasek-Wien, Reinhard-Dresden, Ferchen-Kiel, Wulff-Neukloster u. a. stellten für den Unterricht, für die berufliche Ausbildung und die Fürsorge der Blinden praktische, der Neuzeit entsprechende Ziele auf und suchten sie in ihren Anstalten zu verwirklichen. Der wirtschaftliche Aufschwung Deutschlands nach den großen Einigungskriegen, die Fortschritte im Volksschulwesen, die in Preußen durch die „Allgemeinen Bestimmungen" vom Jahre 1872 eingeleitet wurden, der freudige Eifer, der sich durchweg in der Lehrerschaft zeigte und unter anderm seinen Ausdruck in der Vereinigung der Lehrer zur Förderung der Berufsarbeit fand, übte auch auf die Blindenanstalten einen großen Einfluß aus. Am bedeutungsvollsten für die Entwickelung des Blindenwesens war der Zusammenschluß der Blindenlehrer auf den mit dem Jahre 1873 beginnenden Kongressen.

Die Anregung hierzu ging von Dr. Frankl, dem Gründer des Blinden-Instituts auf der hohen Warte bei Wien, aus. Ihm war auf einer Reise das isolierte Arbeiten der Blindenanstalten aufgefallen, und er versprach sich von regelmäßigen Zusammenkünften der Blindenlehrer eine Klärung und Förderung des gesamten Blindenwesens. Seine Idee fand allseitige Zustimmung, und so kam denn im Jahre 1873 der erste europäische Blindenlehrerkongreß in Wien zustande.

Es ist schwer, in wenigen Zeilen den großen Einfluß darzulegen, den die Blindenlehrerkongresse auf den Unterricht, die Berufsbildung der Blinden und die Fürsorge ausgeübt haben und noch ausüben. Die aus der Erfahrung geschöpften Vorträge der Fachmänner, die Ausstellungen von Lehr- und Lernmitteln für den Blindenunterricht, die Teilnahme berufener Vertreter der staatlichen und kommunalen Behörden, der Gedankenaustausch der Blindenlehrer bei der Besprechung der Vorträge und beim zwanglosen Verkehr miteinander: das alles wirkt zusammen, um die Kongresse zu einem bedeutungsvollen Faktor der Blindenbildung zu machen.

Gleich auf den ersten Kongressen wurde die Schriftfrage zum Gegenstand eingehender Beratungen gemacht. Die Versuche, welche einzelne Anstalten mit der Punktschrift gemacht hatten, waren so günstig ausgefallen, daß man glaubte, sie vom Unterricht ferner nicht ausschließen zu dürfen. Man war nur im Zweifel darüber, ob man Brailles System annehmen sollte oder ein solches, das dem Bedürfnis der deutschen Sprache mehr Rechnung trug. Ein deutsches Punktschriftsystem war von dem Direktor der Blindenanstalt zu Leipzig, v. St. Marie, aufgestellt worden. Er bezeichnete die in der deutschen Schrift am häufigsten vorkommenden Buchstaben mit der geringsten Zahl von Punkten. Das war offenbar ein Vorteil gegenüber dem rein alphabetischen System Brailles. Trotzdem entschied man sich auf dem zweiten und dritten Kongreß (Dresden und Berlin) aus schwerwiegenden Gründen für Brailles System. Die Linienschrift ließ man zunächst aber noch nicht fallen, sondern lehrte beide Schriftarten nebeneinander. Erst später, als der Ruf „Fort mit dem Liniendruck!" immer lauter erscholl, ging man ganz und gar zur Punktschrift über. Um den Blindenanstalten die nötigen Hochdruckschriften billig liefern zu können, wurde auf dem Kongreß in Dresden (1876) der „Verein zur Förderung der Blindenbildung" gegründet, der noch heute besteht. Bald erschien ein von dem Verein herausgegebenes Lesebuch, das für den Schulunterricht dringend notwendig war. Einige Bände desselben waren in Linienschrift, die andern in Punktschrift gedruckt. Die letztere wurde in der Folge zu einer internationalen Musikschrift, einer deutschen Kurzschrift und einer Mathematikschrift ausgebaut. Auf die Wichtigkeit der intensiven Anschauung durch Tasten wurde immer wieder hingewiesen. Dabei kam die Notwendigkeit der darstellenden Tätigkeit des Schülers wiederholt zur Sprache. Die Folge war die Einführung des Modellierens, des Zeichnens, der Fröbelarbeiten und des Handfertigkeitsunterrichts in den Blindenanstalten. Einen wesentlichen Fortschritt machte der erdkundliche Unterricht, indem Kunz-Illzach gute Papier-Reliefkarten druckte, die einen Klassenunterricht ermöglichten. Die Schreibapparate für Punkt- und Flachschrift wurden verbessert: neuerdings sind auch Maschinen für beide Schriftarten auf den Plan getreten. Als die Anstalten mit den nötigsten Schulbüchern versehen waren, ging der Verein zur Förderung der Blindenbildung zum Druck von Büchern für die Privatlektüre der Blinden über. In dieser Arbeit wurde er von mehreren Anstalten unterstützt, die Punktschrift-Druckereien einrichteten. Die Hauptwerke unserer Klassiker, eine große Zahl von volkstümlichen Erzählungen und manche wertvollen Werke aus dem Gebiete der allgemeinen Wissenschaft füllen seitdem die Bibliotheken der Blindenanstalten. Die Leichtigkeit, mit der die Punktschrift handschriftlich hergestellt werden kann, regte viele Blindenfreunde zur Mitarbeit an der Vergrößerung der Blindenbibliotheken an. Der Lesestoff ist dadurch ein so umfangreicher und vielseitiger geworden, daß das Vorlesen durch Sehende, das früher einen weiten Raum einnahm, stark zurücktreten kann. Sehr erfreulich entwickelte sich die nach Brailles System gedruckte Musikliteratur. Hierbei besonders sieht man die Wichtigkeit der internationalen Schriftübereinstimmung. Was den Unterricht im allgemeinen betrifft, so war man auf den Kongressen bemüht, nicht bloß die praktische Seite desselben zu betonen, sondern auch den theoretischen Grundlagen nachzugehen. Insbesondere wurde die psychologische Begründung des Unterrichts häufig erörtert. Man ging von der sehr richtigen Ansicht aus, daß der Unterricht um so wirksamer sein werde, je mehr er der Natur des Blinden angepaßt sei. Das Studium der Natur des Blinden und die Klarstellung der Abweichungen in seiner Geistesentwickelung ist durch die Kongresse außerordentlich gefördert worden. Auf den Unterricht hat dies insofern Einfluß gehabt, als der früher geübte ängstliche Anschluß an die Schule der Sehenden in bezug auf Auswahl und Verarbeitung des Lehrstoffes nachließ und, zumal auf den unteren Stufen, einer freieren, der Natur des blinden Kindes entgegenkommenden Praxis Platz machte.

Eine bedeutende Förderung erfuhr der Unterricht und das gesamte deutsche Blindenwesen durch die Gründung einer eigenen Fachzeitschrift, des von Mecker-Düren im Jahre 1881 ins Leben gerufenen „Blindenfreundes". Auch von andern Seiten erhielt die Blindenliteratur manche wertvolle Gabe. Mehrere Anstalten, in erster Linie die zu Wien und Illzach, gaben eine ausführliche Darstellung ihrer geschichtlichen Entwickelung; Theodor Heller schrieb seine „Studien zur Blindenpsychologie"; als wichtigstes Werk aber erschien im Jahre 1900 das zweibändige, gründliche und ausführliche „Encyklopädische Handbuch des Blindenwesens" von Alexander Mell. Eine Ergänzung fand die Blindenliteratur durch die bei den Anstalten zu Wien und Steglitz geschaffenen Blindenmuseen, welche die Entwickelung des Blindenwesens praktisch vor Augen stellen.

Betreffs der Berufsbildung der Blinden haben die Verhandlungen auf den Kongressen und die Erörterungen in der oben genannten Fachzeitschrift zur Aufstellung eines Zieles geführt, das den ersten Blindenlehrern noch fernlag. Wohl hatte schon Johann Wilhelm Klein, wie oben gezeigt, seine Zöglinge in „einigen mechanischen Fertigkeiten" unterwiesen, und auch später ist in den Anstalten außer dem Schulunterricht stets auch Handarbeitsunterricht erteilt worden; aber man schätzte die Kraft des Blinden noch nicht so hoch ein, daß man meinte, er könne ohne wesentliche fremde Hilfe, durch eigene Kraft sich im Leben behaupten. Nun lehrte die Erfahrung hie und da, daß bei gründlicher Ausbildung in einem passenden Berufe der Blinde sehr wohl erwerbsfähig werden könne. Die Meinungen hierüber klärten sich nach und nach und führten zu weiteren praktischen Versuchen. So konnte auf dem Kongreß in Berlin (1879) als das Ziel der Anstaltsbildung die Erwerbsfähigkeit des Blinden und die daraus erwachsende Selbständigkeit in der Ausübung eines Berufes bezeichnet werden. Mit der Verfolgung dieses Zieles trat eine Neubelebung der handwerklichen Ausbildung ein, die sich nun auch auf die Mädchen erstreckte, die bis dahin meist mit den sog. weiblichen Handarbeiten beschäftigt worden waren. Der Ausgestaltung der Berufsbildung ist seitdem unausgesetzt die größte Sorgfalt zugewendet worden; man suchte den Blinden neue Erwerbszweige zu erschließen, und als mit dem Beginn des 20. Jahrhunderts mancherlei wirtschaftliche Verschiebungen eintraten, erwog man, ob die bisherigen Berufe auch noch lohnend seien oder durch andere ersetzt werden können.

Mit der Frage der Erwerbsfähigkeit stand die Fürsorge für die im Berufsleben stehenden Blinden im engen Zusammenhange. Die Ausrüstung des Blinden mit den für einen Beruf erforderlichen Kenntnissen und Fertigkeiten war zwecklos, wenn nicht dafür Sorge getragen wurde, daß er die gewonnene Erwerbsfähigkeit auch tatsächlich zur Geltung bringen konnte. Hier hatte die Fürsorge einzusetzen. Eine vorbildliche Tätigkeit in dieser Richtung hatte die Anstalt in Dresden bereits unter Georgi (gest. 1867) entfaltet. Von andern deutschen Anstalten waren die dortigen Ideen aufgenommen und den Lokalbedürfnissen entsprechend umgestaltet worden. Die Aussprache auf den Kongressen führte zu neuen Formen, u. a. auch zu den sogenannten Blindenheimen und offenen Werkstätten. Nächst dem Unterricht ist kein Gebiet so eingehend besprochen worden wie die Fürsorge.

Sollen noch einige äußere Errungenschaften der Kongresse genannt werden, so sei an die Ermäßigung des Portos für Briefe in erhabener Schrift und an die Fahrpreisermäßigung für Blinde auf den deutschen Eisenbahnen erinnert, welche Vorteile auf bezügliche Eingaben der Blindenlehrerversammlungen bei den in Betracht kommenden Behörden gewährt wurden. Auch für die Schaffung einer zuverlässigen Blindenstatistik und für Maßnahmen zur Verhütung der Blindheit sind die Kongresse lebhaft eingetreten. Endlich muß daran erinnert werden, daß sie von jeher den Schulzwang für blinde Kinder und eine gründliche Vorbildung der Blindenlehrer erstrebt haben.

Zum Schluß mag mit einigen Worten der gegenwärtige Stand des Blindenwesens charakterisiert werden.

Die Zahl der Blindenanstalten hat sich in den letzten 50 Jahren erheblich vermehrt. Seit 1860 wurden in Deutschland 11, in Österreich-Ungarn 13 Anstalten neu gegründet, so daß Deutschland jetzt insgesamt 33, Österreich 21 Blindenbildungsanstalten besitzt. Dazu kommen noch offene Arbeitswerkstätten, Blindenheime und Feierabendhäuser. Die Überzeugung von der Notwendigkeit der Blindenbildung und dem Segen der Blindenanstalten ist nach und nach in alle Volksschichten gedrungen. Wohl gibt es noch immer Eltern, die aus den verschiedensten Gründen sich nur schwer entschließen, ihr blindes Kind einer Anstalt zu übergeben, aber im allgemeinen sind die Blindenanstalten doch volkstümlich geworden. Von weittragender Bedeutung ist die im Jahre 1912 erfolgte gesetzliche Einführung der Schulpflicht für blinde Kinder in dem größten deutschen Bundesstaat, Preußen. Es ist zu erwarten, daß auch diejenigen deutschen Staaten, in denen die Schulpflicht noch nicht besteht, dem Vorgange Preußens folgen werden.

In baulicher Beziehung haben die Blindenanstalten wesentliche Fortschritte gemacht. Mehrere sind aus der Enge der Großstadt an die Peripherie oder in Vororte verlegt worden, wo für ihre Entwickelung ausreichender Raum vorhanden ist. Nach der hygienischen Seite hin sind die Anstaltsgebäude aufs beste eingerichtet; namentlich ist die Trennung der Schul-, Wohn-, Wirtschafts- und Arbeitsräume, die früher meist unter einem Dache vereinigt waren, durchgeführt.

Im Unterricht ist die außerordentliche Verschiedenheit der einzelnen Anstalten einer größeren Gleichmäßigkeit gewichen. Die vom Kongreß in Hamburg (1907) angenommenen „Grundlinien zu einem Lehrplan für deutsche Blindenanstalten“ bezeichnen in großen Zügen die Unterrichtsziele und die zu verarbeitenden Stoffgebiete. Ein neues achtbändiges Lesebuch stellt sich in den Dienst des Sprachunterrichts. Unterhaltende und belehrende Schriften werden außer von dem „Verein zur Förderung der Blindenbildung“ auch von vielen Anstalten gedruckt, so daß die Bibliotheken einen recht bedeutenden Umfang angenommen haben. Der Gedanke der intensiven Anschauung durch Umgang mit den Dingen und durch darstellende Tätigkeit des Schülers wird immer weiter ausgebaut und in die Praxis übertragen. Auch die Bestrebungen, die durch die Ausdrücke „Lebenskunde“, „Jugendpflege“, „Selbstregierung“ gekennzeichnet werden, finden eine ernste Prüfung und regen zu Versuchen an. Die schwachbefähigten Schüler sammelt man in besondere

Abteilungen, und wo dies der geringen Zahl wegen nicht möglich ist, sucht man sie durch Nachhilfestunden zu fördern. Die Blindenlehrer sind bemüht, sich in die Theorie und Praxis ihres Spezialgebietes immer gründlicher einzuarbeiten. Der auf den Kongressen wiederholt gestellte Antrag, Prüfungen für die angehenden Blindenlehrer einzuführen, hat in Preußen jetzt seine Verwirklichung gefunden. Es ist zu hoffen, daß diese Prüfungen, wie für die Lehrer, so auch für die Blindenschule von Segen sein werden.

Die Berufsbildung der Blinden wird von dem allgemeinen Wirtschaftsleben stark beeinflußt. Bei der sich immer mehr ausdehnenden Fabrikarbeit und der damit zusammenhängenden Überproduktion sind die Aussichten für den Kleinbetrieb immer ungünstiger geworden, und dem einzelnen blinden Handwerker wird es immer schwerer, als selbständiger Gewerbetreibender sein Brot zu verdienen. Diese Umstände machen es notwendig, nach neuen Berufen für die Blinden Umschau zu halten. Leider haben die diesbezüglichen Bemühungen der Blindenlehrer und Blindenfreunde bis jetzt wenig Erfolg gehabt. Große Hoffnungen setzen die Blinden auf die Musik. Es ist gewiß, daß auf diesem Gebiete ein befähigter Blinder Tüchtiges leisten kann, aber auch hier ist die Konkurrenz der Sehenden so stark, und der Beruf als Organist, Musiklehrer und Künstler ist für den Blinden mit so viel äußeren Schwierigkeiten verbunden (Konzertreisen), daß nur hervorragend tüchtige Blinde sich durch die Musik eine gesicherte Lebensstellung erringen können. Als ein passender, für sich allein aber nicht ausreichender Beruf hat sich das Klavierstimmen erwiesen. Über die Verwendung Blinder mit Sehresten in gärtnerischen und landwirtschaftlichen Betrieben werden zurzeit Versuche angestellt.

In der Fürsorge sind die Behörden und besondere Fürsorgevereine tätig, beide meist durch Vermittelung der Anstalten. Die im Leben stehenden Blinden sucht man weniger durch Barunterstützung, als vielmehr durch Übermittelung von Arbeitsaufträgen, durch den Absatz der gefertigten Waren, durch Überlassung von Arbeitsmaterial zu Engrospreisen, durch Übernahme der Beiträge zur Invaliden- und Altersversicherung und durch mancherlei Hilfe lokaler Art zu fördern. Die wirtschaftlich Schwachen, die sich im Konkurrenzkampf des Lebens nicht behaupten können, insbesondere auch die Mädchen, sammelt man in Heimen und offenen Arbeitswerkstätten. Hervorzuheben ist noch, daß auch die im Leben stehenden Blinden selbst bemüht sind, Mittel und Wege zu finden, das Los ihrer Schicksalsgenossen zu verbessern. Wenn sich dabei auch hin und wieder ein gewisser Gegensatz zwischen den Blinden und den Anstalten und ihren Vertretern bemerkbar macht, so kann doch erwartet werden, daß die hier und dort verfolgten Ziele zu guter Letzt zusammenfließen werden zum Wohle aller Blinden.

Joh. Wilh. Klein, Geschichte des Blindenunterrichts. Wien 1837.

Mell, Knies Briefe an J. W. Klein. Bldfrd. 1891 S. 32.

Wiedmann, Zur Geschichte der Blindenbildung. Bldfrd. 1895 S. 177.

Kunz, Rückblick, Umblick, Ausblick. Kongr.-Ber. Halle 1904.

Anhang.

1. Verzeichnis von Schriften, deren Studium dem angehenden Blindenlehrer empfohlen werden kann.

Ältere Schriften.

Joh. Wilh. Klein, Lehrbuch zum Unterrichte der Blinden. Wien 1819.

Ders., Geschichte des Blindenunterrichtes. Wien 1837.

Knie, Anleitung zur zweckmäßigen Behandlung blinder Kinder. Breslau 1837.

Zeune, Belisar oder über Blinde und Blindenanstalten. 7. Aufl. Berlin 1846.

Neuere Schriften.

Der Blindenfreund. Zeitschrift für Verbesserung des Loses der Blinden. Düren (Rheinland). Jährlich 12 Nummern. Erscheint seit 1881.

Das Blinden-, Idioten- und Taubstummenbildungswesen. Von Merle, Sengelmann u. Söder. Norden 1887.

Büttner, Das Formen und Zeichnen. (Verein zur Förderung der Blindenbildung.) 1890.

Heller, Modellieren und Zeichnen. Wie vor. 1890.

Libansky, Die Blindenfürsorge. Wien 1898.

Mell, Encyklopädisches Handbuch des Blindenwesens, 2 Bände. Wien und Leipzig 1899.

Th. Heller, Studien zur Blindenpsychologie. Leipzig 1904.

Javal, Der Blinde und seine Welt. Hamburg u. Leipzig 1904.

Mell, Geschichte des k. k. Blinden-Erziehungs-Instituts in Wien. Wien 1904.

Kunz, Geschichte der Blindenanstalt zu Illzach-Mülhausen i. E. Leipzig 1907.

Mell, Der Blindenunterricht. Wien 1910.

Axenfeld, Blindsein u. Blindenfürsorge. Freiburg i. Br. 1912.

Uhthoff, Von den Blinden. Breslau.

Die Berichte über die Verhandlungen der Blindenlehrer-Kongresse.

Die Schriften von Helen Keller (vergl. das Kapitel „Taubstummblinde").

Die Jahresberichte und Festschriften der Blindenanstalten.

„Le Valentin Haüy", Revue universelle des questions relatives aux Aveugles. Directeure: Maurice de la Sizeranne. Paris.

Armitage, Education and Employment of the Blind. London 1886.

„The Blind." Begründet von H. J. Wilson. London. Erscheint vierteljährlich.

2. Bedeutungsvolle Abhandlungen aus den vorliegenden 32 Jahrgängen des „Blindenfreundes".

(Der „Blindenfreund" mit seinem reichen Inhalt gibt ein vortreffliches Bild der Entwickelung des Blindenwesens in den letzten drei Jahrzehnten. Das Studium der Zeitschrift ist daher dem angehenden Blindenlehrer dringend zu empfehlen. Um ihm dieses Studium zu erleichtern, sind aus der Fülle des Stoffes diejenigen Abhandlungen bezeichnet, die nach dem persönlichen Empfinden des Verfassers in erster Linie geeignet sind, ein Bild des Lebens und Strebens auf dem Gebiet der Blindenbildung zu geben. Ein Urteil über den Wert der nicht genannten Artikel soll mit dieser Auswahl natürlich nicht ausgesprochen sein.)

A. Zeitliche Anordnung.

Jahrgang 1881.

Mecker, An die Leser zur Orientierung. S. 1.

Büttner, Aus meinem Tagebuche. S. 78.

Brandstäter, Der Blinde als Organist. S. 129.

Moldenhawer, Der Blinde als Schuhmacher. S. 140.

Jahrgang 1882.

Ferchen, Das Bürstenmachen, ein Handwerk der Blinden. S. 6.

Heller, Die Rede in der Blindenschule. S. 121.

Jahrgang 1883.

Michel, Ein interessantes, längst verschollenes Buch über

M e r l e , Der Anschauungsunterricht, die Grundlage alles
Blindenunterrichts. S. 38.

M . de la S i z e r a n n e , Der musikalische Unterricht für die
Blinden. S. 97.

B r a n d s t ä t e r , Immer für Braille. S. 134.

J a h r g a n g 1890.

R u p p e r t , Reiseerinnerungen eines Blindenlehrers an Italien.
S. 1.

D i e M u s i k s c h r i f t f i b e l . S. 23.

D r . J e r u s a l e m , Laura Bridgman. S. 40.

M o h r , Aus dem Bericht der Königl. Kommission über das
Blindenwesen in England. S. 53. (Bemerkungen
hierzu S. 102.)

M o l d e n h a w e r , Von der Disziplin in den Blindenanstalten.
S. 120.

J a h r g a n g 1891.

M e l l , J. G. Knies Briefe an J. W. Klein. S. 32.

P r o f . D r . M a r s c h a l l , Die menschliche Hand, eine
anatomisch-physiologische Betrachtung. S. 41.

M o l d e n h a w e r , Das Lesen und Schreiben der Blinden. S. 99.

Z u r E r r i c h t u n g einer Hochschule der Musik für Blinde. S.
209. (1892 S. 195.)

J a h r g a n g 1892.

B e s c h u l u n g blinder usw. Kinder nach dem
Volksschulgesetzentwurf des preußischen
Unterrichtsministers Grafen von Zedlitz-Trützschler.
S. 17.

P r o f . D r . C o h n , Credés Verdienste um die Augen der

297

Neugeborenen. S. 87.

Aldrich, Sollen die Blinden heiraten? S. 93.

Heller, Die Blindenbildung und ihre Bedeutung für die Erziehung des Menschengeschlechts. S. 91.

Preußisches Gesetz vom 11. Juli 1891 betreffend die hilfsbedürftigen Geisteskranken, Idioten, Epileptischen, Taubstummen und Blinden. S. 129.

Libansky, Über die Erziehung der Blinden in Amerika. S. 134.

Froneberg, Die Exkursionen im Dienste des Blindenunterrichts. S. 143.

Jahrgang 1893.

Pariser Briefe eines Typhlophilen. S. 103, 113, 162, 177.

Unterrichte anschaulich. S. 106.

Pötsch, Wahrheit und Dichtung über Blinde. S. 124.

Jahrgang 1894.

Prof. Saemisch, Die Entwickelung der modernen Augenheilkunde. S. 49.

Kunz, Ausbildung eines taubstummblinden Mädchens. S. 81.

Die Liebe des Blinden. S. 127.

Blindenerzieher-Kongreß in Chicago im Juli 1893. (Enthält wichtige Angaben über das amerikanische Blindenwesen.) S. 119.

Zech, Das Zeichnen in der Blindenanstalt. S. 145.

Jahrgang 1895.

Gigerl, Die Hand, ihre Kräftigung und Schulung durch

298

Hecke, Dr. F. J. Campbell. S. 113.

Zech, Der Physik-Unterricht in der Blindenschule. S. 145.
(Ergänzungen hierzu von Truschel, S. 167, und von
Brandstäter, Jhrg. 1903 S. 19.)

Über die Seelenblindheit. S. 174.

Jahrgang 1903.

Eisenbahnfahrten der Blinden. S. 17.

Wie ist dem blinden Handwerker zu helfen? S. 56, 104,
136.

Mohr, Auf welche Stufe und in welcher Weise ist die
Kurzschrift in die Schule einzuführen? S. 64.
(Entgegnungen hierauf S. 129, 153, 179, 186, 230.)

Pötsch, Der Blinde im modernen Drama. S. 89.

Mell, Ein Versuch zur Gründung einer Blindenanstalt in
Preußen vor dem Auftreten Haüys in Berlin. S. 117.

Jahrgang 1904.

Münnich, Mangelhafte Ausbildung der blinden Stimmer in
den Anstalten. S. 10. (Bemerkungen hierzu S. 35, 69,
89, 129.)

Peyer, Der erste Rechenunterricht in der Blindenschule. S.
48.

Erwiderung von Müller. S. 169.

    „   „ Bolte. S. 209.

    „   „ Kunz. 1905 S. 37.

    „   „ Peyer. 1905 S. 77.

Mell, Aus alter Zeit. (Eine Publikation Zeunes.) S. 102.

Jubiläumsfeier des k. k. Blinden-Erziehungs-Institutes in
Wien. S. 137.

302

Otto, Die Punktschrift in den Vereinigten Staaten. S. 127.

v. Hagen, Eine Bitte für die Taubblinden. S. 175.

Jahrgang 1912.

Zech, Aufgaben und Aussichten. S. 46.

Mina Roth, Was wir wollen. (Bestrebungen der weibl. Blinden.) S. 15.

Vom Haushaltungsunterricht. S. 57.

Bartosch, Vorschläge zur Ausgestaltung des Musikunterrichts. S. 50. Erwiderung hierauf von Brandstäter. („Musikalisches".) S. 79.

Desgl. von Meyer („Ein altes Lied".) S. 122.

v. Hagen, Ein Wort zur Förderung der Taubstummblinden-Fürsorge. S. 85.

Brandstäter, Lehrplan für den Raumlehreunterricht in der Blindenschule. S. 108.

Ders., Coëdukation. S. 166.

Ders., Die Stellung des Lesens und Schreibens im Unterricht der Blindenschule. S. 170.

Der erste Lese- und Schreibunterricht in der Blindenschule. S. 191.

Bürde, Der erste Anschauungsunterricht in der Blindenschule. S. 237.

B. Sachliche Anordnung.

(Die Zahl hinter den in Stichworten angedeuteten Überschriften bezeichnet den Jahrgang des Blindenfreundes. Mit Hilfe des ersten Verzeichnisses wird man darnach jede Abhandlung leicht auffinden können.)

306

Blindheit.

Beobachtungen an einem operierten Kinde. 1884. — Credés Verdienste. 1892. — Augenheilkunde. 1894. — Studien über die Blindheit. 1895. — Ursachen der Erblindung. 1897. — Impfung und Erblindung. 1897. — Gebrauch der Sinnesorgane. 1897. — Sinnestätigkeit der Blinden. 1898. — Seelenblindheit. 1902. — Blindheit und Tuberkulose. 1906. — Augenarzt und unheilbar Erblindende. 1907. — Sehnervenentartung und Turmschädel. 1908. — Blutsverwandtschaft. 1909. — Später Erblindende. 1911.

Geistige Entwickelung des Blinden.

Geistige Eigentümlichkeiten des blinden Kindes. 1883. — Wahrheit und Dichtung. 1893. — Die Vorstellungen der Blinden. 1901. — Umschwung des ganzen Blindenwesens. 1908.

Der Blinde in sozialer Beziehung.

Sollen die Blinden heiraten? 1892. — Liebe der Blinden. 1894. — Rechtliche Stellung der Blinden. 1906.

Aufgaben der Blindenanstalt.

Sind die Blindenanstalten zu empfehlen? 1885, 1886. — Beschulung blinder Kinder. 1892, 1911. — Bedeutung der Blindenbildung für die Erziehung des Menschengeschlechts. 1892. — Preußisches Gesetz vom 11. Juli 1891, 1892. — Gesetzliche Bestimmungen. 1898. — Der Blinde in der Volksschule. 1905. — Aufgaben und Aussichten. 1912.

Das Tasten.

Die menschliche Hand. 1891. — Handgymnastik. 1895. — Sinnesschärfe Blinder und Sehender. 1899. — Lehre vom Tasten. 1909.

Erziehung des blinden Kindes.

Hausordnung. 1885. — Die Erziehung des blinden Kindes. 1888. — Disziplin. 1890. — Erziehung, Hausordnung, Elternhaus („Aus der Verwaltung"). 1902 S. 19. — Freistunden. 1902. — Sittliche Erziehung. 1909. — Coëdukation. 1912.

Unterricht im allgemeinen.

Reisenotizen. 1884. — Exkursionen. 1892. — Unterrichte anschaulich. 1893. — Hospitieren. 1895. — Kontakt des blinden Kindes mit der Natur. 1896. — Hitschmanns Prinzipien der Blindenpädagogik. 1899 S. 66 u. 215, ferner Jhrg. 1902.

Spezielle Methodik.

Die Rede in der Blindenschule. 1882. — Stenographie. 1885. 1886. — Liniendruck. 1886. — Linien- oder Punktdruck. 1887. — Musikalisches. 1888. — Anschauungsunterricht. 1889. — Der musikalische Unterricht. 1889. — Immer für Braille. 1889. — Musikschriftfibel. 1890. — Lesen und Schreiben. 1891. — Zeichnen. 1894. — Übungsklassen für Musikschüler. 1895. — Anschauungsunterricht („Aus der Schule"). 1899. — Einübung und Wiederholung realistischer Stoffe („Aus der Praxis des Blindenunterrichts"). 1899. — Naturgeschichtlicher Unterricht. 1900. — Schulgarten. 1900. — Reallesebuch. 1900. — Noch nicht gelöste Fragen über den Druck von Büchern. 1901. — Achtpunktige Braille-Schrift. 1901. — Physikunterricht. 1902, 1903. — Kurzschrift. 1903. — Rechnen. 1904, 1905. — Fortbildungsschule. 1905, 1909. — Fibelliteratur. 1906. — Kartendruck. 1906. — Ausbau der Punktschrift (Mathematikschrift). 1906. — Gesangunterricht. 1910. — Chamisso in der Fortbildungsschule. 1911. —

Musikunterricht. 1912. — Raumlehreunterricht. 1912. — Stellung des Lesens und Schreibens. 1912. — Der erste Lese- und Schreibunterricht. 1912. — Der erste Anschauungsunterricht. 1912.

Blinde mit Sehresten, Schwachbefähigte Blinde, Taubstummblinde.

Halbsehende. 1902. — Schwachbefähigte Blinde. 1901. — Laura Bridgman. 1890. — Ausbildung eines taubstummblinden Mädchens. 1894. — Hörende Finger. 1898. — Versorgung Taubstummblinder. 1907. — Psychologische Studien an Taubstummblinden. 1908. — Helen Keller. 1908, 1910. — Lorms Handzeichensprache. 1908. — Geistiger Verkehr mit Taubblinden. 1909. — Taubstummenmethode. 1909. — Bitte für die Taubblinden. 1911. — Förderung der Taubstummblinden-Fürsorge. 1912.

Berufsbildung.

Organist. 1881. — Schuhmacher. 1881. — Bürstenmacher. 1882. — Hochschule der Musik. 1884, 1891, 1892, 1896. — Handarbeitsunterricht der Mädchen. 1884, 1897. — Sprachlehrer. 1886. — Konzertgeber. 1900. — Gewerbebetrieb. 1901. — Praxis eines blinden Handwerkers. 1902. — Klavierstimmen. 1904. — Studierende Blinde. 1908. — Bestrebungen der weiblichen Blinden. 1909, 1912. — Blinde Mädchen im Erwerbsleben. 1911. — Hauswirtschaft. 1911, 1912. — Landwirtschaft. 1911.

Fürsorge.

Aus meinem Tagebuch. 1881. — Verheiratung und Fürsorge (Büttner). 1896. — Zentralbibliothek. 1900. — Invalidenversicherung. 1902, 1910. — Eisenbahnfahrten. 1903. — Handwerker. 1903. — Blindenfürsorge. 1905, 1906. — Hilfe für Blinde. 1907. — Blindenhaus. 1908. — Gebrechliche Blinde. 1910.

Zur Geschichte der Blindenbildung.

Blindenfreund (Zur Orientierung). 1881. — Haüys Abhandlung 1883. — Haüy in Berlin. 1883. — Diderot. 1884. — Haüy in Petersburg. 1885. — Vor 20 Jahren. 1887. — Braille-Denkmal. 1887. — Knies Briefe. 1891. — Zur Geschichte der Blindenbildung. 1895. — Niesen und Weißenburg. 1896. — Zeune. 1896, 1904. — Briefe von Weißenburg. 1897. — Lachmann. 1901. — Versuch zur Gründung einer Blindenanstalt in Preußen. 1903. — Jubiläum des Blindeninstituts in Wien. 1904. — Jubiläum Steglitz. 1906. — Louis Braille. 1909.

Das Blindenwesen des Auslandes.

England. 1883, 1884, 1886 (Dr. Armitage), 1887, 1888, 1890, 1902 (Dr. Campbell). —

Frankreich. 1887, 1888, 1893, 1894, 1900, 1907 (Ballu).

Italien. 1890.

Amerika. 1892, 1894, 1911.

Orient. 1896.

Japan. 1909.

Verschiedenes.

Professor Pleß. 1897. — Vornehme Blinde. 1897. — Museum. 1899. — Sommers Erziehungsinstitut. 1901. — Der Blinde im Drama. 1903. — Blinden-Lyzeum. 1911.

3. Personen- und Sachregister.

Druck von A. W. Kafemann G. m. b. H. in Danzig.

Fußnoten:

[1] In neuester Zeit wird vielfach statt der Höllensteinlösung eine einprozentige Lösung von essigsaurem Silber angewandt, weil diese Lösung eine unbegrenzte Haltbarkeit besitzt und auch in längerer Zeit keine stärkere Konzentration erreicht.

[2] Mit dem Namen „s c h w a r z e r S t a r" (Amaurosis) bezeichneten die alten Ärzte alle diejenigen Blindheitsformen, bei welchen das Auge äußerlich unveränderte Beschaffenheit und die Pupille normale schwarze Färbung zeigte. Erst die Erfindung des Augenspiegels durch Helmholtz (1851) brachte Licht in das bis dahin dunkle Gebiet. Seit dieser Zeit ist es dem Augenarzt möglich, in jedem einzelnen Falle die Erkrankung des Auges speziell zu bezeichnen; der schwarze Star hat für ihn zu existieren aufgehört. Im Volke hat sich die Bezeichnung noch erhalten.

[3] Es ist ein allgemeines Naturgesetz, daß beim Fehlen eines Sinnes die übrigen Sinne infolge der vermehrten Inanspruchnahme in ihrer Fähigkeit sich steigern. So hat sich bei dem Maulwurf und der Fledermaus das Tastgefühl in außerordentlicher Weise entwickelt, weil ihr Sehorgan wegen des ständigen Aufenthalts im Dunkeln verkümmert ist. Ähnlich vervollkommnen sich beim Blinden das Gehör, das Tastgefühl und der Geruch. Von Natur sind diese Sinne nicht feiner entwickelt als bei dem Sehenden; erst durch die häufige Übung wird ihre Leistungsfähigkeit vervielfältigt. Aus diesem Grunde ist es für den Sehenden auch schwer, sich in die Lage des Blinden hineinzuversetzen, denn das Schließen der Augen zeigt nur die Hilflosigkeit, die mit dem Ausschalten des Sehorgans eintritt, nicht aber die durch Übung verfeinerten Tast- und Gehörskräfte des Blinden.

[4] Daß der Wille diese Richtung nicht notwendig einschlagen muß und daß die gegebene Charakteristik darum nicht auf a l l e Blinden ohne Ausnahme paßt, sei ausdrücklich erwähnt. Das Gesagte gilt vorzugsweise von dem sich selbst überlassenen Blinden.

[5] Das Tasten in dem weiten Sinne gefaßt, wie es für den Blindenunterricht in Frage kommt. Vergl. Kapitel VI. 1 a.

[6] Wohl gibt es Blinde, die ein Gymnasium und eine Universität besuchen; dies kann aber erfolgreich nur dann geschehen, wenn sie durch speziellen Blindenunterricht eine entsprechende Vorbereitung empfangen haben.

[7] Einige dieser Zeitschriften seien hier genannt: Blindendaheim (Berlin), Feierstunden (Paderborn), Mitteilungen des Vereins der deutschredenden Blinden (Freiburg i. B.), Monatsblatt für die ehemaligen Zöglinge der Blindenanstalt zu Königsberg (Königsberg i. Pr.), Westpreußischer Blindenfreund (Königsthal-Danzig), Der gute Kamerad (Leipzig), Johann Wilhelm Klein (Wien), Glauben und Wissen (Herausgeber Reusch-Darmstadt), Woche für Blinde (Düren), Der beste Freund (Steglitz).

[8] Von den Blindenvereinen entfaltet „Der Verein der deutschredenden Blinden" eine besonders rege Tätigkeit; derzeitiger Geschäftsführer ist Dr. Aug. Papendiek-Freiburg i. B. Das Organ des Vereins sind die vorhin genannten „Mitteilungen usw.".

[9] So lange Blindenanstalten in ausreichender Zahl nicht vorhanden waren, und die Notwendigkeit eines Spezialunterrichts der Blinden im Publikum noch wenig anerkannt war, besuchten viele Blinde die Volksschule ihres Heimatortes. Durch geeignete Schriften suchte man die Volksschullehrer mit der Behandlung blinder Kinder in den Schulen der Vollsinnigen bekannt zu machen. Derartige Anleitungen sind u. a. verfaßt von Knie, Entlicher, Riemann, Binder und Pablasek. Der Besuch der Volksschule ist aber von den Blindenlehrern immer nur als ein schwacher Notbehelf angesehen worden, denn es ist klar, daß ein Unterricht, der sich in erster Linie auf den Gesichtssinn gründet, dem Blinden hinsichtlich der Lehrweise und der Lehrmittel unmöglich gerecht werden kann, von der Berufsbildung und der Pflege des Gefühls- und Willenslebens ganz zu schweigen. Die Fachleute haben darum stets aufs nachdrücklichste betont, daß die Ausbildung der Blinden nur in Sonderanstalten durchführbar sei. (Vergl. Matthies, Der Blinde in der Volksschule. Bldfrd. 1905 S. 156.)

[10] Vor 20 Jahren wurde in Amerika die Frage erwogen, ob die Gründung einer speziell für Blinde eingerichteten Hochschule zu empfehlen sei. Den mancherlei Vorteilen und

Erleichterungen, die mit einer derartigen Hochschule den Blinden geboten wäre, wurden folgende schwerwiegende Nachteile entgegengestellt: Eine Blindenhochschule würde unverhältnismäßig hohe Geldmittel erfordern, so daß das Studium für den Blinden sehr teuer wäre; die Blindenhochschule könnte sich mit den besten Universitäten nicht messen, da angesehene Gelehrte sich an derselben nicht anstellen lassen würden; der Stand der Studien wäre anfänglich wohl ein hoher, würde aber allmählich sinken, um den durchschnittlichen Anlagen der blinden Studenten gerecht zu werden; endlich würde die Blindenhochschule, wie auch immer ihre Lehrverdienste und ihre gesetzliche Stellung sein mögen, doch wenig akademischen Einfluß und Autorität besitzen, und ihre akademischen Grade würden geringe Geltung haben. (Vergl. Bericht über den Kongreß von Blindenerziehern in Chicago im Juli 1893. Bldfrd. 1894 S. 147/148.) Manche dieser Gründe dürften auch für eine Lehranstalt mit gymnasialem Charakter zutreffend sein. Daß höhere Bildung an sich dem Blinden noch keine Befriedigung gewährt, ist in der Debatte über den unten genannten Vortrag von Mohr (Kongr.-Ber. Breslau 1901 S. 262 ff.) an Beispielen aus dem Leben gezeigt. Der den Blindenlehrern von mancher Seite gemachte Vorwurf, daß sie den Bildungsbestrebungen der Blinden nicht das rechte Verständnis entgegenbringen, muß zurückgewiesen werden. Die Blindenlehrer kehren sich nur gegen gewisse ungesunde, überspannte und oft auch kritiklos einseitig gerichtete Bildungsansprüche. Vergl. hierüber: „Lembcke, Zur Steuer der Wahrheit." Bldfrd. Jhrg. 1910 S. 18. — Private höhere Bildungsanstalten für Blinde bestehen in Bergedorf bei Hamburg (Bldfrd. 1904 S. 167) und in Braunschweig (Blinden-Lyzeum; Bldfrd. 1911 S. 33). Nach dem Bldfrd. von 1896 S. 104 sollte ein Gymnasium für Blinde in Luckenwalde gegründet werden; ob diese Gründung zustande gekommen ist und ob die Lehranstalt etwa jetzt noch besteht, ist dem Verfasser unbekannt.

Pensionen für Blinde gibt es in dem bereits genannten Bergedorf (Dr. Sommers Pension; Bldfrd. 1901 S. 248), in Freienwalde a. Oder (Frau Margarete Wilhelm, Bldfrd. 1904. S. 167) und in Abbazia, österr. Riviera (Frl. Therese Fuchs). Die letztgenannte Pension bietet auch Gelegenheit zu wissenschaftlicher, musikalischer und beruflicher Ausbildung. Vergl. Bldfrd. 1912 S. 143.

[11] Für den eigentlichen Turnunterricht ist selbstverständlich eine besondere Turnhalle vorhanden, doch sollen bei gutem Wetter, auch in der kühlen Jahreszeit, jedesmal einige Übungen (besonders Marschier- und Laufübungen) im Freien vorgenommen werden.

[12] Manchmal ist es möglich, alte Subsellien umarbeiten zu lassen, indem man unter die Platte Keile befestigen läßt, die ihr die wagerechte Richtung geben. Die Sitze sind dann allerdings meist nicht mehr brauchbar und müssen durch besondere Bänke oder Stühle ersetzt werden. Die Aufstellung der Tische kann ebenfalls im offenen Viereck erfolgen.

[13] Die genannten Maße weisen die in der Blindenanstalt zu Danzig-Königsthal geprägten Karten auf; Kunz wählt einen etwas größeren Maßstab.

[14] Ein Lineal hat auch die Illzacher Tafel von Kunz, doch besteht bei ihr der Rahmen aus Metall.

[15] Munk u. Uffelmann. Die Ernährung des gesunden und kranken Menschen. Wien u. Leipzig, Urban u. Schwarzenberg.

[16] Im Schlußkapitel des vorliegenden Buches ist versucht worden, diejenigen Werke der deutschen Blindenliteratur zusammenzustellen, deren Studium dem Blindenlehrer zu empfehlen ist.

[17] Werden für die Versuche ganz feine Spitzen benutzt, wie Goldscheider es getan, so ergeben sich wesentlich niedrigere Zahlen, für den Rücken z. B. nur 5–6 Millimeter.

[18] Es gibt Kranke, die alle Sinne besitzen, denen aber gerade dieser Innensinn, wenigstens teilweise, verloren gegangen ist. Sie können Arme und Beine bewegen, die Muskeln haben ihre Kraft wie früher, aber sie wissen nicht, wo Arme und Beine sind, wenn sie es nicht mit den Augen sehen. Wir verbinden solchen Menschen die Augen, und sie sind hilflos. Sie schwanken beim Gehen und fallen. Es gibt Kranke, die nur auf e i n e r Seite den Muskelsinn verloren haben. Verbinde ich einem solchen die Augen und bringe den Arm seiner kranken Seite in eine erhobene Stellung, in der er (die Kraft ist ja da) von dem Kranken festgehalten wird, so kann er,

aufgefordert, mit der gesunden Hand die kranke zu berühren, erstaunlicherweise diese Hand nicht finden. Er sucht sie an der kranken Seite, sie ist nicht da, vor dem Leib, hinten, nirgends ist sie zu finden, bis er auf die Idee verfällt, die Schulter zu suchen und von da über den Arm nach der Hand sich hinzutasten. Es kommt auch vor, daß solche Leute mit der Hand ergriffene Gegenstände nur festhalten können, solange ihre Augen darauf gerichtet bleiben; sobald sie den Blick abwenden, lassen sie den Gegenstand fallen. Solche Kranken sind rückenmarksleidend. Man erkennt sie an den ungelenken und ungeregelten, ausfahrenden Bewegungen. Mit klatschenden, stampfenden Schritten, ihre Beine vorwärts schleudernd, schreiten sie voran und verfolgen ihre Bewegungen ängstlich mit den Augen. Die Augen ersetzen den Muskelsinn: der Kranke geht sozusagen auf den Augen. (Dekker.)

[19] Man kann das Tasten, bei dem die Hand suchend und analysierend vorgeht, aktives, motorisches Tasten nennen, während das auf dem Drucksinn beruhende (die bloße Berührung) passives oder Ruhetasten zu nennen wäre. Nach dem oben Gesagten bereitet das passive Tasten das motorische vor, es wirkt als Signal für das letztere. Große Bedeutung hat das passive Tasten für den Taubstummblinden, da ihm beim Gebrauch des Fingeralphabetes die entsprechenden Tastzeichen in die Innenfläche der Hand appliziert werden. (Vergl. das Kapitel Taubstummblinde.) Das passive Tasten ersetzt hier also einen Teil der Funktion des Ohres.

[20] Also nicht mit Kopallack oder Damarlack; Schellack gibt ihnen eine angenehme Rauhigkeit.

[21] Der Blinde benutzt zum Lesen in der Regel die beiden Zeigefinger. Der rasch bewegte rechte Finger übernimmt die Synthese, während der langsamer fortschreitende linke analysierend vorgeht. Bei geübten Lesern fließen Synthese und Analyse zusammen; nur bei undeutlich ausgeprägten Buchstabenformen tritt eine Auflösung des Tastaktes ein.

[22] Die Empfindlichkeit des Fingernagels erklärt sich dadurch, daß er beim kratzenden Tasten wie ein Hebel wirkt, der auch die kleinste Druckschwankung den im Nagelbett liegenden Nervenapparaten mitteilt. Übrigens kommt dazu,

daß durch die Untersuchung mit dem Nagel häufig Geräusche entstehen, die bei der Vorstellungsbildung ebenfalls verwertet werden.

[23] Für Höhenmessungen dient dem Blinden die Länge des eigenen Körpers als Normalmaß; die nächste Erweiterung wird durch Aufwärtsstrecken des Armes erreicht. Eine klare Vorstellung der Höhenausdehnung zu gewinnen, wenn sie über das genannte Maß hinausgeht, ist schwierig, wie es dem Blinden auch Mühe macht, die Längen- und Höhenausdehnung in das rechte Verhältnis zu bringen. Das Urteil über die Raumausdehnung von Gebäuden erhält durch den Geometrie- und Anschauungsunterricht eine wertvolle Hilfe. Leider läßt sich bei verkleinerten Gruppendarstellungen nicht immer das rechte Größenverhältnis innehalten; man denke z. B. an eine Darstellung, wie sie aus Schülerhand häufig hervorgeht: ein aus plastischem Stoff geformtes Häuschen mit einer davorstehenden Bank, auf welcher ein Mensch sitzt; die Bank reicht fast stets bis zur halben Höhe des Hauses, und der Mensch kommt in seiner Größe der ganzen Höhe des Hauses gleich. Ähnlich ist's mit Gruppendarstellungen des Lehrers im Sandkasten. Jedenfalls herrscht im Vorstellungsleben auch intelligenter Blinden Unsicherheit in bezug auf das Größenverhältnis der Dinge zu einander. — Die Höhe von Gebäuden, Türmen pp. kann man dem Blinden dadurch ungefähr zum Bewußtsein bringen, daß man sie mit einer bekannten Treppenhöhe vergleicht, z. B.: denke an die Treppe im Anstaltsgebäude, die vom 1. zum 2. Stock führt; um bis zur Spitze des Turms der Marienkirche in Danzig zu kommen, müßtest du 18 solcher Treppen = 432 Stufen hinaufsteigen.

[24] Man könnte ein Tasten, bei dem die Haut das Objekt nicht direkt berührt, indirektes Tasten nennen, während bei unmittelbarer Berührung direktes Tasten vorliegt.

[25] Th. Heller, Studien zur Blindenpsychologie. 1904 S. 107.

[26] Bekannt ist, daß Blinde beim Gehen auf der Straße mit dem Stock leicht gegen die Bordsteine des Bürgersteiges schlagen.

[27] Die neuere Psychologie kennt zwar nur Empfindungen und Vorstellungen, spricht also nicht

von Wahrnehmungen und Anschauungen, die sie als höhere Stufen der Empfindung ansieht. Für unsere Zwecke empfiehlt sich immerhin die Unterscheidung der drei Stufen: Empfindung, Wahrnehmung, Anschauung. Den primären Eindruck bezeichnet man mit dem Namen Empfindung; eine besonders deutliche Empfindung heißt Wahrnehmung. Werden die Wahrnehmungen durch die räumliche, zeitliche und ursächliche Anordnung zur allseitigen Klarheit erhoben, so spricht man von einer Anschauung.

[28] Hitschmann, Über die Prinzipien der Blindenpädagogik. Langensalza, Beyer & Mann.

[29] Vergl. die Besprechungen der Abhandlung Hitschmanns von Lembcke, Bldfrd. Jhrg. 1899 S. 66 und von Brandstäter in dem gleichen Jhrg. S. 215, ferner nochmals von Lembcke im Jhrg. 1902 S. 65.

[30] Es ist eine bedeutsame Eigenschaft der Komplikation, daß unter den Teilvorstellungen sehr leicht e i n e zur h e r r s c h e n d e n wird, während die anderen zurücktreten. Das Streben des Blindenunterrichts soll, wie mehrfach gezeigt, dahin gehen, daß die T a s t v o r s t e l l u n g e n das Übergewicht erhalten. Es muß aber auch folgendes gesagt werden:

Es gibt in der Art der Auffassung bei den Blinden wie bei den Sehenden große individuelle Unterschiede. Die „Psychologie der individuellen Differenzen" spricht von sog. T y p e n, Erscheinungen des Seelenlebens, die auf einem bestimmten Gebiet eine A b w e i c h u n g von dem gewöhnlichen Verlauf darstellen. Es gibt Blinde, bei denen trotz sorgfältigsten Tastunterrichts die mit der Anschauung verbundenen a k u s t i s c h e n Merkmale die Herrschaft und Führung im Vorstellungsleben übernehmen, während bei der Mehrzahl der sachgemäß unterrichteten Blinden die T a s t a n s c h a u u n g e n das Vorstellungsleben beherrschen. Man kann darum von einem a k u s t i s c h e n o d e r a u d i t i v e n und einem t a k t i l e n T y p u s sprechen. Auditive Typen kommen, wie leicht begreiflich, besonders häufig unter den blinden Musikern vor.

[31] Zählt die Anstalt viele „Schulgänger" oder wohnen gar, wie in Berlin, s ä m t l i c h e Schüler im Elternhause, so wird der Unterricht nur am Vormittage zu erteilen sein.

[32] In den meisten Fällen wirkt der vorsichtige Gebrauch und die Übung der schwachen Augen günstig auf die verbliebene Sehkraft ein, wie es andererseits auch vorkommt, daß sehfähige Augen infolge mangelnder Übung die Kraft des Sehens verlieren können und dann als blind gelten. In diesem letzteren Falle kann durch systematische Sehübungen die verloren gegangene Sehfähigkeit wiedergewonnen werden. (Vergl. Heller, Das Bewußtsein als Faktor der Blindenbildung, Kongr.-Ber. Breslau 1901 S. 110 und die sich hieran schließenden Ausführungen des Universitätsprofessors Dr. Cohn.) Es kann aber bei manchen Schwachsichtigen auch durchaus notwendig sein, die Augen zu schonen, namentlich bei hochgradig Kurzsichtigen. Die Entscheidung darüber, wie ein Schwachsichtiger sich in bezug auf den Gebrauch der Augen verhalten soll, ist Sache des Augenarztes.

[33] Schwachsichtige oder auch völlig Blinde, die von früher her die Kurrentschrift beherrschen, wird man in jedem Falle anhalten, diese Schrift weiter zu üben; das Erlernen einer besonderen Flachschrift ist dann unnötig. Übrigens sind ältere blinde Personen (Späterblindete) gewöhnlich sehr dankbar, wenn man sie auf einen Schreibapparat hinweist, mit dessen Hilfe sie ihre Handschrift weiterschreiben können.

[34] Als erworben gilt der Schwachsinn dann, wenn infolge krankhafter Vorgänge die Summe der geistigen Fähigkeiten einer Person unter das Niveau eines gesunden Menschen sinkt und hier dauernd stehen bleibt. Den Blindenlehrer interessiert in erster Linie der angeborene Schwachsinn.

[35] Zum Studium sind zu empfehlen: Strümpell, Die pädagogische Pathologie. Leipzig 1910. Heller, Grundriß der Heilpädagogik. Leipzig 1904. Scholz, Anomale Kinder. Berlin 1912. Dannemann, Schober und Schulze, Enzyklopädisches Handbuch der Heilpädagogik. Halle a. S. 1911.

[36] Die bisher von Helen Keller verfaßten und in deutscher Übersetzung erschienenen Schriften sind: 1. Die Geschichte meines Lebens. 2. Optimismus. 3. Meine Welt. 4. Dunkelheit. 5. Briefe meiner Werdezeit. Sämtliche Schriften sind erschienen bei Robert Lutz-Stuttgart.

[37] Inzwischen ist in Nowawes ein Heim für 60 Taubstummblinde mit einem Kostenaufwande von 260000 Mk. gegründet worden; die Mittel wurden zum größten Teil durch Sammlungen aufgebracht. Voraussichtlich wird diese Anstalt für Preußen dieselbe Bedeutung gewinnen wie die zu Wenersborg für Schweden.

[38] Das Fingeralphabet wurde in Spanien erfunden und wird in Amerika beim Taubstummenunterricht in Verbindung mit andern Methoden gebraucht. In neuerer Zeit ist noch eine andere „Finger-Zeichensprache" bekannt geworden, die von Dr. Heinrich Landesmann (Schriftstellername Hieronymus Lorm), die von manchen Taubblinden benutzt wird. Vergl. Landesmann, Fingerzeichensprache, Brünn 1908 bei Friedr. Irrgang, und die Abhandlungen von v. Chlumecky und Riemann im Blindenfreund pro 1908 S. 171 und 226.

[39] In der genannten Pariser Anstalt sind 21 Lehrkräfte für den Musikunterricht angestellt; 25 Klaviere, 3 Harmonien, 2 Orgeln und eine große Zahl sonstiger Instrumente stehen den Schülern zur Verfügung. Mindestens 600 Blinde finden in Frankreich durch die Musik und das Klavierstimmen ihren Unterhalt; besonders häufig finden sie Anstellung als Organist, wozu u. a. die vielen Klöster Veranlassung geben. Das Royal Normal College besitzt gar 60 Klaviere und 6 Orgeln und die tüchtigsten musikalischen Kräfte, die in London zu finden sind, erteilen den Unterricht.

[40] Im Royal Normal College wird von den Schülern eine Pension von 1200 bis 2000 *M* gezahlt.

[41] Joh. Wilh. Klein, Geschichte des Blindenunterrichts. Wien 1837. Vorwort.

[42] In deutscher Übersetzung „Blindenfreund" pro 1883 S. 9.

[43] Ein ähnlich reichhaltiges und vielseitiges Museum besitzt die Königliche Blindenanstalt in Steglitz bei Berlin.

[44] K l e i n gab eine Sammlung von 83 solcher Gedichte heraus, die den Titel führte „Lieder für Blinde und von Blinden". Auch K n i e stellt in einem Anhang zu seinem vorhin erwähnten Büchlein eine Reihe solcher Gedichte zusammen. Sie haben nur teilweise literarischen Wert, viele sind Gelegenheitsgedichte. Manche sind von K l e i n s

Mitarbeiter S i m o n S e c h t e r in Musik gesetzt. Fast alle durchweht ein wehmütiger Ton; Entsagung, Ergebung, Trost: das ist die Stimmung, welche sie widerspiegeln.

[45] R ö s n e r, Dr. Hirzels Blindenschrift-Druckerei in Lausanne. Organ der Taubstummen- und Blindenanstalten in Deutschland. Jahrgang 1863 Nr. 11 und 12.